蝶变

麟潜 〔著〕

档案编码 __00001__

国文出版社
· 北京 ·

设定手册001：畸体幻室

【畸体】本世界观下与人类阵营对立那一方的生物。任何物体，包括人，一旦内部产生了畸核，就可以称为畸体。

【载体】能在身体残缺部位镶嵌畸核，并获得畸核能力的[人类]，条件是身体存在残缺部位，畸核只能镶嵌在残缺部位。

【幻室】畸体造成过命案的空间有概率变成幻室。幻室中危机重重，但有机会得到珍稀畸核奖励，可以理解为游戏里的场景副本。
如何破解幻室：1. 杀死制造幻室的畸体。2. 破解幻室的世界观规则。有时候只完成一条就够了，有时候两个条件都要完成，比如美容院。

【普通种】现实存在的动植物和普通物件产生畸核后，称为普通种畸体，比如山羊、蚊子、球棒之类的。

【幻室种】受幻室影响产生的畸核，都算幻室种。

【畸化种】畸形的特殊畸体。（举例子：海星是普通种，但派大星是畸化种。）

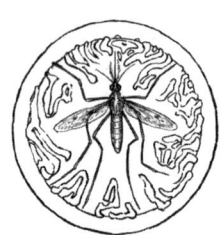

设定手册002: 畸体生长阶段

【幼年期】体内畸核已经生成，但身体尚未成熟的时期。这个时期的畸体智商低，依靠本能行动，例如羊头人。

【成长期】畸体各方面已经成熟，体型、智力基本定型，能理解自己的物种、性别，开始产生繁殖倾向。
这个时期的畸体可以分泌特殊激素，在其他物种体内留下独特的图腾印记，以便接下来的寄生活动。
图腾印记的辐射会驱逐其他畸体。

【化茧期】畸体成长一定时间后，会逐渐感到躯壳已经无法承受内部增长的能量，因此作茧以待更进一步的时机。
在茧内，畸体会极其狂暴，吞噬周围的一切生物。
所有生物都可以进入茧壳，但只有拥有与茧壳图案相同图腾印记的生物能活着离开茧壳。

【羽化期】畸体在化茧期顺利成长进入下一阶段，可以直接进入羽化期。此时畸体强度进入生命巅峰，但只能存活6个小时。

【蝶变】畸体在化茧期被拥有图腾印记的生物杀死，并与之建立契定关系，拥有更长久的寿命、更坚韧的外壳、更强大的破坏力，以及对契定者无法更改的忠诚。
这是无尽苦痛带给畸体的质变。

备注: 小狗类畸体非常特殊，无论在什么生长时期，都必在第一任主人身上留下图腾印记。

ConTEnts

麟潜

古县身边事：急！求助大家，傍晚发现羊圈破了一个洞，走丢了两只配种公羊，请发现的朋友联系比萨庄园6号，感谢……

| 第〇卷 新手引导 | 001 |

魔爪伸向重量级选手？肥胖症患者频频失踪，疑是畸体所为。

地下铁招聘公告，本着更好地保护居民安全的理念，我们公司一直积极吸收新鲜血液……

| 第壹卷 骨感艺术 | 041 |

| 第贰卷 游戏之王(上) | 147 |

干货！境内三大畸体猎杀公司优劣对照。

| 番外卷 | 323 |

蝶　变

THE OPENING ACT

第○卷
新手引导

Yu An　　Zhao Ran

名称：怪态核 - 山羊角
来源：羊头人
种类：普通种
等级判定：一级蓝（淡蓝）

基础能力：力量与敏捷增强
使用限制：累计使用10分钟
简介：大力出奇迹！
共鸣条件：未知

红狸新闻

魔爪伸向重量级选手？肥胖症患者频频失踪，疑是嗜体所为。

名称：功能核 - 撒旦指引
来源：羊头人
种类：普通种
等级判定：二级棠（矿紫）

第 001 章

离开本建筑负一层

午夜零点,太平间停尸柜内发出微弱的拍打闷响。

存尸抽屉插销松动,咣当一声,从内部被推开,一个青年从抽屉深处爬出来,重重栽到地面上。

他身穿一件单薄的蓝白条纹病服,被抽屉内的冷气冻得几乎失去知觉,足足过了半分钟才感到有了些力气,半睁开眼睛。

入眼只见一片年久失修的水磨石地面,房间内瓷砖墙面泛黄,布满锈迹和霉渍,弥漫着一股潮湿气味。

不远处的地面扔着一张卡片,他奋力爬过去,将卡片抠了起来,慢慢触摸卡片上的纹理。

这是一张身份证,证件照上的黑短发青年神情异常冷峻,注视镜头的眼神像要杀死摄影师。

姓名一栏写着"郁岸",出生于 L999 年。

他把证件上的名字和自己右手绑着的腕带比对了一下,确认了自己的身份。

郁岸,这是自己的名字。

他勉强坐起来,努力想要回忆起些什么,可回应给自己的只有一阵眩晕和恶心。

苦苦思索时,他不自觉摸了一把脸,发觉左眼缠着绷带,于是试着按了一下,突然愣住,石化了将近十秒。

眼眶是空的,摸不到眼球。

他迅速把自己全身上下摸了一遍，所幸没有其他伤口，腰子什么的还在。

除了绑架，郁岸想不到还有什么理由会让自己从这么一个地方醒来。被绑架，移取器官，这些推测逐渐在头脑中聚集成真相。

他勉强接受了这个事实，抬起手指，抓住置于房间中央的停尸台边缘想站起来。

忽然掌心一滑，停尸台被微微推动，郁岸才发现它并非固定停尸台，而是一张四脚带滚轮的担架床。

其上还躺着一个人，从头到脚盖着白布。

郁岸讪讪缩回手，后退到远处审视那巨大的家伙——高耸的肚皮像小山包一样顶着白布，手臂和大腿裸露在外。

郁岸忍不住吞咽了一下口水，后背不慎触碰到了冰冷的存尸抽屉拉门，生锈的门轴嘎吱响了一声，他匆匆回看身后，一整面停尸柜门，有的虚掩着，有的向外敞开。

他平复了一下呼吸，环顾四周，确定整个房间唯一的出口是正对担架床的一扇铁门，铁门外面一片黑暗。

太平间的温度太低，再待下去会有失温的危险，已经没有时间能拖延了。

郁岸对着冻僵的双手呵了几口气，搓了搓，悄声挪到铁门前，透过缝隙确定门外无人把守，便推开门走了出去。

他搓摸着手臂摸黑向前走，森冷的走廊漆黑一片，只有尽头处亮着些微绿光，万籁俱寂中，身后忽然传来一声锈蚀合页摆动的声响。

郁岸停下脚步，侧耳倾听，没发现异常。

不远处，安全出口标志牌亮着微弱的绿光，上方墙面挂了一幅逃生地图。

"古县医院平面示意图"，将整个医院的地形和房间功能都标注得很清楚，郁岸正处在医院负一层。

负一层总共设有三个出口，探查一番后，发现地下车道出入口从外面锁住了，运尸斜坡通道也是锁闭状态。

唯一能离开这阴森地下的途径只有走廊尽头那台普通电梯。

此时，头顶天花板传来沉重的走路声，看来一层有人把守，而且是个大块头。绑架团伙很可能还没离开，郁岸不想和那人打照面，匆匆按动了电梯的上行键。

电梯正停在负一层，按下按钮后，贴满医院广告的铁门立即吱吱嘎嘎分开，顶灯忽明忽暗。

郁岸走了进去，促狭的电梯空间内弥漫着淡淡的消毒水味。电梯虽不宽，但纵向很长，因为有时要用担架床运送一些不能走路的病人。

轿厢里只有四个掉漆模糊的楼层按钮，负一层正是郁岸所在的太平间停尸房，一层则是收费大厅，二层是诊室和手术室，三层为病房。

既然有人在一层把守着，那么电梯上升很有可能会惊动他们，二层与一层距离太近，如果绑架犯看见电梯动了之后从楼梯追上来，将会截断自己所有的退路。

这么看来，从三层窗口沿着排水管爬下去是最稳妥的逃生方式。

郁岸略作思忖，按下了三层的按钮。

电梯从负一层开始上升，温度也随之稍微升高，叮一声响，电子红灯显示三层到了。

电梯门向两侧拉开，一条老旧的走廊正对着郁岸，左右两侧的病房门大多紧闭着，像两排沉默对望的脸。

一股特别的气味弥漫进鼻腔，像是淡淡的血腥夹杂着发酵的干草味。郁岸放轻脚步走了出去。

天花板吸顶灯已经上了年头，灯罩里积攒了一层厚厚的灰尘和飞蛾尸体，光线忽明忽暗。

靠电梯最近的仓库门没锁，郁岸轻手轻脚推门进去，但失望地发现这里四周封闭，根本没窗户。

只有不少纸箱子码放在里面，堆得很高，上沿比郁岸头顶还高出一些。不知道是不是哪个纸箱里的东西发霉了，好像走廊里的怪味就

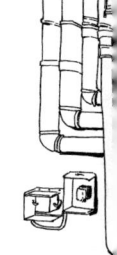

是从这里散出去的。

郁岸随手掀开一个放在地上的纸箱，固定器里整齐码放着崭新密封的玻璃瓶，应该是批发来的消毒酒精。

靠外的箱子受到了剐蹭，扯开了一道口子，郁岸仅仅用余光瞥了下里面，便猛地一顿。

一双空洞的眼睛正躲在箱里望着自己。

定了定神，郁岸才辨认出开裂的箱子上贴的"易碎品"标签，原来是医院购置的廉价骷髅模型，有个骷髅头恰巧面朝外挤在了破损处。

在这些纸箱子最上面，还放着一个完整的山羊头骨模型，两根羊角打磨得锃亮。

羊头两侧镶嵌仿真眼珠，将山羊的矩形瞳孔仿制得栩栩如生，好像会注视着人转动似的。

这东西有些违和，一般都挂在有钱人家的书房里作为装饰，不知道为什么会出现在医院的仓库里。

郁岸只好退出来另寻出路。

一分钟后，终于找到了一扇能推开的病房门，他迅速闪身躲了进去，一个箭步冲到窗边，但窗口全被安全栅栏封死了，郁岸重重捶了窗台一拳。

病房内四面均是白墙，墙围涂着淡绿色油漆，一些漆皮翻卷掉落，墙上的电子钟显示 M022 年 1 月 22 日午夜 00：20。

墙上挂的破空调不知道多久前就停止制热了，老式楼房的保温层又极差，凛冬时节，室内温度甚至达不到十摄氏度。

不过他运气不错，在床头柜内找到了一套防风服，还有一个单肩书包，柜子下方还放了一双与衣服相配的绑带中靴。

郁岸迅速将病房搜了一圈，在相邻的病床枕下摸到一个剩下半管燃料的塑料打火机。

他想也不想便抖开厚实保暖的衣服套到身上，把领口拉链拉到最高，遮住脖颈，然后把打火机打着火，将小小的火焰拢在手心里取暖，盯着被自己扔到一边的黑色单肩包发呆。

看久了总觉得十分眼熟，郁岸伸手拉开了背包拉链。

里面塞了一沓打印纸，其中一沓封面写着"全国普通高等学校毕业生就业书"，毕业生姓名"郁岸"，学校名称"长惠大学"。

竟然是自己的背包。

除此之外，里面还夹了几张不同用人单位的回信，但无一例外都是拒信，言辞委婉地表示您不适合这个岗位。

再看空白协议里夹的成绩单，课程卷面成绩是清一色的高分和优级，但课堂表现、社团活动、公益劳动、会议出勤这一类的评级都低得令人咋舌。

郁岸头脑中慢慢浮现出一些面试时的场景，面试官与他交谈时，他直截了当地说："我不擅长和人交流，能安排给我一个埋头干活不用说话的岗位吗？"结局当然是被拒绝。

至于此时的境况，自己似乎是在找工作途中，被伪装成招聘公司的绑架团伙算计了。

工作没找到，还赔进去一颗眼球，人晦气到这种地步，真是叫人同情。

当务之急是逃出这鬼地方，或者找个电话报警也行。

他背上单肩包，检视四周，拿走了床头空果盘里的水果刀，轻声靠到门边，透过门上的玻璃小窗向外探查情况。

借着走廊内的光源，能看见护士站的门大敞四开。

郁岸安静地观察了一会儿周围，悄声拉开门走出去，到护士站检查了一番。

护士站内黑黢黢的，管灯被打碎，里面橱柜翻倒，一片狼藉，玻璃药瓶和一次性医疗用品撒了一地。

正对门口的办公桌上放着一台后壳泛黄的老台式电脑，左手边的座机翻倒，电话线被剪断了。

电脑并未遭到破坏，郁岸试探着挪动了一下鼠标，显示屏忽然亮

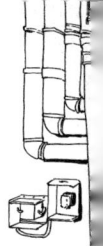

起来。

　　在微光照亮下，郁岸迅速捡起电话线的断截面，用刀尖剥掉金属丝外的绝缘皮，将断裂的两端捻在一起。

　　平时连复杂电路在他手里都是小儿科，区区电话线接起来并不费时，手边没有黑胶布，郁岸就用一只手掐着绝缘皮来固定接口，另一只手去够被螺旋线缀在桌下晃荡的听筒。

　　可当他弯下腰，余光扫过办公桌下方的空间时，一股冷意沿着指尖倏地流窜上涌到头脑中。

　　桌下有人。

　　一位护士蜷缩在桌下，惊恐地瞪着双眼，手中攥着一个折断的手机。

　　郁岸愣了几秒，试着去触摸她的手指，冷得异常。

　　她死了，身下淌了一摊血迹，血迹半干，上面印有奇怪的脚印。准确地说，是羊蹄印。这家医院中的情况似乎有些脱离预想。

　　似乎凶手的鞋底印有羊蹄图案，他在闯进了护士站，一通打砸之后，又把惊恐躲进办公桌下的护士杀害了。

　　尸体看上去刚死不久，但郁岸在病房里并没听见动静，凶手理应是在自己上楼前动的手。

　　这些都只是猜测，不过，这蹄印倒让郁岸一下子联想到了刚刚见过的一件东西。

　　他把水果刀反握在手中，贴着走廊墙壁一路往电梯口摸过去，回到了最初进过的那个仓库附近。

　　虚掩的门不知何时敞开了，抬头望去，堆放在纸箱最上方的山羊头骨不翼而飞。

　　郁岸用水果刀尖拨了拨纸箱，里面是空的，侧面可以打开，底部的纸板上也留下了同样的羊蹄形脚印。

　　这意味着，早在郁岸第一次进来时，那颗山羊头骨下就站着一个人，在这些空箱子里，一动不动。

　　与此同时，监控室内，一个男人站在电脑显示屏后，正兴味盎然地端详着监控影像。

监控的黑白画面中，郁岸背靠墙壁，正谨慎地向仓库中偷瞄，略作观察后走了进去。等出来时，他背上的单肩包鼓了许多，不知道在里面搜罗了什么东西，沉甸甸的。

男人露出笑容，双手悠哉撑着桌面，掌下压了一张求职简历。

姓名：郁岸
专业：精密仪器及机械
求职意向：特殊设备开发
……
特殊证书：IELTS 8.0，百款恐怖游戏全成就和速通纪录保持者
特长爱好：射击

简历空白处有推荐人写下的一些备注——①他在校成绩优异，在精密设备方面拥有特殊天赋。②曾因故意伤害留下案底。③思维异常，有出现极端行为的可能，面试官须谨慎应对。

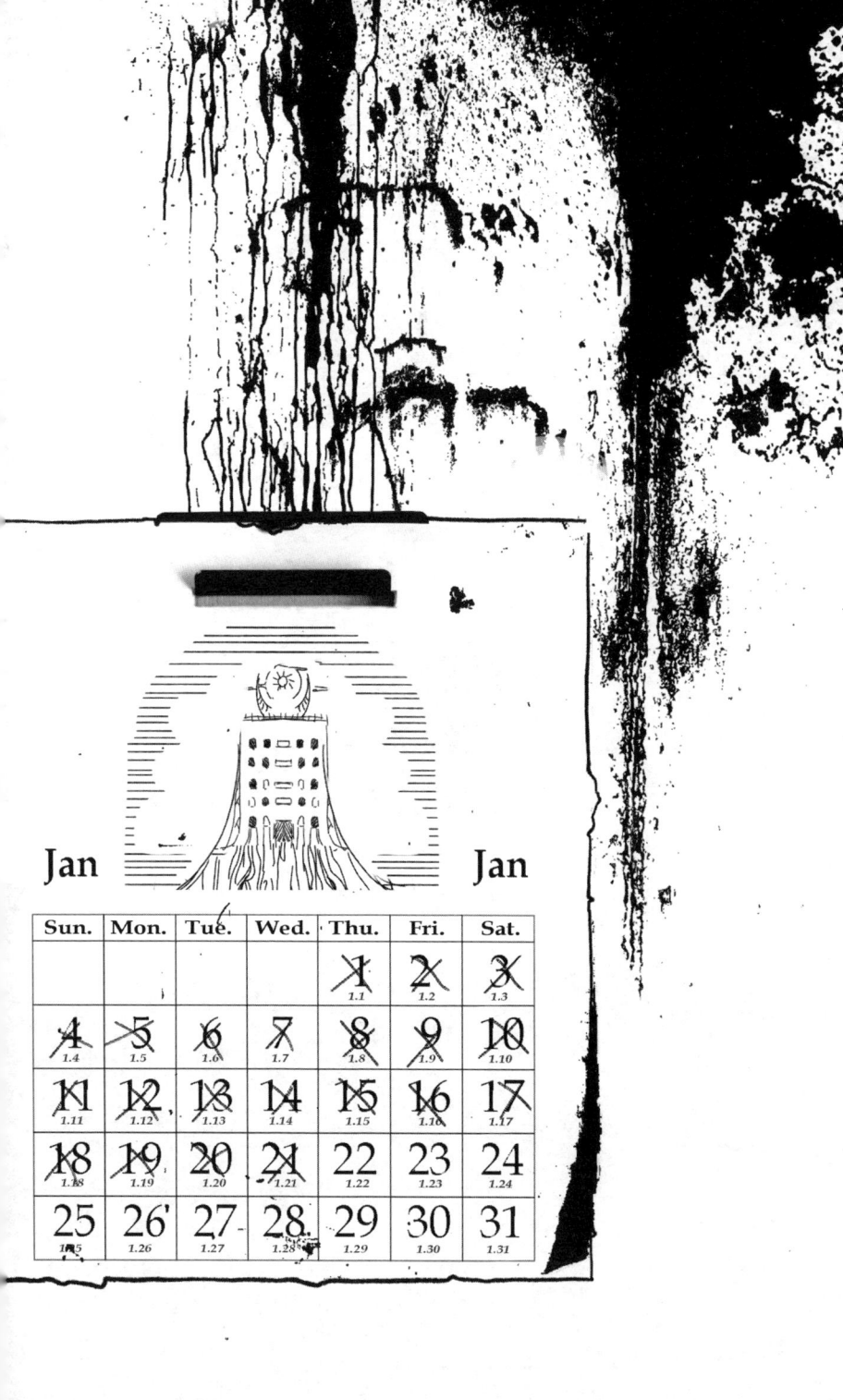

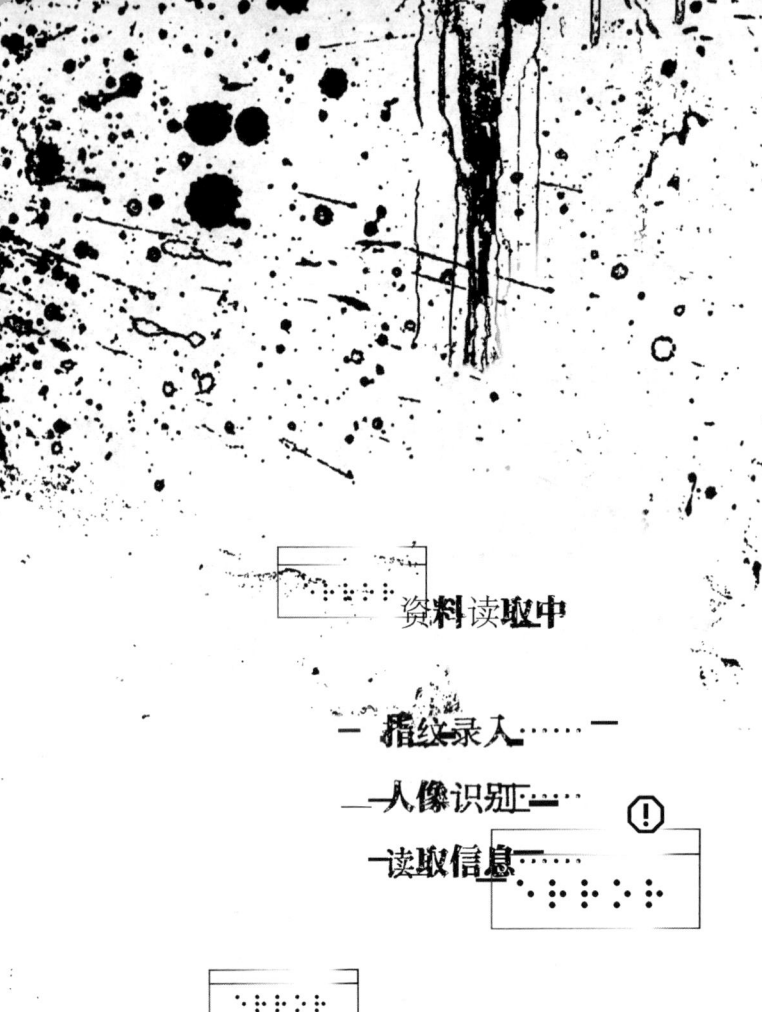

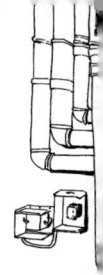

第 002 章

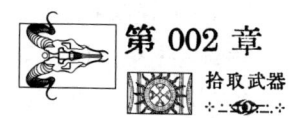

郁岸背着沉重的单肩包从仓库中走出来，钻回病房，没过多久，他左手攥着一根铁质输液架，右手拖着一条棉被出来，蹑手蹑脚地将输液架停靠在护士站外墙边，然后将棉被团起来塞进了洗手间。

做完这一切后，郁岸回到护士站里，关上门，捏起电话线断口，拿起听筒拨通了报警号码。

接警员柔和冷静的声音在听筒对面响起，不等她问，郁岸就压低声音道："报警重大杀人案件，一位护士已经遇害，凶手头上套着山羊头骨，仍在行凶。对，尸体就在护士站的办公桌下。"

他没提自己被绑架，而是挑最凶险的情况说，为的就是引起警方重视，立刻出警。

他边说边弯腰又看了一眼桌下，这一看不要紧，胸口仿佛被一口气堵住。

办公桌下空荡荡的，尸体没了，只剩地上半干的血迹，血迹长长地延伸出门口，向右拐去，一直通往幽深黑暗的走廊拐角。

一定是趁郁岸返回仓库察看时，那羊头人回来过，把尸体拖走了。

郁岸把情况如实说给接警员，接警员却说："初步判断为'畸体'相关警情，这就为您转接窥视鹰局，请不要挂断电话，保持冷静，不要发出声音。"

"畸体？"郁岸有些茫然，按了按跳痛的额头，好像什么都记不起来了，这词让他感到熟悉。

几秒后，接警员的声音被一个冷肃稳重的女声代替："您好，这里是窥视鹰。告诉我你的位置和畸体数量。"

郁岸从混乱的桌面上找到一些做备注的废纸，纸页抬头统一印有红色的"红狸市古县医院"的字样。

他把医院名字说了出来，至于数量，这倒提醒了他，在负一层时他听见头顶有脚步声，是不是说明这栋楼内不止一个凶手在游荡。

"不止一个。"他话音刚落，电话就突然中断了，昏暗的房间里只剩寂静。

是郁岸自己松开了捏住电话线断截面的手。警方已经得知基本情况，再交流下去意义不大，这里太安静，说话太容易暴露位置。

远水难救近火，他转而把希望寄予手边的台式电脑。

公共邮箱的最新邮件内容写着"负一层太平间监控摄像头损坏报修"，发件时间为1月21日09：00，也就是昨天早上九点。医院的保安后勤室，在昨天下午18：00回复说："知道这个情况了，等明天上班后会派维修师傅去修。"

早上发的维修申请，到晚上下班才有保安搭理，这太令人绝望了，郁岸放弃了向保安室求救的念头。

他点开网页，在搜索栏里输入了"畸体"这个词条，网络不太稳定，电脑反应速度也慢得让人着急。

词条——畸体：K034年，红狸市市郊科研基地被雷电引燃发生爆炸，导致实验人员非法封存于地下的三十万吨生化垃圾泄漏，垃圾带有辐射性，受辐射影响的物体内部可能出现畸形结石，发生突变，生命力变得特别顽强，被称为畸体。

畸体一般拥有固定的生活领地，但也会出现一些过界行为，入侵人类聚居地，对人类的生命和财产造成严重威胁。

词条——畸核：畸体体内产生的畸形结石被称为畸核，为畸体提供能量，畸核被取出或破坏后，畸体死亡。

网页检索到有人在搜索畸体，自动弹出一个官方滚动条：如果您

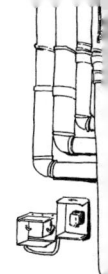

的生命安全正受到畸体威胁，请立即点击本条向窥视鹰局求助。

搜索栏下方还跳出了许多相关信息，郁岸逐条浏览下来。

帖子：干货！境内三大畸体猎杀公司优势对照。

官网：地下铁招聘公告，本着更好地保护居民安全的理念，我们公司一直积极吸收新鲜血液……

红狸新闻：魔爪伸向重量级选手？肥胖症患者频频失踪，疑是畸体所为。

古县身边事：急！求助大家，傍晚发现羊圈破了一个洞，走丢了两只配种公羊，请发现的朋友联系比萨庄园6号，感谢……

"两只……"郁岸搜索了一下比萨庄园的位置，没想到这么近，这个庄园就建在古县医院几百米外。

而且，郁岸还发现，能对付畸体这种东西的不只有警方，还有一些专门的猎杀公司。

他找到了公司官网上的电话号码，试图重新接上电话线求助，但遥远的走廊尽头隐约传来钢铁摩擦的哗啦声。

是电梯在响。

只有他自己乘过电梯，电梯应该一直停留在三层，这时候却动了，就证明有"人"正在其他楼层按按钮。

电梯与楼梯间分别在走廊的两端，此时再乘电梯，危险不言而喻，可又有一个羊头怪人拖着尸体往楼梯间的方向走了，郁岸已经被两头堵死，别无选择。

他只好立即站起来，拎起沉重的单肩包挂到肩上，包里塞了保命的东西，再重也不能轻易丢弃。

电梯响了一声。叮，三楼到了，接着铁门哗啦向两边拉开。

他来了。

郁岸回头在倾翻的药柜和办公桌间寻找能藏身的地方，之前那位护士死在了办公桌下，说明藏在那儿是不安全的，药柜扣在地上，如果蜷起身子躲进药柜里，说不定不会被发现。

但很难说对方搜寻目标的方式是靠视力,还是靠嗅觉,藏在药柜里太冒险,一旦被发现,逃无可逃。

最终他选择沿着暖气管向上爬,卸掉两片天花板,躲在了高处。

走廊尽头已然能听见沉闷的脚步声,正在朝护士站接近,步幅很大,地板被踩得咚咚响,是个大块头。

渐渐地,沉重的脚步停了下来,按步伐计算,那家伙此时已经走到了郁岸出入过的病房门口。

走廊的寂静猛然被打破,巨响就像十字路口连环撞车一样接连引爆,那家伙显然嗅到了郁岸的气味,猛撞进病房,破坏着里面的一切,整个大楼仿佛都在晃动。

郁岸猜得没错,他的嗅觉极其灵敏,普通人在有限的空间内根本躲不过他的搜索。

他坐在暖气管上,两条腿小心地架在狭窄的管道上方,勉强保持着平衡。

外边安静下来,也没再听到脚步声。

其实从报警时,郁岸就一直在思考一个问题,血迹上留下的蹄印有碗口大,比成人脚掌最宽的地方还要宽许多,他行走时的脚步声也比普通人要响亮,那么到底是一个人穿着鞋底有羊蹄图案的鞋,还是说,他双腿之下长了一双羊蹄?

郁岸向下探出头,视线略一凝滞,虚掩着的门板不知何时被推开了。

一双覆盖着浓密毛发的腿立在门口,没穿鞋,踝骨之下的双脚,每只脚只长了两个脚趾。

光看轮廓,这家伙足有两米高,体格比巨石强森还要壮。

他或许不能被称为人,浑身裹满厚重的腱子肉,头戴一副完整的山羊头骨面具,长有两根弯曲羊角。

羊头怪人嗅到了食物的气味,一步一步走进护士站中,在电脑屏幕微弱的光线下,搜索着房间内的活物,风箱一样的呼呼声是它粗重的呼吸声。

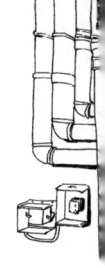

倾倒的药柜绊了一下它的脚,羊头怪人高高抬起铁蹄,一脚就踏穿了药柜,如果郁岸藏在里面,此时必然已经成了一坨罐装腐乳。

巨响之后,房间突然陷入寂静,郁岸捂住嘴,不让自己发出任何声音。

不料,一块早就松动的墙皮在他的摩擦下开裂,郁岸迅速回手抓住,却只抓住了一半,另一半连着碎屑一起掉落在了羊头怪人面前。

羊头怪人缓缓抬起头,朝天花板望去,与郁岸视线相接的一瞬间,竟发出一声嘹亮的山羊叫。

没听错,就是山羊叫,响亮逼真的"咩"声,非常刺耳。

它嘴里正咀嚼着什么,上下颌翕张,鲜红汁液向外喷溅,随着它开口咩叫,有东西从它口中掉落,朝前滚了两圈。

郁岸感到自己的世界震颤了一下。

滚进视野中的,是半截手指。

他知道坐以待毙的结局是什么,于是当机立断,翻身从暖气管上跳下来,双脚落在办公桌上,先把座机拔起来朝前一扔,正中那羊头怪人面门,挂着听筒的螺旋线缠到了它头顶的羊角上。

趁羊头人撕扯电话线的间隙,郁岸利落割断台式机后连接的所有电线,举起沉重的电脑,用尽全身的力气朝羊头砸了过去。

轰隆一声巨响,羊头人被砸得低下头去,玻璃显示器炸碎,散碎零件冒着烟向下掉,郁岸从桌上纵身一跳,直接趴到羊头人后背上,它身上臊臭不堪,散发着牧场草料和粪便的气味。

郁岸一只手紧紧攥住羊角,另一只手伸到背包里,拎出一个沉甸甸的瓶子,重重向下一砸。

盛满透明液体的玻璃瓶扣碎在羊头上,碎玻璃朝四周迸射,液体飞溅,一股浓烈刺鼻的酒精味从狭窄的护士站中炸开。

这股刺鼻的气味极大地干扰了它的感官,羊头人受了惊,焦躁地胡乱甩动头颅。

郁岸这才发现,这山羊头骨并非面具,而是从脖颈血肉上延伸生长出的，是这怪物真正的头。

白骨尖牙之间卡着一些血肉和骨渣，它刚刚进食过。

果然是畸体。

其实，浏览了一番关于畸体的网页之后，郁岸总结出来的唯一有用结论就是：人类杀死畸体算正当防卫。

郁岸早有准备，顺势跳出门外，一连向内抛进四瓶酒精，玻璃瓶放鞭炮似的满地炸碎。随后他点燃打火机，抛进门里，毫不犹豫地拉上门，将提前摆在门口的输液架拉过来，斜卡在扶手上，把门把手别住，让它不能从里面打开。

一股蓝色火焰从护士站内腾空而起，门里传来铁蹄踏地的震响，门板虽然经受着一下一下猛烈的冲击，却只有稍微变形，至少还能撑个两分钟。

护士站的门是防盗门，与病房区的带窗木门不同，这是郁岸宁可再次踏入凶杀现场，也要选择护士站作为临时藏身之地的理由。

但砸碎酒精瓶子时，里面的液体免不了溅落在郁岸自己身上，那黏稠火焰沿着郁岸指尖腾地烧了起来，迅速爬到郁岸的衣服上燃烧起熊熊烈火。

他丝毫不慌，拐进洗手间里，将提前开着水龙头浸泡湿透的棉被裹在身上，在地上打了几个滚，彻底压灭火焰。

郁岸躺在地上，浑身湿透，体温在迅速下降，被黑暗笼罩着，力竭和寒冷让人绝望。

面前不远处，有东西掉落在地上。

黑色的，指甲盖大小，似乎是一个蓝牙耳机。

郁岸吃力地向前爬，伸手将耳机拿到面前，戴进左耳中。

一阵嘈杂的电流音过后，他听到了一个男人的声音。

"站起来。"

站起来……嗓音不算温柔，却拥有安定人心的力量，是警察吗？

郁岸咬紧牙关，扶着墙壁重新站起来。

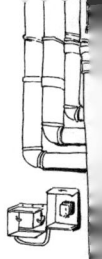

"沿着走廊跑到尽头,来监控室找我。"

此刻,耳机里的陌生男人成了郁岸唯一的希望,他目不斜视向前跑去,将羊头人的嘶吼和冲撞抛在身后。

半路经过消防角,郁岸从里面提起一个沉甸甸的干粉灭火器,继续向前。这东西受到猛烈撞击时有可能爆炸,如果不是万不得已,没人会想用它当武器。

离廊灯太远,光线越来越暗,仿佛行走在巨兽的咽喉中,压抑得令人喘不过气来。

挂有监控室标识的房门就在前方,可尽头的黑暗被一个高大的身躯遮挡,郁岸一下子就辨认出它头部山羊角的轮廓。

郁岸也说不清耳机里的男人为何让自己如此信赖,他望着近在咫尺的监控室,就像信徒望着天堂之门,其他都不重要了,他只想进去。

豁出去了,硬拼一把。

郁岸凝视着羊头正中央,如同瞄准镜锁定了目标,拎着灭火器微微转身,向左后方蓄力,奋力一抡——

霎时,羊头人身后监控室的门被一只穿长筒皮靴的脚重重踹开了。

接着,一阵尖锐的笑声从门内飞出来,郁岸耳边自动响起蹦极僵尸从天而降偷植物时的音效,咦——哈!

有个粉红家伙从门里一跃而出,双手高举一根从铁架床上拆下来的空心管,迅猛落地,骑在羊头怪人身上,把锋利铁管贯入它厚实坚硬的后背,将其结结实实钉在地上,长发随着他的动作上下翻飞。

羊头怪人遭到背后偷袭,身躯受到猛烈的冲击,向前趴下去,胸腹着地狠狠摔在地板上,发出轰隆巨响。它四肢挣扎,摇头痛吼,但很快,刺耳的咩叫戛然而止,暴烈声响随之沉寂。

男人仰头露出一嘴锯齿三角牙,似乎才注意到身边还有其他活人,便松开铁管站起身,紧了紧鹿皮手套腕部的金属搭扣,朝郁岸步步逼近,双眼猩红,目光如刀。

他长有一头卷翘的淡梅子色长发,酒红色衬衫外穿了一件长风衣，胸前别着一枚银质胸牌，图案是公共导向标识中的地铁标志，下方则浮雕着他的名字：昭然。

这人看起来要比羊头怪人的危险系数高个十倍，郁岸几乎要分不清这是现实还是梦境，心虚地想：难道自己误打误撞触发了场景boss[①]吗？

[①] 在游戏中指挑战难度较大，出现在最后或关键时刻的角色。

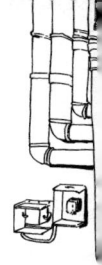

第 003 章
与昭然交谈

昭然从阴影中走到光下，狠戾气息随之收敛，如同一团火焰暂时熄灭。

他皮肤很白，眉骨高耸，双眼皮很宽。看面貌，似乎结合了一部分俄罗斯血统，且罹患某种异常白化病，使他的毛发甚至瞳仁都自然呈现一种淡粉色。

这容貌莫名熟悉，让郁岸短暂失神，可放任思绪去追寻了，又只追回一个虚无的结果。

难道畏光吗？郁岸敏锐地察觉到他的弱点，抡起灭火器就朝那团粉红家伙砸去。

他突然袭击，对方也只能招架，抬起手腕柔和卸掉砸过来的沉重力量，并在灭火器罐壁上留下了一块不明显的凹痕。

灭火器脱手飞出去，郁岸也管不了那么多了，恶狗扑食般飞身撞倒昭然，骑在他身上，水果刀尖抵在他颈动脉旁。

"别动。"嗓音仿佛山顶夹着薄雪的冷风。

昭然仰面躺在冰冷地面上，将双手举到头顶，并没反抗，像是气笑了："还没入职，就已经骑到我头上来了？"

郁岸的耳机里延迟重复了一遍："还没入职，就已经骑到我头上来了？"

温和的态度、安抚性的肢体语言，和几秒钟前判若两人，郁岸已经无法从他身上找出一丝残留的疯狂。

昭然支撑着地面坐了起来，与他面对面，扬起唇角："我是站你这边的。"

郁岸紧绷的精神稍微放松，试探性地触碰他的脸，温热柔软，他只是肤色白而已。

昭然从风衣内兜里摸出一张名片递过来："三天前，你向我们公司投递了简历，我是你的面试官。"

郁岸接过名片扫了一眼，上面写着：地下铁紧急秩序组组长昭然。

地下铁，红狸市最可靠的畸体猎杀公司，主要活动均在地下进行，活动区域围绕地铁线路向外扩散，紧急秩序组负责执行公开猎杀任务，组长职位仅在老板之下。

"我好像忘了许多事。"努力回想，郁岸忽然紧紧按住跳痛的太阳穴，一些记忆碎片浮现在眼前。

他的确记得自己曾收到过一封面试信函，落款"地下铁"。

郁岸窘迫地从昭然身上翻了下去。

"昨天是面试的日子，我等你到傍晚，你怎么没来？"昭然用手背碰了碰他脸颊的绷带，薄皮手套在脸颊上摩擦。

本以为在这种情况下能来营救自己的会是警察，郁岸有些不信任这个粉红色的家伙。

"哦……搜身也是一门必修课。"昭然看出他的顾虑，于是隔着郁岸衣袖握住他的手腕，带他从上到下缓缓移动，直视他的眼睛，"只有这样才能摸到敌人贴身藏的小零件。"

昭然边说，边把衬衣内侧隐藏的刀片夹出来，弹到地上两米远处。

郁岸与其说被他指导着，不如说控制着，双手隔着薄薄一层衬衣搜身。

郁岸偏开视线，试图不去看那双慑人的眼睛。

"啊啊，搜身的时候走神，你就死定了。"昭然左手迅速掠过大腿外侧的皮革刀套，从抽出精钢匕首到反制郁岸，刀刃贴于他咽喉，整个过程就发生在一秒之内。

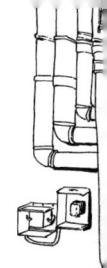

他绕到了郁岸身后，嘲笑道："如果我要杀你，你连看见我脸的机会都没有，别乱想了，小鬼。"

郁岸被迫抬起下巴，不由得被他游刃有余的姿态震慑住了。

这时，整座建筑好似震动了一下，郁岸一惊，向走廊另一端望去。两根锋利羊角贯穿了护士站的钢铁门板，防盗门坚持不了几秒了。

它还活着？生命力顽强到了令人恐慌的地步。郁岸谨慎后退，脊背撞上了身后人。

昭然将小臂搭在他肩头，侧过头问："你知道这是什么怪物吗？"

"畸体。"郁岸突然有点不确定，但这道题也不能空着。

"看来还记得些有用的东西。没错，是跑出羊圈的豢养山羊。辐射突变后失去控制，成为山羊畸体。"昭然将精钢匕首放到郁岸掌心，"畸核不毁，它就是不死之身。"

"你先熟悉一下公司业务，我们专门负责清理畸体。"昭然踢了一脚被铁杠钉在地上的羊头怪人，"来，把它的核挖出来。不要挖碎了，有些机器能靠畸核来驱动，有些身体残缺的人类能够使用畸核，这里面市场缺口很大的。"

昭然戴了一双薄皮手套，粗糙纹路，蹭过郁岸掌心，麻酥酥的。

郁岸掂了掂落在手中的匕首，沉重锋利，是浸过血的真家伙。

"面试官，我还是想，呃，考虑一下别的工作……"

"当然可以，但你要活着走出这里才行，这是一场面试，但不是一场演习。"昭然低笑一声，自然地脱下外套，披到浑身湿透、冻得快要失去知觉的郁岸身上，自己身上只剩下一件单薄的酒红色衬衫。

风衣里衬还余留着昭然的体温，郁岸立刻把自己裹紧了，一股淡淡的洗衣剂香味漫进鼻腔。

一声轰隆巨响又一次让医院震颤起来，护士站的房门连着门框被撞裂了，门框带着砖石碎块倒塌下来，震起一片烟雾，灰尘在空中飘浮。

羊头人踏着废墟走了出来，身上毛发焦黑，浑身散发着一股焦煳味，硕大胸肌上漆印着文字：比萨庄园6号，古德曼牧场，羊奶真好喝，就找古德曼。

"按我说的做。"昭然松开了手，敲了敲郁岸的耳机，示意他保持联络，"我去把它引开。"

"你别走。"郁岸忍不住伸手拦他，却不慎碰触到他侧腰的一块凸起，衬衣里面似乎贴了一块止血纱布。

昭然停顿了一下，听到那挽留的三个字，他讶异回头，露出了一种茫然的表情。他耐心等了几秒，想听郁岸说什么。

郁岸被他灼灼目光注视得抽回手，低头一看，掌心沾了一团湿漉漉的深红液体，散发着血腥味。

他身上有很严重的外伤。

等郁岸再抬起头，昭然已走远了，身形倏然向前蹿，然后一跃而起，矫健地从羊头怪人身边掠过，身上的血腥味和他故意敲击发出的噪声引得那大块头转身追去。

郁岸只好握紧匕首的柄，视线移到被钉在地上的羊头怪人身上。从背部有规律的起伏可以看出，它依旧在呼吸。

他有些不安，稍微站远了些，后背碰触到监控室的门，吱呀一声响。

回头端详门内，郁岸瞳孔骤缩。

监控室里横七竖八躺了一地人，身上都穿着工作制服，无一例外全都昏死过去。

是那位面试官干的？郁岸俯身试了试他们的脉搏，心中升起一丝疑惑。如果绑架犯假扮成面试官，装作与自己初次见面的话，是否也说得通？

有什么东西贴着郁岸的身体动了一下，郁岸定了定神，从面试官留下的风衣兜里摸出一部手机。

是他故意留下来的吗？

手机在振动，一个未知号码打来了电话。

郁岸略作思考，按下了接听键，但并未开口，而是等对方先说话。

电话里是个女声，她身边似乎还有不少人。压低的哭腔带着恐

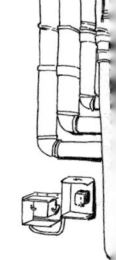

慌："昭先生？这里是红狸市古县医院，我们遭到了山羊畸体袭击，现在都藏在二层诊室里不敢出去，请救救我们……"

声音越来越小，最后完全噤了声，只能听见她紧张的呼吸声。

原来这座医院里还有活人。郁岸微怔，想了想，压低嗓音用气声道："知道了，原地别动。"

"昭先生过来了，有救了有救了……"电话对面的人们庆幸地发出微小的呜咽。

郁岸挂断电话，在风衣兜里掏了掏，手机和香烟盒都放在左衣兜里，记得刚刚他的匕首套也挂在左腿外侧，看来他惯用左手。

除了杂物，郁岸还在口袋里发现了一个长条状的电子仪器，像一个铅笔盒，盖子上有个显示屏，掀开盖子，里面是空的，只有两排类似冰格的凹槽，总共八个凹槽，可以存放某些特定的东西。

"储核分析器"，盒底的商标如此写道。

郁岸看向监控室的电脑，四格黑白画面中，能看见昭然正躲在三层的电梯口附近。他先将一瓶酒精摔碎在地上，然后灵活地攀住管道，贴近天花板，用手肘将廊灯击碎，整个画面变得一片漆黑。

他与那羊头人正在兜圈子，在黑暗中，羊头怪人看不见他，又被酒精干扰了嗅觉，只能靠听觉判断他的位置。

看来昭然是想将那大块头骗进电梯里。

郁岸吸了口气，回头看看那钉在地上的羊头人，它的手指动了动，开始支撑着身体离开地面，鲜血沿着钉住它的铁杠向下喷涌，它想把自己从铁杠上拔下来。那铁杠已变得弯曲，控制不了它多久。

郁岸目不转睛注视着它，拿起昭然的手机，冷静地拨通了窥视鹰局的紧急求助电话。

"什么事？"对面接得很快。

"请问人类杀死畸体属于正当防卫吗？"他强迫症般地需要再确认一遍。

"是的。"冷肃的女声给予了肯定的答复，"你从哪里得到这个手机的？"女警嗓音里的压迫感几乎要沿着通信信号施加在郁岸身上。

与此同时，郁岸的耳机里，昭然也给了他同样的回答："是。"

听到确切的保证，郁岸如同一只在猎物身旁徘徊已久的豹子，猛地蹿了出去，压在即将起身的羊头人背上，双手握紧精钢匕首，毫无心理负担地刺入。

血液溅落在他脸颊上，染红了左眼的绷带。

如果有旁观者看见他这行云流水的动作，恐怕会毛骨悚然：区区学生而已，怎么会对人体要害如此熟悉？

用刀刃搜寻许久，他终于在羊头人腹部皮肤下摸到了东西，缓缓抽出手，用食指和中指夹出一枚圆形硬物。

畸核呈淡蓝琥珀状，圆球形，葡萄大小，表面刻有山羊头骨形状的花纹，微光流转。

郁岸在身上蹭净畸核表面的污血，摸索着打开储核分析器的盖子，将畸核塞进了其中一个凹槽内。

盒内发出自动扫描的声音，随后，盖子上的显示屏亮了起来，经过一段短暂的转圈加载动画后，显示出了一页资料，同时冰冷的电子音从扬声器中传出：

名称：怪态核－山羊角

来源：羊头人

种类：普通种

等级判定：一级蓝（淡蓝）

基础能力：力量与敏捷增强

使用限制：累计使用 10 分钟

简介：大力出奇迹

共鸣条件：未知

"什么是……怪态核？怪物拟态？"

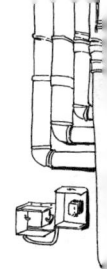

所有响动都沉寂下来，郁岸跪坐在地上微微喘气，染血的指尖抹过储核分析器的屏幕，默读上面的文字。

看起来，畸核就像一块电力充足的干电池，用来给畸体提供能量。

耳机里，昭然的喘息越发沉重，似乎刚刚那一个"是"字的回答，在黑暗中暴露了他的位置。

"嗯。"一声痛苦的闷哼敲击在郁岸鼓膜上。

"你怎么样？"郁岸按住耳机问。

昭然回以两声敲击："放心。"

"……"郁岸看着手中的储核分析器出神，脑海中回忆起昭然离开前说过的话。

有些身体残缺的人类能够使用畸核。

身体残缺……郁岸摸了摸脸上的绷带，这算不算身体残缺？要怎么使用？

郁岸把那枚淡蓝色畸核从凹槽里抠出来，凭着直觉摸索。

这个大小和形状……

他扯下脸上的绷带，一鼓作气将那枚畸核对准空洞眼眶塞了进去。

畸核嵌入的瞬间，核内血管状的微光立即流动起来，与郁岸眼眶内的血管和神经建立连接。

针刺般的细密疼痛让郁岸本能地想要把核抠出来，可那核生根了似的，与眼眶紧密地交织在了一起，拼命撕扯也无济于事。

"你怎么了？"耳机里，昭然听到他隐忍的痛吟，顾不上再噤声隐蔽，"说话。"

郁岸头痛欲裂，仿佛突然激活了某种激进的癌细胞，它们飞速增殖，冲撞着他的内脏和骨骼。

他只能捡起地上的匕首，扶着墙向走廊深处的那片黑暗走去，脚步踉跄，时不时脱力跪伏到地上。一对弯曲小羊角从漆黑发丝间隐现生长，他仿佛正在被无形之物吞噬、寄生，身体逐渐显现了魔鬼的形状。

第 004 章

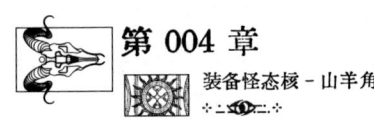
装备怪态核 - 山羊角

"嗯……"郁岸捂着眼睛,指缝之间,畸核表面花纹混沌变化,聚拢成了山羊特有的横矩形瞳孔。

储核分析器的屏幕也一起发生了变化,山羊图案缩小移动到左侧,而右侧则出现了一个倒计时,从十分钟开始,一秒一秒减少。

"郁岸,你与那枚核建立连接了?你就不能先问我一下……呃!"昭然焦躁到了极点,注意力全在郁岸身上,在他对着耳机说话时,羊头人发出一声嘹亮的咩叫,同时循着声源冲了过来。

羊头人最可怖之处要数头上那两根利刃似的山羊角,尖锐发亮,只需轻轻一挑,对手必定肠穿肚烂。

昭然向上一跃,双手攀住天花板上的钢铁管道,带动整个身体荡了起来,轻盈得如同斗牛士手中的红巾,轻易躲过一次羊头人的猛烈冲撞。

这家伙比被杀死在监控室门口的那只强了太多,危险气息如同拧开的煤气,迅速席卷了整个走廊。

"该死的羊,误了我的大事……"昭然始终与它保持着一定距离,观察它的行动。自己徒手杀过的畸体没有一千也有八百,这一只结实得不同寻常。

羊头畸体彻底被昭然的戏耍激怒了,嘶吼着折返。昭然在黑暗中屏住呼吸,趁羊头人迷失方向的短暂机会,飞踏墙壁翻身挂在了羊头人胸前,左手凭一股柔劲向前冲击,指尖如刀,锋利地洞穿了羊头人

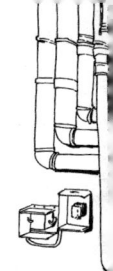

腹部，手腕扭转向外一扯，从血肉中直接拉出了一枚畸核。

这枚畸核呈钴蓝色，颜色很鲜艳。

可那怪物极其顽强，竟没有一丝停顿，顶着昭然继续冲刺，锋利羊角转瞬间深深没入墙壁，咚的一声，墙皮翻卷炸裂，烟灰飞散，昭然猛地被撞在墙面上，脊背把墙撞出一个巨大凹陷。

它身体里，不止一枚核？

昭然腹侧的止血纱布彻底被鲜血浸透，洇出布料，沿着衬衫衣摆向下滴落。可惜这伤太碍事，稍微一动就会导致四肢短暂脱力，否则怎么会在区区一头羊身上浪费这么长时间。

此时虽然没被那羊角挑破肚肠，却被死死卡在了墙壁高处，双脚悬空没有借力之处。

他关闭了耳机麦克风，手指抚过羊角的纹路，缓声问它："早不来闹事，偏选在今天……我该怎么处置你？"

昭然的狭长唇角裂开，疼痛使他双眼充血，在昏暗环境中逐渐燃起猩红颜色。

"算你倒霉，小羊羔，下辈子别来碍我的事。"

羊头人向下一坠，似乎有什么诡异的东西扒在了腿上，它摇晃着笨重的头颅向脚下看，可胯下一片黑暗。

昭然肩膀颤耸，忍不住笑起来，却被耳机里传来的冷淡声音打断。

"面试官，离它的头远一点。"

"嗯？"昭然收敛表情，感知到来自走廊深处的风声，立刻仰起头将身体贴到了墙壁上，偏头向幽深走廊望去。

几扇病房门被羊头人撞毁，只剩倒塌的残垣，窗外的铁栅栏将月光分尸成棱角分明的碎块。

一道寒光打着转从黑暗中飞来，那是一把精钢匕首，飞旋着朝羊头射去。

那股沉重迅猛的力道，不偏不倚命中山羊头骨太阳穴处，羊头人仿佛受到一枚马格南弹冲击，被掀了出去。

失去羊角的支撑,被钉在墙上的昭然坠了下来,脚尖点地跳退了两步,回望匕首来向。

幽深走廊里,出现了一个人形轮廓,头生弯曲羊角,左眼处嵌着一颗淡蓝色山羊眼,随着行走拖出了一道短暂的蓝光。

郁岸与身后的深渊逐渐剥离,走入昭然的目光里。

经过一段痛苦的适应过程,山羊眼已经像天生的眼睛一样转动自如。不过郁岸也不清楚到底发生了什么。

昭然轻身跳退到郁岸身边,皱眉,压住伤口缓解疼痛,拿开手时,掌心沾了一团血污。

他没多在意,而是一把抓住郁岸的领口,把人拽到面前,觑着他:"这么暗,这么近,你都敢扔刀啊,插中我怎么办?"

郁岸垂眼抠了抠指尖,如实回答:"面试会不通过。扔刀确实有风险,如果是枪的话,我一定不会打中你,面试官。"

面试会不通过。昭然保持微笑,火冒三丈。

他看了看郁岸挂在腰间的储核分析器,显示剩余使用时间07:56。

"谁教你捡到东西就往眼睛塞,还大学生呢。"昭然无奈,向前推了他一把,"力量和敏捷增强的效果还剩八分钟,别浪费了。"

羊头人的坚韧远超郁岸想象,被火焰烧灼、一把刀横贯太阳穴竟然还没暴毙,它就那样头上插着刀站了起来,两只山羊眼不协调地转动,诡异至极。

羊头人烧焦的毛发卷曲,贴在糙厚的皮肤上,骨质化的头颅高高扬起,鼻孔喷出两股热气,体内杀意已经遏制不住地向四周喷发,铁蹄在地上刨了几下,疯狂地朝两人撞来。

"退什么,好好表现。"昭然挡住郁岸的退路,打开了储核分析器上的蜂鸣器,"上啊,干它。"

蜂鸣器发出嘀嘀嘀的刺耳噪声,羊头人的目标一下子就锁定到了郁岸身上。

"……"郁岸只好硬着头皮向前迈了一步,始料未及的是,一种

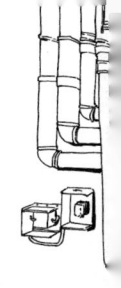

前所未有的速度从脚下爆发，他只不过轻轻一跃，便弹射起飞，脊背擦着天花板，身体像山羊一样灵活而充满力量。

昭然压着伤口挪到墙边，但目光依旧留在战局中，打开了耳机麦克风。

"别乱冲，你左手边半米远处有一根暖管可以落脚。"

"它在你一点钟方向接近你，要抓你的脚了，你有三秒钟绕到它身后，不用怕，直接跳。"

在蜂鸣器的噪声干扰下，羊头人根本分不清是谁在主导着这场战局。

郁岸双脚前后蹲在暖管上保持平衡，他犹豫了一下，正因为这短暂的迟疑，他没来得及按昭然的指示做，果真一只披覆黑毛的大手就从暗中扫了过来。

他被迫闪躲，有些不知所措。

"哦，别慌，我给新手的行动路线容错率通常是很高的。现在抓住它头上的匕首，拔下来。"

郁岸看准方位，纵身一跃，右手刚好握住匕首握柄，两条长腿向外一蹬，靠反作用力将匕首抽了出来，羊头人打了个趔趄，但这力量还不足以让它仰面摔倒。

"它要向你左边薄弱处进攻了，转身，就是现在，抓它的角。"

趁羊头人冲来的一瞬，郁岸一把将匕首从它厚重的脊背钉了进去，像用登山镐一样，借着落脚点翻上了羊头人背后，双手紧握羊角，用尽全力控制它的方向。

郁岸急促地喘着气，心脏几乎悬在了空中，心道在护士站里的时候，它可没这么能打……难道畸体的实力会随着突变时间延长而增强？

羊头人疯狂甩动头颅，庞大身躯不顾一切向后方的墙壁撞了过去，要把黏在背上的人类碾成肉酱。

昭然见郁岸要在那羊头人手上吃亏，忽然抬脚挑起消防角的灭火器，朝郁岸踢过去。

郁岸的适应能力比想象中还要强，短短几分钟已经与昭然产生了默契，不需任何言语解释，就完全明白了他的意图——抓住时机，用力抛出匕首，匕首打着旋在空中嗡鸣而过，深深钉进了灭火器外壁。

怪态核-山羊角的基础能力是"力量与敏捷增强"，力量延伸到了郁岸手持的武器上，匕首给予灭火器的撞击不亚于一枚高速飞行的子弹。

巨大的爆破声震得在场生物头皮发麻，灭火器的白色粉雾漫天飞散，瞬间弥漫了半个走廊。

浸泡在浓郁粉雾中的羊头人彻底失去了视野，听觉也被刚刚的巨大炸响完全扰乱，大脑嗡鸣，五感尽失。

郁岸飞身一荡，骑上羊头畸体的脑袋，双膝紧紧夹住那坚硬的头骨，狠戾一拧。

一连串骨骼碎裂的响声让人牙床发酸，羊头人的身躯如高楼大厦震颤坍塌，栽倒在地，地面被砸出了蛛网裂纹。

郁岸从羊头人颈后跳下来，把还在喷粉的灭火器踢进病房里，捂住口鼻扇了扇周围的粉末。

"好呛。"

"干得漂亮。"昭然扇了扇面前的粉雾，等烟雾散去后，走到羊头畸体前蹲下，用指尖细细抚摸它的身躯，找准位置，利落下手，在它身体中细细搜寻。

郁岸只好安静地到一边看着，打量着他。

他的手除了戴着一双薄鹿皮手套外，看上去并无特异之处，却能轻易刺入和切断肌肉组织，比新打磨的快刀还要锋利。手套表面也涂抹了一层特殊涂料，使其能轻松甩掉血迹，不沾污垢。

徒手破肚，却看不出他有感到恶心，甚至一脸享受，仿佛得到了生理上的舒适感。

郁岸并没觉得哪里不妥，也跟着蹲下来，既然面试官没给自己安排什么事做，就蹲在旁边安静摸鱼好了。

他无所事事，用匕首从羊头畸体身上刮出一片没毛的皮，然后片下

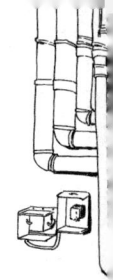

一块被酒精火焰烤焦的肉，扎在刀尖上嗅了嗅，似乎就是羊肉的味道。

他试着咬了一口尝尝，没错，是烤全羊的味道，只不过没放盐，可是皮挺香脆的。看来突变的山羊也还是山羊，本质没发生什么变化。

它可以直立行走，似乎还出现了一些智慧，但肉质味道没改变，那么它还算食物吗？郁岸陷入了哲学方面的思考。

正研究着，忽然感到一道目光落在了自己身上，郁岸抬起头，见面试官正看着自己，表情复杂。

"啧，我说你……"

郁岸舔了舔指尖，起身站远了些，尽量不碍领导的事，也没再关注昭然做什么，而是摸了摸自己的头。

发间支棱起来两根小羊角，让郁岸有点不自在，试着戴上兜帽遮挡，可锋利的角尖轻轻一碰就刺穿了兜帽，依旧显露在外。

身体中充盈着一种奇异的感觉，让郁岸感到精力充沛，和充了电一样。

他试着跑了两步，没想到脚下竟爆发出了百米冠军的速度，化作一道影子在狭窄走廊中一闪而逝，结果没刹住车，轰的一声，从病房门旁边的墙壁撞了进去。

"……"郁岸抖掉满身灰土，揉了揉额头，小心地回头瞧了一眼砖石墙壁上留下的人形窟窿，双手插兜拉开门走了。

他触摸自己的左眼，并不疼，其实没什么感觉，而且捂住右眼的时候，左眼竟然能通过畸核看见东西。这颗眼球的视野宽度接近340度，这好像是羊的视野范围。

那四舍五入就是没丢眼球，还血赚140度视野范围。

"过来，别搞破坏了。"昭然终于从那大块头的后心窝挖出另一枚畸核，举起两枚畸核向郁岸展示。

一枚钴蓝色，一枚紫色，被昭然攥在手里，像老年保健球一样转了转，污血沿着手套流淌到雪白的手臂上。

"这只山羊刚刚突变，还没适应自己的核，否则双核畸体哪能这么轻易被撂倒,你运气还不错。"

昭然将刚刚收获的两枚核挨个放进储核分析器里,经过扫描后,开始读取信息。

蓝色的要比郁岸正在使用的颜色深一些,资料也发生了变化。

名称:怪态核-山羊角
来源:羊头人
种类:普通种
等级判定:二级蓝(钴蓝)
基础能力:力量与敏捷大幅度增强
使用限制:累计使用30分钟
简介:更大力!更大奇迹
共鸣条件:未知

同色系的畸核色泽越深,就越稀有,比起上一枚只能使用十分钟,这枚核竟然能用半个小时。

但这不重要,重要的是那枚紫色的。

储核分析器加载了几秒后,电子音朗读道:

名称:功能核-撒旦指引
来源:羊头人
种类:普通种
等级判定:二级紫(矿紫)
基础能力:使目标迷失方向
使用限制:累计使用6次
简介:让魔鬼来指引你,灵魂之归处
共鸣条件:未知

"蓝紫红银金五个颜色，越往后越稀有，同色系越深越稀有。稀有的核昂贵到你难以想象。"昭然解释了一下畸核的衡量标准，挪到墙边，深深叹了一口气，仰靠着休息。

他靠坐在斑驳墙壁下，屈起一条腿。走廊灯光幽暗，但他皮肤白得发光，像夜晚的飞蛾。

郁岸并排坐到他身边，不知道自己做错了什么，让面试官如此失落。

昭然闭了好一会儿眼，才打起精神，沮丧到了极点："我真没想到，有人能莽到问都不问就把畸核撑眼睛里。"

"有什么问题吗？"

"能使用畸核的人类被称为载体，这样的幸运儿不多，身体残缺只是必要条件之一。"昭然长叹一口气，"每个载体身上的残缺部位只能嵌入一枚核，你塞进去了，就长在你身上了，到死都属于你了。

"所以拥有载体体质的人都会极其慎重地选择跟随自己一生的畸核，大多数载体都会选一个高级的、能长久使用的畸核镶嵌到自己身上。"

"做我的实习生，我一定动用我所有资源和能力，为你找到一枚级别最高、最能打的畸核。"昭然缓缓说着，眼睑微微泛红，越说越绝望，"你倒好，二话不说镶嵌了枚一级蓝，天哪，我死了算了。"

"就长在身上了吗？"郁岸眨了下眼睛，抬手按了按眼皮，没费多大力就把左眼眶里的畸核挤了出来，"我拿出来了。"

他又对准眼眶一塞："我又放进去了。"

"？"昭然微张开嘴，愣住。

郁岸看着他，摇了摇小羊尾巴。

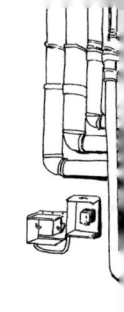

第 005 章
回复血量

郁岸尾椎处延伸出了一根短小的羊尾巴，毛茸茸地挤在裤腰外甩来甩去，不太受控制，他自己好像都没意识到。

昭然闭了嘴，忍不住一直向郁岸身后瞥，若有所思。

储核分析器右侧倒计时进入最后十秒倒数，轻微振动，直到时间归零，嵌在郁岸左眼里的畸核灰暗下来，蓝光熄灭。

郁岸身上的山羊拟态随之消失。

储存在畸核里的能量已经用完了，原来这就是储核分析器中所介绍的"使用限制为累计使用 10 分钟"的含义。低级畸核和没电就丢的干电池一样，用完就报废了。

它属于一种生物能源，而某些身体残缺的人类就相当于一个能安放电池的容器。

他将灰败浑浊的畸核从眼眶里挤了出来，左眼就只剩下一个骇人的洞，眼眶空洞幽深，像口无底枯井。

昭然手里托着那枚核，畸核本身的微光完全熄灭了。他也第一次见到能自如取下畸核的载体，半天都没回过神，交织在浅淡眼眸里的情绪，是惊诧和狂喜。

畸核离体后，郁岸的力气也一下子被抽离，大脑暂时缺氧，眼前一黑，意识模糊。

眼眶发烫，郁岸紧闭双眼寻求缓解这炽热肿胀的感觉，终于找到了一片冰凉的地方，贴了上去。

他一歪头贴向了身旁的昭然，犹如烧红的铁块淬入水中。

"……"昭然双手衣袖沾满血污，只好不自在地悬空端着，既没有垂下来，也犹豫着没有搭在郁岸身上。

发烫的感觉得到舒缓，郁岸低低喟叹了一声。

"干什么，没骨头一样，一级蓝核而已，连接起来哪有这么耗精力？嗯……大学生就是娇气。"昭然面色如常，然而身体还是微不可察地颤了一下。

"面试官，你看起来好年轻，也刚毕业不久吗？"郁岸闭着眼睛，闷声问。

"没有，我的工作用不着学校来教。"

"面试官，你几岁？"他好奇已久。

昭然抓住郁岸后脖领向后扯，提溜小狗似的，凝视他的脸，翘起狭长唇角："这是公司机密，先跟我签合同再问这么多。"

郁岸半眯右眼："你们公司打打杀杀的，连人身安全都保证不了，我看我还是不应聘了。"

"噢？转正底薪两万四，有六险一金，福利很不错的，以你的条件，在红狸市也找不到比我们地下铁待遇更好的公司了。"昭然松开郁岸，细数他们公司的优点，然后扬起和善的笑容，"你仔细考虑一下，我哪儿表现得不好你可以提。"

一个能自由拆卸畸核的人类载体，恐怕一走漏风声就会立刻被另外两家畸猎公司疯抢，万一被死对头公司抢走了，麻烦就大了，得趁他还不清楚自己价值的时候迅速拿下。

昭然突然痉挛了一下，本就没有完全止血的伤口突然向外洇出一大团深红，血将衬衫衣料彻底浸透，沿着衣角向下滴。

郁岸绕到昭然左侧，掀起他衬衣下摆，审视昭然削薄的腰腹。

伤口在下腹偏左的位置，大约五厘米长，看样子是被刀尖捅进深处造成的，刚刚缝合过，但还没长好就崩裂了。

除此之外，他身上还有两处相似的旧伤，不过已经痊愈，加上他

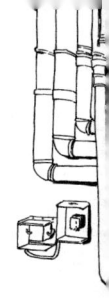

肤色白，疤痕已经变得很淡了。

昭然的呼吸比刚刚弱了一些，安静地仰着头保持不动，长发凌乱地垂在肩头，而酒红色领口那截脖颈苍白瘦削，红与白的对比鲜明扎眼。

郁岸皱了下眉，叼起自己衣摆割下一条布料，叠起来紧紧压住血流不止的伤口，要昭然自己按着。

昭然咝咝抽了口凉气。

"我去找点东西，面试官。"郁岸起身返回走廊废墟中，把手机和储核分析器都留在了昭然身边。

昭然压紧伤口，用齿尖叼起手腕搭扣紧了紧。

"我几岁？"他自言自语。

几分钟后，郁岸提着背包返回来，背包里塞满从病房和护士站搜罗来的医疗用品，小臂上搭着昭然的风衣外套。

他看到落了一层灭火剂粉末的地面，脚步一顿。

在昭然身边的一整片扇形区域里，地面上密密麻麻写满了数字，从一到八十，顺序混乱，没有丝毫规律可言，加上重复的，数百个数字连成一片，都是由指尖在地上涂抹写成的。

郁岸缓缓收回踩在其中一个数字上的脚，这位面试官有点偏执的样子，难道患有某种数字强迫症吗？

昭然从瞌睡中睁开了眼睛，半睡半醒，双眼皮显得更深了。

"别动。"郁岸蹲到他身边，解开他衬衫纽扣，打开一瓶双氧水，直接浇了上去，待冲洗干净血污，用指尖按了按伤口周边来确定撕裂情况，还好，缝合口并没完全扯烂。

"咝……"尖锐的疼痛刺激着伤口内部，昭然紧咬牙关忍受，挨过这一阵后，郁岸拿出止血绷带，缠到昭然腰腹上。

"你手好冰啊。"昭然打了个寒战。伤口发炎让他感到冷，可皮肤表面又热得发烫，病态的红晕从皮肤底下透出来，他眼尾和鼻尖都泛着相同的颜色。

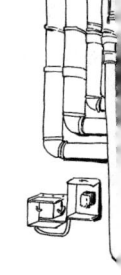

"我也很冷。"郁岸垂着睫毛，他身上的衣服还潮湿着，天寒地冻的季节，破旧的医院外墙只够起一点挡风的作用。

昭然抓住郁岸衣袖，把他双手都放到自己风衣外套中。

郁岸想抽回手，可那里的确暖和，手像贴在了暖炉外，烤完了手心忍不住还要烤烤手背。

"郁医生，"昭然虚弱地斜靠着墙，"差不多就行了，不要再捉弄病人了。"

郁岸僵硬地抽回手："是你让我把手放进去……"

"啊啊，是的，"昭然露出尖牙，"是我让的，很听话。"

"唔。"郁岸低下头，重重系紧了止血绷带，勒得昭然痛叫一声。

畸体已经清除，躲藏在二层诊室里的医护人员和病人们战战兢兢走出来，见确实已经度过危险后，抱头痛哭。

昭然带着郁岸下楼巡视了一圈，确定没有其他畸体藏身才放心，郁岸则一直悄悄摆弄挂在腰间的储核分析器。

就在刚刚，面试官把这个东西送给他了，连着里面的一蓝一紫两枚核一起，慷慨地表示让他慢慢考虑是否入职。这两枚核是郁岸自己打来的，理应自己留着，实在不行拿去市场卖了也能抵一年房租。

加上被郁岸用掉的一级蓝山羊角，储核分析器里总共放了三枚核，听起来折算成现金能值个三四万呢。不亏，有了这笔钱，即便一时半会儿找不到工作，也不至于喝西北风去。

而且这个储核分析器确实很有趣，郁岸对它的程序很感兴趣，想找个地方仔细研究一下。

昭然走在他身后，将他的愉悦心情看在眼里，慢慢系上衬衣纽扣。

一位抱孩子的年轻护士匆匆跑过来，向昭然微微鞠了一躬："谢谢您及时赶到，幸亏之前留过您的电话……"

郁岸抬起眼皮，听声音，她就是刚刚给昭然的手机打电话求救的女孩，只不过当时回答她的人是自己。

护士清秀短发下额头渗满冷汗，怀里抱着不知哪个病人的孩子，倒是很负责。

他们交谈时，窗外隐约传来警笛声，声音很快聚集到医院楼底下，郁岸趴到窗边向外望，警车和救护车将医院围得水泄不通，红蓝光交替闪烁，底下迅速拉满了警戒线。

空中盘旋着三五只金色老鹰，拖长的啸鸣划破天际，几位警察正用对讲机与进入医院的同事联络。

她们穿着统一的制服，背后均有机器织绣的黄金鹰标志，其中一位戴三金环臂章的女警正在指挥调度，突然转过头，朝郁岸所在的窗口看过来。

那敏锐的女人戴着黑色口罩，眉眼斜向上挑，凌厉强势的眼神给人以极强的压迫感，而她肩头站立的一头金色机械鹰跟随着主人的目光同时转头，扇动黄铜材质的羽翼，血红双目闪烁着电子红光。

窥视鹰局，郁岸自然联想到了这个机关。

昭然也听见了警笛和鹰鸣声，眼神忽然变得不友好起来，双手插在风衣兜里，一寸一寸打量众人："看来你们中间有聪明人，懂得鸡蛋不能放在同一个篮子里的道理，既求助地下铁，还求助了窥视鹰。"

他挑起护士的胸牌，看清了上面的名字，缓缓道："林女士。如果是这样的话，我只能把你从地下铁的保护名单上除名了。"

护士脸色铁青，急忙把小孩放到地上，连连摆手："没有没有，我真的只给您一人打了电话，您相信我！"她颤抖着调出通话记录的页面亮在昭然面前，两腿发软，等待宣判般举着自己的手机。

昭然回眸看向众人，唇角裂开，"和善"地露出尖牙："那是谁报的警？"

他就站在那里平静地问话，手里没拿任何武器，却让周围人大气都不敢出，仿佛北风震慑着深秋的蝉。

人们纷纷摇头后退，急忙把自己跟这件事撇清关系。

郁岸没在意周围人的异样表情，举起手："面试官，是我报的警。"

他已经用绷带将左眼眶重新缠了起来，此时外表看上去和普通病人没什么两样,人们听到他的回答,纷纷露出惊恐神情,避瘟神似的从郁岸身边退开。

昭然张了张嘴,半晌才挤出一句:"挺好的。下次别报了。"

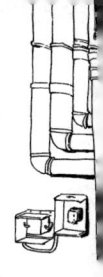

蝶 变

THE FIRST ACT

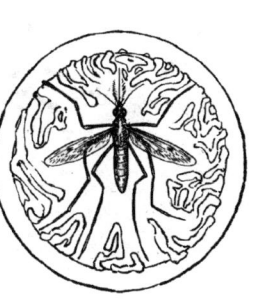

Zhao Ran
Yu An

第 壹 卷
骨感艺术

名称：怪态核-夜行蚊
来源：蚊畸体
种类：普通种
等级判定：一级蓝（淡蓝）

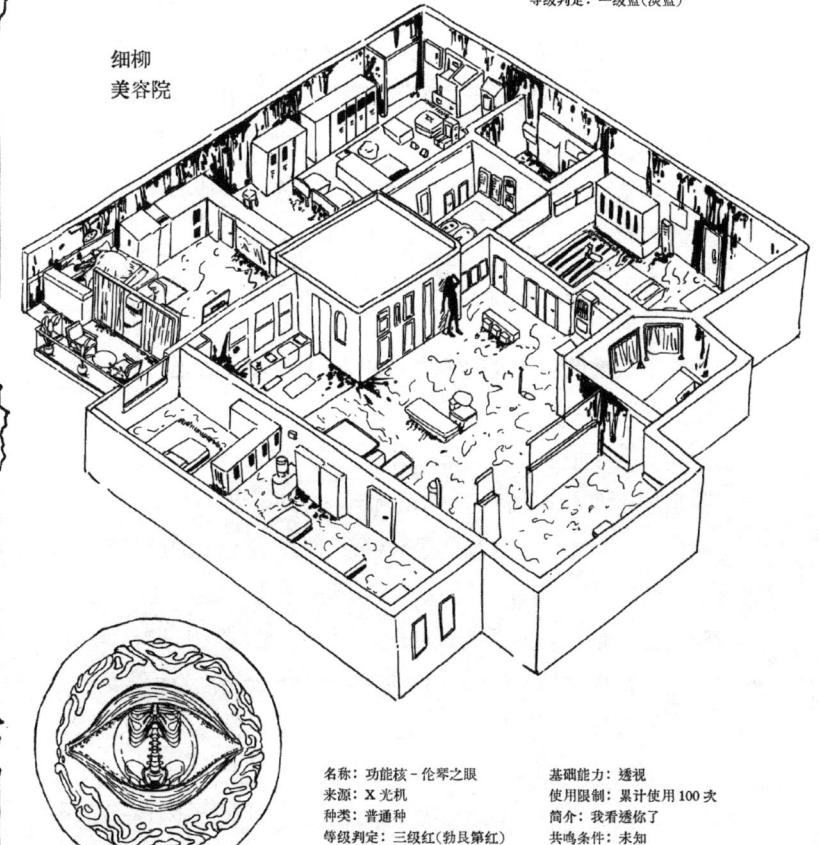

细柳
美容院

名称：功能核-伦琴之眼　　基础能力：透视
来源：X光机　　　　　　使用限制：累计使用100次
种类：普通种　　　　　　简介：我看透你了
等级判定：三级红（勃艮第红）　共鸣条件：未知

第 006 章
请选择加入阵营

羊头畸体的尸体被警察们清理出来，整齐摆放在封锁的街道边。医护人员和病人相继被疏散，在医院外的救护车旁瑟瑟发抖。

两位佩枪武警把守在一间诊室门口，相关人员在里面接受简单问询。

口罩女警坐在诊桌后，还什么都没说，身上那股威严气度就让房间内温度骤降。

她身侧站了一位身高接近一米八的金卷发女警，怀抱冲锋枪，负责保护长官的安全。

郁岸低着头，注视戴在自己双腕上的手铐，怎么也想不通为什么自己会被铐起来。

但手腕上金属的质感太过熟悉，如同一把铲子粗鲁地将他深埋心底的记忆挖掘了出来。

他想起曾亲手把自己的父亲送进了医院 ICU，只不过那时手段太简单，只是趁那男人睡觉时，将门窗封闭，拧开了煤气阀门而已。

那时他还不懂如何掩藏对自己不利的证据，窗缝上的胶带痕迹被警官察觉，最终他还是被揪了出来，父亲也安然出了院。

对于父亲，郁岸总共采取过两次行动，一次"防卫过当"，一次"故意伤害"，每一次都为之付出了惨痛的代价，无论是自由上的，还是身体上的。但他永不放弃。

父亲真正死于醉驾坠崖，这件事和郁岸一点儿关系都没有。

事发后第二天，郁岸平静地买了生日蛋糕，与妈妈面对面坐在餐

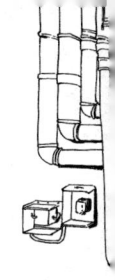

桌前。妈妈看着他，坐立不安，一直在发抖。

"吃下去，妈妈，今天是我们的节日。"那时郁岸是这样说的。

女警严肃的嗓音打断了郁岸的思绪，她正在询问昭然这里的情况。

郁岸看向昭然的方向，发现他一直偏着头在朝自己这边看，好像在确认自己的情绪是否还好。

昭然并未回答女警官的问题，而是直言要求："叶警官，把我实习生的手铐打开。"

叶警官冷冷道："确认无嫌疑后会打开。昭然，请你配合回答我的问题，监控显示你在畸体入侵之前就来到了医院，并非接到求助才来此救援，给我一个理由。"

窥视鹰局属于针对畸体建立的特殊机关，她们讲求以最快的速度解决畸体案件，排除潜在威胁，在审问流程上并不会严格按制度走。

昭然懒懒坐上诊床，找了一个舒服的姿势，摊手回答："我受伤了，就近找到这家医院包扎一下，发现畸体入侵后，我进了监控室，用医院广播告诉所有人躲进最近的房间里，关紧门窗，躲到掩体后面，不要出声。"

叶警官又问："监控室所有工作人员都受重击昏迷了，是你做的？"

"是啊。不听话乱跑的都被我打晕了。"昭然低笑，"监控室员工最先看见羊头人闯进一层大厅，就跑出去乱喊'我们得逃到安全的地方！'，整个医院里还有比我身边更安全的地方吗？"

"你来到医院时，注意到什么异常吗？"

"没什么异常，我来的时候，诊室里除了我还有一个胖子。"昭然搓了搓衣摆上干涸的血渣。

叶警官垂眸倾听，准确抓到了昭然话里的线索："胖子？"

"是啊，得有四五百斤，很让人印象深刻。"

"肥胖症患者。"叶警官眼神微变，将目光投向站在一旁稍微有些发抖的护士："有这个病人吗？"

"有的。"护士小姐搓着手心的汗回答，"前天晚上因为急性肠胃炎来急诊，他行动不便，所以办了住院手续。其他的我不太清楚，小包护士负责照顾他。"

窥视鹰警员抵达医院后已经统计过工作人员伤亡情况，总共三位医生受伤，一位保安死亡，一位护士死亡，一位保安失踪，一位护士失踪。

她们在楼梯间找到了死亡护士的尸体，尸体并未被破坏。同时在护士站内找到一根断指，经DNA比对，这根食指属于那位失踪的护士——包思。

叶警官转向郁岸："你报警时提到有护士遇害，说说当时的情况。"

郁岸轻轻皱了下眉。

头脑里忽然浮现出从护士站电脑里搜到的网页——红狸新闻：魔爪伸向重量级选手？肥胖症患者频频失踪，疑是畸体所为。

"姓包的护士跑了。"郁岸低头靠着墙，事不关己地蹭着鞋边上沾染的血污，突兀地下了这么一个结论。

"你们去地下一层太平间，看看正中央担架床上的巨大尸体还在不在。不，一定不在了。"他说。

昭然有点意外，扭头瞧了郁岸一眼。

叶警官眼神蓦然凌厉起来，扫过在场众人，通过耳机下达命令，很快得到了结果。

果然如郁岸所料，太平间正中央已经空无一物，担架床和尸体都消失了，并且在地下车道出入口发现了担架床进入留下的车轮痕迹。

现在想来，呈现巨人观的尸体怎么可能没有异味，那一定是个活人。正是昭然口中的那位肥胖症患者，被深度麻醉后伪装成尸体，藏在太平间里准备运走，而做下这一切的就是失踪的护士包思。

护士独自一人很难推着一位肥胖症患者从斜坡通道下来，那么她必然是乘坐电梯下到了负一层，并且留在太平间里没有再上去。等到约定的时间，有人打开了地下车道门外的锁，接应她和担架床一起出去。

郁岸用电梯时，发现电梯正好停在负一层，这意味着，郁岸从存尸抽屉里醒来时，太平间里还存在另一个人。

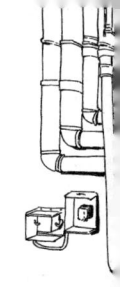

那位护士曾一声不吭地躲在某个存尸抽屉里,等郁岸离开后,才爬出来,把担架床推走了。

郁岸回忆当时的情景,自己在走廊里摸黑前行时,的确听到了一声生锈合页摆动的声响,原来并非风吹,而是那个人在停尸柜里动。

听到"太平间里一直藏着另一个人"的结论,昭然眼神忽然阴郁,不过很快恢复了正常。

但就是这一点微妙的眼神变化,却被郁岸敏锐察觉到了。

昭然慢慢靠到郁岸身边,低头轻声问:"什么巨大尸体?你该不会是乱编的吧?"

"我没说谎,我醒来的时候,他就躺在太平间正中央。"郁岸凝视昭然的眼睛,梅子色瞳仁让他生出一种危险的错觉。

叶警官倏地站起来,皮衣带起一股冷风,质问昭然:"护士推着担架床乘电梯下楼,你在监控室没看到异常?"

昭然摇头:"我说真的,地下一层的监控坏了。谁敢在叶警官面前胡扯啊?"

的确,这一点郁岸也能确定,在护士站电脑公共邮箱里,也提到了监控故障请求维修,只不过保安后勤回复的时候,已经拖了一整天。

看来保安后勤室里也有她的同伙,基本能确定,同伙就是那个和护士一起失踪的保安。

他们联手偷运患者离开医院,却没想到遭遇了闯进医院的第二个羊头人,护士不慎被那怪物咬伤。

具体情况还需要对羊头人胃部进行解剖才能判断。

"有预谋的团伙作案,护士负责偷运病人,保安负责在地下车道外接应,和我们打了个时间差。"叶警官略微沉思,命令排查午夜十二点后靠近古县医院的车辆,封锁盘查红狸市郊出入口,通知二队全力解救人质。

"至于你们,把从羊头人身上取下的畸核交出来,配合调查。"叶警官扫了一眼郁岸。

郁岸一怔，看向昭然，昭然耸了下肩，幸灾乐祸道："人家公事公办，让你交你就交吧。"

郁岸恍然，原来昭然听见警笛时表现得很烦躁是因为这个。

地下铁有一个不成文的规定，即求助地下铁的同时，不允许求助其他畸猎公司或者窥视鹰局，如果违背，地下铁就会将求助者从保护名单上永久除名，费用不退。

关于这点，郁岸现在已经完全能理解，因为他们不想流血出力之后，战利品畸核还要与其他公司争抢，或者被窥视鹰局没收。

分析器里的这些核起码值三四万呢，要是从来没见过也就罢了，可费了好大劲儿拿到手了又要交出去，多少有点不甘心。

腰间的储核分析器被搜身的两名警察打开，郁岸诧异发现，里面只剩下两枚蓝核，那枚最高级的二级紫核不见了。

郁岸没有声张，而是悄悄看向站在一边的昭然，他正无聊地整理手套，并没抬头。

警察收走了两枚蓝色畸核，拿到畸核后，叶警官起身向诊室外走去："堤蒙，带那位年轻人回鹰局审问。"

"Yes, Madam！（是的，长官！）"金卷发女警冷不防听到自己的名字，身体立刻绷得笔直。

唯一与羊头人正面交手，且目击太平间失踪患者的人就是郁岸，她们完全有理由认为，郁岸有重大作案嫌疑，与绑架实施者脱不开干系。

"我能说的都说了，就算跟你们回去也……"郁岸有种百口莫辩的无力感，他不想去鹰局，且对叶警官怀有一种直觉上的敬畏。郁岸敢肯定，如果当年父亲醉驾坠崖的案子由她来查，肯定没那么轻易能结案。

绝不能跟她们回去。

然而，一位持冲锋枪女警和两名持枪武警在身边守着，还有两头黄铜机械鹰站在诊桌上，时不时用锋利的喙梳理一下自己黄铜打造的羽毛。

在这样密集的看守下，凭自己根本不可能逃脱。

手心冰冷，却汗津津的，忽然被一片温暖盖住。

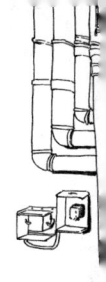

昭然手握成拳，指尖收进掌心里，轻轻压在了郁岸拳骨上。这种安慰方式有点奇特，像豹子收起了爪尖。他好像不愿意用手碰触别人。

叶警官离开了诊室，门缝合严的刹那，昭然却一把捞起郁岸向后退去："审问什么，刚才不都问完了吗？"

身体撞破窗户玻璃，一脚踹烂锈蚀的防盗栅栏，昭然拖着郁岸跳了出去。

"别跑！否则开枪了！"堤蒙警官顾及身边还有护士在，并没有开枪，而是立即吹响了警哨，落在诊桌上的机械鹰听见命令，双眸电子红光闪烁，扇动翅膀长啸一声，循着轨迹追了出去。

她质问两名武警："你们在做什么？为什么不拦住他？"

两名警察表示冤枉，她们在昭然行动的一瞬间就做出了阻拦反应，可那时好像被人用手抓住了后领和手臂，身体突然动不了了。

"岂有此理，"堤蒙警官用不太标准的中文说，"他只有两只手，怎么可能同时抓住你们两个？"

玻璃炸裂，碎片簌簌落地发出清冷声响，两人的身影在孤月下划出一道弧线，昭然长发随风乱舞，将寒夜染上一抹妖娆颜色。

昭然半扛着郁岸向前跑，脚尖踩着低矮的围墙向上跳起，在错落的旧楼间飞跃，任何障碍都挡不住他轻快的步伐。

劲风掀起额发，郁岸迎风问他："少一枚核，你拿了？"

昭然翻过手腕，左手掌心里稳稳躺着那枚二级紫核，塞进郁岸腰间的储核分析器里："上交了就拿不回来了，你这小子真实诚。"

"就这么跑了，你不怕被通缉吗？"郁岸双手还被手铐锁着，只能紧紧抓住昭然的衣服，免得身体滑落。

"我当然不会被通缉了。"昭然露出理所当然的表情，"担心担心你自己吧，说不定明天你的照片就见报了，哈哈哈。"

郁岸没出声。

面试官故意这样做，就是为了把自己逼向远离窥视鹰局的方向，如果被鹰局通缉，今后别说找工作，就是日常生活也会举步维艰。

但经过这几分钟的会面，郁岸已经大致捋清了地下铁和窥视鹰的关系，二者并非隶属也非敌对，鹰局女警冲上楼时，只铐住了自己，但没有铐住昭然，说明地下铁的工作人员不在她们的管辖范围内。

这样看来，加入地下铁也算一个明智的选择。

一声凄厉鹰啸从他们头顶划过，郁岸仰起头，两头金色机械鹰划破夜空，朝他们俯冲下来。

昭然则靠机械鹰投映在地面上的影子判断它们的位置，左闪右避。

被那黄铜爪子和尖喙叨一下可不是闹着玩的，轻则皮开肉绽，重则筋断骨折。

就算体力再好，人也跑不过会飞的鸟，况且那机械鹰速度快耐力强，在密集的旧楼和树杈之间疾驰，双眼电子红光闪烁，扫描锁定追踪目标。

"机械鹰是窥视鹰局最普遍的装备，每个警察都配一只，和配枪一样，能定位追踪目标。机械鹰靠一些猛禽的畸核作为驱动力，是相当实用的畸动武器。"

一般低级的畸核没有载体人类愿意使用，基本都投入畸动机械和畸动武器中，作为替换电池来用了，畸核远比电力和燃料耐用和环保得多。

昭然加快了奔跑速度，也不见气喘，但刚刚包扎的伤口又在向外渗血。

"它如果追上我们，会怎么样？"郁岸问。

"程序设定应该是让我们失去反抗能力，很难说，啄断手脚筋，还是直接从肚子创穿一个洞，都算失去反抗能力。"

昭然故意逗他，想看看他害怕的样子，对于冷酷的人，柔软脆弱的一面总是令人好奇。

郁岸沉静地盯着那头鹰，指尖在储核分析器翻盖上犹豫了两秒："也就是说，你没把握脱身，是吗？"

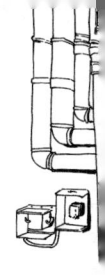

在与面试官签署入职合同之前，绝不能被鹰局抓住……可想在两头机械鹰爪下逃走，除非拥有鹰的速度。

他想赌一手。

郁岸拨开盒盖，将里面的二级紫核拿出来，按进了左眼眶中。

功能核-撒旦指引嵌入眼眶后，立即与郁岸眼部神经建立连接，一阵灼热的刺痛伴随着晕眩袭来，郁岸咬牙忍耐。

"呃呃，不是，我有把握，你别冲动。"昭然正色安慰，并不想把他吓坏了，人在紧张状态下做出什么事都有可能，万一破釜沉舟发起疯来可就难收场了。

郁岸不再回答。

二级紫核与郁岸成功连接，待到习惯了这种灼热，疼痛也变得没那么难以忍受。但这一次郁岸并没出现羊角特征，似乎这就是功能核与怪态核的区别。

怪态核会使载体人类出现相应的怪物拟态，获得与怪物特征相符的基础能力，而功能核则会为载体提供一种特殊能力。

储核分析器发出成功连接的提示音，屏幕右侧显示，这枚核的使用次数从六次减少到了五次。

紫色暂留光带随着郁岸的眼眶移动，郁岸抬头朝那机械鹰望去，将拇指食指捏在一起，放在唇间吹响。

机械鹰被这声哨音吸引了注意，视线正好与郁岸相接，郁岸左眼的紫核隐现光路，表面的山羊头骨图案狞笑起来，露出一排恶魔尖牙。

功能核-撒旦指引的基础能力是使目标迷失方向。

机械鹰立即像被干扰了信号般，丝滑的飞行变得磕磕绊绊，接连撞上几个树杈，黄铜羽毛撞得里出外进，几乎能看见里面的机械核心，可就算损坏如此严重，它依旧停不下来，像受到了魔鬼蛊惑，跟着郁岸向七扭八拐的小巷转去。

看到郁岸的举动，昭然微微扬了下眉梢，心想，竟然胆子大到敢袭击机械鹰，真是初生牛犊不怕虎。

但也不由得为之惊叹，他还是第一见到人类能自由拆卸畸核，太不可思议了，这能力岂不比许多畸体还要强大？

"很好，看来鹰已经失控了。引它去狭窄的地方，让它自己坠毁，这样鹰局也怪不到我们头上。"昭然低声指点他接下来的行动。

但他似乎没有要听从昭然指挥的意思。

"坠毁太可惜，不如干票大的。"郁岸不动声色盯着那只鹰，仿佛一只盯住麻雀的野猫，"已经看到核心控制器了。"

昭然还没摸清他要干什么，突然身边一空，郁岸好似一只猫蹿了出去。

"就赌那枚核能让我飞。"郁岸抽出刚还给昭然没多久的精钢匕首，在机械鹰跌跌撞撞飞行到最低点时，整个人弹射了出去，修长双腿结结实实抱住机械鹰，双手握刀，一刀砍碎它双眼摄像头，第二刀利落刺中毁掉信号发送器，第三刀直接刺进驱动装置，把里面的畸核撬了出来！

随着机械鹰残骸坠地，储核分析器电子音响起。

名称：怪态核－鹰翼

来源：鹰畸体

种类：普通种

等级判定：三级蓝（普鲁士蓝）

基础能力：快速飞行

使用限制：累计使用 24 小时

简介：一位伟大的商业领袖曾经说过，羽毛应该用来飞翔，而不是做羽绒服

共鸣条件：未知

竟然是三级蓝。郁岸用一种"是不是很棒"的眼神看向面试官。

昭然无奈捂住额头，跟他相处短短两个多小时，低血压都被治好了。

第 007 章
危险实习生

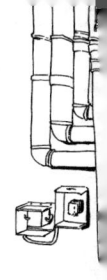

郁岸像从市场拎回只白条鸡似的，倒拎着机械鹰的双爪，塞进了单肩包里。

天空仍有一只机械鹰在盘旋，但由于受到功能核－撒旦指引的干扰，已经丧失了对两人追踪定位的能力，在空中漫无目的地徘徊。

昭然将郁岸拖进幽暗的小巷子里，用手腕捂住他的嘴，靠到墙边，躲避另一头鹰的搜寻。

"难道地下铁和窥视鹰是竞争关系吗？"手腕捂不住他的嘴，郁岸依然能说话。

"不是。窥视鹰局是最公正的，她们很能干。"昭然回答，"你不需要知道太多，只要记住，不管在哪里遇见窥视鹰局的人，避让开，尽量不要打照面，紧急情况下选择帮她们一方。还有，最重要的一点，不要袭击她们的鹰，这和夺她们的配枪是一样的罪名。"

"放心，鹰眼录像传输回她们那里是有延迟的，我用这个时间差先毁了信号传输器，没有人会知道鹰是怎样坠毁的。"郁岸不以为意，在地上捡来一根废旧铁丝，在手铐锁眼里捅来捅去，"你觉得，鹰局能救回那个肥胖症患者吗？"

"救不回。"

"你不是说她们能力强吗？"

"因为窥视鹰是针对畸体建立的特殊机关，活动范围被严格限制在红狸市内，出了辖区，即使她们知道犯人在哪儿，也无法采取行动，只能向上级报告等待指令。护士和保安联手偷运患者，还提前破坏了医院监控和电话，明显是有预谋的行动，古县在红狸市最边缘的位置，开车不到十分钟就能出市区，窥视鹰行动再快也赶不上啊。"

"哦。"郁岸只关心自己的手铐怎么这么难打开。

"笨蛋，给我。"昭然从他手里接过铁丝，捅进锁眼轻轻搅动，这种细致活非得用到手指尖不可。只见他轻捻指尖，铁丝前段传来的细微卡顿都能被他清晰感知。

郁岸垂眼盯着他的动作，戴着皮手套，指尖触觉还能如此敏感，这双手有些不同寻常。

"为什么戴着手套？"

"不告诉你，上司的事你少管。"昭然专注的样子很吸引人，轻易就把话题引到了别的方向，"有一个好消息和一个坏消息，你先听哪个？"

不出三秒，手铐咔嗒落地。郁岸揉了揉泛红破皮的手腕："先听好的。"

"我带你冲出来的时候，顺手在搜身警察口袋里摸了一把，偷出来一枚畸核。"

"坏消息呢……"

"运气不太好，偷出来的是你用完的那枚一级蓝山羊角。"昭然从兜里摸出那枚已经灰暗的废核，抛给郁岸。

的确可惜，不过一枚二级蓝换来一枚三级蓝，这完全不亏嘛。郁岸把废核揣了起来，然后陷入了沉默。

昭然眯起眼睛，他认为自己已经完全掌握了郁岸的行为方式，孩子静悄悄，必定想作妖。

地下铁人事部拥有专业的探员，被称为职业推荐人，专门负责发掘有潜力的年轻人，将他们的资料整理起来送到各位面试官手中。

但是，被推荐人看中的年轻人不是诡计过人就是非常能打，曾经有一位面试官直接败在了自己的实习生手上，而结局是那位实习生当

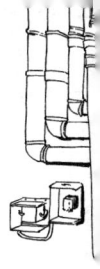

即转正,接替了自己面试官的岗位。

面试新人向来是地下铁各位干员最避之不及的苦差事,可昭然却自告奋勇,接手了郁岸这位难缠的实习生。

果然,郁岸想了一会儿,直截了当地问:"面试官,合同在哪儿?我真的很需要这份工作。"

"……"昭然扬起眉毛,慢慢从怀里抽出一份实习协议和一支笔。臭小孩终于想通了,但还得提防他是否还有其他后手。

郁岸迅速浏览了一下条款,身旁只有坑坑洼洼的砖墙,他便自然地将纸页铺到昭然身上,垫着坚硬的肌肉,在纸上写下自己的名字。

其实从存尸抽屉中醒来后,郁岸从未停止过思考。尤其让他疑惑的是,昭然在被审问时露出的怪异表情。

当他听到"太平间里一直藏着另一个人"时,眼神忽然闪过奇怪的情绪,郁岸觉得,那是一种杀意,一种被撞破行凶时的歇斯底里。

就算有其他人藏在存尸抽屉里,对他又有什么影响呢?

太平间里还存在另一个人,就意味着可能有人目睹了房间里发生的事情,所以那时候他慌了一下。

把自己推进存尸抽屉的,大概就是昭然吧。

因为昭然想要招揽自己的意图太过明显了,他风衣兜里放着烟盒,却没有点火的东西,而自己却恰好在病房枕下发现了一个打火机。

靠这个救命的打火机,他才能活着见到昭然。

再细细追究下去,郁岸开始怀疑,拿走自己左眼球的会不会也是昭然,他们需要招聘载体,因此就去故意将人弄成残废,有幸成为载体的就进入公司为他们工作,而那些并未成为载体的,就被抛在角落任他们自生自灭。

郁岸突然笑了一声。

昭然扯起唇角,心中警铃大作:他又想出什么坑爹的主意了?

"面试官,如果我入职,谁带我?"

"我带你。"昭然心里说,我是冤种,我带你。

郁岸垂下眼眸,笔尖透过纸背在昭然身上行走。

昭然能通过笔尖的走势读出郁岸的笔画,最后一笔正好落在自己心脏处。

郁岸写罢名字,合上笔盖,挑开昭然的衬衣下摆,食指压在他伤口处,溢出的血液漫过指腹,然后将食指按在合同上,印下了手印。

"我会努力工作的,面试官。"

怪态核 - 鹰翼的速度太顶了,十五分钟,郁岸已经找到了自己身份证地址上写的旧小区。

他坐在公园内废弃的高空秋千顶上,漆黑双翼缓缓收拢。他与昭然在地铁站分别,昭然留下了自己的联系方式。

眺望不远处,不知从哪年开始,住宅楼就没再得到过良好的维护,花草树木几乎干枯殆尽,有钱人都搬走了,只剩洋房里几户老人守巢,夜晚空荡的楼房林立,像座鬼城。

走进小区后,郁岸才对这里的环境熟悉起来,有种恍然大悟的感觉,凭借逐渐恢复的记忆进入了熟悉的单元门。

防盗门上的花纹积攒了一层灰尘,郁岸如常去摸书包夹层里的钥匙,夹层里空空如也。

但问题不大,他刚刚学会了新技能。

郁岸拿出捡来的铁丝,弯折了两下,捅进锁眼里微微搅动。

锁芯内部传来轻微的咔嗒声响,防盗门自动开启。

月光透过落地窗洒进来,熟悉的家的气味闻起来十分舒适,只不过灰尘有些呛人,因为家具许久没有打扫过了。

郁岸摸索着打开顶灯,客厅中央堆着半人高的课本书籍、工具仪器和杂物行李,都是他毕业后从学校带回来的,还没来得及收拾。

手机和钥匙都安安稳稳地放在茶几上。

奇怪的是,手机自动格式化了,相册、备忘录乃至通讯录都空空如也。似乎有人在故意掩藏某种不可告人的阴谋。

郁岸完全不在乎,拿起手机,重新下载一些有用的软件,存上面试官的号码，并向他的社交账号发了一个好友申请。

昭然的头像是一只小黑煤球猫，ID 叫"NSDD"。

"NSDD，你说得对？还挺符合被迫迎合大老板的打工人。"

郁岸想了想，给昭然设置了一个备注"Boss"，一语双关，既能代表老板上司，也能代表游戏里关卡尽头的首领怪物，当然也意味着终有一天会被玩家揍得满地找牙。

没过两分钟，昭然就发来一条消息。

Boss：到家了吗？没撞上高压线吧？

郁岸：1。

随便回复了个数字以示回答，郁岸就进了浴室，得把身上的血污好好洗洗。等他擦着头发出来，发现手机上又多了一条消息。

Boss：需要什么直接告诉我就行。

郁岸习惯性躺到沙发上，腿搭在沙发背上方，头吊在沙发底下，整个人是一个近似倒立的姿势。

他举着手机，胡乱回复：需要人陪。

打出这行字时，郁岸面无表情，他不在乎面试官对自己怀着怎样的心思，也不在乎自己明天如何，好像什么都是无所谓的。

这就是逃犯的心理吗？刚从存尸抽屉里爬出来时，大脑一片空白，什么记忆都没有，反而求生欲强烈，一心只想活着，可等到记忆慢慢恢复，人倒越来越颓丧了。人类如果没有大脑，一定会快乐得多。

一两分钟过去，Boss 才回复：你平时也对陌生人说这样的话吗？

郁岸皱了下眉，自己明明是顺着他的意思说的，没想到还要被批评，职场果然复杂。

郁岸回复：对。

反职场内卷，从不向上司谄媚开始。

放下手机，郁岸双眼放空，发了一会儿呆。

忽然，他眼睛一亮。

沙发对面的电视橱底下，隐约有一个乒乓球大小的洞。

他从沙发上翻下来,趴到地上仔细观察。似乎只有他那种躺沙发的奇特角度才能看见这个洞,别的角度基本不可能发现它。

郁岸费了好大的劲儿,才把沉重的电视橱四脚朝天翻了过来,那上面确实有个洞,而且像人为钻出来的,是个藏私房钱的好地方。

他试着把手指伸进去,但洞口太小了,最多伸进去两根手指,触碰不到底。

找了个手电筒向里面照,能看见一个读取装置,构造比较像公园摇摇车上的投币装置,而且运用了密码箱的封锁手段,郁岸看得出,这个封锁方式是自己常用的设计。

小时候老是被爸爸翻抽屉,他就自己研究了一种简易投币锁,安在抽屉内侧,只有他知道从哪个角度投币进去能打开抽屉,如果强行拉开,就会带动里面的粉碎装置,所有纸张直接跟拉抽屉的那根手指头同归于尽。

然而郁岸摸遍全身,也找不到一个硬币,但口袋里有个硬物,拿出来一看,是那枚用尽的一级蓝废核。

这大小也挺相近的,管他呢,反正也没用了,扔进去。

郁岸迅速撤到远处,对于做陷阱时无所不用其极的残忍手段,连他自己都有点遭不住。

洞里传来齿轮咬合的咔嚓声,几秒钟后,像到点的烤面包机弹出面包片一样,从洞里弹出来一张卷起来的纸。

看起来是从笔记本上撕下来的一页纸,上面密密麻麻写着字:

　　天气　晴
　　我对她说:"吃下去,妈妈,今天是我们的节日。"
　　妈妈在生日蛋糕的烛光后发抖,她痛苦又怜悯地看着我。
　　我于心不忍,拿出提前买好的长途车票,和一本我翻来覆去看了许多遍的《假如给我三天光明》,作为礼物送给她。
　　这是我们分别的日子,她重获自由,没有人再打她了,而我

DAWN
REBIRTH
(蝶)　(变)

- 蚁堤店 -

◇　购物收据凭证单　◇

数量	商品	单价
1	《蝶变》	￥52.80

下单时金额合计	￥52.80
打包费	￥1.00
其他优惠合计	- ￥1.00

金额总计　　　　　　　　￥52.80
（计算优惠价格后）　　　~~(￥53.80)~~

顾客姓名　　径掉童，小票上的烧焦痕迹为
联系电话　　装订过程中人员不小心碰到并点燃所致，
　　　　　　并不影响阅读。
订单编号　　如给您带来麻烦，深感歉意，
　　　　　　我方也会警告相关人员避免低级装订现场，
　　　　　　感谢您的理解！

　　　　　　　　　　—— 装订员 留

隸变

麟洺·作品

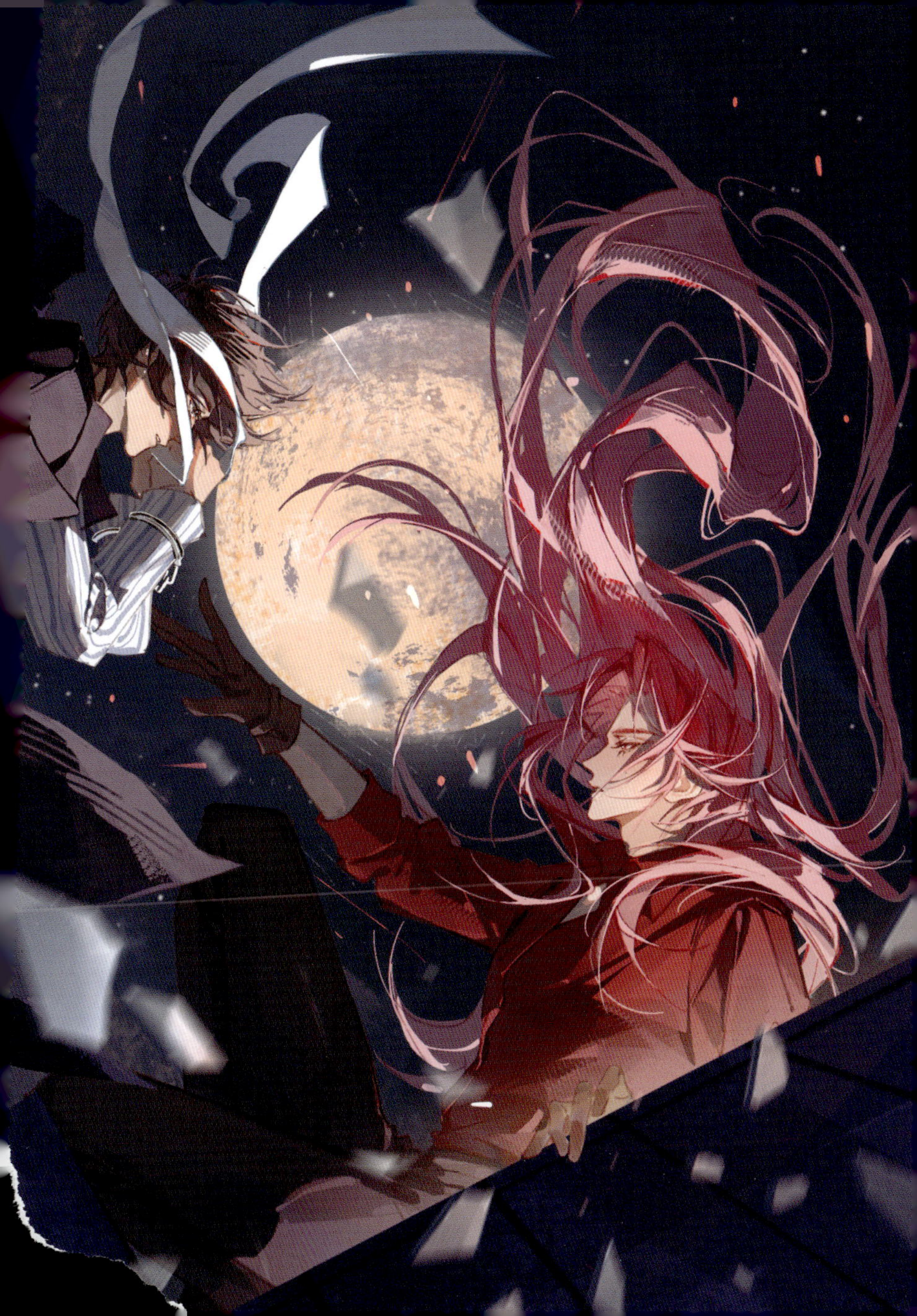

蝶变

麟潜◎作品

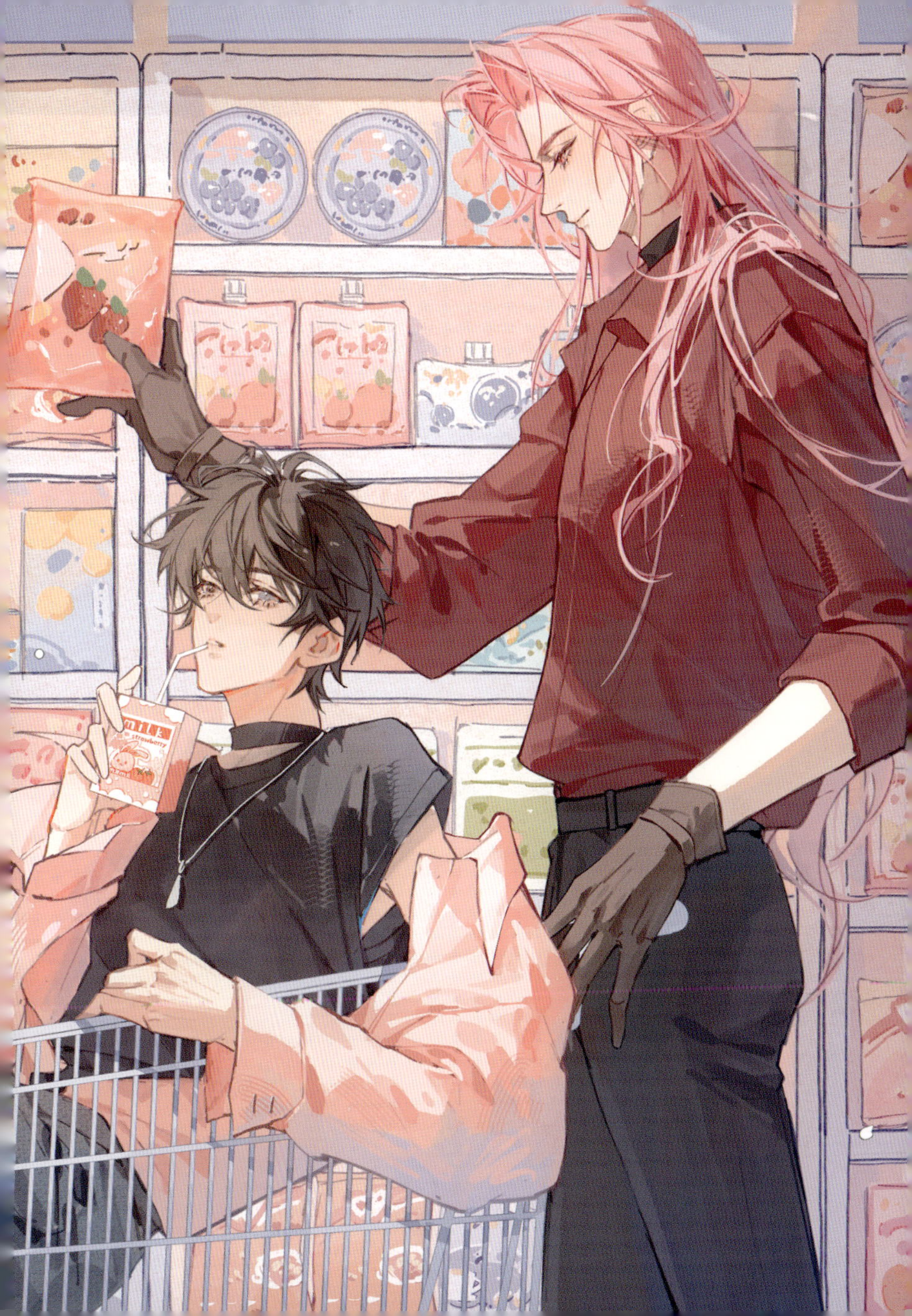
milk
strawberry

留在原地，看守一望无际的生活。

不过，妈妈走后，他来了。

他喜欢从阳台进来，很灵活，总是很有活力，今天也一样，敲了四下窗户后跳进来，然后一把拉住我。

他看到餐桌上放着一口没动过的蛋糕，问我那是什么点心。

生日蛋糕，他没有见过吗？

他又问我什么是生日。

我说，诞生之日。

他有些低落，抱歉地和我一起哀悼："噢……不幸的日子。今天是不是没有奖励了？"

我把心里话告诉了他，我不想再上学了，有位做翡翠生意的老板雇我去当打手，老板觉得我手黑，只需培养几年就能震慑住边境线那一片的黑帮。

我被老板说得有些心动，日渐觉得好像那种昏暗糜烂的角落才是我该去的地方。生活已经压垮了梦想，我自己也终于压垮了自己。

"不要，去上学吧，等学完了，我给你一份适合你的好工作。"他用手腕重重地揉我的头发，低声哄我。

每次安抚我，他都竭尽全力，这并不是他擅长的事情，却一直在为我破例。

他对我说，如果手沾鲜血可以拯救他人，那么杀戮岂不算是一种赎罪的方式？别做坏蛋，来当英雄。

我好像一直行走在黑夜里，我从未看见过。直到遇见我的"莎莉文老师"，给了我三日光明，和一个前所未见的世界。

M016 年 1 月 22 日

咚咚咚咚，有人敲了四下玻璃。

郁岸抬起头，阳台窗外是昭然的脸。

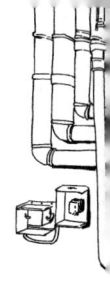

第 008 章
一些整治下属的手段

郁岸盯着那张脸，后退了半步，悄悄将手里的纸页藏进了堆满客厅的纸箱子里。

昭然拉开玻璃滑窗，一撑窗台，灵活地跳进来："仓库吗这是，能不能收拾一下？"他转身拉上窗帘，然后扇了扇激起的尘土。

由于行李堆积，客厅实在太乱，导致一个四脚朝天的电视橱都不显得很特别了。

郁岸谨慎地观察昭然的表情，感觉他应该没注意到电视橱底面的那个小洞，自己也没有欲盖弥彰去解释。

刚刚那页日记很蹊跷，郁岸记得生日那天送给妈妈的车票和书，却不记得那天从窗外跳进来的人。

日记里的"他"像凭空捏造出来的，从科学的角度看，可能属于某种精神疾病导致的幻觉，比如人格分裂和幻想症。

但也可能，那个人确实存在，而自己却忘记了与他相关的一切，像老照片上被剪掉脸的人。

"他"会是昭然吗？

可他表现得像个陌生人，也不太像，有的人就是习惯敲"门"敲四下，这说明不了什么。

"你在想什么？"昭然从面前冒出来，用手腕轻碰了下郁岸，语调似乎期待他想起什么。

"面试官，你来干什么？"

"服务。"昭然举起手机,把聊天界面里的那行"需要人陪"掸到郁岸脸上,"你才从凶杀现场走出来,还与尸体近距离接触过,我陪你一晚也是应该的。"

他被小孩的无理要求折磨麻了似的,坐到沙发上,懒散地搓了搓脸。

"呃。"那只是说着玩的。郁岸抿了下唇,其实有点抱歉,计算着时间,昭然应该已经上了车,是半路收到自己的消息后折返的。

来都来了,总不能再让人家折腾回去。

"要洗澡吗?我去浴室看看热水器。"郁岸匆匆接了一杯开水,递给昭然暖手,然后随便踢开地上挡路的行李,潦草地开出一条路来,低着头进了洗手间。

将门反锁后,郁岸边洗手边细细梳理了一遍此时的情况,心中出现了一个猜想。这个想法出现后,他的脊背渗出一层冷汗。

会不会有一种可能,真正的昭然已经死了,门外那个是冒牌货,所以他不记得自己,只是在模仿被他杀死的昭然。

他对自己家里的布局熟悉得有些异常,而且拉窗帘这个举动很诡异,说不定就是为了掩饰他接下来的暴行。

反正自己暂时失忆,昏迷前的事情还不是他一张嘴说了算?

这就糟了,厨房有刀具,如果被他拿来对付自己就完了。

郁岸从中靴靴筒里抽出匕首,指尖轻搭在洗手间的扶手上。

门外隐约传来播放新闻的声音,看来那人打开了电视,是打算利用电视音量掩盖自己的脚步声吗?他可能已经开始行动了。

郁岸轻轻拧开锁,压下扶手,将洗手间门推开了一条缝,向外探视。

本以为视线会正好对上一双猩红疯狂的眼睛,结果却与他想象的正相反。

昭然窝在沙发里睡着了,长发柔软地散落在枕头边,两条无处安放的长腿只能弯曲蜷着。

他脸色浮着病白,疲惫地微皱着眉,衬衫下摆翻到了腹肌上方,伤口上还勒着自己给他贴上去的纱布。

郁岸面无表情提着匕首，慢慢走过去，拿尖端撩开他额前发丝，用视线寸寸描摹着他。

他安睡时气质与清醒时迥乎不同，一副易碎苍白的样子，很像某种合拢时是白色，盛开时却极度富有攻击性的花，好漂亮。

反正他已经选择当杀人犯了，还拿了自己一颗眼球，在此之前手上肯定也沾染了许多人的鲜血，那么不管落得什么样的下场，应该都提前做好心理准备了吧，这是命运的惩罚。

郁岸迫不及待高举起手。

毫无征兆地，昭然睁开了眼睛。

郁岸被撞破行凶却丝毫不见慌乱，仍按原计划用匕首的握柄一端重重砸下去，昭然反应也很快，当即握住郁岸手腕。

但郁岸抬起右腿压到了昭然身上，此时郁岸力量更占优势，两人短暂僵持住。

昭然被郁岸眼中冷酷的欲望惊醒，看见对方嘴唇翕动，无声地念着四个字——防卫过当。

"住手！"昭然一把夺过匕首，膝袭顶翻压制自己的青年，"干吗？我睡会儿觉还招惹着你了？"

没想到郁岸早有准备，镇定地退到茶几后方，从地上拎起提前拿过来的整套厨房刀具，放到茶几上，指尖在一排刀柄上抚摸挑选，抬起眼皮，嘴里换了一个词："正当防卫。"

"……"昭然瞧了一眼握在自己手中的匕首，顿觉不妙。

地下铁干员们普遍赞同，面试新人才是所有任务中危险系数最高的，因为你永远不知道，那张人畜无害的年轻皮囊下藏着怎样恶劣的灵魂。

昭然一下子收敛起脸上的表情，将匕首倒插在茶几木面上，脱下风衣，扯开系到领口的纽扣，一副认了真的样子。

他挽起衣袖，小臂肌肉上爬着一条条蜿蜒的青色血管。

狭窄的客厅里爆发了一场角斗，可郁岸的体力也不差，再加上他

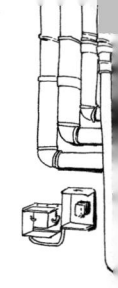

不像昭然一样让着对方，盯准目标就握着剔骨刀扑过去。

可就在半空中，他感到被一只手抓住了脚腕，并且向后猛地一拖，直接将他掀翻了过去。

眼前一阵天旋地转，郁岸胸腔钝痛，被狠狠按在了墙面上。

昭然站在他背后，反压着他握剔骨刀的那只手，郁岸还不老实，另一只手拼命向远处钩另一把刀，被昭然一刀插在指缝间，匕首在郁岸拇指和食指之间没入墙壁，并未伤他分毫。

昭然的手铁钳般牢固有力，固定住郁岸就如同按住一只小奶猫般轻松。

郁岸并不服，仍在挣扎。

"我太迁就你了，是不是啊？"昭然手上用了些劲儿，郁岸感到筋骨仿佛即将错位绷断，痛得紧咬着牙，没忍住"嗯"了一声。

"他们说面试新人就得打到服为止，我还以为这样太粗暴，看来你喜欢这种方式？"

"面试官，你看上去像那种很讨人喜欢的类型。"郁岸被压制着却依旧回头挑衅，"我也没想真的杀你。"

昭然因阴冷诱人的眼神而恍惚了一下，突然听见嘎嘣一声骨骼脆响，被钳制在手中的小臂关节错位了。

郁岸固执地保持沉默，可生理性的泪水终于溢满眼眶，从右眼中淌了出来。

"……"昭然一下子熄了火，慢慢松开手。

郁岸跪到地上，抱着脱臼的小臂急促地呼吸。

昭然蹲下来，皱眉看着被自己不小心捏坏的小动物，握住郁岸的手腕，另一只手卡住脱臼的位置，将关节推了回去。

郁岸竟又出其不意伸手抓住了剔骨刀。

"还来？你可真有精神啊……"昭然迅速退到安全距离。

这时，挂墙电视里悠悠地传出熟悉的嗓音，新闻画面中出现了一个男人，风衣胸前别着一枚地下铁的徽章，向记者们摆手致意。

郁岸侧过身子，目光投向电视屏幕。新闻正在重播地下铁举办的新闻发布会，站在台前从容发言的男人就是紧急秩序组的昭然。

眉骨高耸，冷白肤色，加上一头淡梅子色长发，的确和身旁这位面试官一模一样，如此特别的样貌很难被假扮，而且刚刚在打斗中也碰到他的脸了，没有人皮面具。

发了一会儿呆，郁岸失望地将剔骨刀插回木质刀架里，当作无事发生，拎起刀架送回厨房。

昭然回头瞄了一眼，小坏蛋总算安静下来，短时间内应该不会再闹腾了。他低头捻了捻指尖，刚刚握过郁岸手腕的那只手，薄皮手套的指尖处开始洇出一圈水渍，比汗要黏稠。

郁岸把刀具放回厨房后，老老实实插上热水器，打开空调制热，再从橱柜里翻出干净的毛巾和洗漱用品放到洗手间里。

等昭然走进浴室，门里传出哗哗的水声，郁岸才平静下来，简单收拢了一下杂物，把电视橱原样翻了回去。

似乎自己脑海里的过去并非真实的世界，而那些埋藏在记忆里的秘密才是真相。

郁岸对字里行间的那种感觉十分好奇，如果对象是昭然的话……郁岸实在想象不出来那粉红家伙体贴的样子，他刚刚差点撅断自己的胳膊。

郁岸暗暗记下一笔仇。

电视橱里应该不止一页纸吧，他还需要更多日记，可投币锁限制了他，明天得出去找一些废核回来，看看还能不能弹出其他日期的日记。

对了，他已经签了实习协议，明天可能要上班了。

应该会被安排一个技术岗位吧。如何生活下去才是现在需要思考的事情，郁岸暂时把日记抛到脑后，将桌上的储核分析器拿过来，细细研究了一番。

浴室的水声停了，昭然搭着浴巾，边擦头发边推门走进卧室，只见郁岸坐在写字台前，台面上堆了一堆零件、电路板和精微工具。

"天哪，你把储核分析器给拆了？"昭然望见满桌狼藉，懒洋洋地拉过一个圆凳坐在郁岸身边，支着头在一旁看，"还能装上吗？"

郁岸很专注，右眼戴着机械目镜，灵活的手指微微捻动，在一个微型消毒泵外设置线圈，分连八根高压纤管焊到八个储核槽里铺涂速干绝缘层，放在一边晾干，然后打开电脑调试程序。

他没养成拆卸时把螺丝和零件按顺序摆放的好习惯，所有细小的东西都胡乱堆在一块儿，可他就是能一眼挑出要用的那一颗螺丝。

郁岸一直低着头，但余光却往昭然的方向瞟。

他只穿了一件浴袍，没有了衬衫上洗衣皂味的遮掩，郁岸嗅到他身上隐约散发着一股极淡的木头香味，接近图书馆里极少人翻阅的大部头纸页的气味。

但昭然动了一下，洗发水馥郁的薰衣草香就将那股寡淡的气味彻底掩盖了，郁岸也只能把刚刚的意识归类为幻觉。

"面试官，你去我床上睡吧。"他闷声说，"其他房间更乱。"

卧室窗外亮起一抹鱼肚白，天已经快亮了。

郁岸摘下目镜，眼睛有点酸痛，索性直接趴到桌上闭眼休息。

等到意识模糊快要睡着时，隐约有人走了过来，弯下腰，抬起他的手臂搭到肩上，然后把他托了起来。

昭然小心地把他放进被窝里，坐在床边检查了一下他脱臼复位的关节，然后才关了灯。

过了很久，郁岸才敢悄悄睁开眼睛。其实本想叫面试官起来称赞一下自己改装的储核分析器来着，可他好像很累，是肉眼可见的身心俱疲。

他双手竟还戴着手套。

郁岸回想起来，从见他第一面起，这双薄皮手套就未曾摘下来过。

恐怖游戏玩多了留下了后遗症，郁岸老是忍不住设想这双手套下其实藏着一双布满荆棘瘤皮的鬼爪，或是这双手套已经寄生在了他皮肤上，撒下来就相当于生剥他的皮。

这里面藏着什么秘密吗？郁岸用指腹触碰他的掌心和手指，好像没什么特别的。

昭然从软枕里抬起头，死死盯着郁岸。

在面试官的死亡凝视下，郁岸收回手，匆匆翻身背对他盖上被。

"别这样玩。"他听见昭然在身后无奈地说，嗓音有些喑哑。

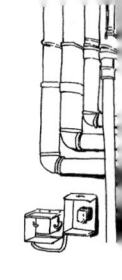

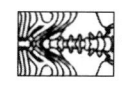

第 009 章
更多整治下属的手段

郁岸把自己蒙进被子里，手脚和膝盖冰凉，只好蜷到一起取暖。

隆冬时节的寒冷总会成为一种具象化的苦难，空调的作用微乎其微。

夜深人静，郁岸听见背后的呼吸声从粗重归于平稳，面试官应该已经消气睡着了。

换作普通人，受了如此重伤，还逃亡了半宿，早就撑不住了，面试官的体力要比常人充沛许多。

郁岸努力闭上眼睛催自己入睡，可脑海里一片混乱。以前只有在琢磨实验数据时才会像这样彻夜难眠，不停思考，渴望实践。

心中一直有一个问题，郁岸考虑了很久。关于自己为什么不能对面试官下手的问题。

为什么不能呢？难道面试官能保证自己清清白白，在招聘时一点儿诡计心思都没用过吗？

日近正午，阳光透过窗帘缝隙照在眼睛上，郁岸动了动眼皮。这一觉睡得好沉，该十二点了吧。

他翻了个身，可手边的床铺一片冰凉，这让他清醒了些。

郁岸看着天花板发了会儿呆。好多年了，每天醒来，家里总是空无一人，以前早上还能听见邻居出门遛狗的声音，恐怕时至今日邻居也早已搬走了。

走出卧室，郁岸揉了揉眼睛。

餐桌上摆了一盘新鲜烤制的蜂蜜小面包和一杯热可可，厨房里用过的烤箱和餐具已经擦拭干净。

客厅里堆积的行李杂物已经被收拾得井井有条，书本工具分门别类摆放整齐，连地毯都被吸得一尘不染。

茶几和沙发下的死角也被清扫得干干净净。

是面试官干的？他也不像个干净人啊。

况且四年没打扫的老房子，就算请两个清洁工过来也得干上一整天，他是怎么做到的？

单看桌上那盘精致的蜂蜜牛角面包，哪怕是位熟练的面点师傅，和面、调制甜度、做造型和烤制，就得花费一早上的时间。

"不可能。"郁岸靠在门框边，托着下巴凝思，顺手拿起盘子里的小面包咬了一口。

好松软，好香，不可思议。

下午三点。地下铁，高层休息室内。

大老板一身长衫，坐在茶桌前，悠哉烫着茶具。

"今早鹰局给我打了电话，她们有一头放出去抓捕的机械鹰没回来，说是你的人在捣鬼，什么情况？"

昭然站在茶桌对面，煞有介事道："意外，绝对的意外。昨天那个是临时工，他竟敢袭击窥视鹰的鹰，当场就被我开除了。"

"鹰？我也不知道坠到哪个山里了，这事儿还得托您给鹰局那边说说。"昭然弯腰扶着桌面，低声笑道，"老板，我新面试了一个好学生，长惠大学精密仪器及机械专业的尖子生，叫郁岸。"

他递上简历和实习合同，放到老板面前。

茶水从紫砂壶嘴静谧地流泻进杯中，老板扫了一眼，不紧不慢地说："还不错。"

"不过，"老板话锋一转，"我要你去找的是能打的呀。"

"你也知道现在急缺秩序员和调查员，不缺技术员，精械专业确

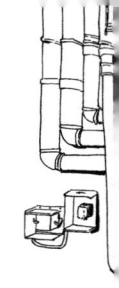

实不错，长惠大学也算是顶级学府了，可他是个本科生嘛，能有多大的成就？每年工资、奖金、福利却要多开支五十万元，怎么想都不划算啊。"

昭然并未反驳，只是解下腰间的储核分析器，放在茶桌旁："他花了一晚上改装的分析器，您看。"

储核分析器翻盖内侧贴了一张方形标签，写着"郁岸"两个字。

老板侧目打量这小小的长条状装备：其内部八个嵌核槽分别加装了喷淋消毒和干燥装置，将畸核塞进去后，十五秒内就能完成清洗消毒流程。

虽不是什么尖端技术，但这个学生的细心和耐心可见一斑，值得培养。

老板这才稍微重视了些，放下茶杯，靠到椅背上，双手交握："我从没见你大力推荐过哪个新人，你好像很喜欢他？"

"最近事件频发，快忙得脚不沾地了，实在缺一个好用的助手，您要是不满意，我再让推荐人去找个能打的。"

"哎，技术员有时候也能当调查员用。让这孩子去试试。"老板将简历推还给昭然，"手头正好有个麻烦事，就当他的实习任务吧。你继续跟进之前游戏公司的调查行动，让他自己历练历练。"

"哦，对了，去财务那儿划十五万元。"老板轻弹了两下储核分析器的外壳，"告诉那孩子这个设计我买断了。"

"真是英明的决定。"昭然笑道。他心中嗤笑，别说人家懂技术了，能自由拆卸畸核的载体人类是什么概念，五十万元你还嫌赔啊，抠门老板，有你后悔的时候。

不过，在郁岸拥有足够保护自己的实力之前，昭然还不打算让太多人知道这件事。

郁岸正坐在电脑前浏览地下铁的相关信息，手机忽然显示银行卡到账十五万元，接着就收到了昭然发来的一份电子合同。

Boss：在下方签字。

昭然在消息中简单说明了情况，郁岸也没想到，随便给储核分析器改装了一个喷淋装置，竟然值这么多钱。

"你的实习任务稍有难度。"昭然说，"不过，完成的话应该能拿到不少于十万元的奖金。

"今晚六点，你去一趟窥视鹰局，具体怎么行动，叶世音会跟你说的。"

郁岸：1[①]。

窥视鹰局坐落在红狸市正中心，威严的对称式建筑，两侧旗帜竖立，走上陡峭的台阶，宽阔大门上方用黄铜铸造了一头展翼飞翔的鹰，鹰眼红光闪烁。

按昭然的指示，他没从正门进去，而是从侧门警卫处递上了自己的身份证。

很快，一位金卷发女警将他带了进去。

郁岸对这位身材高挑的年轻女警颇有印象，好像叫堤蒙，是叶警官的下属。

她怀抱冲锋枪，枪口斜向下指，以一种接近保护的押送姿态走在郁岸身旁，一言不发。

郁岸也没有与人攀谈的习惯，两人之间只有沉默。等到拐进大楼主体内部后，又经过了一道由武警守卫的关卡，查验了一次身份。

叶警官正在办公室中等他。

就算在室内，她也一直戴着黑色口罩，威严冷厉，一如初见。

叶警官将桌上的一摞档案推给郁岸，粗糙骨感的右手布满刀伤弹痕，令人肃然起敬。

"无关的事我不再提。堤蒙，先给他看影像资料。"

金卷发女警打开投影，将一段影像投射在幕布上，用不标准的中

---

① 网络用语，意为"收到"。

文小声提醒郁岸："场面可能会让人不适，如果你不舒服就告诉我。"

郁岸也不知道她们打算给自己看什么刺激的片子，听话地点了点头。这姑娘人不错，自己拆掉的应该是她的机械鹰，也不知道她有没有因此受罚。

录像开始放映。

镜头从某个肮脏的墙角开始移动，房间里灯光明亮，沿着墙边摆了一排美容设备。

有点像美容院的独立房间。

接着，一个无菌盘出现在镜头中，里面放着手术刀和麻醉剂，镜头开始拉远，转移到了房间正中央的美容床上。

在那上面躺着的，可以用庞然大物来形容，他的四肢膨胀成了四团长在一起的灵芝，高耸的胸腹还在上下起伏，目测体重已经接近六百斤。肥胖症已然严重到无以复加的地步，他随时可能在睡梦中因心脏停跳而死。

难道是无资质美容院擅自给患者做切胃手术的案件吗？

镜头一直聚焦在患者的身躯上，偶尔会有两位医生的双手出镜，用注射器吸入麻醉剂，然后一只手捏提起患者褶皱下垂的皮肤，一点一点在皮下注射。

"但是切胃手术应该全麻……算了。"郁岸欲言又止。

待麻醉起效后，另一位医生拿起了手术刀，划开患者鼓胀的肚皮。层层皮肤被锐利刀刃平滑地分割开，露出皮下聚集的大团米黄色脂肪。

医生将手探了进去，用手指将脂肪和肌肉剥离，但脂肪块太大，只能用手术刀分割开来，逐块转移。

几分钟的操作之后，医生从患者腹部捧出了一大块脂肪。

大块脂肪被放到了电子秤上方的卫生桶里，数值向上飙升，显示重达十六千克。

医生每次取出脂肪，都会放进秤桶里，重量数字一直在上升，大桶渐渐被脂肪装满了，于是去换了一个空桶过来，最终移除的脂肪重量加起来达到了惊人的二百五十千克。

此时美容床上的患者几乎变成了一个被掏空的人皮麻袋，完完全全瘪了下去。

接下来医生开始了缝合。切除多余的皮肤，将切割后的断口缝合在一起。

最后，镜头从头到脚展示了手术后的患者，他已得到许多人梦寐以求的完美身材，腹部甚至雕刻出了人鱼线和马甲线，英俊迷人如同大卫雕塑。

然而脂肪被复杂的组织包裹，且肥胖症患者的内脏承受能力脆弱，用这种粗暴的方式移除全身脂肪，患者本人必死无疑。

视频到此结束。

办公室内的灯亮起来，郁岸还在对着空白幕布眼睛放空。

震撼、疑惑、费解和不可名状的情绪共同汇聚成一种感觉——还有吗？

堤蒙警官递了一杯水过来，拍了拍郁岸的肩膀当作安慰，这种视频对于非医学非警校专业的学生来说，冲击力还是过于大了些。

叶警官开了口："这一系列变态杀人视频被命名为'骨感艺术'，在暗网售卖，使观众的视觉感官得到了畸形的满足，因此风靡一时，非法盈利高达七百万元。

"他们通过收买被害人的照料者，对被害人实施绑架，短短一个月，各地已经发生四起肥胖症患者失踪案，第五起失踪案件正发生在古县医院。

"昨晚失踪的患者名叫周躬行。"

叶警官拿出周先生的照片放到郁岸面前，见到那张脸时，郁岸微微一震。

"一小时前，我们已经锁定了视频拍摄地点，到现在为止，'骨感艺术'系列视频还未上传新内容，因此我们认为周先生很有可能还活

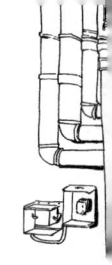

着,但行动涉及跨区域抓捕和营救,我们还在等待上级指示。

"所以,现在需要地下铁做的是,在批准文件下达之前,派人进入久安市细柳美容院,保护人质周先生的安全,并追踪嫌犯的位置。我要求你们立刻出发,多耽搁一秒,人质就危险一分。"

就郁岸了解,普通犯罪案件是不会求助到地下铁头上的,也就是说,美容院里很可能有畸体存在。

这种难度的任务,是实习任务?他不是应聘的技术岗位吗?

"你们确定吗?这是我一个人的任务吗?"

郁岸听叶警官的话头,好像她们认为自己只是个传话的,真正执行任务的应该是一个小组。

"你一个人?"叶警官眼眸微眯,重新审视郁岸。

堤蒙警官惊讶地上下打量了郁岸一番,表情忽然变得十分羞愤,捧着水杯暗暗埋怨自己,竟然不自量力地去安抚地下铁的秘密干员,怪不得他看完如此残忍的影像毫无触动,是因为人家见多识广,这种程度的案件摆在人家面前实在是班门弄斧了。

"呃。"这不是郁岸想要的反应。

他终于有点明白地下铁福利待遇六险一金的意思了,指六种致命危险再附赠一个黄金骨灰盒。

说不出来哪个环节出了问题,但自己肯定是被面试官套路了。

昭然悠哉躺在办公室的沙发椅里,在公司内部网络上浏览细柳美容院的情况。

"有点难办呢。"昭然端起卡通猫耳水杯喝了一口水。不过小坏种需要一点儿教训来磋磨锐气。

大老板耳聪目明,他心里很清楚是谁击落了机械鹰,只不过卖了昭然一个面子而已,这次任务也摆明是要难为郁岸。

精明的商人惯会衡量得失,老板要试探郁岸的价值。

依大老板的意思,肯定是让郁岸孤身前往调查,但单人行动变数太多，郁岸初出茅庐毫无经验，多少需要个小帮手。

"你去跟着他，护着点他，别乱来。"昭然说。

可办公室里只有昭然一个人，他似乎在对着空气说话。

然而，话音刚落，办公室虚掩着的门便开了一条缝，有什么东西快速贴着地面爬了出去。

第 010 章
更换经典外观

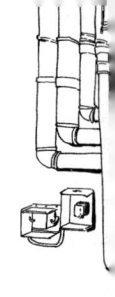

郁岸在鹰局阅读过相关档案后,返回了自己家,此时已经是晚上九点。

只身前往调查,须得好好规划一番,但也不能拖太久,叶警官要求他最晚午夜就要动身。

郁岸站在家门前,一边掏钥匙开门,一边脑子里仍旧在琢磨行动方案。只有三个小时做准备,这感觉似曾相识,在学校里他也总喜欢压着死线赶作业,这样比较有效率。

他迈进门廊,顺手带上门,可门板被卡了一下,回头看看门缝,有只手搭在了门框边,递进来一个纸袋,纸袋外印有地下铁的标志。

"哦,谢谢。"郁岸向门外望去,送东西的人已经不见了。

打开纸袋,里面装着郁岸的地下铁身份卡和储核分析器。

光送来这些东西有什么用,郁岸想要的是枪,还有其他杀伤力强大的武器。

可昭然告诉他,地下铁干员是不允许携带枪支的,因为最初畸体灾难爆发时,人人自危,老百姓们纷纷要求佩枪自保,但很显然通过这样的法案只会造成更大的混乱。

在那时,以地下铁为首的三大畸体猎杀公司便应运而生,政府承认了三家公司的存在,但要求他们执行公开任务时不许使用枪支,以此给普通人一种不佩枪也可以保护自己的暗示。

手机振了一下,是昭然打来的电话。

"装备准备得怎么样啦？"

"装备？"郁岸靠在门板上，检视四周有什么能充当武器的东西，"哪有装备，菜刀吗？"

"哈哈，公司内部有交易市场，但不面向实习生开放。"昭然给他指了条明路，"不过每周四零点之后，会有午夜商人上门推销货品，只推销给身体有残缺的人，货真价实，许多商品都只此一件，你看看有没有需要的。"

"午夜商人？那是什么？"

"算是……流浪的推销员，他每次会随机带三件货品向你推销。但你要记住，如果你不想买东西，或者身上没有钱，那么在午夜时分门铃响起时，就不要开门。"

"为什么？"

"如果你给他开了门，就算他拿出的货品里没有你想要的，你也必须买一个。"

"不买会怎样？"

"你的身份会从买家变成卖家。他会留下一些冥币，然后买走你身上的一样东西。"

"……"

好怪。听起来和首次任务就让实习生独入虎穴的面试官一样不靠谱。

气氛突然僵滞住了，两人都没说话，但也没挂断电话。

"面试官……？"

"嗯，我在听。"

"你的点心，"郁岸抿唇瞥向别处，"挺好吃的。"

"哼……那祝你能活着回来品尝更好吃的东西。"昭然笑道，"我要给我的实习生一个忠告——当你踏入任务地点的大门，你能相信的就只有你自己。"

郁岸："1。"

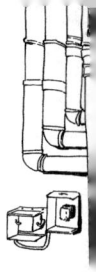

昭然："……"

临行前，郁岸在电脑前查询了一番关于细柳美容院的情况，在脑海中过了几遍地图。

随后他将单肩包收拾了一番，在里面装了一个强光手电筒、充电宝、电线、一盒火柴和一小瓶汽油，又塞了一盒可能用得到的精微工具，这是以一个学生的社会经验所能想到的所有可能有用的东西了。

最后，他将储核分析器挂在腰间，把昭然留下的皮质刀套勒到右腿外侧，让匕首握柄正好位于触手可及的高度上。

紧迫中时间过得飞快，钟表指针指向午夜十二点。

不得不出发了。郁岸提上单肩包，匆匆朝门口走去。

楼道里响过一阵清脆的风铃声，回音时远时近，恍如赶尸人手里摇晃的铃铛。

但郁岸的手已经压上了门把手，拉开了防盗门。

一位佝偻的老人手拿金色摇铃，正经过楼道，见有人开了门，便将头缓缓扭了过来。

惨白的一张人脸，双眼瞪得露出整个黑眼仁，两腮各涂着一团圆形腮红。

郁岸瞳孔骤缩，手按到了匕首握柄上。

老人迟钝转身，单手掀开身上的罩袍，袍子内兜挂着三种不同的货品。

"午夜商人？"

郁岸松了口气，又有些懊悔，给他开了门，这下必须得消费了。

按面试官说的，这商人有点强买强卖的意思，可别要出天价，算上今天收到的打款，郁岸银行卡里总共也就十七万元多点。

第一件货品是件折叠在包装袋里的衣服，包装袋外挂着商标和价签，不过上面写的并非关于机洗水洗棉麻含量的问题，而是几行简短的介绍。

商品名：纯黑兜帽。

属于暗夜行者的套装，真正的杀手总是伪装成一只黑（煤球）猫。

主效果：我是谁（穿上此套装并戴上兜帽时，永远不会被人看见脸）。

副效果：夜猫（小幅度增加跳跃高度）。

价格：4900元。

第二件货品是一枚淡蓝色的畸核，畸核表面的纹路像一只蚊子，光看颜色可以清楚辨别，畸核等级不高，属于普通种一级蓝。

商品名：怪态核－夜行蚊。

价格：800元。

第三件货品也是一枚畸核，但颜色很独特，是那种带点彩虹镭射感的白色，即甲方口中五彩斑斓的白。

商品名：盲核白。

作用随机，使用过一次后不再变化。

价格：2900元。

挨个看过货品价签后，郁岸有点心动。

如果非买一个不可的话，怪态核－夜行蚊最便宜，能力很可能适合夜间潜行，正是郁岸现在最需要的。

可是那套衣服也很不错，总共四件——防风长裤、背部留有拉链开口的紧身上装、兜帽短夹克、皮革工具带，而且戴上兜帽就永远不会被看见脸的特殊效果很实用。但有虚假广告夸大效果的嫌疑。

还有第三件，盲核。竟然有这种东西，本质其实就是赌博，利用

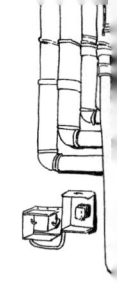

人的赌徒心理，总觉得自己运气好，能把花出去的钱赌回来，最终血本无归……

郁岸在心中默念三遍，我不是赌狗。

这能不买？不会有人不想买这个吧？

可是三件加起来有小一万，消费有点高了。

算了，成年人全都要，留那么多钱没意义，万一今晚就死了呢。

郁岸把三件货品都拿下来之后，才想到一个棘手的问题："可是我没有现金……"

老人那张惊悚的脸纹丝未动，他放下手臂合上罩袍，再重新抬起，之前罩袍内放置货品的位置出现了一个收款码。

"叮！阴行卡[1]到账，捌陆零零元。"

午夜商人沉默离去，郁岸首先把两枚畸核塞进了储核分析器里，经过冲洗消毒后，读取出了相应的内容。

名称：怪态核 - 夜行蚊

来源：蚊畸体

种类：普通种

等级判定：一级蓝（淡蓝）

基础能力：闪避致命一击

使用限制：一次性使用

简介：欸，打不着！

共鸣条件：未知

一次性使用有点让人失望。但能闪避一次致命攻击，其实完全不亏，是个薛定谔的好东西，毕竟人最要紧的事是活着。

而那枚白色盲核塞进去后，储核分析器只显示出"随机核"三个

---

[1] 谐音梗，考虑到午夜商人的身份，用阴行卡，功能与银行卡一致。

字，屏幕中央机械打出一行字：镶嵌后可读取资料。

郁岸也没打算今天就匆忙地把它抽出来，毕竟氪①一次将近三千块钱就砸进去了，抽奖终归要选一个好日子，如果自己能活过今晚的话。

夜深人静，凌晨十二点二十分，郁岸换上纯黑兜帽套装，背着单肩包下了楼。

这件衣服竟然真的和标签介绍上的效果一致，郁岸对着镜子戴上兜帽的一瞬间，脸部直接变成了一个深不见底的黑洞，不管从哪个角度看过去，还是射灯直照，脸都只有漆黑一片。

而且，兜帽顶端闪现了一对黑猫尖耳，身后同时闪现一条猫尾，不过二者皆一闪而逝，并未持续出现在套装上。

唯一美中不足的是，拉动拉链时，链条会喵喵叫，这不太酷。

结合窥视鹰给的位置，加上鹰翼的速度，不到半个小时，郁岸就抵达了久安市边界的废弃步行街附近。

网上只能搜到街道以往繁华的面貌，可真正踏入这地方，却发现只剩下幽暗冷寂，每隔一百来米才亮一盏路灯，路灯年久失修，而且电压不稳，灯光时而熄灭，时而又突然亮起来。

郁岸拿出手电筒，四周照了照，相邻路灯之间拉着黄色的警戒线，警戒线上落了一层厚厚的灰，这条步行街已经封闭多年，一直无人接手。

郁岸举着手电摸索寻找叶警官给的地点，细柳美容院就位于步行街深处的一座商务写字楼里。

咔嚓一声轻响，脚下好像踩到了张纸，郁岸将手电光束向地面打去，发现地上铺满了随意抛撒的小广告，厚厚的如同地毯，踩上去十分松软，总觉得一步不慎就可能掉进被小广告埋住的下水井里。

郁岸捡起一张，打着光浏览内容。上面写着"细柳美容院，予您

---

① 指在网络游戏中的充值行为。也称"氪金"。

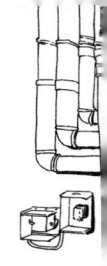

魔鬼身材，还您美丽容颜！"。一位美女将身体扭成S形，作为广告的招牌，双眼朝郁岸放电。

当他再抬起头时，突然发现写字楼的大门竟然就在自己左手边。

侧门用钢筋锁紧扣着，旋转门的转轴已经生锈，郁岸用力向前推，门下沿嘎吱嘎吱蹭地，在寂静空荡的夜晚显得特别刺耳。

里面竟然有光亮。登记台前放着一盏台灯，昏黄的灯光由此而来。

郁岸手搭在匕首握柄上，缓缓向前摸。

他悄声经过登记台，余光扫过台灯后方，心口突然一紧。

登记台后站着一个人形轮廓。

郁岸险些跳起来，举起手电朝前方照过去，一位穿保安制服的中年大叔微笑站在那里。

"晚上好！小伙子，过来登记一下。"保安大叔朝他招了招手，把登记簿和圆珠笔放到台面上。

郁岸胸口起伏，没想到这种废弃多年的大楼里也能有保安执勤。

他半信半疑地靠近登记台，小心地拿起笔。

保安大叔撑着桌面身体前倾，疑惑道："你怎么疑神疑鬼的，不是小偷吧？！"

"……我来做美容。"郁岸轻声回答，余光一直谨慎注视着保安，潦草地在登记簿上随便胡诌了一些个人信息。

郁岸观察到，他的下巴上爬着一条长长的疤，沿着下颌线，从左耳根流畅地延伸到右耳根。

保安大叔很随和，凌晨时分独自值夜班，脸上还能挂着露出八颗牙的标准微笑。

只不过，他保持着露出八颗牙的微笑，表情一直都没变过，就好像这张脸其实不属于他一样。

再看登记簿上的内容，也有引起郁岸怀疑的地方。

这破烂写字楼来往的顾客还不少，从晚上八点开始就不断有人在纸上登记，张三李四王五赵六，直到登记时间过了凌晨十二点，郁岸发现，登记者的名字突然看不懂了。

凌晨以后到来的顾客，名字一栏不是波浪线，就是圆圈或者胡乱画出来的笔道子，总之全是一些意义不明的符号。

他们到底是没认真写名字，还是根本没有名字？

郁岸默默咽下一口口水。

登记过后，保安大叔热情地给郁岸指了电梯的方向，并且用露出八颗牙的标准微笑夸他："小伙子长得真帅。"

细柳美容院租在七楼，走道里面灯都亮着，但有种说不出的幽暗感。

走出电梯向右拐，门口戳着细柳美容院的等身宣传立牌，立牌上那位S形美女和广告单上的一样，对郁岸眨眼放电。

郁岸总觉得立牌上的美女让人心里毛毛的，绕开了立牌，继续向右拐。

整个大楼的构造从俯视方向看是个"回"字，中央是电梯，外周是一些租在此处的商铺。

他打算先在四周潜伏观察一下，贸然进去实在太冒险了。

可就在他贴墙挪过去时，细柳美容院的门自动向两侧拉开，正对门口，前台小姐端正地面对着他，面带微笑。

郁岸心跳一下子加速，但面上依旧不动声色，深吸一口气缓缓走进去，尽量保持自然："哦，我来看看你们这儿有什么项目。"

前台接待小姐礼貌向他介绍："您好，我是细柳美容院的咨询师小莉，我们这里开设美容整形项目和美体塑身项目，请问您有什么需求？"

"嗯……这个美体塑身项目具体是指？"

"先生，您的身材属于高挑偏瘦的类型，已经不需要再塑身了呢！"咨询师热情地推荐道，"我可以带您了解一下我们的美容整形项目，您看您左眼受伤了，我的建议是可以挑选一款新的。"

咨询师拿出平板电脑，调出图片："您看您喜欢哪一款呢？有欧美混血绿款，也有亚洲美棕款，或者您喜欢这款天河石色的吗？"

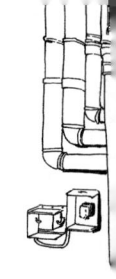

郁岸已经开始烦躁。他最怕逛商场的时候遇上过度热情的导购了。

"嗯,我要视力好的,裸眼 6.0 的。"郁岸敷衍地随便提了个要求,其实在专注观察房间里的摆设,在脑海里测绘逃跑路线。

"好的,我给您找一找……"

"等会儿,你先说个价吧,我要是付不起,就去别家看看。"郁岸说。

"先生,我现在无法给您准确的价格,这要取决于下一位客人需要做什么项目呢!"

咨询师抬起头,面部抽搐,露出八颗牙齿的微笑。

第 011 章
与黄夹克交谈

"什么意思?"郁岸对上咨询师的视线,却感觉不到她眼睛里包含任何笑意,她只是热情洋溢地咧着嘴,仿佛戴着一张假笑的面具。

和一楼大厅的假笑保安一样,她的下颌线也爬着一条长长的伤疤,这张脸似乎原本属于另一个人,出于某种原因被缝在了这个女人脸上。

郁岸渐渐开始觉察到危险的存在。什么叫价格取决于下一位客人的需求,难道要从自己身上取下器官移到下一位客人身上吗?

但他只能故作镇定,在这种怪异的环境中,恐惧最容易让自己成为对方的猎物。

他敢直接走进这栋写字楼,还有一个更重要的原因,就是他不觉得面试官会派给自己一个必死的任务,他对面试官抱有一种微妙的怀疑,同时也抱有一种微妙的信任。

"嗯,这里有洗手间吗?"他找机会转移话题,尽量多争取一些调查周边地形的时间。他此行的任务是保护人质,即保护被绑架的肥胖症患者周先生,并揪出美容院内畸体的存在。

保护……说得轻巧,走一步看一步吧,大不了实习不通过,被扫地出门罢了,也没什么损失。

咨询师礼貌点头,请他出门左转,不远处就是卫生间。

"好的。"

郁岸放慢脚步,用余光打量周围。

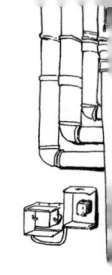

走廊左手边共有四扇白色的欧式木门，门牌分别标着701、702、703、704，每扇门都挂着细柳美容院的广告，看来美容院老板把写字楼七层整个都租了下来，刚刚郁岸与咨询师交谈的房间是704。

老实说这里的装潢就像少女的卧室一样温馨，与普通的美容院没什么两样，两侧墙壁贴有淡粉色的皮纹壁纸。

过道有些狭窄，两面墙之间的距离很近。

一些边角位置的墙纸翘了起来，郁岸小心地剥开一块，发现墙纸下还盖着一层墙纸，底下的墙纸过于肮脏，不知从哪里蹭上了大块的油脂，油脂里还混杂着血丝，就像以前租借过屠宰场似的。

该不会弄脏了就贴一层壁纸来掩盖，越贴越厚，把过道都挤窄了吧？

洗手间在几扇门的斜对面，一进门，正对着门口的是一排洗手池，洗手池上方挂着长条形的宽阔镜子，镜中映出郁岸的身影和身后的门框。

郁岸走进去，面对镜子心不在焉地洗手。

在纯黑兜帽的遮掩效果下，连他自己都看不见自己的脸。

那保安是怎么看见的？不排除午夜商人虚假广告的因素，然而那位女咨询师一见面就点破郁岸左眼受伤需要更换的事实，这很不合常理。

"可是，我并没有……少一只眼睛啊。"

郁岸缓缓摘去头上的兜帽，他左眼并未包裹绷带，而是一进入步行街，就将怪态核-夜行蚊嵌入了眼眶里。

夜行蚊核与左眼内部建立连接，花纹混沌变化，形成了一个黑色的瞳孔，转动灵活，看上去与右眼没什么区别。

结合纯黑兜帽的效果简介来看，不会被人看见脸，难不成保安和咨询师不是人吗？

郁岸不太想再回到那压抑的美容室里了，最好从厕所隔间的天花板爬出去，不能再和那个不知是死是活的假笑咨询师打照面了。

厕所比较小，只有两个隔间，郁岸抬手推第一扇隔间门，竟然没推动。

厕所门外面没有把手，只能从里面锁住，说明很可能有个人蹲在里面。

郁岸缩回手，并未试图弯腰从门下的空隙向内探视，总觉得视线可能会对上什么恐怖的东西。

进第二个吧。

郁岸将手搭在腿侧的匕首握柄上，指尖触碰门板，一寸一寸向内推，推开一个小角度后，迅速用脚一踹。

门板撞到了什么东西，被弹了回来，同时里面有人发出一声闷哼。

是人的声音，郁岸抽出匕首闯了进去，刀刃直接横在了那人的咽喉上。

隔间里的男人惊恐万分，瞪大双眼却不敢叫出声，举起双手贴到脏臭的隔间板上。

郁岸淡淡看着他，抬起一根手指压在唇边，嘘。

男人大喘着气点头，惊魂未定。

这人也就二十来岁，比郁岸大不了多少，穿着一件黄色镭射面的时髦夹克，脖颈挂着运动耳机，长得不错，就是有点矮。

"你不是来整容的吧？难道是来曝光他们的记者？"黄夹克压低嗓音，鬼鬼祟祟地朝厕所隔间外瞄了一眼，然后推上了隔间门，门锁坏了，所以只能虚掩着。

郁岸不置可否，没在这个黄夹克脸上看到瘆人的八颗牙微笑已经让他很欣慰了。他暂且收起匕首，在狭窄的厕所隔间里与黄夹克保持最远的距离。

但黄夹克却贴了过来，附在郁岸耳边小声说："你看头顶。"

郁岸抬起头，发现相邻隔间的天花板上吊着一截绳子，绳子呈绷直状态，有什么东西垂挂在被隔间遮挡的另一端。

黄夹克恐惧地说："有人在里面上吊了。

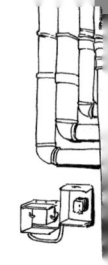

"这地方太邪门了，太恐怖了，我要出去，你能不能带我出去？"

"你坐电梯下去不就行了。"郁岸说。

黄夹克瞪大眼睛："下不去，我试过了，电梯显示在下降，但开门之后走出来还是这个地方，做了他们的项目，不付报酬是走不出去的。

"我之前来过一次，因为打游戏直播的时候出了意外，脸被烧伤了，干我们这行要靠脸吃饭的，要是毁容了事业就完了，经纪人就介绍我来这儿。"

游戏主播。郁岸打量他。

"我也没问价格，反正我人气一直可以的，公司会给我报销，那天给我植皮的医生技术确实没的挑，做完手术即刻就看不出疤了，但我交钱的时候，他们竟然不收，就要求我在七天之内给他们找来一把头发。"

郁岸的评价是："血赚。"

黄夹克的眼睛爬满血丝，焦虑地抓着脸皮："他们要连着头皮的！"

郁岸挑眉，那就是美容整形里的植发项目了。

"幸好我有朋友是道上的，认识人，我花钱托他们弄了一块才糊弄过去。

"我承认我抱着侥幸心理又来了，因为下个月平台会举办粉丝见面会，我长得不丑，在镜头后面加个滤镜也算个颜值主播了，可是身高是个大问题，这样去参加见面会说不定会掉一大拨粉啊。我是来增高的。"

"本来马上就要进手术室了，可我的咨询师突然收到一条消息，然后告诉我，这次要我付的报酬是左眼。"黄夹克已经恐慌到极点，冷汗沿着太阳穴往外冒，将发梢浸透，"原本我以为再去找人弄一个就能糊弄过去，可是，可是……"

郁岸有种奇怪的预感。

"可是她说要裸眼视力达到6.0的！"黄夹克的情绪已经濒临崩溃，"我的眼睛，我的视力刚好就是6.0。"

"……"郁岸抓了抓头发。

国际标准视力表的标准视力为 5.0,即测试距离为 5 米,能超过标准视力的人也有,但达到 6.0 的肯定不多,想在七天内找到一个符合要求的基本不可能。

郁岸就是因为知道这种眼睛很少,才随便开口向咨询师提出要求,早知道就说要 7.0 的了。

"不能不做吗?"

"如果咨询师没给你找到合适的资源,你可以走,如果她找到了,交易就算成立,七天之内拿不出她要的资源,他们就会让你替他们筹谋绑架一个胖子过来,如果再完不成,就真的死定了。"

"你……你的眼睛……看上去也很不错啊……"极度的恐惧让黄夹克逐步失去理智,他抓住郁岸的肩膀,疯狂地举起手向郁岸的脸抓去,"你的视力有多少!给我,哈哈……给我……"

"我左眼其实只能看见一些蚊子的视野,闪闪烁烁的马赛克,不信你看。"郁岸抬手把左眼畸核挤出来,托在手心展示。

在黄夹克小哥的视角,就是对面一身黑衣的陌生高冷青年,当着自己的面把眼珠子抠了出来,放在手心里。

刚抠出来的畸核还没完全脱离连接,仍然受郁岸大脑控制,在掌心里滚动,瞳仁转向黄夹克小哥,炯炯有神。

再看郁岸,左眉毛下就只剩下一个洞。黄夹克小哥惨叫一声,直接喊劈了嗓子,两眼一翻晕了过去,瘫到地上,一只脚掉进便池里。

"……"郁岸愣住,可能因为平时玩的都是恐怖游戏,下意识就把黄夹克的胆量类比到恐怖游戏主播身上了。

他默默把畸核推回眼眶,戴上纯黑兜帽,遮住脸孔。

厕所隔间外,空寂的写字楼内,走廊响起空灵的高跟鞋声。

是从 704 房间方向走来的,一步、一步,在接近洗手间。估计是被黄夹克的惨叫吸引过来的。

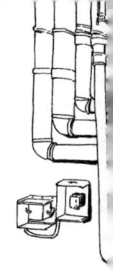

脚步声在洗手间门口停下。

郁岸将晕倒的黄夹克往角落里踢了踢，手搭在匕首握柄上，背靠隔间板，安静等待。

她进来了。这儿可是男厕。

高跟鞋踏在大理石地面上，发出叩击的响声，一步一步接近了厕所隔间。

她停在了相邻的隔间门前，试着推了一下门，但没推开。

郁岸屏住呼吸。

可外面的女人就像突然掉线了似的，站在那儿不动了。

等了足足一分钟，郁岸慢慢蹲下身子，试图从隔间板下方确认女人的位置。

当他矮下身子向外望时，近在咫尺之处，与一张露出八颗牙微笑的脸四目相对。

女人弯着腰，在隔间板下方的空隙中探头瞧着郁岸，挂着她的标准假笑。

一瞬间，郁岸清楚感觉到脊背上的汗毛竖了起来。

恐惧会使人盲目。

郁岸当即用尽全身的力气踹向门板。一脚蹬在本就老旧不结实的门板上，松动的门轴咔嚓断裂，整个门板飞了出去，将女人一起撞飞，拍在了对面墙壁上。

这一下郁岸使上了十足十的力气，如果是个普通人，估计得被砸个好歹。

那女人却一声不吭，躺在地上，安静地掀开身上的门板，她的头颅瘪下去一块，可脸上的微笑一如既往，转动脖子看向郁岸，两只眼睛短路般向不同方向乱转。

这下郁岸完全确定她不是人了，双手握紧匕首，冲过去向下一刺。

没有郁岸想象中的血液向外迸发，耳边只听见刀刃划破塑料的空响和一些扬声器的电流声。

郁岸才看出来，她根本不是人，只是个类似服装店里展示衣服的塑料模特，唯独头上缝了一张以假乱真的脸。

他喘着气站起来，反握匕首，插进大腿外侧的刀套中。

还未等他缓缓情绪，洗手间对面的四扇欧式白门把手动了动，有三扇门向外推开，分别是 701、702 和 703 房间。

每个房间里都走出来一位面带假笑的咨询师，肢体僵硬地向外走，每个人都端着一个无菌盘。

701 的咨询师的无菌盘中端着一根食指。

702 的咨询师端着两截修长的小腿。

703 的咨询师的无菌盘是空的，但侧面的贴纸上写着"左眼"。

三位咨询师同时向右转身，向前走了几步，按顺序分别进入了相邻的房间内。即从 701 走出来的咨询师进入了 702，从 702 走出来的咨询师走进了 703，以此类推。

郁岸动也不敢动，原地盯着三个咨询师。他完全看懂了美容整形项目的运作模式，她们从 701 的顾客那里得到了一根食指，给 702 的客人接上，同时从 702 的客人那里得到一双小腿，给 703 的客人接上。

703 的客人必然就是在隔间里昏过去的黄夹克小哥了，因为他想增高，所以美容院为他提供了一双小腿。

704 是郁岸的房间，如果得到了黄夹克小哥的眼睛，那么自己又要付出些什么呢？

咔嚓一声，将要踏进 704 房间的那位咨询师突然扭动脖子，转了一百八十度，看向藏在洗手间的郁岸。

与此同时，其他两位咨询师也一起扭动脖子，朝郁岸的方向看了过来，面带微笑。

被发现了！

郁岸转身就跑。

纯黑兜帽让他的行动更加灵活，猫一般轻盈地蹿出洗手间，朝与假笑咨询师们相反的方向逃跑。

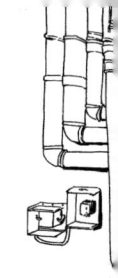

但来时他就已经探查清楚，写字楼的设计是个回字形，一直向前跑只会是兜圈子。而且转过拐角后，就没有亮着的灯了，只有左手边墙壁上一排排7开头的欧式白门。

郁岸逃过的地方，门把手纷纷扭动，不断有假笑咨询师猝不及防推门而出，追着郁岸的背影蜂拥行走。

前方一点儿灯光都看不见了，可后面的路全被那些怪物堵住，郁岸只能硬着头皮往前冲，甚至来不及拿出手电筒。

忽然，手腕好像被抓住了。

周遭一片漆黑，郁岸什么都看不见，只知道自己被一只温热修长的手拉住，引导着向前跑去。

"面试官，是你吗？"郁岸被他拉着跑，拐过一个个岔口，几乎要在黑暗中迷失方向。可抓住自己的人一言不发，郁岸也看不见他的身影，只感受到一种安定人心的力量。

第 012 章
靠谱的帮手

一定是他。

只是没戴手套,手指温润细长,带着柔软和坚定。

郁岸在暗无边际的走廊中狂奔,身后残余的灯光照映着墙上排列的白门。

他不停回头向后看,白门上的铜制把手都在急促地扭动,美容室内的咨询师接连破门而出,嘴角上扬,面带微笑。

每个假笑咨询师冲出来的一瞬间都会停顿两秒,因为塑料身体内的智能传感器需要一个反应的时间,接收到郁岸跑动发出的震颤信号后,脖颈便突然扭向郁岸逃跑的方向,然后被机械驱动追上去。

由于动作太快,设定程序免不了出 bug(错误),咨询师的肢体动作变得极不协调,手臂摆动和脚步频率对不上,塑料模特脚下还踩着高跟鞋,很容易重心不稳摔倒。

但她们不知被什么赋予了顽强的生命力,即使折断了小腿和手指,也要扭曲着向前爬。

一场突如其来的追逐,昭示着生死一夜就此拉开帷幕。

之前在洗手间里,郁岸已经检查过被自己一刀破坏内部机械的咨询师,和鹰局的机械鹰不一样,她们并不是由畸核在内部驱动的畸动武器。

这就意味着,她们不会因为耗尽能量而停止行动,只要郁岸还在她们视线之内,就会被无休止地追杀。

在回字形的写字楼内兜了三圈后,郁岸的肺都要跑炸了,剧烈喘着气问:"面试官,你到底认不认识路?"

黑暗中抓着郁岸的那只手悄悄冒出一滴汗。

没听到任何回答。郁岸恍然大悟,实习任务必须独自完成,不能接受面试官的提示和帮助。

但只要知道他的存在,郁岸就能冷静下来。

郁岸狂奔过最后一个黑暗的拐角。前方的走廊口亮着灯光。假笑咨询师的塑料肢体在墙壁和地面上摩擦,郁岸离那些噪声越来越近。

最危险的地方往往也是最安全的地方,郁岸心一横,变作自己在前面,拖着面试官的手跑。

终于,他们又回到了原点,704房间的白门仍然敞开,一个假笑咨询师背对郁岸,感知到动静后,头颈连着上半身一起扭转过来,手臂在空中拧转360度到后背的位置,用脚后跟踩地跑了过来。

郁岸松开了紧握面试官的手,冲进灯光下,握拳收拢在面前呈防守姿态,抡起左腿带动身体在空中扭转,一脚踹翻咨询师架在身前的无菌盘,右腿随即跟上一套迅猛二连踢。

纯黑兜帽套装在他起跳时会自动触发效果,中靴底部前端闪现钢铁利爪,当即斩断咨询师的塑料头颅,落地后利爪自动收回,行走无声。

望着面前乌乌泱泱的咨询师,郁岸只能就地一滚,钻进704房间内,迅速关上门并反锁起来。

门外的咨询师一下子全都聚集过来,用指甲抓门。

郁岸脱力躺到地上,浑身的肌肉都在颤抖。

望了望四周,不见面试官的身影。郁岸一骨碌爬起来:"该不会把面试官关外面了吧?"

他把耳朵贴到门板上,但外面的动静全被指甲挠门的噪声掩盖,他皱眉从背包里摸出手机,给面试官发消息。

郁岸:你在哪儿?

但大楼里接收不到信号,消息一直在转圈,就是发不出去。

"冷静。"郁岸拍了拍自己的脸，暂时将手机收起来，在美容室里寻找其他出口。假笑咨询师虽然瘆人，可短暂交手之后，发现她们没什么实质性的攻击手段，只要不被她们的塑料手指抓住，就不会受到太严重的伤害。

咨询台上放着一个平板电脑，是刚刚咨询师给郁岸挑选美容项目时用过的。

郁岸打开平板研究了一下，页面上的内容和购物软件的排版很像，可以搜索眼睛、鼻子等身体各个部位关键词。

随意在眼睛货品里拨了几页，满屏幕都是瞳仁特写，瞳仁颜色和纹路各不相同，能满足不同顾客的需求。

"他们的库存有这么多吗……"直到翻到一页，其中有一张图片是淡梅子色的眼睛，清浅漂亮。

瞳色如此特别，见过一次就不会再忘。

郁岸搓了搓指尖的冷汗，点开了眼睛的详细介绍。不出所料，昭然的照片、工作单位都显示在了上面。

是面试官的眼睛。

平板里的资料根本不是美容院的库存，而是他们收集的信息，顾客看上了哪一个，就会有人替他们去"采购"。

可这些隐私信息又是从哪儿来的？

郁岸不由得摸了摸自己的左眼。世界混乱至此，这颗眼球恐怕也是被他们这样的强盗摘走的。

或许自己从一开始就错怪面试官了。

可面试官对自己这样关照，郁岸反而不安。从小到大收到的善意太少，免不了揣测他人别有用心。

美容室的客厅四壁贴着肉粉色的温馨墙纸，左侧安置吧台和洗手池，中央摆放软皮沙发，右侧和正前方各有一扇白门。

右手边的门挂着"诊室"的牌子，郁岸没多想，快步向正前方那扇门走去。

手机显示现在时间凌晨一点五十分，距离出发已经近两个小时，可郁岸到现在连人质的影子都还没看见，得尽快找到通往美体塑形项目的区域。

至于面试官，他那么强，郁岸还没资格为他担心。

正前方的白门连接着一个纵向的走廊，走廊两侧也贴着厚厚的粉色壁纸，吸顶灯将暖色光线投在地板上。

地板刚刚擦过的样子，只不过像打了蜡似的反着油润的光，踩上去时而打滑。空气中飘来一股柠檬洗洁剂的气味。

郁岸长了记性，没一头莽进去，而是靠着一侧墙壁慢慢向前摸。

结合脑海中的地图，现在脚下的走廊应该是一条连接两栋楼的连廊。

不远处的拐角隐约发出呼啦呼啦的水声，伴随着湿漉漉的抹布抹在瓷砖上的轻微咯吱声。

郁岸迅速贴到远离声音源头的那一面，加快脚步，集中精神。

当他迈出走廊时，余光瞥见左手边站着一个人。

他穿着清洁工的深蓝色制服，站在铁质水桶边，手里握着一把拖布，在水桶里蘸湿，然后抖抖，再拿出来拖地。

尽管郁岸已经做足了心理准备，可当清洁工抬起头时，还是被他的八颗牙微笑给惊了一下，心脏随之一抖。

"晚上好。"

清洁工僵硬地咧着嘴说。

见他没表现出攻击意向，郁岸舔舔嘴唇："你好，美体塑形项目往哪边走？"

清洁工的视线却落在郁岸脚下，躬身提起水桶和拖布，佝偻着身子朝郁岸走来。

郁岸接连后退了好几步，但清洁工没有继续接近，而是在郁岸刚刚站立的位置放下水桶，兢兢业业地拖起地来。

原来是因为郁岸把地面踩上了脚印，他要打扫干净。

可能美容院里的员工都分工很明确，负责什么就只做什么。

郁岸也不打算在他身上浪费时间，反正只有左右两条路，先去右边看看。

不过走廊右侧没什么东西，多半是一些仓库和后勤储藏之类的功能性房间。差不多走出三十来米就到了尽头。郁岸无功而返，转身向相反方向走去。

可走到来时的路口，清洁工居然不见了。

直觉让郁岸神经紧绷起来，一股凉意沿着脊椎蔓延到后颈。

他原地回过头，睄了一眼自己背后。

悄无声息地，一个人影正紧贴着站在自己背后。

清洁工提着水桶和拖布，目视前方龇牙咧嘴微笑："晚上好。"

郁岸险些飞起来，纯黑兜帽拉链发出一声麥毛的猫叫声。

他就这么紧贴着自己拖了一路的地。

"离我远点。"郁岸头也不回朝前狂奔，清洁工一手提着水桶，另一只手握着拖布拖在身后，对郁岸穷追不舍。

郁岸边跑边伸手到背后的单肩包里摸索，拿出从家里带的一小瓶汽油，咬开瓶盖朝身后扔去。

瓶子掉落在地，汽油涌出瓶口在地板上扩散，刺鼻的气味四散开来，清洁工停下追逐的脚步，被地上的污渍吸引，放下水桶开始认真拖地。

郁岸终于摆脱清洁工的追撵，一抬头，走廊上方的指路牌写着"美体塑身"。

走廊两面依旧排列着紧闭的白门，郁岸一个一个附耳贴着听，直到倒数第三扇锁住的白门，能听见里面粗重的喘息声。

而隔壁的白门却虚掩着，郁岸放轻脚步，贴到门缝边，向里面探视。

房间内的摆设和叶警官所给视频里的高度重合，中央放置着美容

床，靠墙摆放一些美容设备，只不过地面满地油污，墙壁也溅满了污垢，发酵的油腻腥臭气味令人作呕。

两名假笑清洁工正在里面打扫。

他们用小铲子把墙上的碎渣刮下来，然后从一个塑料桶里提出一张褶皱的肉色材料，将浸泡液抖干净，两人各抻两个角，将其伸展抻平，然后贴在墙壁上，将铲子留下的坑洼覆盖。

贴好墙纸后，清洁工打开漆桶，用滚轮将温馨粉色的颜料漆满墙壁。

郁岸不想细思贴在墙上的材料是哪儿来的，从背包里拿出精微工具盒，找了一根细长针探进隔壁紧锁的门眼里，仔细扭动。

越紧张的状态下，越不容易做细致活，郁岸指尖出汗，心跳的响声时不时会掩盖掉捅锁眼发出的细小咔声。

越捅越觉得复杂，白门的锁好像是特制的防盗锁。

糟了，要翻车。

负责刷墙的清洁工做完工作，收拾起东西，一脸微笑朝门口走去。

其中一人听见隔壁好像有什么动静，微笑的脸抽搐了一下，提着油腻的塑料桶匆匆推门而出。

走廊空无一人。

清洁工挠挠头，提着塑料桶走了。

在清洁工推门的一刹那，郁岸直接放弃开锁，躲到了他们推开的那扇门后面。

清洁工一走，郁岸就溜进了他们刚刚打扫过的房间里，慢慢掩上了门。

他用螺丝刀卸掉门镜，把自己的机械目镜塞了进去，微微转了一个角度，使自己能正好看见右侧其他白门的情况。

大概等了几分钟，走廊尽头好像有人走过来了。

一位戴黑框眼镜的男医生不紧不慢地走到隔壁白门前，用钥匙拧开门锁，走了进去。

郁岸默默庆幸，自己刚刚如果选择撬锁溜进去，现在肯定已经被发现了。

他收起目镜，将门镜安了回去，以免被男医生发现。不能心急，郁岸打算慢慢等一个出去的机会。

他转身打算坐下休息一会儿，目光滑过了美容床对面的镜子，他顿时僵住，视线剧烈地抖了一下。

就在他背后的单肩包上，扒着一只修长白皙的手。

且它没有连在任何人身上，那是一截从小臂中央斩断的右手。

它从什么时候开始挂在自己身上的？

郁岸几乎忘了呼吸。

过了几秒，郁岸联想到了更恐怖的情况。

难道，刚刚拉着自己逃跑的不是面试官，而是这只手？

右手还浑然不觉自己已经被发现了的事实，依旧美滋滋地挂在人家包上假装自己是个挂件。

同一时间，地下铁，组长办公室。

音响里悠悠地放着《锁麟囊》，昭然依旧戴着手套，左手托腮，端着小酒杯，伴着戏曲悠扬的调子边哼边喝，眼尾已经漫出一片醺红。

下属小齐站在一旁，手中托着文件，开口提醒："组长，郁岸已经进入细柳美容院两个小时了，让新人独自完成A级危险任务，你一点都不担心吗？"

"我派了小帮手去带他嘛。"昭然自信道，"靠谱不会让我失望的。"

他举起空酒杯，一只纤细修长的左手从抽屉里伸出来，拿起酒瓶给昭然倒满。

昭然眯起眼睛，醉眼蒙眬地打量给自己倒酒的这只左手。

突然，昭然一口酒喷了出来："靠谱？你在这儿，谁去帮我……帮郁岸了啊？"

下属小齐淡淡道："去的应该是离谱。"

第 013 章
遭遇战

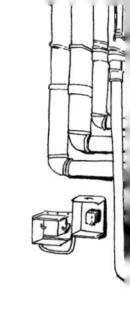

郁岸侧身对着镜子，用余光在镜子中判断位置，然后不动声色地慢慢摘下单肩包，提在手里。

细柳美容院中的一切都不对劲，短短两个小时内经历了这么多令人毛骨悚然的诡异事件，郁岸仍能保持理智没被逼疯，完全归功于平时在恐怖游戏里训练出的胆量。

但现实和游戏是不一样的，面对电脑屏幕，人们会有一个心理预设，就是再恐怖的怪物也不会撞开屏幕跑出来攻击自己，而现在的情况不一样，与一截断手同处一室，是真有可能被它袭击的。

在最紧张的情况下，郁岸依然没有惊慌失措，本想抡起背包在地上左右猛砸一通，可他顾忌着有人就在隔壁，如果弄出太大动静，肯定会把自己置于更被动的局面之下。

于是，郁岸采取了 B 计划。

他趁扒在背包上的断手不注意，猛地一甩。

右手始料未及，一个没抓稳，嗖地飞了起来，然后砸在地上，摔得眼冒金星，晕晕乎乎爬走，结果因为太慌了一头撞在墙上。

郁岸使出踩蟑螂的精准步法，上去就是一脚。

右手挣扎的力度很大，活鲫鱼一样在脚下翻转扭动。

郁岸脚下用力，断手发出痛苦的咯吱声，指尖艰难描摹，蘸着还未干的粉色墙漆，在地面上画了一张简笔画人脸。

爹毛鸡般的长发，上下两排锯齿獠牙，俨然一张怪物的脸，根本看不出它想表达什么。

郁岸踩着断手原地蹲下，托腮打量它画的肖像画。

"长得有点像面试官。"

右手疯狂叩击地面，就像人类在用力点头。

郁岸把断手从靴底捡起来，握着它手腕的位置端详。

是很漂亮的一只右手，手指很长，皮肤柔软白皙，分明的骨节泛着淡淡的粉色。虽然面试官没在自己面前摘下过手套，但郁岸想象过他手套下隐藏的应是怎样一双清透干净的手。

这就是他手套下的秘密吗？难道他的两只手并没与身体连在一起？他派了一只右手来帮自己？

能在人才济济的地下铁崭露头角，并在高层之中拥有一席之地，面试官绝对不像他表现出来的那般温柔体贴。

郁岸更加确定了自己的猜测，面试官必然也是一位能镶嵌畸核的载体，而且镶嵌的畸核级别肯定不低，让肢体脱离身体自由行动就是他的能力。

郁岸摸摸这只右手的掌心，沿着手指搓搓，贴近口鼻轻嗅。皮肤沾染着淡淡的木头香味，和面试官身上的气味别无二致。右手晕头转向地收拢五指。

郁岸席地而坐，贴近墙壁听隔壁的动静，里面的医生似乎在拼接什么钢铁零件，一直没出来。

他暂且只能耐心等待。

在此期间，郁岸悄声问右手："面试官，给我夹带枪了没？"

地下铁虽然不公开允许干员佩枪，但这么大的公司，背地里不可能连武器库都不设吧？

右手摇了摇手指。

"厉害的畸核呢，像之前山羊角那种能打的？"

右手发了一下呆，没听懂的样子，可能脱离躯干的肢体，智商有限理解不了太复杂的词汇。

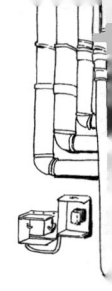

郁岸叹了口气："那你会干什么？"

右手用食指和中指站立在地上，拇指和小指向上翻卷成人类无法达到的弧度，向郁岸展示自己的"肱二头肌"。

"算了。"郁岸抓起右手，让它安静趴在自己肩头，"你最好很能打。"

隔壁的白门再次被推开，男医生走了出来，沿着右手边的走廊离开。

郁岸背靠白门，用目镜观察男医生的动向，等穿白大褂的身影消失在走廊尽头，才蹑手蹑脚推开白门，后背贴着墙壁挪进了隔壁。

一走进来就被刺鼻的臭味冲了满脸，那是一种由消毒水和汗臭混合在一起的恶心气味，熏得郁岸睁不开眼睛，仿佛走进了半个月没打扫的牲口棚。

美容室中央的升降床上，平躺着一座肉山，数不清的交缠的导管连接在层层叠叠的皮肤间隙，药液正沿着透明导管不断充入皮下，一些针孔处已然肿胀发炎。

美容院已经在为录制骨感艺术系列新视频做准备，留给郁岸的救援时间不多了。

这具躯体比郁岸在古县医院太平间初见它时还要巨大，可能注射了某些具有催肥效果的药品。

郁岸拿出叶警官给的照片，比对照片上彬彬有礼的和蔼大叔，美容床上的周先生几乎丧失了人的形状。

根据叶警官提供的资料，失踪患者周躬行，六年前因病从一线研究团队退出，在长惠市医院接受治疗，但药物作用导致身体病变肥胖，鹰局也还没查清楚他为什么会独自一人出现在红狸市。

早在初次听到这个名字时，郁岸就觉得熟悉，可当见到这张照片时，郁岸才知道，并非重名，他就是自己印象中的那位周先生。

恐怕精械专业的学生无人不知，这张肖像照就印在他们的教科书序言页，周先生是一位在精密机械领域造诣极高的工程师，参与编写数十册专业书籍,称其著作等身当之无愧。

郁岸走上前去,晃了晃他的手臂。

靠在头枕上的那张膨胀的脸,吃力地半睁开眼睛,看到面前的年轻人,兜帽下是一团深不见底的黑洞。

周先生翻起眼白,没了动静。连接在他身上的监测仪器显示他受到了惊吓。

郁岸匆忙把纯黑兜帽摘下,用匕首将固定周先生的皮质绑带割断,趴在肩上的右手也跳下来帮着拉扯皮带上的铜扣。

搞定皮带后,郁岸开始帮周先生拔身上的输液管,小心地揭开胶布,然后顺着扎针的方向将软管拔出来,细针头还在向外滋着药液。

"去拔下半身的管子。"郁岸轻声支使在旁边发呆的右手。

右手也听话,五指飞快交替地爬到周先生腿上,一把抓住十来根输液管,稀里哗啦一起扯下去,有的针头上还挂着血。

"……"郁岸喷了一声,右手自觉又添乱了,讪讪退到一边,搓搓手指尖。

但是随后郁岸也发现这样好像比较快,于是也拢起一把输液管,唰地拽出来,再找团纱布擦拭流血的针孔处来补救,问题不大。

皮肤上传来的针刺感使周先生再度清醒,这一次,他睁眼看到的是青年清秀的脸。

周先生看到了郁岸背包上挂着小巧的机械目镜,目镜外侧印有"长惠大学"的字样,顿时有些激动,病态鼓胀的手指握住了郁岸的书包带。

"好……孩子……你从哪儿来……"他的喉咙也被脂肪侵袭,声音从狭窄的咽喉艰难挤出,话不成句,"快走……"

"老师,你还能活多久?"郁岸试图推动美容床,虽然美容床下安装了滚轮,但周先生的重量使美容床像长在了地上一般,郁岸加上右手也不能让它移动分毫。

直白的问句让周先生哭笑不得,他痛苦地将巨大变形的手覆在

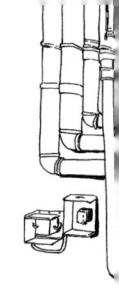

年轻人的手上，扯起一副痛苦的笑容："不愧是……惠大的学生……我……死得也值了……"

郁岸两手空空，与被周先生按住的右手面面相觑，右手被迫安慰濒死的周先生。

郁岸没学过如何安抚他人，对他而言，最擅长的也是闷头行动而不是空口承诺。

这样下去不是办法，美容室离出口还太远，想把周先生推出写字楼几乎是不可能完成的任务。

要是山羊角没被鹰局没收就好了。不过现在的情况郁岸确实早就想到过，如果不能把周先生运出去，就只能把危险从周先生身边引开，一直撑到叶警官她们拿到跨区域逮捕许可那一刻。

可到现在美容院里的畸体都还没露面，郁岸心里一点底也没有。

他对于救人这件事并没有太强烈的责任心，更多的只是想完成这个任务，然后对面试官轻描淡写地说一句"不过如此"，看看那张脸上的表情会发生什么有趣的变化。

郁岸在美容室杂乱的机器设备间扫视，目光落在一台设备上时，他瞳孔骤缩。

正对着美容床的，是一架录像机，处在开机状态，正在拍摄。

初出茅庐的调查员将会在实践中得到的第一个教训，就是进入任何房间时，首先检查四周环境。

跑。

郁岸冲向门口，推门欲逃，可白门只推开了一个很小的角度，就被从外部抵住了。

他后脊泛起一阵冷意。

不知从什么时候开始，戴黑框眼镜的男医生就站在门外，一直在透过门镜注视着郁岸。

郁岸不管三七二十一，又使出对付假笑咨询师的招数，用尽全身的力气蹬向门板。

轰的一声，合页豁断，门板从中央裂开倒了下去，可那眼镜医生却没有倒，他的头撞穿了门板，整个人纹丝未动，依旧微弯着腰，保持着窥视门镜的姿势。

在与郁岸视线相接的一瞬间，男医生露出微笑，抬手迅速地朝郁岸心窝掏去。

嗡嗡嗡！

美容室内响起一阵令人烦躁的蚊子嗡鸣，郁岸左眼的畸核亮起花纹，脊背上倏然绽开了一对灰色薄翼，扇动频率快得出现虚影。

欸，打不着！

腰间的储核分析器屏幕亮起，左侧显示"怪态核-夜行蚊"，名称下方出现了蚊子图案，右侧则显示"剩余使用次数0"。

郁岸振翅从狭窄的门框和男医生的手臂之间穿缝而出。

夜行蚊的能力是闪避一次致命攻击，男医生只不过对着郁岸心口出了一拳，就被夜行蚊判定为致命一击，他绝不是人类。

恐怕，他就是这座美容院里镇守的畸体。

右手还在安慰美容床上的周先生，被门板炸碎的巨响吓了一跳，慌张地跳下床，原地爬了两圈才找到方向，从男医生胯间冲了出去，五个手指头捯得飞快，狂奔追上郁岸，扒到郁岸肩头才松了口气。

男医生被郁岸吸引，转身一步一步朝他逃跑的方向追去。

郁岸在头脑里回忆美容院的地形，此时原路返回也是死路一条，因为连廊处有假笑清洁工蹲守，走过连廊还堵着一群疯狂的假笑咨询师，他只能选其他路。

来时有个空间稍大的堆放设备的地方，门上贴有"当心电离辐射"的警示标志。郁岸别无选择，只能一闪身躲进里面。

房间里没开灯，只能借着走廊的光亮看清里面的摆设，郁岸拿出了手电筒。

夜行蚊的能量已经耗尽，畸核色泽灰暗，在眼眶里感觉越来越干

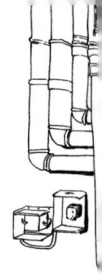

涩，像在眼眶里塞了一团废手纸。

郁岸抠出废掉的夜行蚊塞回储核分析器，嵌核槽里只剩三枚畸核。

其中一个是三级蓝鹰翼，但在狭窄到这种地步的房间里，飞行能力根本起不到辅助作用。

郁岸拿出功能核－撒旦指引，塞进了眼眶里，紫色微光流转连接。

频繁更换畸核让他的左眼眶内部有些刺痛。

地面上散乱地扔着两件防辐射用的铅衣，郁岸小心地扶着墙侧着行走，试图找到另外的出口，但又不能跑太远，得确保男医生一直跟着自己，没有追到半路又跑回去解剖周先生才行。

房间里放着一台陈旧的 X 光机，像上个世纪的旧机型。房间很像服装店的更衣室，前方竖着一块显像板，后方则是机器本身，人只需站在二者之间，就可以完成 X 光透视检查。

机器正在运行，不停发出运转的噪声，严重干扰了郁岸的听觉，他无法靠脚步声判断男医生的位置。

这时，趴在肩头的右手突然开始拼命扯郁岸的头发，示意他向门口看。

男医生已经追了过来，抬腿迈过地上散落的铅衣，弯腰在桌椅下寻找郁岸。

郁岸蹲在靠近 X 光机的一个暗格底下，看着男医生步步逼近。

男医生带着悚人的微笑，僵硬地走到郁岸藏身的暗格前，缓慢地弯下腰，与郁岸四目相对。

视线相接的刹那，郁岸的左眼亮起紫光，畸核表面的羊头恶魔扬唇狞笑。

功能核－撒旦指引的基础能力是使目标迷失方向。

男医生中了招，双眼迷离，昏昏沉沉地站起身。

郁岸抽出匕首便蹿了出去。

他右手反握精钢匕首，左手握拳做防守姿态，一脚飞踢直奔男医生面颊。

男医生被撒旦指引迷惑，反应速度慢了不止一星半点，勉强抬手架住郁岸的左腿，郁岸便突然扭转身体扫来右腿，迅猛力道直接将男医生踹翻在地。

郁岸牢记着面试官教过的，畸体的行动仰仗他们体内的畸核，不挖出畸核，他们就永远能再次爬起来。

郁岸当机立断，扑上去用身体的力量压住男医生，匕首贯入他体内，用刀尖翻找畸核的位置。

没有，左侧腹没有，胸膛没有……大腿没有……

到底长哪儿了？！

男医生抬腿一顶，膝头狠狠顶在郁岸腹部，将郁岸从身上掀翻在地。

郁岸翻身想逃，却被男医生有力的大手抓住后颈高高提了起来，然后重重甩到墙上。

"啊！呃……"郁岸撞上墙壁然后栽到地上，脸颊擦破了皮，骨骼咔咔直响，这一下摔得头昏脑涨，五脏六腑气血翻涌，半天爬不起来。

男医生像一具生锈的人偶，动作卡顿，一寸一寸直起身子，身上被匕首戳出的洞向外渗血，将白大褂慢慢染红。

第 014 章
二挑二

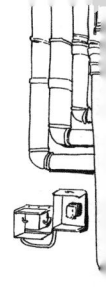

"组长,要派支援过去吗?"

昭然关掉音响,酒醒了大半截,双手抵在唇边思考:"大老板的意思是,必须让郁岸独立完成实习任务,谁也不准帮。"

他思索一小会儿,又靠回椅背上:"离谱也不是不能打……其实问题也不大。"

下属小齐面无表情:"会被郁岸发现吗?"

"应该……"昭然捻动指尖心中默算,"不会"两个字还没说出口,他突然捂住右手闷哼一声。

好痛,好像被什么东西踩到了。就不该派那笨东西过去,平地走路都能撞到门框,更别说执行某些需要隐蔽的任务。

下属小齐目无波澜地看着昭组长,只见组长坐在椅上骂骂咧咧了一会儿,突然不出声了,不自然地趴到桌上,捂住右手,乱发遮住了脸颊,发丝与衣领之间的两寸脖颈腾地升起淡淡红晕。

"被发现了……没用的东西,还不快跑,要是被那熊孩子抓住可就……"昭然话音未落,身体忽然一僵,慢慢趴到办公桌上,额头抵着小臂,右手垂到桌面下,五指蜷进掌心,手套表面皮革相互摩擦,发出咯吱轻响。

在一旁倒酒的左手放下酒瓶,从抽屉里爬出来,抽了张纸巾递给昭然。

下属小齐沉默退远半步,组长在办公室喝得烂醉,眼睛脖子都红得快滴血了，被老板看见估计要挨一顿臭骂。

小齐摇了摇头，去拉上了窗帘。组长一贯吊儿郎当的样子，时常令人怀疑他到底有没有认真对待这份工作，可每月递交的业绩报告和战斗结算又会向所有人证明，地下铁没他不行。

他常酗酒，但不会像其他毫无自控力的男人一样撒酒疯，绝大多数时候都只会找一个没灯的角落安静地坐着，双眼放空，似乎酒精是他麻痹情感的一种别无选择的方式。不止一次，小齐清晨上班，推开办公室的门，被储存了一夜的寒冷扑个满面，随后便看见组长烂醉如泥靠在玻璃窗边，白衬衫、苍白脸庞和浅淡发白的发丝，窗上的冰花蔓延到他脸上，睫毛挂上冷霜，像垂死的飞蛾。

不过，实习生的到来颠覆了这种常规。用其他下属的话来描述他的变化，就是一个颓废的酒鬼某一天去宠物店领回了一只小猫咪。

桌上的手机振了一下，昭然从臂弯里抬起头，嘴唇被尖牙咬破，渗出些许深红颜色。

紧急秩序实习1组郁岸：你在哪儿？

不是吧，这是什么奶猫崽找妈妈式的无助求救？

冷漠清高的臭小子不会轻易向别人开口求助，不会真陷入死局了吧？

郁岸的情况的确危急。

男医生扭动不协调的肢体，朝郁岸步步逼近，在他头顶抬起脚，用力向下一踩。

郁岸眼前发黑，耳内嗡鸣，手指抠着墙壁抬起上半身，凭直觉向前翻滚了一小段距离，堪堪躲过这致命一脚，免于沦为一个被踩瘪的易拉罐。

郁岸接连退到三米之外，重新摆出防守姿态，左眼的撒旦指引核仍在狞笑。

撒旦指引的迷失效果尚未消退，男医生的动作依旧迟钝。郁岸主

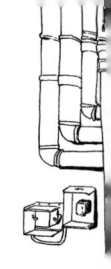

动进攻，左手勾拳，但被男医生抬起手臂架住，郁岸当即反方向拧转身体，给予男医生肋下一记重击。

肘击属于徒手格斗中杀伤力相当致命的打击手段，皮肉相撞，骨骼断裂的残忍声响清脆入耳。

男医生捂着肋下扶住墙壁，险些跌倒。

郁岸看着自己的左手，出神地回忆脑海中那段空白。右手才是自己的惯用手，写字吃饭都无例外，却只有打架的时候，出拳扫腿都惯用左侧身体。

这说明，教自己打架的那位教练很可能惯用左手。可郁岸却不记得自己在哪里学过拳击和散打了，每一次身体的拉伸和律动都是肌肉记忆做出的反应。

随着进攻和躲避的次数增加，本能地便会在头脑中形成套路，郁岸不再依靠拳拳到肉的打击感寻找下一拳的方向。

他踏了一脚墙壁，纯黑兜帽套装给了他增强跳跃的效果，靴尖还装有可回弹的尖爪，极大地增加了摩擦力。

郁岸凌空一跃，在空中旋身飞踹，二连踢精准命中男医生面门，靴尖的刀片擦过医生的脸，郁岸带起的凛风刮过，男医生面颊被砍了两道极深的沟壑，从鼻梁中央砍进了面骨。

趁男医生打了个趔趄向后倒地，郁岸又一次压了上去，匕首倒插进刚刚还没来得及搜寻过的位置，寻找男医生的畸核所在。

刀尖沿着大臂贯入，利落向下划开，却找不到他体内的核。

冷汗沿着郁岸额头渗出，黑发一缕一缕地黏在颊边。

等等，隔壁有动静。

刹那间，郁岸回忆起叶警官放映的"骨感艺术"视频，给美容床上的肥胖症患者做脂肪割除手术的，分明有两位医生。

郁岸来不及回头，背后的墙突然传出一个女人的尖叫，甚至没给郁岸回神的时间，墙面爆裂出蛛网状纹，中央破了一个洞，一只强劲却纤细的手冲出墙面，一把抓住郁岸的左臂，奋力向后扯去。

"还有一个！"郁岸反应也够快，松开男医生，猛地回身将匕首插在从墙洞里伸出的女人手上。

女人凄厉的尖叫回荡在整个大楼之中，郁岸向前一扑，右手从地上跳起来，虎口卡住郁岸腋下将他接住，但只有一只手，保持不了平衡，跟着郁岸一起滚了出去。

钢筋混凝土簌簌地从破损的大洞掉落，一个身穿白大褂的女人剥落墙砖，长腿跨了进来。

猩红色的嘴唇，黑红眼影，女医生美艳的脸上洋溢着瘆人的微笑，牙龈全裸露在外，手中举着一把手术刀。

在细柳美容院中镇守的，竟是一对医生畸体。

这时候郁岸能想到的对策唯有"是时候撤了"，就算营救对象是做出过突出贡献的精械工程师，也不至于豁出命去留在这儿陪葬。

如果周先生死了，只能说明地下铁用人不明，派一个实习生就敢应承窥视鹰局的委托。

郁岸知道自己几斤几两，面对毫无胜算的局面，他只能选择逃跑。

"给我……闪开！"郁岸拖上瑟瑟发抖的右手朝出口全速冲过去，左眼亮起紫光，恶魔撒旦纹路对着女医生狞笑。

女医生僵直了一下，被撒旦指引核迷惑，行动肉眼可见变得迟钝，猝不及防已然接了郁岸一拳。

可女医生的格斗技巧要比男医生强上一截，即使意识迷失，她的反应依然足够抵挡郁岸的一套飞踢，并且尚有余力出拳反击。

两人在厮打中陷入僵持，如果没有撒旦指引核的削弱，恐怕郁岸在她手上连三个回合都撑不过去。

女医生一拳破掉郁岸招架在面前的双臂，穿着破损丝袜的长腿带起一阵劲风，踹在郁岸胸口。

郁岸好像听见胸骨移位发出的声音——咯吱。

他撑住墙壁才能勉强站立，可胸口闷痛，一股腥甜热流涌到喉头

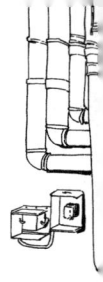

哽住，痛得厉害。

手边还有什么东西能用……

他捂着受伤的部位在房间内跳跃躲藏，借着黑暗隐藏自己的身影，同时另一只手在腰间乱摸，抠出了储核分析器中那枚盲核白。

"只剩你了……就算是最低级的山羊角也行……"郁岸绝望默念着，隔着手指吻了吻盲核白，然后将其替换到了眼眶内。

盲核白进入眼眶后迅速与郁岸建立连接，储核分析器屏幕上的数据变成了一堆乱码。

时间的流速变得缓慢，在这一刻，水果机拉下手闸，骰子掷向桌面，德州扑克捻开底牌一角，大转盘飞速旋转，对准太阳穴的左轮手枪弹筒咔嗒作响。

郁岸把身家性命都押在这一枚盲核上了。

储核分析器扬声播报："成功连接，盲核白！"屏幕缓慢滚动读取后的资料。

    名称：装备核－高傲球棒
    来源：盲核白随机激活
    种类：普通种
    等级判定：一级紫（罗兰紫）
    基础能力：一根不会折断的沉重木棒
    使用限制：使用一次后，以实体形式永久存在
    简介：一根传奇的球棒，总共在二十九位棒球运动员手中传承，神奇的是每一次比赛它都会脱手击中裁判的头
    共鸣条件：未知

畸核先变成淡紫色，再失去色彩光泽变得灰暗，从郁岸眼眶中脱落。而从畸核内部溢出的紫色细丝相互牵扯，在有限的空间内产生能量的纠缠。

一根木质球棒掉落到郁岸手中。

郁岸惊讶地掂了掂它的分量。

"还能实体化……虽然不是枪，但也……"郁岸表情微变，从惊慌的猎物转变成了胸有成竹的猎人。

"……能用。"郁岸停下逃跑的脚步，双手一挥。

身后紧追不舍的女医生伸长双手朝郁岸的脖颈抓去，没想到迎面挥来一道狭长黑影，咣当一声巨响，球棒正中红心打在女医生脑袋上。

球棒的伤害范围可比一把匕首大得多，惯性使沉重的球棒打击力成倍增加，女医生当场飞出了三米来远。

"全垒打。"郁岸手搭凉棚眺望一头栽进杂物、铅衣堆里的女医生，将球棒插进背包，抽出匕首，跳到杂物堆前，狠辣一刀，在女医生的侧腹部寻找畸核。

不知是不是受到美容院的假笑员工们的传染，他笑起来，渐渐感受到这份工作的乐趣。

女人嘶吼着将郁岸从身上掀翻，双手撑地爬起来，前额颅骨已经凹进去了一块儿，双眼外凸，举起手，向一旁浑身是血的男医生尖厉地吐出一串含混不清的文字："薄……小……姐……说……干……掉……他……"

谁？

郁岸惊异于畸体竟然能说话，只不过声带似乎还没生长完全。

男医生听到命令，怪异地扬起唇角，抬手摘掉有裂纹的眼镜，露出一双狭长狡黠的眼睛。

在郁岸疑惑的目光中，他走向了X光机，站在显像板和机器之间。

机器运转，一具骷髅骨架被透射在了显像板上。

男医生将手伸向显像板，奇迹般地握住了图像中映出的大腿骨，然后用力一拽。

影像上的男人骨架顿时少了一整条右腿。

而那个消失的骨骼，此时已经被男医生举在了手里，苍白骨骼成

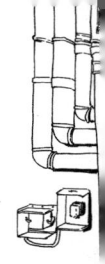

了一把长柄大斧。

郁岸瞪大眼睛，不敢相信眼前发生的一切。

他是从等身影像里拿出了自己的骨头吗？X光版的神笔马良。

男医生手持骨骼大斧冲了过来，他的右腿并未消失，而是软塌塌地拖在地上，右腿缺少骨骼支撑导致他只能单脚瘸行，速度并不快。

大斧抢来，郁岸横举球棒架住了斧柄，不过就力矩长短而言，男医生更占优势，劈头一斧让郁岸的手臂受到了沉重的冲击。

不过男医生受到了撒旦指引的迷惑，这个行动速度郁岸完全能应付得了。

但女医生显然并不会在原地观战，她踩着高跟鞋奔向X光机，显像板上立即透射出女人的骨骼，女医生将手伸向显像板之内，将自己的左臂骨抽了出来，握在手中。

苍白的手臂骨直成一条线，手指并拢成尖端，如同剑握在了女医生右手中。

女医生垂着无骨的左臂，右手挥舞着骨剑朝郁岸刺来。

郁岸难以招架两人的合击。

那台X光机有问题。

"去关电源！把X光机关上！"郁岸朝右手喊了一声。

右手火急火燎爬到X光机前寻找电线和插座，可绕了好几圈愣是没找着，急得满头大汗。

"……哑，我来关电源。"郁岸向前挥了一棒，趁两人被气势暂时扫退的间歇，向后跳退到X光机旁，"你掩护我。"

右手呆呆的，还没明白怎么回事，就被郁岸一把抄起来，朝两个畸体医生丢了过去。

"你上啊你！"

右手在空中划出了一道仓皇失措的抛物线，五个指头在空中捯得飞快，想沿着抛物线再爬回来，但为时已晚，被郁岸准确无误地糊在了男医生脸上。

男医生进攻的步伐被打乱,怪叫了一声,抬手扯落抱在脸上的右手。

可右手却没被轻易甩飞。

这小东西机巧一跃,在半空悬停,随后五指并拢化作手刀,朝男医生颈动脉劈砍而去,男医生被迫后退,抡起大斧砍向右手。

可右手却化掌为拳,一个上勾拳猛揍在男医生下巴上,接着一套组合拳招招致命贯在男医生胸膛,最后一掌劈在下颌,一套连招下来,男医生涎水四溅,人仰马翻,接连被逼退十几步。

右手稳稳落地,用食指和中指站立,拇指和小指弯曲成李小龙的经典动作:"唔——打——!"

第 015 章
扛走老板

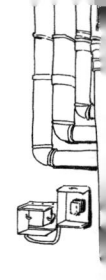

郁岸愣住，区区一只手战斗力居然这么强的吗？

已经没有时间多想了，郁岸扑到X光机前，趴到地面上寻找机器上的按钮。

机器右下角用螺丝钉着一块金属铭牌，时间久远，周围环境又十分潮湿，铭牌表面被铜绿覆盖，几乎看不见上面的文字了。

"找到了。"郁岸迅速按下红色按钮，但锈迹斑斑的按钮丝毫没有反应，开关钥匙直接锈在了锁孔里，拔不出也扭不动。这台机器年久失修，根本无法用正常的方式关闭。

现在，拔高压电缆是唯一的办法。郁岸绕着X光机转了两圈，发现它确实没有外露的电线接口。大概直接接入地下电缆了，这种情况下只有拉电闸才能让它停止运转。

照理说变压器到X光室配电盘走线不会太远的，还有机会。

"兄弟，你顶住。"郁岸趁右手与两位陷入狂暴状态的医生缠斗，飞快钻进女医生打穿的墙洞里，一闪身蹿了出去。

右手在空中悬停，摆出一个挽留的手势："……"

郁岸暂时脱身，回想来时走过的房间，只剩周先生所在的美容室附近还有几个房间没有察看过。

脊背忽然一冷，有什么东西紧贴在了背后。

"晚上好。"那人挨着郁岸耳郭悠悠地说。

是假笑清洁工跟上来了。不过这下手里有武器了，不慌。

郁岸刚要转身给他一棒,就听见身后响起了一阵此起彼伏的打招呼声:

"晚上好。"

郁岸头也不回拔腿就跑,数十个提着铁桶和拖把的清洁工紧跟其后狂追,脚步细碎凌乱,挨挨挤挤人头攒动,场面堪比火灾演习。

"配电室……"郁岸余光掠过每一扇路过的白门,直到到达走廊尽头,一堵实心墙壁挡住了郁岸的去路。

清洁工们追到近处,对其中一扇白门颇为忌惮的样子,纷纷绕开来。

郁岸看向被他们躲开的白门,门牌上写着"院长室"。

他已经无路可逃,举起高傲球棒砸开门锁,拉开门闪身躲进去,然后将球棒斜卡在门把手里,使白门无法从外部打开。

好险,郁岸抬手抹掉额头的汗,转身面向院长室的电脑桌,突然瞪大眼睛。

在电脑椅旁边,立着一位身材窈窕的美女,站姿扭成性感的S形,手搭在细柳美容院的广告立牌上。

郁岸松了口气,原来是个色彩逼真的等身广告牌,乘电梯上来时,门口也摆着个一模一样的。

在这种环境下,人的情绪会受到负面感染,神经变得格外紧张。郁岸闭了闭眼,努力让自己冷静下来,环视四周,寻找房间内的其他出口。

院长室的布置也没什么特别之处,墙壁同样粉刷成温馨的肉粉色,房间两侧挂着美容院的广告宣传画。

宣传画装裱在木质相框中,和众多普通美容院一样,宣传内容是一些顾客的整容和减肥前后对比照。

其中一套美体塑身对比照给人以很强的视觉冲击。

减肥前的女人达到了肥胖的标准,脸部脂肪肥厚,将五官都挤在了一起,她穿着特大号的土色T恤,一脸疲丧地站在镜头前。

与之并排的第二张照片下注有"美体塑身一次后"的字样,照

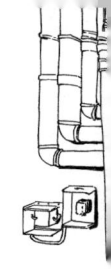

片中的女人发生了翻天覆地的变化，至少瘦了一百斤，虽然依旧算微胖，可身材已经凹凸有致，属于非常健康的体态。

看上去效果真的不错。

从"美体塑身两次后"，女人的形象算是彻彻底底改头换面了，波浪长卷发搭在细长脖颈和纤细肩头，身躯凹成一个前凸后翘的S形，活脱脱成了电视明星级的美女。

按在厕所隔间偶遇的黄夹克小哥所说，如果提供美容店所需的材料就能换取整容资格，肯定会有大把的顾客愿意为之铤而走险。

说不定外面早已形成了与之相关的产业链，组成专门的窃取器官团队，为需要美容院服务的客人提供货源，顾客可以像在游戏厅中一样，用金钱来换取美容院的货币——器官。

不过，郁岸不理解的是，照片上的美女已经拥有明星级的美貌和身材之后，仍旧进行了第三次美体塑身项目。

而塑身三次后的美女根本没发生任何变化。

也可能微调了，但郁岸看不出来调哪儿了，这很正常，就好比他也分不太清口红色号，但对细致入微的人来说意义重大。

说起减肥塑身，郁岸一下子联想到了在叶警官那儿查看过的秘密卷宗。

这要从久安市最繁华的步行街为什么荒废开始说起。

事件始于一场美容纠纷，受害人名叫薄如芷，是一位名望颇高的服装设计师，同时也是一位模特。

薄小姐对模特身材极为挑剔，认为只有黄金比例身材才有资格穿上她设计的裙装。业内都知道薄小姐眼光挑剔，但依旧买她的账，谁让她的设计每次都在秀场和红毯上大放异彩。

薄小姐痴迷于服装设计，她家里到处堆满惊为天人的手稿，纸上彩绘的裙装穿在钢笔勾勒的优雅身段之上，而她本人也极为高挑漂亮，试穿自己亲手设计的裙装让她感到无与伦比的快乐。

"美是我生命的意义"一度成为薄小姐的座右铭，随着她曼妙的身材和惊艳的设计频繁登上各大时尚杂志的封面。

但好景不长，六年前，薄小姐身患重病，治愈后却因药物留下严重的副作用——身体迅速肥胖。

薄小姐在痛苦中挣扎了半年，几次尝试自杀失败，经人介绍，找到了久安市一家口碑超群、私密性极佳的美容院，即细柳美容院。

不过，了解到薄小姐的情况后，美容院以她身体情况复杂为由，拒绝了她的塑身要求。

但薄小姐没有放弃，辗转几次，私下找到细柳美容院的台柱子———对夫妻医生，花重金请他们为自己做全身抽脂和切胃手术。

两位医生一开始并没接受，但她给的实在太多了。

事实证明美容院的考量是正确的，手术并发症导致薄小姐死亡，而那对夫妻医生也因非法手术面临起诉，警方介入调查，却迟迟没找到薄小姐的尸体，而那对夫妻医生也同一时间没了踪影。

细柳美容院被勒令停业，当时人们都认为是医生夫妻毁尸后畏罪潜逃。

但这并不是整个步行街关停的原因。

在案件发生不久后，步行街的安保人员称，在午夜零点之后看见过薄小姐，就站在街边。

起初警方并不相信保安的说辞，认为他是工作时间特殊加上心理暗示，导致出现了幻觉。

可是，短短三天后，保安就被发现死在了夜班岗位上，死状惨烈，整个人瘫在地上，皮肤皱巴缩在一起，就像漏气瘪掉的气球，或是失去骨架支撑的风筝。

经法医鉴定，死者全身骨骼被人用某种未知的方式抽走了，身体却没有任何外伤。

一时间众说纷纭，传言薄小姐的冤魂被困在步行街游荡，而且越来越多的人声称午夜零点之后，在步行街上看到薄小姐站在路边。

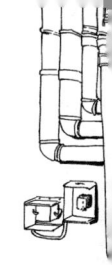

久安市最繁华的步行街至此无人问津，甚至成为市民们口中的鬼域，为避免意外，步行街整个被警戒线封锁起来，荒废至今。

别的暂且不论，那位保安的死法十分蹊跷，没有外伤却被抽走了骨骼，这种操作和之前的男女医生十分相像。

女医生发狂时口中吐出了几个模糊的字音，"薄小姐"三个字依稀可辨。难道她的冤魂真的没走，一直徘徊在美容院中吗？

郁岸摇了摇头，接近电脑桌，弯腰趴到桌面上，拉开了桌下的抽屉，在杂物中翻看有没有什么能用得上的东西。抽屉里全是灰尘和旧物，只有一串挂着蓝色电梯牌的钥匙闪闪发亮。

不管了，揣走。

"宝石胸针，还挺好看的。"就在郁岸专注搜刮杂物时，忽然瞥见一个怪异的现象。

起初正对白门的美女广告立牌，不知不觉地转了九十度，正面向着自己。

"……"郁岸讪讪地将胸针放回桌上，慢慢向后退。

他不由得对照了一下墙上的广告宣传照，那位最终减肥成功的女士，和等身立牌上妖娆的S形美女，漂亮的脸孔如出一辙。

郁岸掌心渗出冷汗，一阵口干舌燥，艰难开口："……薄小姐？"

当他将视线从墙壁照片上移回立牌美女身上时，发现立牌又挪近了一米，几乎要与郁岸胸膛相贴，并且，妩媚地朝他眨了一下左眼。

郁岸好像明白为什么塑身三次后的美女看上去没发生任何变化了，因为第三次瘦身后，薄小姐取出了全身骨骼，正面看上去毫无变化，侧面却已经薄如一张纸板。

她成为自己手稿中完美的模特丽人，也成为细柳美容院的新主人，在午夜钟声敲响时，为客人提供变美的服务。

那些声称自己在午夜的步行街看见薄小姐出现的路人，估计看见的就是这个会动的立牌。

原来早在自己出电梯时，薄小姐就站在门口欢迎自己了，是自己无视了她的美貌，这种直男行为一定让她很生气吧。

既然男女医生能从 X 光影像中抽出自己的一段骨架当作武器，自然也能从影像中抽走一个人的全身骨骼。

卷宗中所记录的那对为薄小姐进行手术的医生夫妻，与 X 光室的那对畸体医生完全对得上。

从人类变为畸体……总需要一个契机吧，那对医生更像是受到了什么影响而突变的，就像古县医院的羊头人一样。如果说这个空间内存在某种可能附带辐射的物品，那就只有 X 光机本身了。

"我明白了。"郁岸已经完全看懂了整座美容院的运转核心，他注视着美女立牌的眼睛，一点一点后退，手摸向卡在门把手中的高傲球棒，扭头将球棒拔了出来。

就在他转头的一瞬，美女立牌用肉眼可见的速度挪向了郁岸，扶着宣传语的双手如同抖动的面条，缠向郁岸脖颈。

郁岸在行动之前就已经想好了接下来的动作。

只见他不管身后拥挤围观的假笑清洁工有多少，径直朝薄小姐迎了上去，一只手按住她轻飘飘的脑袋，用力向下一压，然后整个身体都躺了上去，用全身的力量将立牌压倒在地，拿出沉重的球棒，横在手中，当成擀面杖往前一擀，直接把薄小姐当成纸壳子叠了起来。

这套动作行云流水，连收破烂老大爷看了都夸行家。

郁岸将美女立牌折了四折握在手心，高高举过头顶，对周围的假笑清洁工大声道："你们老板在我手上！让路！"

清洁工们目瞪口呆，情况超出了他们的思考能力，大脑 CPU 差点烧了，果然敬畏地退出一条路。

郁岸举着薄小姐朝 X 光室冲了回去。

薄小姐的脸庞扭曲成狰狞鬼脸，朝郁岸嘶吼。但郁岸不紧不慢地从背包里掏出火柴，擦亮了一根，火苗挨进薄小姐的脸："再动我点了你。"

薄小姐果然闭了嘴，恐惧地想要从火焰旁逃离。

口袋里的手机来电振动,郁岸甩灭火柴,腾出一只手接起电话。

来电显示"面试官"。

电话接通,昭然压低声音问:"情况怎样?找个地方藏起来等我。"

大楼里信号特别差,面试官的声音断断续续的,郁岸大概听明白了他的意思,于是冷静叙述自己的处境:

"细柳美容院在一座老旧的写字楼七层,有大量的塑料模特员工会主动攻击我,一招来就很难缠,但我已然发现整个美容院的运转核心所在,一台X光机。我认为这台机器不靠电力运转,而是和机械鹰一样的畸动装备,现在我要去拆掉它。不需要救援,我能搞定。"

破败的久安市步行街正中央,寂静地停着一辆纯黑机车。

昭然跨坐在机车上,长腿撑在一侧,将手机贴在耳边,微蹙着眉歪头聆听里面时有时无的声音。

"……(滋滋咔咔)招……(哗哗滋滋)然……(滋滋电流音)救……(滋滋)我。"

写字楼入口,老旧的旋转门被一脚踹碎。

昭然插兜走了进去,阴暗角落台灯光线昏暗,一位保安站在登记台后,露出标准的八颗牙微笑,阴恻恻道:"哎,那位先生,过来登记一下。"

昭然目不斜视,拿起桌上的圆珠笔,甩手一镖。

空心笔管撕裂空气,发出破空的哨音,笔贯穿头颅,将假笑保安固定在了墙壁上。

第 016 章
你手多多

郁岸一路举着薄小姐奔回 X 光室，假笑清洁工们纷纷避退，不敢在老板面前造次。

在两位畸体医生之间苦苦支撑的右手，见郁岸破门而入折返救自己了，一度感激涕零。

"别动！你们老板在我手里。"郁岸攥着被当成纸壳子叠起来的薄小姐，驱赶恶犬似的朝两位医生甩动。

女医生歪着头，裸露的牙龈向外渗血，沿着尖锐牙齿滴落，她一步一步逼近郁岸。男医生拖着腿骨板斧，一瘸一拐地与妻子共同包夹郁岸。

"……"郁岸皱眉端详手里的薄小姐。

"服装设计师能吓退人体模特，吓不退医生吗……呵呵，这也太合理了。"郁岸从两个怪物之间迅速穿过，一个滑铲挨到 X 光机前，从背包里的工具盒中掏出螺丝刀，开始卸机器上的零件。

他用力蹭净机器铭牌上的铜绿，污渍之下，露出文字的原貌——Hongli Breeding Base（红狸市培育基地）。

即畸体诞生的源头。培育基地被雷电引燃爆炸后，实验垃圾暴露在空气中，辐射扩散，使物体发生畸化突变。

如果这台机器是从培育基地内搬运至此，它的辐射会影响到整栋写字楼，毋庸置疑。

"兄弟，再撑五分钟。"郁岸回头对右手紧迫道，膝盖跪在薄小姐

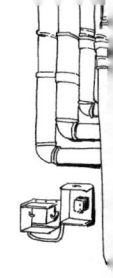

脸上，双手飞快地在生锈的零件之间穿梭。

薄小姐愤怒咆哮，郁岸置之不理。

"把X光机从严密封锁的培育基地搬到这儿，你的罪过足够死一百次，想让我现在就找个碎纸机把你塞进去吗？"郁岸专注地卸下沉重的钢板。

"不是我搬的！"薄小姐凄厉喊道，"他们把我关进美容院里，让我守着这台机器！"

X光机内部构造复杂，稍有不慎便会触碰到高压电缆，郁岸回头看了一眼地上的铅衣，距离自己尚有五米来远，再转头看向夹在两个畸体医生之间，战斗得伤痕累累的右手。

脑海里忽然变得一片空白，日记撕页上的文字从记忆里浮现："别做坏蛋，来当英雄。"一股没来由的勇气促使他将整条右臂探进了机器中，奋力摸索。

找到了。

郁岸握住那枚圆球状的驱动核心，用力向外一拽。

砰的一声，是电路烧毁的闷响。郁岸从X光机内部拖出了一枚暗红色的畸核。

名称：功能核－伦琴之眼

来源：X光机

种类：普通种

等级判定：三级红（勃艮第红）

基础能力：透视

使用限制：累计使用100次

简介：我看透你了

共鸣条件：未知

按蓝紫红银金的品相排序，这枚畸核的级别居然高达三级红，不愧是撑起一座写字楼的能量核心。

郁岸一咬牙，将伦琴之眼塞进了空洞眼眶内。

紫色之上的畸核与身体建立连接的感觉完全不同，畸核表面犹如生出了尖刺，凶猛地贯穿眼眶内部，一股强劲霸道的能量险些将郁岸的颅骨撑碎。

郁岸双手撑地，浑身关节的每一次摩擦都让他痛苦无比，但能量的流通也在修复他受伤的胸骨和皮肉上的裂痕。

他缓缓抬头，左眼拖出一道暗色的红光，向两位医生望去。

在左眼的视野内，对面只剩两具活动的骷髅，一枚浅色红核藏在女医生的右手腕处，另一枚紫核嵌在男医生的颅骨中央。

长在如此刁钻的位置，怪不得试探那么多次都找不到。

"先杀女医生！"郁岸喝道。

右手听到命令，即刻在空中掉转方向，一把攥住女医生脖颈，重重将其砸到墙壁上。

活命要紧，郁岸打算直接放弃这对医生畸体的核，于是抽出匕首冲过去。

女医生抽出了左臂骨当击剑，左臂失去骨骼只能软垂在一侧，于是左侧就成了薄弱点。郁岸目测判定她的攻击范围，待她一剑刺来，便立刻攻击她左侧薄弱处，女医生不得不反手抵挡，却正中圈套，被郁岸一刀扎在手腕骨上。

刀尖准确贯入畸核，发出类似薄玻璃碎裂的声响，女医生浑身僵硬，当即直直倒了下去。

男医生见妻子受创，疯狂地挥动板斧砍来，郁岸趴到地上险险躲过，斧刃刺啦刮过墙壁，墙上立即多了一道锋利的沟壑。

接下来的一幕更让郁岸惊诧。

男医生握住妻子不断流血的手，被刀刃豁开的伤口迅速愈合，而且，藏在血肉中的畸核也在飞速复原。

女医生扭动关节，再次站了起来，张开血盆大口，露出悚人的笑

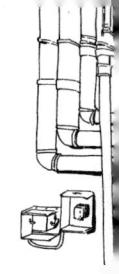

容,将左臂骨安回了胳膊,然后抢过男医生的板斧握在双手中。

装上左臂骨的女医生这下成了毫无弱点的六边形战士,狞笑着朝郁岸径直袭来。

"光杀一个没有用啊……先撤。"郁岸捡起叠在地上的薄小姐,那只右手还在呼呼哈嘿跳来跳去准备迎战,被郁岸一把捞走,塞进背包里。

"天快亮了,叶警官也该到了吧!"郁岸背着单肩包,手举薄小姐逃出 X 光室,沿着记忆中的路线原路折返,向最初的入口跑去。

他跑过连廊,穿过 704 美容室,推开锁闭的白门,举着薄小姐一头扎进了堵塞了走廊的假笑咨询师中间。

假笑咨询师一见老板,纷纷从郁岸身边退开。

女医生双手挥动长柄骨斧一路扫清障碍狂追不舍;男医生肢体扭曲,一路瘸行紧随其后。

郁岸边跑边砸碎走廊的廊灯,希望能借此影响到畸体医生的视力,光线一寸一寸暗下去,走廊变得伸手不见五指,他完全依靠着来时的记忆原路返回。

来时乘坐的直梯仍停在七层,郁岸不停按动下行键,仿佛这样就能加快电梯开启的速度。

他边按按钮边回头看,医生夫妻在走廊深处的阴影中追逐接近,听脚步声可以判断距离自己尚有二三十米,大跨步震得地板发抖。

电梯开门,叮的一声响。

这声响也暴露了郁岸的位置,医生追逐的步伐骤然加快,几秒内,他们之间的距离就缩短到了五米。

郁岸不管不顾地冲进电梯门里。

阴森美容院的恶臭之中,出现了一股淡淡的木头香味。郁岸一头撞在什么坚硬的东西上,然后立即被一双手臂揽住。

"关门!"郁岸吼道。

对方被他撞了个满怀,一只手扶着他,另一只手不紧不慢地按下关门键,锈迹斑斑的电梯门悠悠关闭,恰好将尚有一步之遥的怪物拒之门外。

郁岸警惕地挣脱他的束缚,握着球棒靠到了电梯另一端,直到抬起眼皮,借着昏暗光线看清了对方的脸。

"面试官。"他嘴唇翕动,慢慢放下球棒,垂手站着。

忽然膝弯一软,紧绷了太久神经骤然松懈,一下子头昏脑涨,整个人向前倒了下去。

"哎。"昭然匆匆按住他肩膀,随他一起蹲下身子,手背摩挲他的后脊,把炸起的毛顺回去。

"离谱呢,"昭然四下扫视一圈,没看见右手的影子,轻声骂道,"跑哪儿去了?没用的东西,回头再收拾你。"

"……"右手在郁岸背包里跳来跳去,被刚塞进去的薄小姐压在底下,没能挤出来。

郁岸胡乱挣扎扭动:"放开我,带枪了没?我给他脑袋打成花洒……"

"行了,干得不错,独自破解幻室的实习生除了你也没谁了,真给我争脸。"昭然笑出声,摘掉他的纯黑兜帽,将手腕贴在他发烫的左眼上降温,"过几天的实习生转正会上我得好好出把风头。"

郁岸终于老实许多。

"幻室?"

"是,畸体吞噬过人类的空间有概率形成幻室,即一个扭曲的空间,在这个空间里,你会见到许多现实中不可能发生的事情。破解幻室需要做到两点:一是破解幻室运转的规律,二是杀死镇守幻室的畸体。"

"X光机就是美容院运转的规律吗?"

"对。"

频繁更换畸核使郁岸的眼眶不堪重负,郁岸痛苦地抠出透视核,紧闭双眼缓解那股剧痛。

血慢慢从眼眶内的细小伤口中渗透积聚,最终滚落,在脸颊上留下一道猩红的泪痕。

昭然看到他这副模样,脸上的淡笑一下子消失。手边找不到医用

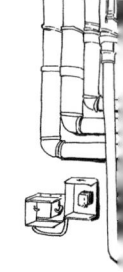

绷带,他只好脱下衬衣给郁岸擦拭脸上的血。

郁岸微眯右眼,视线落在面试官身上。

昭然一边给郁岸擦血,一边把在一旁作乱的手拨拉到一边去,习以为常地训一句:"起来,别捣乱。"

"叶警官拿到搜查令了吗?"郁岸问。

"还没。"昭然让他自己按着止血,"但她还是来了,穿便衣,你留在电梯里,等下去接应她们。"

"你去哪儿?"郁岸抓住他的衣角。

出去看看谁把我实习生打成这样的。昭然哄道:"没有,没有,就随便看看。"

"先救人质,周先生就在……"

昭然已经站起身,紧了紧手套的搭扣,按下电梯开门键。

两位畸体医生就蹲守在电梯附近,男医生扭曲的肢体在走廊中游荡,女医生歪着头,手握白骨板斧,拖行在地上,刺啦擦出火星儿。

他们知道郁岸逃不出电梯,所以优哉游哉地守株待兔。

等了不知多久,电梯门刺刺啦啦向两侧拉开,两位医生被噪声吸引,扭动肢体向电梯门接近。

然而没想到,跑进去一个郁岸,走出来一个昭然。

电梯门在昭然身后缓缓关闭,他活动了一下手腕,瞳仁充血猩红,唇角裂开,露出一排尖牙,和善地问:"谁先动的手?"

他身上的气息在阴暗走廊中无声扩散,偏执而荒凉的木头气味令人想起荒地里盘根错节的枯木、吞噬整栋大楼却又干燥死亡的爬山虎,乃至深山掩藏的墓穴。

医生夫妻忌惮后退。

失去一条腿骨以致仅能跛行的男医生突然发出一声惨叫,他支撑身体的那条腿似乎被一只手抓住,让他无法保持平衡,重重摔倒在地。

他恼羞成怒,嘶吼着起身,刚欲抬手,手腕又被一只手禁锢。

男医生环顾左右，恐惧如潮涌般袭来。

在美容院肉粉色的墙壁上，凭空生长出无数的手臂，皮肤苍白，指尖修长且锋利，它们布满墙面、地面甚至天花板，如同水中漂荡的发丝。

一只手率先按捺不住，指尖向下一刺，便贯穿了男医生的胸膛，男人仰天号叫。它们无孔不入，无坚不摧，好似吸血的蚂蟥，越缠越紧。

"啊——！"女医生见丈夫被困，喉咙里吐出一串尖啸，眼睛溢出血丝，双手抡圆了那柄板斧，朝昭然的面门劈来。

昭然立在原地，不躲不避，双手甚至都没从兜里拿出来。

板斧带着劲风急速接近，距离昭然的脸还有仅仅十厘米时，突然再也无法前进分毫。

半截骨节分明的左手挡在昭然面前，竖起双指，稳稳夹住了巨大的斧刃。

第 017 章

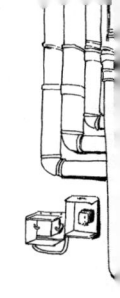

掉色？

郁岸手脚还有些发软，靠到紧闭的电梯门上，贴耳倾听外面嘈杂的打斗声，只听见畸体接连的咆哮和痛吼，面试官像个大反派似的在笑，显然实力碾压对方，正游刃有余地玩弄对手。

他来干吗的？果然面试官不是什么好人，理应被制裁。

除此之外，还有一个疑点。面试官并没有少一只手哇。

他虽然戴着手套，可给自己擦拭血迹时，郁岸还是能感觉到手套底下绝非虚无，他的手好好地长在手腕上呢。

"哒，那你是哪儿来的？"郁岸拉开单肩包的拉链，右手正可怜地抱着手指蹲在书包角落里。

莫非是个误会，它和面试官没关系？既然美容院已经成为幻室，幻室中滋生一些现实中不存在的小怪物好像也合理。

"不该叫兄弟的，男左女右，万一是只小母手呢。"郁岸把右手从包里拿出来，不知道饲养这种小怪物需要喂什么饲料。

右手已经顾不上证明自己的性别，疯狂挠电梯门，想立刻回到昭然身边去解释自己的功劳。

与医生夫妻战斗了这么久，右手已然皮开肉绽，手背和掌心被锋利骨斧划出了不止一处伤痕。

"你身上好多血。"郁岸拿起面试官的衬衫，给右手擦了擦破皮的地方。

右手颤抖后退，拼命拒绝，但没躲过，被衬衣上富有压迫感的朽木气味包裹了全身。它吱吱一颤,吓晕过去了,手心发白朝上,五根手指缩在一起。

"有这么舒服吗?"郁岸挠了挠它的掌心,把右手塞回包里拉上了拉链。以后它就是自己的宠物"小狗"了。

差点忘了正事,面试官让自己下楼去接叶警官。

郁岸撑着厢壁站起来,一天之内更换太多畸核,在某种程度上是在消耗自己作为载体的寿命,就算是真的机器,也不能这么没节制地损耗下去。

按下一楼的按钮,电梯上方的显示器上楼层数字从七开始向下跳,但并没出现平时乘坐电梯时那种轻微失重的感觉。

看来黄夹克小哥没说谎,这电梯在载人的情况下,只上行,不下行。郁岸了解类似机械的运行原理,只需要安装一个重力感应装置,把触发数值修改到成人体重就可以了。

郁岸眼前一亮,掏出从院长室抽屉里顺出来的电梯牌,在感应器上刷了一下。

失重感出现,电梯开始正常下行,并到达一楼。

电梯门向两侧拉开,郁岸刚迈出一条腿,额头突然顶上了一个冰冷坚硬的管口,熟悉的质感,郁岸甚至能从枪口的纹路和磨损程度判断出型号,一把9毫米警用左轮手枪。

"什么人?"堤蒙警官抬着手臂,挡在叶警官身前,以枪拉开自己与对方的距离。

郁岸戴着纯黑兜帽,脸部完全被一团黑洞遮挡,谁也看不清他的样子。

他拿出自己的地下铁身份卡,亮给两位警官看。

叶警官点了下头。两位女警今日只穿了便衣,伪装成深夜去酒吧买醉的失意白领,以免引起注意。

不过,光看堤蒙警官将近一米八的身高,加上叶警官焊在脸上的

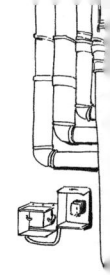

黑色口罩,真去了酒吧夜场也很容易被当成来砸场子的大姐大吧。

堤蒙从身量外形上辨认出了郁岸,匆匆收起枪,插回皮革枪袋中:"天哪,你真的一个人闯幻室,好厉害。"

"……"一到这种时候,郁岸原本挺灵光的脑子就开始卡壳,快,快想点谦虚客气的词出来。

郁岸:"1。"

堤蒙被郁岸的冷酷装扮震慑,知道地下铁的秘密干员们脾气都多少有点古怪,突然意识到好像不该与他随意攀谈,尴尬地摸了摸鼻尖,对兜帽下那团无底黑暗轻声道:"Sorry, Sir.(对不起,先生。)"

感谢纯黑兜帽,让郁岸可以最大限度地避免和生人闲谈,这件衣服买得太值了。

叶警官更关心人质:"大楼里还有活人吗?"

"周先生还活着。"郁岸低着头,将高傲球棒竖着戳在两脚之间,"跟我来。"

电梯缓慢上行,老化的轿厢和钢索刺啦作响。郁岸背对两位女警,站在楼层按钮前发呆。

电梯已经很久没人清理过,角落挂着蜘蛛网,按钮都被油污和灰尘糊了一层。如此说来,似乎只有七层成了幻室,假笑清洁工们并不能通过电梯去往别的楼层打扫。

七层的电梯按钮因为常用而显得表面光滑,但仔细观察,八层的按钮相对而言也干净一些。

郁岸好奇按了一下。

但按钮没亮,仍然只有七层亮着。

郁岸又掏出电梯牌,在感应器上刷了一下,然后按下八层。

竟然亮了,七层和八层按钮同时亮起来。再试着按其他楼层,却一律没有反应。

八层可以通过电梯牌刷上去?郁岸还没探索过七层以外的地方,不知道会不会有危险,正好面试官在七层不需要插手,趁身后跟着两位狠角色，不如先去八层探探路。

郁岸这次学聪明了，不把警察往面试官身边领，因为击败医生夫妻势必会拿到两枚畸核，他可不想让自己忙活一晚上的战果被警方没收。

叶警官当了十年警察，一个涉世未深的学生在她面前简单得如同一张白纸，一早就看穿了他的心思，但并未出言揭穿。

电梯到达七楼后却没有停止，而是继续向上运行了半截，在即将到达八层时，突然震了一下，然后停住了。

轿厢似乎停在了七层和八层之间的位置。

堤蒙警惕地举起手枪，对准电梯中缝，然后熟练地从腰带中抽出三角锥，撬动电梯门。

理论上，这时候强行开门，正中央应该横着七层的天花板。但事实并非如此，电梯门被强行撬开之后，竟然直接通往一个黑暗的房间，虽然电梯轿厢里安装了顶灯，但光线有限，照不到房间深处。

一股浓烈的腐臭味扑面而来。

"密室。"叶警官凭经验道，掏出配枪和手电筒，谨慎走出电梯，堤蒙跟随在她身旁，关注着与叶警官相反的视角。

这里其实更像一间廉价的通铺病房，铁架床按次序并排放置，几十平方米的狭小房间里，堆了近二十张床铺。

被褥肮脏油腻，仿佛在厨房锅台里浸过，一些小的红色血点和蹭花的血迹零星散布在被单上，勉强能看出白被单原本的颜色。

每张床铺的被褥都散开铺着，中央微微隆起一细条，被褥似乎盖着某种纤细的人形物体。

当听到"密室"二字，郁岸大概就明白了这个独立房间的作用。

来到细柳美容院时，算上自己总共有四位顾客，分别被安排在701到704房间，而通过连廊进入美体塑身区域后，郁岸一路检查白门，也只在走廊最深处发现了被囚禁的周先生。

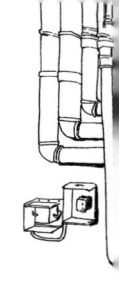

人数不够，少了些什么。

那么那些被录制过"骨感艺术"视频的肥胖症患者去哪儿了？

想到这儿的同时，叶警官的手电光线便照到了其中一张床的枕边。枕上安睡着一个男人，还能勉强辨认出性别是因为脸形，而他的脸其实只剩一张皮，眼睛腐烂殆尽，嘴唇外翻，露出颗颗分明的黄齿和干瘪的牙龈。

叶警官紧皱的眉头舒展："受害人遗体。堤蒙，帮我抬到电梯里。"

郁岸攥着球棒在周围察看，发现床底下滚落了一个没有标注的药瓶。他拧开瓶盖，里面盛放了一些绿色胶囊，看起来很特别，胶囊是透明的，内部装填了一些荧光绿色的药剂。

他抠出一颗藏进了储核分析器中，把药瓶交给叶警官。可向前迈步时，右手边阴影角落中好像有什么动静，他顺手举起手电筒照过去。

"叶警官，不用抬了。"

叶警官闻言，抬头看向郁岸。

郁岸面向角落暗处，抬手指去："他好像自己能走。"

在他所指方向，一个纤瘦的皮包骨架立在角落中，皮肤之下已经没有任何脂肪支撑，仅剩牛肉干状萎缩的肌肉，脸部存在缝合痕迹，缝线处已经腐烂发黑，正磕磕绊绊向前移动。

骨感人向前摸索，脚步越动越快，朝郁岸发疯般扑过来。

"警官，我没动他噢。"郁岸眼都没眨，当即举起球棒，带风一挥，咣当一声就把那骨感人砸出三米之外，"正当防卫！"

叶警官回头扫视周围，房间内的病床上，被褥纷纷被掀翻，床上的骨感人慢吞吞地爬起来，关节摩擦，发出咯咯的响声，朝三人逼近。

堤蒙见状当即举枪对准骨感人的头颅，枪口却被叶警官压了下来。

叶警官也收起枪，垂下右臂，一截黑管从衣袖中滑入手心，她利落握住然后向下一甩，一根警用甩棍攥在了手掌间。

"尽量保持受害人遗体完整。"叶警官命令道。

"是！"

甩棍坚硬细长，挥动时带起嗖嗖的风声，叶警官面不改色，被十余个骨感人包围，仍旧能保持精准，只攻击他们的膝和肘。

但这种投鼠忌器的打法在寡不敌众的情况下十分危险，房间黑暗，叶警官挥出甩棍的一刹，被扑过来的骨感人在手臂上咬了一口，撕裂了衣袖，在胳膊上划出长长一道血痕。

"队长！"堤蒙的表情倏然变得异常愤怒，掏出手枪朝咬人的那个骨感人点了一枪。骨感人头部中弹，受到猛烈冲击向后仰倒，后颅炸开了一个大坑。

枪声震得天花板向下落灰，叶警官回头呵斥："我说保持遗体完整。"

"我写检查！"堤蒙双眸锐利地捕捉着黑暗中的目标，又一个骨感人朝叶警官的颈动脉张开血盆大口，被堤蒙一枪冲进喉咙，击退数米远。

叶警官还没开口，堤蒙主动道："写两份。用中文写。"

郁岸这边更不会在乎别的了，他的任务仅仅是保护周先生，除活人以外，他完全不需要顾忌任何目标。

两位女警身手利落，将半数骨感人绑缚双手控制在了地上。

突然，一声电子音播报终结了房间中的乱斗。

储核分析器发出提示音："破解幻室'美容院'，幻室已清除。"

似乎面试官那边已经把畸体医生搞定了。

房间各个角落尚未被控制的骨感人僵直了几秒，一下子失去了支撑，瘫散在了地上。

黎明时分，久安市警方的车辆包围了废弃步行街，一队刑警冲上写字楼，将人质和受害者遗体搬了下来，周先生被紧急送入中心医院抢救。

郁岸的任务圆满完成，还想蹲在马路牙子上看会儿热闹，被昭然拉走了。

"一天一夜没睡，不累啊？还看呢。"

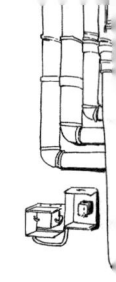

"累了。"郁岸打了个呵欠，背着包跟在昭然身后，"眼睛痛。打车回去？"

昭然扫净机车上的灰尘，跨了上去，长腿伸开撑在一侧，戴上护目镜，拍了拍身后的空位："还能让你走回去啊，上来。"

机车沿着窄路咆哮飞驰，速度极快，时不时还能跨越沟壑，压弯急转，昭然的技术相当完美，但对乘客而言简直比过山车更让人血压狂飙。

强风吹拂，郁岸只能紧紧抓住扶手，闭着眼睛将头向前靠。

昭然唇角上扬，加速。

郁岸紧紧抓住他的衣服，恐怕一个急转弯自己就被甩出地球。

进入红狸市，车速明显慢了下来，郁岸才睁开眼睛。昭然将车停在一个小型独栋别墅前，说这是地下铁为高层干员安排的住所。

初升的太阳将云层包上了一层金箔，寒夜破晓，日出光芒同时驱散了一寸严寒。

郁岸站在庭院里等待，困倦地半闭着眼睛享受清晨日光浴，一整夜的高度紧张使他筋疲力尽，甚至根本没注意面试官把自己拐到哪儿来了。

昭然从车库中走出来，本来可以直接从车库里面进屋的，可架不住实习生有点呆，一直等在庭院里。

见面试官朝自己走来，郁岸拍了拍脸打起精神，通宵熬夜会导致色弱吗？面试官的发色看起来浅了许多。

不对，他眼睛也变白了。

昭然抬手遮住淋在面颊上的阳光，像朵被烈阳寸寸灼伤的娇花。

"白化病，紫外线敏感……"救命，面试官掉色了。

郁岸突然惊醒，迅速脱下兜帽夹克，飞扑过去把面试官兜头蒙住。

昭然整个头被郁岸的黑夹克裹住，一头雾水站在原地，感觉遭到了什么小型动物的劫持。

郁岸双手掀开夹克一点边角，探头进去小心观察，看看颜色有没有掉光。

"……"昭然和挤进夹克底下的脸对视了几秒,叹了口气。

习惯了,反正他一直这样,和家猫差不多,有时候你很难搞明白他到底在干什么,又找不到理由训他。

第 018 章
弱点

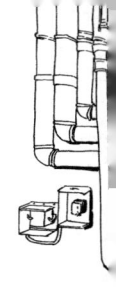

昭然带着好奇的小家伙走进家里，关上房门。房间温暖，密码门将阳光拒之门外。

昭然的呼吸伴着寥落的木香，像老书里夹藏多年的干燥枫叶，也像未曾上漆的粗糙木雕。他的头发、睫毛变得雪白，连眼睛原本的淡梅子色也完全消退，此时的瞳仁呈现半透明的雾白色。

"褪、褪色了。"郁岸磕磕巴巴地说，"好像晒坏掉了。"

"嗯，坏掉了。"昭然摘掉盖在头上的夹克，跟着重复了一遍，好笑地看着他震惊的表情，"我大多时候白天休息，晚上出外勤。刚刚是因为你一定要在庭院等，我才没避开日光。"

"只是掉颜色吗？我抢救一下试试。"郁岸慢慢将手心捂到昭然脖颈两侧，然后用钻木取火的手法一阵猛搓。

脖颈皮肤脆弱，哪遭过这档子罪，薄红从肌底透到皮外，郁岸搓过的位置浮现两团红晕。

"问题不大，还能救，就是不太均匀。"郁岸拍了拍其他不红的位置，"这下好了，扩散了。"

昭然想把他扔下去，但又不太想扔。

"行了，行了，只晒一下没什么关系。别作弄我了。"昭然手扶鞋柜换上拖鞋，最后把沾上血迹脏污的风衣脱在一旁的脏衣篓里。

"脏衣服脱在这儿，扔在里面就可以了，会有人洗干净熨平送回来的。"

面试官赤着上身离开，光滑的倒三角背肌像一片白云母。

"真没事吗？"郁岸偷偷扒着门厅拐角的墙壁向内探视，面试官已经换上了家居服，站在调节器前调试室内温度。

客厅装潢简约，以白色和灰色为主，家具摆放错落有致，地板光洁看不见一丝灰尘和水渍，沙发上的靠垫也整齐地立在靠背边，甚至每两个靠垫之间的距离都一模一样。

面试官有洁癖啊。

但也合理，他那么白，稍微弄脏一点就会特别显眼吧。

郁岸低头看看脚下，不经意间，门厅地板被自己踩出好些个带着泥土的脚印，纯黑套装上左一块右一块沾满血迹和油污，自己出现在面试官家里，就如同一只苍蝇落在洁白的奶油蛋糕上。

于是他把能脱的衣服都脱在了脏衣篓附近，光着脚跑过客厅。

昭然把室温调高，听见身后吧嗒吧嗒的跑步声便回过头去，见郁岸只穿一件纯黑背心和一条短裤，风一样跑过门廊，躲到另一面墙后，露出半个脑袋问："面试官，能用你的洗手间吗？"

"喀，在前面右手边。"昭然拿起桌上的水杯，喝了一口。

门厅的脏衣篓忽然从地面升起几厘米高，不知从哪儿跑来一只手，用三根手指托着底部，两根手指在地上爬，将沉重的脏衣篓搬运进洗衣房里，很快里面便响起搓洗声。

洗衣房里又爬出来两只手，拖着水桶和抹布，认认真真地擦拭鞋柜旁的污渍和脚印。

与此同时，厨房灯点亮，一只手将鲜虾淘洗干净，在另一只手的配合下剥皮挑线，再将完整的虾肉放回壳内。

还有一只手熟练地点火起锅烧油，利落抛入葱姜调味料，再挤入番茄酱，随后将处理完的鲜虾放入锅里焖煮。它甚至会颠勺。

一只手跑来帮昭然打开电视，递来遥控器，又一只手托着洗净的葡萄送到茶几旁，细细剥皮去籽，然后把剔透的葡萄肉送到昭然嘴边。

"我不吃,你剥一盘等会儿给他送过去。"昭然靠到沙发靠背上闭目休息。宿醉头痛,其实晚上的酒劲儿还没过,他就着急赶去细柳美容院了。

昭然捏了捏鼻梁,叹息道:"去给他拿件睡衣。"

一只手匆匆从睡衣柜里跑回来,把一套短袖短裤举到昭然面前请示。

"太薄了,他那么怕冷,你想冻死他。"

小手赶紧去换了一身举回来。

"太厚了,屋里二十六度,多热。"

小手又跑去换了一套,气喘吁吁带回来。

"不要他以前穿过的,这么卡通,还印着小黑猫图案呢,这像我家里应该有的衣服吗?那不穿帮了吗?藏起来。"

小手筋疲力尽爬走,最终拖回来一件昭然的白T恤。

昭然拿着水杯,想了一下:"啊,不错。放这儿吧。"

手:"……"(扔下衣服就走。)

"什么态度。你再这样我中午就不吃饭,饿死你们。"昭然双手搭在沙发背上,放松地休息。

十几分钟过后,昭然看了眼表,起身去到洗手间,敲了两下门。

无人响应。

"别泡涨了……"

昭然压下扶手推门走进去,郁岸趴在浴池沿正打瞌睡,手臂交叠搭在水晶马赛克池沿上,垫着下巴,热气氤氲。

他闭着眼睛,右侧睫毛低垂,浴室暖灯从顶部洒下,湿漉漉发丝的影子黏贴在脸颊上,而左眼却只有一个深不见底的黑洞。

爱伦·坡曾写过一部短篇小说,名叫《黑猫》,讲的是一个暴力疯狂的丈夫,将妻子驯养的黑猫挖去了一只眼睛,然后残忍吊死。但没过多久,一只黑猫再次出现在他身边,它同样缺少一只眼睛,只不过脖颈上多了一圈状如绞刑架的标记。它像一团挥之不去的鬼影。

昭然坐到池边,用指节轻轻触碰他的眼眶,将干涸在周围的血渣

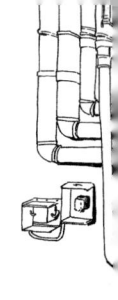

抹去，擦净他脸上的血污。

还是冲动了点，应该再等等，看看这小子在必死的局面下，潜力能被激发到什么程度。

还是说这次的任务已经足够危险，甚至有些拔苗助长了？

有点急躁了。以后还是慢慢教吧。

郁岸被粗糙的手套弄醒，半睁开眼睛，看见面试官坐在身边，愣了一下。

昭然坐在池沿边的小凳上，挽起家居服袖口，手肘泛红，领口微敞，锁骨处也浮起一层红晕，先前褪白的发丝恢复了本色，甚至有向桃红蔓延的趋势，梅子色瞳仁看着自己。

"怎么恢复的？"郁岸讶异抬头。

"躲在阴凉的地方，时间长了自己会恢复的。"昭然把给他准备的睡衣放到毛巾架边，手肘搭在腿上，"我确实不能晒太久阳光。因为从出生起就一直住在不透光的房子里，一点光线都没有，久了就适应不了日光，想杀我的话，在日光下是最好的机会。"

郁岸挠挠脸颊，面试官就这么把自己的弱点说出来了？万一自己拿这情报去卖怎么办呢？先算算能卖多少，假如他们有对手公司的话，一万、两万、五万，这情报起码能卖十万吧。一个盲核白三千块，能氪三十三个，按高傲球棒这个品级来看，一级紫，能抽到红级以上的概率虽然小，但是应该也能出一个，话说回来盲核有没有保底呢？比如连抽十个必出一个红级以上的，连抽一百个必出金级的……对了，美容院实习任务好像还有十万元奖金，什么时候发？

"你走神呢？"昭然还不知道自己已经被兑换成盲核了。

郁岸摇摇头："有人想杀你吗？"

"想的人很多……不过目前还没人能做到。"昭然一脸孤独求败的空虚表情。

"你拿到畸体医生的核了吗？没被警方收走吧？"郁岸终于想起正事。

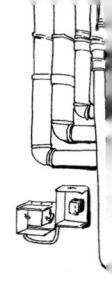

"没，三枚都在我这儿。"

"三枚？"

"嗯，都放进你的储核分析器里了，你等会儿自己看。"

"医生夫妻真的很强，你一打二竟然碾压？"郁岸忍不住问，"面试官，你也是载体吗？"

昭然想了想，点了下头，将左手放到郁岸面前："嵌核槽在这里，所以触觉很灵敏。"

"哦。"郁岸终于明白面试官总是戴手套的原因了，好奇心一下子泄了，原来就是这么简单的秘密啊。喊，这有什么好藏着掖着的，害自己惦记了好几天。

昨天出发前，郁岸查过地下铁的公司资质，顺便浏览了他们的官网，在首页轮转的公告海报上看见了昭然的照片，颇有种顶梁柱的感觉。

一目十行浏览过一遍后，就大致了解了地下铁的基本情况，它是被政府承认的非官方组织，与窥视鹰有合作关系，但相互独立。

居民可自愿缴纳管护费，相当于一种人身保险，在受到畸体威胁时就能向地下铁求助。地下铁每天都会派遣干员在城市各个角落巡视，所以行动速度比警方更快，大多数时候都能摆平事端。

不过，郁岸对"昭然"这个关键词更感兴趣。

他将地下铁相关的信息全扒了一遍，在一个匿名帖子楼里发现了些疑似公司内部组员对昭然的评价.

新人入职千万不要讨昭组长的嫌，切记不要不听他的指挥擅自行动，不要在他面前耍小心思，更要小心不要碰到他的手。

郁岸算了一下，入职第二天，这三个指标就全都圆满达成了。

好像也没什么后果嘛。

洗涮完毕，郁岸穿着昭然的T恤趴到了床上。累劲儿终究还是超过了饿劲儿，狂奔了一晚上，小腿肚子都在发抖，浑身被热水一泡，更是把五脏六腑的困乏都泡了出来。

面试官家的床也太柔软了，冰丝床单细腻舒服，郁岸甚至一只脚还支棱在床外挂着拖鞋，就那么趴着睡着了，穿着不合身的宽大白T恤，两条细直的长腿胡乱叉着，脸完全扣进枕头里。

昭然端着点心走进来，见他睡成这副样子，只好将瓷盘放到一边，摘掉挂在脚趾上的拖鞋，把人往床里推了推。

啧，这就是地下铁紧急秩序组的实习生吗？睡在不熟悉的人家里，就这种警惕程度，不得被吃得骨头渣都不剩吗？

隐藏已久的细线花纹从郁岸脊背皮肤下浮现。细线交织汇聚，组成一轮抽象的太阳图腾，向外放射的光芒是一条条挣扎的手臂，手指纠缠，充满诡异之感。

昭然浅淡的眼瞳漫上猩红颜色，他扬起唇角，露出一排悚人的尖牙。

"我的弱点太少了……剩下的只能靠你自己努力，再一次。"

第 019 章
宠物小手

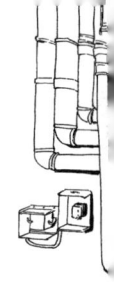

昭然坐到郁岸身边，手臂越过他去把羽绒被拉过来。

仔细瞧身旁人没心没肺的睡相，昭然弯了弯眼睛，默默收拢手臂。

床外侧边缘伸出一排小指头，交头接耳地悄悄偷看。

其中一只手爬到了床单上，伸出指尖想要触摸郁岸的脸。

昭然忽然睁开眼睛，瞳仁血红，唇角裂开，喉咙鼓动，发出一声警告的低鸣。

断手被震慑，退到床下如鸟兽散。

郁岸睡醒时，是早上八点。

过了好一会儿，郁岸诧异地发现身体无论如何都起不来，好像有什么东西在胸口死死压着。

鬼压床？不，他清晰地感受到压着胸口的是一只手，五指轮廓清晰可辨。

郁岸被迫仰躺着，能清楚地看见一只修长白皙的手从胸口滑上自己的脸颊，异常有力，单手就能压得他爬不起来。

"谁……"郁岸紧咬舌尖，挣扎着想要夺回身体的控制权。

卧室门口的一声询问让郁岸陡然清醒。

"怎么了？"昭然将新榨的果汁放到床头，倾身靠近床边。

一下子，压制郁岸身体的古怪力量潮水般退去，他如同溺水者终于撞破水面，扑到岸上大口呼吸。他猛地从床上坐起来，掀开身上的羽绒被，可床上空无一物，根本没人压在自己身上。

他扭头盯上昭然。

昭然挑眉："我可没动你。"

郁岸胸口起伏，剧烈喘息，冷静下来后搓了搓脸，心想：日有所思夜有所梦吗……连梦里都是半截手，美容院任务对精神的刺激太大了。

"我现在要去灰鸦游戏公司见他们总经理。叶警官还有事情要问你，中午十二点后你再去一趟窥视鹰局。

"吃的都在冰箱里，微波炉在吧台上。家里的电子设备可以随便玩，如果要离开，记得临走把门关上。"

"嗯，我去趟厕所……"郁岸仍旧有些恍惚，他甚至没与昭然视线相接，直直冲进洗手间里关上了门。

"小鬼。"昭然回头哼笑。

脸上虽笑着，昭然的行为却不同寻常。

直到郁岸离开房间，他都站在床前没动，因为脚下一直踩着一个东西。

被他踩着的是一只手，从半截小臂处截断，却富有生命般疯狂扭动试图逃脱。

"我说过，现在别去碰他。"昭然压低的嗓音中带着不满。断手指尖不停叩击地面，仿佛在忏悔罪行，磕头谢罪。

砰的一声，断手像鱼鳔似的被踩爆，很快就蒸发成一团红雾，消散殆尽。

一阵疼痛传到昭然自己的手上，他冷声问："谁还忍不住？"

藏在房间各个角落的手看到这一幕，纷纷害怕地躲到暗处，露出一小截手指头暗中观察。

等郁岸从洗手间出来，昭然早已走了。

"……有点丢脸，哎算了，忘了它吧。"郁岸揉了揉压乱的头发，忽然想起被自己遗忘在背包里的宠物小手了。

他跑到门厅，发现自己的单肩包还扔在原来的地方，纯黑兜帽套

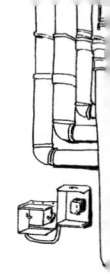

装已经洗干净叠整齐放在了台面上。

拉开单肩包拉链，右手睡得正香，翻了个身，小拇指挠了挠掌心。

"还好，还没死。"郁岸拿起右手，飞奔到洗手间。

右手被甩醒了，晕晕乎乎地动了两下，突然一股凉水冲到身上，让它打了个激灵。

"太困了，差点把你忘了。"郁岸把右手放到水龙头下冲洗，搓净它皮肤上的脏污，尽量避开伤口，右手逐渐适应，舒服地枕着拇指和小指享受淋浴。

污血都被冲洗干净，郁岸甩了两下，揪了块纸擦干。

右手呸呸吐了两口纸屑。

郁岸找到医药箱，拿出酒精给右手挨个伤口消毒，右手痛得直抽抽。

"别动，感染了你会烂掉的。"郁岸不想让它乱动，就把右手夹在腿间固定，然后一只手握着它，另一只手用棉球给它消毒。

他涂抹酒精，时不时回头扫视身后的家具。

其实从进入别墅开始他就有种异样的错觉，总觉得这栋房子里好像有其他人在盯着自己似的，心里不由得发毛。

小手们偷偷摸摸藏在家具缝隙里，悄悄露出指头偷看，郁岸一回头，它们就纷纷缩回去。

郁岸正忙活着，手机显示收到一条面试官的消息。

Boss：你在干吗？

在给宠物小手的伤口消毒呢，郁岸一怔，地下铁会不会不准员工养这种小怪物啊，还是不坦白了，于是敷衍应付：在看电影。

Boss：别看不正经的电影。

嗯？郁岸一脸疑惑，怎么就不正经了。

面试官可能是担心电脑中病毒吧。算了，回家好了，免得他在外面还要担心自己家被拆了。

郁岸换上衣服，把右手放到自己肩头，提起背包走了出去，锁上了门。

门一关，别墅角落里便传出窸窸窣窣的响动，藏在犄角旮旯的手全都爬出来，挤到窗边，隔着玻璃注视郁岸离开，羡慕地看着趴在郁岸肩头的右手，还有一些手兴奋地用拇指和小指捂住泛红的掌心，从指缝里观察郁岸。

右手则骄傲地站在郁岸肩头，向窗口瞭望的兄弟姐妹们表达自己的荣幸之情。

距离与叶警官约定的见面时间还有三个多小时，不值当回一趟家了，郁岸决定去附近的商场逛逛消磨时间。

走进商场大厅，香水柜台混杂的香味便扑鼻而来，富有动感的音乐在大厅中回荡。

早上九点，商场刚开门，一楼大厅只有零星几个顾客，郁岸旁若无人地踩着音乐的鼓点，带着右手穿越化妆品柜台。

右手新奇地趴在指甲油试用柜前，指了指正火爆销售中的热卖款"爆闪芭比粉"。

"眼光独到，给你搞来试试。"郁岸拧开瓶盖，抓起右手举到面前，给它涂在指甲上。

涂完之后，右手美美地到镜子前晃了一圈，扭了几个造型。

"不错。"郁岸一个空中投篮，把指甲油刷子准确投回瓶中，拧上盖，然后逛到首饰柜台。

右手拉着郁岸到一个闪闪发亮的大金镯子前，扒在玻璃上爱不释手，郁岸一看标价，五万八千元。

"这个好土，换一个。换个细的。"

郁岸原本心情很好，忽然看见导购小姐朝自己过来了，迅速闭嘴高冷逃跑。

在他无所事事闲逛的同时，昭然坐在灰鸦游戏公司的大厅里，双手撑着额头打瞌睡。

下属小齐抱着文件站在桌边，看了一眼手表，淡淡提醒："他们总经理马上过来了，您至少系上领带。"

"嗯。等下问完话我就回去补觉了。"昭然半睁开眼，打了个呵欠，从兜里拽出领带搭到脖颈。

那小鬼睡相奇差无比，偶尔还喜欢莫名其妙地哼哼，太要命了。

下属小安抱着记录册向游戏公司的几位工作人员问询，昭然忙里偷闲，时不时看看手机。

手套下，右手掌心一阵发痒，好像被人抓住了。

肯定是熊孩子又在摆弄离谱了。

他已经猜到离谱被郁岸扣下了，但没法开口问，只能等离谱找到机会自己跑回来。话说回来郁岸好像挺喜欢它的，给他玩几天倒也没什么。

昭然忍了一会儿，最终没忍住问了一句郁岸在干什么。

他竟然回复说在看电影？昭然越想越不对劲，脑子里全是小孩子不能看的画面。

于是昭然警告他不准看。主要是不准跟离谱一起看。

过了大概一个小时，昭然忙完又看了一下手机。

朋友圈里刷新了一套九图。

是郁岸发的。

点开一看，昭然顿时精神抖擞。

看照片背景，他人应该在咖啡厅里，坐在对面的是珠光宝气的一只手，跷着兰花指握着马克杯。

和谁啊？昭然不知不觉攥紧了手机。

仔细辨认，那只打扮得花枝招展的手看着眼熟。

是离谱……？

除了咖啡厅，他们还去了玩具店、饰品店，该死的离谱在照片里一会儿比剪刀手，一会儿比个心，镜头让它抢了个明白。

昭然正翻看着，脸色从白变红再变青，突然图片消失了，显示您没有浏览权限。

可能是郁岸终于想起来自己加了上司好友，及时地把昭然屏蔽掉了。

"狗东西……"嫉妒蒙蔽了他的双眼，昭然的脑袋像火车汽笛一样喷起来，气得把手机屏攥碎了拍在桌上，桌上的广告纸都被掀飞起来，一张绿纸飘飘荡荡，盖在昭然头顶上。

"靠谱，去把离谱那叛徒给我抓回来！"

左手领命，冷淡地掠过手机屏幕，沿着昭然衣袖跳入新风管道中，无声地爬走了。

抵达照片中的商场，左手混入了顾客人群中，自然地搭在电梯扶手上，步履匆忙的人们都没发现，电梯扶手带上存在一只并未连接在人身体上的断手。

到达咖啡厅所在的楼层，左手跳下电梯，继续搜索目标的位置，背靠墙壁利落躲过顾客们凌乱的脚步，避开所有容易被人发现的开阔地带，绕到一个拐角。

左手冷静观察，沉着分析，一转头，在转角遇到了意外。

右手用小拇指撑着墙，斜靠在左手面前搔首弄姿，五个手指甲涂着爆闪指甲油，手指戴着四五个或粗或细的戒指，戒指上的大宝石闪得晃眼。

右手戴着从娃娃店买的小墨镜，得意地拨了一下挂在腕上的大金链子，无声地对左手打了个招呼：Hey, bro.（嘿，兄弟。）

左手给了它一拳。

THE SECOND ACT

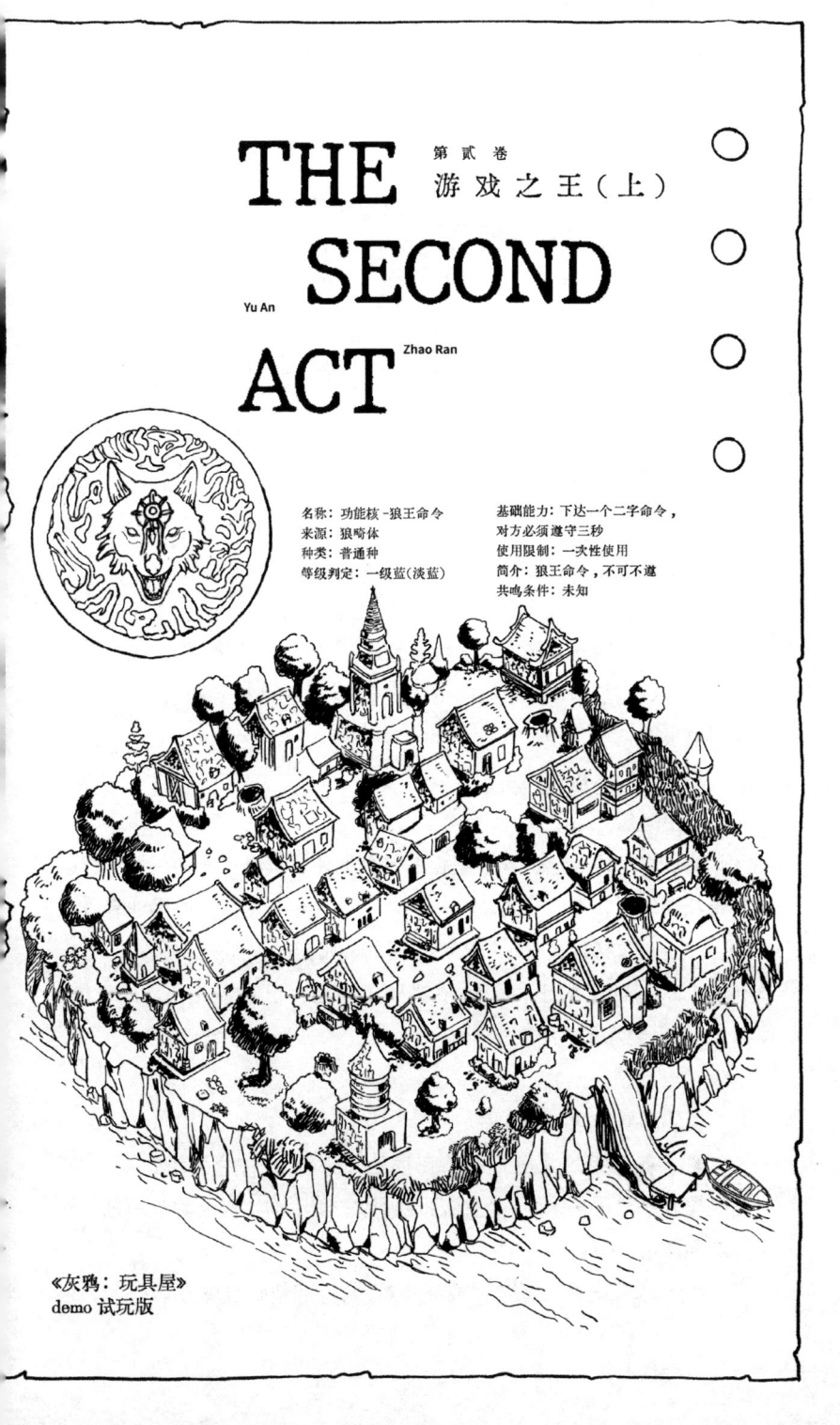

第 贰 卷
游戏之王（上）

Yu An
Zhao Ran

名称：功能核 -狼王命令
来源：狼崎体
种类：普通种
等级判定：一级蓝（淡蓝）

基础能力：下达一个二字命令，对方必须遵守三秒
使用限制：一次性使用
简介：狼王命令，不可不遵
共鸣条件：未知

《灰鸦：玩具屋》
demo 试玩版

第 020 章
对手

左手揪住右手一根手指拎起来，一通老拳就要招呼上去替天行道，忽然动作一滞，发现头顶有人在窥视。郁岸扶着拐角墙壁，露出半个身子惊讶地看着它们。

"哦？又一只。"

左手行迹败露，扔下右手转身想逃，被郁岸一把抓住。

"下水道精灵吗……还是一对。"郁岸把靠谱举到面前观察，"你长得也很漂亮。"

左手一怔，指尖微红。

半小时后。

商场自助冷饮店，穿金戴银的右手握住冰淇淋机压柄一按，郁岸用蛋托在底下接着，玩得不亦乐乎。左手则靠在座位上慵懒地看着他们，中指和食指各戴着一枚银黑相间的金属指环，郁岸送的。

它拿起郁岸的手机，给昭然发了一条：已有新主，勿念（Left 留）。然后删除了此条消息记录。

灰鸦游戏公司，会客室。

紧急秩序组的几位下属站在远处交头接耳："今天组长不对劲，已经攥碎手机屏两次了，坐在落地窗边一动不动，完全晒成白色了！他在和谁生气呢？"

小齐抱着记录册经过，波澜不惊道："和他自己的意识映射，还

有人格切片生气。又嘴硬不承认。"

门外传来匆忙的脚步声,灰鸦游戏公司的总经理姗姗来迟,矮胖的中年人夹着公文包,脚步匆匆、风尘仆仆。

"抱歉!抱歉各位,久等久等。"陈经理双手合十歉声道,"凌晨四点我被窥视鹰局叫走,去接我们公司的一位小主播来着,一来二去耽搁了许多时间,实在不好意思。"

"这位就是昭组长吧,幸会幸会,"陈经理习惯性和客人握手,在触及昭然指尖时,忽然感到昭然脸色不善,随后意识到不妥,立即收回双手,改为点头,"您来了我这心里就踏实多了。"

昭然扔下手机,起身与陈经理寒暄了几句,随后进入了正题。

"时间有限,先说说您这边的情况吧。"

"好。"陈经理躬身给昭然添了杯茶,"说来话长,真的太可怕了,我们的主播已经开始联合抗议,要求公司取消午夜恐怖类游戏的时长指标了。

"事情是这样的,我们公司前年推出了一款开放式探索型的恐怖游戏,叫《灰鸦:闹鬼公馆》,主角通过在设定场景里拾取物品来解谜,最终逃出场景就算通关。工作室设计的惊吓点和谜题新颖精彩,demo 免费试玩版,一上线就吸引了数百万玩家的讨论。

"我们都对这款游戏寄予厚望,可就在正式版推出的第一周,就出现了意料之外的严重问题。

"玩家们还好,但一些游戏主播反映,正式版游戏里的惊吓点设计太俗套,Jump scare[①]过多,使他们感到审美疲劳,让人失望。

"我们都很奇怪,《闹鬼公馆》明明是一款主打心理恐怖的游戏,Jump scare 的设置全程不超过五个,怎么能算过多呢。于是我们收集了一些玩家提供的截图,这一看,给我们所有人吓一身冷汗。

"他们截的图,不是你想的那种简单粗暴的鬼图,而是一个个完

---

① Jump scare:屏幕上突然跳出个鬼脸吓你一跳的低级惊吓手法。

整的建模，全是我们见都没见过的怪物。简单来说，就是这个游戏在自己生成不受控制的怪物，并且故意去袭击玩家。我们暂停游戏试图寻找 bug，但始终一无所获。

"实在没办法，我们就向游戏场景中投放了武器枪械，玩家可以通过拾取武器来反抗那些突然冒出来的东西。《闹鬼公馆》好好一个心理恐怖游戏最终变成一个四不像的枪战游戏了，口碑和收益也没达到预期的效果。

"今年年初我们公司要推出一款新游戏《灰鸦：玩具屋》，已经发布了 demo 试玩版，交给我们自己的主播试玩推广预热。然而就在预热过程中出现了大灾难。

"好几位主播说，戴上耳机玩游戏的时候，会听到敲门声。

"当他们摘下耳机去开门，或者从门镜里向外看时，会发现没有人，同时还会再次听到敲门声，这次的敲门声在门内侧，好像有人潜入了家里一样。

"我们的一位人气主播叫黄奇，他也说遇到相似的情况，不过和其他主播不太一样的是，他的视力很好，去客厅检查防盗门的时候，一回头正好看见卧室的电脑，游戏画面里出现了一个人，在用中指指节敲屏幕。"

昭然一直安静倾听，到这里才出声询问："屏幕里的人？长什么样子？"

"他说那是一张少年的脸，表情呆滞，两只眼睛一个金色一个蓝色，但他的脸离屏幕太近了，其他特征看不到。"

昭然不免质疑："从客厅到卧室这么远的距离，真能看到诸如瞳色的细节吗？"

"黄奇的裸眼视力有 6.0，这个在入职体检报告上可以查到。"陈经理擦了把头上的汗，"他开始以为这是游戏彩蛋，就跑回去继续玩，但等他坐回椅子上，游戏里的少年已经转过身去，背对着他，用一种诡异的吊线木偶似的站姿停在屏幕前，慢慢地举起一瓶毒液。

"这个毒液是我们游戏特定场景里可以拾取的物品,黄奇也没当回事,结果那少年反手将毒液泼向了屏幕,绿色液体溅落在游戏镜头上。

"结果第二天,黄奇就被送进了医院,诊断结果是有毒物质造成的面部大面积烧伤。这可是大事,我们暂时下架了试玩版,您需要的话,我给您提供拷贝版本。

"唉,说起黄奇,我也不知道他从哪儿得到小道消息,说什么细柳美容院能做皮肤修复,去一次还不够,这不,昨天又去了一次,让警察给扣那儿了,我亲自去把人领回来的。

"那小子受了点惊吓,我让人先送他回家休息了。"

陈经理说着,慢慢红了鼻子,叹气拢了两把稀疏的发顶:"《玩具屋》耗费了公司上下八年的心血,所有人都在为新游戏的发行殚精竭虑,如果这一次再出现之前的问题,我们公司恐怕要就此宣告破产了。"

"具体情况我差不多了解了。"昭然听完陈经理的描述,点了点头,"等进一步调查过后,我们再联系,到时候可能需要贵公司的配合。别太担心。"

"是是是,我们一定全力配合地下铁工作,谢谢您了。"

等结束灰鸦游戏公司的调查,昭然看了一眼时间。下属小安带来一把黑伞,给昭然遮住头顶的阳光。

"组长,你回地下铁还是回家休息?"

"我先回家歇会儿。你和小齐去跟进游戏公司的调查,把相关信息收集过来给我看。"

"好,您放心吧。组长您最近带实习生肯定很辛苦,接下来还要准备例行的实习生转正会,您总不能输给段组长和原组长啊。"

地下铁快速反应组组长段柯,城市巡逻组组长原小莹,在地下铁高层人员中各占一席之地,影响力不逊昭然。

昭然从风衣兜里摸出一支烟,嗤笑点火:"他俩,他俩拿什么跟我比啊?他俩有拿得出手的实习生吗?"

小安急忙凑近昭然,小声告密:"我帮您打探过了,今年地下铁总共招了十位实习生,除了郁岸,还有两个绝对是狠角色。"

昭然不以为意,轻吐一口烟雾:"郁岸独自破幻室,那俩谁啊?实习任务什么啊?"

小安咬牙切齿:"段组长和原组长手下的人口风特别严,什么细节都打探不出来。不过我打听了大老板的意思,说这次转正会关系到地下铁的新鲜血液,要认真对待,肯定会很严格,说不定只录取前两名呢。"

昭然耸肩:"老头狡猾着呢,有能力的年轻人他还嫌多啊,还只录前两名,托词而已,其实就是想卷我们,让我们这帮老骨头自愿压榨自己的休息时间去培养实习生。他是真抠哇。"

别人也就罢了,可快速反应组和紧急秩序组因为本职工作大致重合,一直以来,段柯和昭然两位组长都觉得对方没有存在的必要,想将对方吞并,将对方的组员都拢到自己身边来。

转正会如果要搞成排名制,那谁的实习生排名高,谁的实习生排名低,岂不得在高层之间掀起一场血雨腥风吗?

"排名就排名,哎,我们就裸考,一样吊打他们。"昭然蹍灭烟蒂,低头在碎了屏的手机上艰难敲字,发给郁岸:

晚上回我那儿,给你补课。

中午十二点,郁岸按照面试官的指示,再次从窥视鹰局侧门走进去。

仍然是由堤蒙警官接引他,验证身份后向鹰局大楼深处走去。

从上一次过来,郁岸就发现,经过第二道关卡后,两侧的房间门都变成了厚重的钢铁门,有点像医院 X 光室,由电力驱动开门和关门,这种门不管用什么工具都无法轻易砸开。

经过其中一扇门时,周围温度有些不同寻常。

郁岸抬手摸了摸大门表面,温度很高,十分烫手。里面如果有人,恐怕会被烤熔化吧。

一声恐怖震响始料未及,郁岸本能向后退了两步,只见刚触摸过

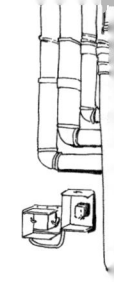

的铁门上出现了一张人脸的轮廓,似乎门后有人用头撞在了门板上,力量强大到能将厚重铁门撞得变了形。

细看门上的人脸轮廓,他好像还在笑。

"不用担心。"堤蒙警官将郁岸拢到身后,"只是暂时看押等待审问的嫌疑人,牢门够坚固,他闯不出来。你走我左边,不要乱碰东西了。"

"好。"郁岸双手插进兜里,没再多好奇。但仍然为这里关押的犯人的强度感到震惊。

离开看押区后,压抑的气氛逐渐散去。

叶警官在忙,暂时没时间见郁岸,郁岸便坐在走廊的公共座椅上,抱着储核分析器打发时间。

面试官已经把从医生夫妻身上取下的畸核塞进分析器中,郁岸趁着空闲,一一浏览它们的资料。

掀开盖子,郁岸睁大眼睛。

储核分析器中多了三枚核,一枚紫色,一枚红色,一枚银色。

银色的?怎么会出现一个银级核?郁岸一下子来了精神。

名称:治疗核 - 柳叶刀

来源:女美容医生

种类:普通种

等级判定:一级红(玫红)

基础能力:无痛外科手术

使用限制:累计使用100小时

简介:医者仁心

共鸣条件:未知

名称:治疗核 - 快速愈合

来源:男美容医生

种类:普通种

等级判定：三级紫（锦葵紫）

基础能力：快速愈合外伤

使用限制：累计使用60次

简介：医者仁心

共鸣条件：未知

前两枚核没什么好说的，从医生身上扒下来的是治疗核很合理，郁岸不怎么意外，况且已经拥有了三级红透视核，对红级核已经没有初见时那么震惊了。

而那枚闪着微弱苍白光辉的银核，吸引了郁岸全部的注意力。

名称：幻室核－画中取物

来源：破解幻室美容院

种类：幻室种

等级判定：一级银（苍白）

基础能力：从平面图像中取出实体。局限性是，只能从完整图像中取出一比一大小的实体，且不可取出活物

使用限制：无时间次数限制

简介：在未来，艺术家的创作已经渗透进特工行业中，赛博马良的战斗力不可小觑，插画师和建模师们联合组建了一支战无不胜的小队——海报突击队（但经常内讧）

共鸣条件：未知

"！！！"郁岸迅速盖上盖子，把储核分析器塞进背包里，让左手和右手好好看管，这是什么好东西，千万别被鹰局没收了。

他刚把畸核藏好，迎面竟扑来一股炽热的空气。他警惕起身后退，戴上了纯黑兜帽，看见两位穿防护服的警员正押送一个嫌疑人。

嫌疑人二十出头，一副年轻气盛的学生模样，大冬天竟然穿着火

焰色的篮球背心和短裤,双手被特制的重型锁铐住,他走过的地方留下了一串沸腾燃烧的脚印。

那青年一直在解释自己冤枉:"我说了,我是救人的那个,这是我的实习任务,你们还要扣我多久啊?赶不上实习生转正会你们负责吗!我师父段柯,你们给他打电话了没?他什么时候来捞我啊!"

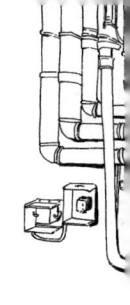

第021章
补课

"实习生转正会？"郁岸抱着背包，和两只钻出拉链偷瞄的手一起，审视从面前经过的不良青年。

他双臂文有火焰图案，给人一种炽热暴躁的感觉。以他为中心，一股热浪向四周扩散，接触到他皮肤的空气都发生了扭曲。他穿着一双白色运动鞋，鞋底如同烧红的烙铁压在地面上，他所过之处，地面接连熔化出脚印的形状，甚至开始燃烧。

可以肯定，他身上穿的球衣、球鞋和纯黑兜帽一样，都是带有特殊效果的套装，那么，他八成也是一位身体能嵌核的载体。

"不会是竞争对手吧……实力很强的样子。"郁岸自言自语。

"把我脸上压着的东西拿开……你拿我垫书包，还一直塞东西进来。"

正当郁岸出神时，背包底层有个女人不满地叫了一声。

"哦。薄小姐。"郁岸把折叠在包里的美女立牌翻出来，"我把你忘了。没事，我们现在就在窥视鹰局，等会儿把你交给警察就舒服了。"

薄小姐一听，纸片脸大惊失色，压低嗓音："不要，我真的什么都没做过，有人把我关在细柳美容院里，如果我不按他们的要求做，他们就会把我永远丢在那条荒废的步行街上。"

"他们是谁？"

"等离开这儿我就告诉你。"

郁岸想了想："我好像也不怎么想知道。"他把薄小姐压回背包

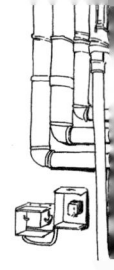

里，拉上了拉链。

走廊尽头响起鞋跟敲打地面的声响，叶警官快步走来，身后带起一阵凉风。她见到郁岸后点了下头，请他进了自己办公室，堤蒙警官递给他一杯水。

"昨晚辛苦了。"叶警官隐藏在黑色口罩下的表情缓和了许多，"经过抢救，周先生已经脱离生命危险，转至普通病房了。"

"嗯。"郁岸漠不关心地看着脚尖。

"抢救过程中，周先生几次意识醒转，都在模糊地表示想见你。"

"见我？不用了吧，我不需要感谢。"

"这是地址，等过一阵子，周先生情况完全稳定后你再去吧。"叶警官将一张卡片推给郁岸。

"……"好麻烦。郁岸只好收下。

"我有几个问题。"郁岸忽然抬起眼皮，"你们从细柳美容院里有没有抓到包思？"

在古县医院失踪的护士包思，被怀疑与保安联合偷运患者，一直下落不明。

叶警官微微挑眉："你怎么知道？"

"我看见了701美容室的咨询师端的无菌盘。"郁岸插兜坐在椅上，低着头，无聊地摇晃鞋尖，"按细柳美容院借器官整容的机制来看，702房间的顾客肯定缺失一根食指。之前古县医院跑了的护士不是被羊头人咬掉了食指吗？"

"没错，是她。现在她人就在审讯室。"叶警官双手交握搭在桌上，"但她的行为不足以追究刑事责任，很快就会被释放。"

郁岸继续道："细柳美容院给顾客整容时，要求的报酬都是七天内交回'材料'，只有超过时限没拿出报酬的顾客，才会被指派绑架肥胖症患者的任务。

"这说明包思护士之前就去过细柳美容院一次，并且做了某种美容项目，但付不起报酬，所以被迫去绑架周先生。我很怀疑她从前犯下过更大的案子，走投无路之下，在细柳美容院换了一张脸。我觉得应该在本月发生的其他案件中寻找线索。"

叶警官点点头："你倒是很有办案的天分。我刚刚就在安排这件事。"

"对了，关于你在美容院找到的绿色胶囊，也有了检验结果。"叶警官拿出一个装有荧光绿胶囊的特制密封袋，"胶囊内的物质取自红狸培育基地废墟，生物体服用后极可能突变为畸体，我们在羊头人的消化器官内也找到了同样的胶囊，可以说羊头人突变袭击医院并非意外，而是有人蓄意投毒导致，这件案子也在同时侦办中。"

不属于郁岸任务范畴之内的事情，他都不太感兴趣，望着窗外的走廊，用平时上课听讲的状态事不关己地听着。

"好了，我要说的就这么多，感谢地下铁的帮助，羊头人畸体已经尸检完毕，这个还给你。"叶警官将一枚钴蓝色畸核放到郁岸面前，是之前在古县医院没收的那枚二级蓝山羊角。

郁岸突然来了精神，一点儿不客气地把山羊角揣进兜里，小心地等着叶警官接下来的话，有点担心她会把自己手里的三级蓝鹰翼讨回去。

显然叶警官没想与他计较这么多，并没提起郁岸拆了她们一头机械鹰的事。

是自己以小人之心度君子之腹了，郁岸想了想，突然道："我这儿还有一个嫌疑人，就是之前闹得久安步行街鸡犬不宁的那个薄如芷小姐，交给你们处理吧。"

他说着，拉开单肩包拉链，掏出薄小姐，提着一端向下一抖，把折叠起来的立牌抖开："就是她，她说自己不是主谋，背后有人指使。"

薄小姐一动不动，摆着妖娆的姿势，面带微笑。

"……"

堤蒙警官干笑了一声："广告牌？"

"不是。"郁岸抖了抖手中的薄小姐："我，你别装死啊。"

"……"

叶警官仍旧双手交握端正地坐着，一脸严肃。

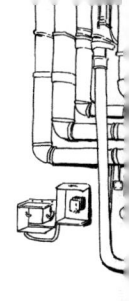

"呃。"郁岸还想试图解释,被叶警官强行送客。

从侧门离开窥视鹰局,郁岸抖开薄小姐,眯眼审视她。薄小姐拔高尖锐的嗓音笑了一声,得意地朝郁岸抛了个媚眼。

送郁岸离开后,堤蒙返回叶警官的办公室,弯下腰,手肘支在办公桌上,用不算标准的中文问:"郁岸真的在开玩笑吗?他的性格很冷漠,不像那种人。"

"他没说谎,那就是薄小姐。"叶警官整理了一下桌上的文件,"要找出薄小姐背后的人,只能放长线钓大鱼了。"

"我不会钓鱼。"堤蒙困惑地自言自语。

"别管那个了,你的检查写的什么东西。"叶警官将两份手写纸扔到桌面上,歪歪扭扭的汉字拼凑在一起——

检查
　亲爱的领导,这次时间我做了一个错误,我想大约很多事情,我很懊悔,不只非常生气对我的行为,但是也深刻地认识到严重的我的错误,我只注意安全了我的长官,但我忽视执行命令是很重要的,希望叶长官到来禁闭室捡走我。
　　　　　　　　　　　　　　　　　　堤蒙

叶警官揉着山根摇头,抬眼一看,堤蒙正像只大金毛一样趴在办公桌上等待表扬。

郁岸正要坐上回家的地铁,看了眼手机,发现面试官留了消息给自己:

晚上回我那儿,给你补课。

可是今天周五,明天应该双休,干吗还补课。

郁岸发来一条网站链接:我国法定的劳动者每天工作时间……

Boss：别废话啊，快点过来。

郁岸才不管，直接关了手机，迈进地铁站。从细柳美容院回来，他用完了一枚夜行蚊核，可以丢进电视橱里换一页日记看了，他对那些未曾存在于记忆队列中的故事充满好奇。

走进地铁站，郁岸一撑钢制楼梯扶手准备滑下去，然而身体刚跳起来，就被一把捉住。

昭然站在楼梯口，右手举着一把遮阳黑伞，左手提溜着郁岸后脖领，转身离开了地铁站。

郁岸被昭然夹在胳膊底下带回了别墅。

"你们公司强迫加班，这在合同上可没说过。"郁岸从压制自己的臂弯中奋力扭动，终于挣脱了禁锢，在门厅地板上踩出几个脚印。

"你倒是把合同看得够细的。"昭然又按住他双手，免得他乱跑，"大白天敢去商场招摇过市，你胆子也不小啊。地下铁干员每天脑袋别在裤腰带上工作，你一个人在街上逛，说不定路过哪个拐角的时候，就被人捂嘴割了脖子呢。"

"我又没露过面，工作的时候戴上纯黑兜帽，没有人能看见我的脸。"郁岸使劲扭动身体，可就是挣不脱禁锢自己的这只手，"我是来工作的，又没卖给你们，你凭什么扣我……"

其实昭然也知道自己在滥用职权，干吗要置这种气呢。可郁岸这副不开窍的摆烂做派确实让他有点恼火。如果郁岸一直用这种无所谓的态度混下去，自己的计划就全废了。

刺啦一声，纯黑兜帽的拉链不慎被拉开，拉链拉动伴随着一声响："喵。"

纯黑套装的夹克外套在背后也安有拉链，本身就是专门为载体人类设计的衣服，在背后给羽翼类的核留了位置，保暖夹克外套滑落肩头，露出了里面的黑色无袖T恤。

郁岸扭过头，眼神凶狠得像要咬人似的。

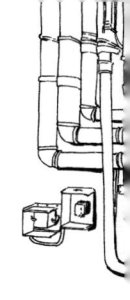

昭然忍了一下，没忍住笑出声："你这拉链……"

"喊。"郁岸赌气，快速把拉链拉了回去，那不识时务的拉链又"喵"了一声。

他黑着脸蹬掉鞋子，噔噔噔跑过门廊，外套也没脱就趴到了床上，把脏兮兮的背包一起甩上来，脸埋进枕头里，老实了。

可能这就是每一个打工人都要接受的现实吧，虽然没经受社会的毒打，但经受了面试官的毒打。

昭然倒了杯果汁走进卧室，隔着门缝便看见离谱和靠谱那俩家伙，一个在揉郁岸的头发，一个在摩挲他的后背，温柔哄慰的样子好像刚刚欺负了郁岸的是它俩似的。

"喀。"昭然推门而入，两只手一惊，迅速爬进角落阴影中隐匿了踪影。

他把果汁放到柜子上，坐到床边："今年的实习生转正会要比往年复杂得多，要是不提前教你些东西，怕到时候你会受伤。"

郁岸抱着枕头坐起来，盘着腿，下巴搭在枕头上："你讲吧。"

"内容挺多的，你找纸笔做做笔记。"

"我能记住。"郁岸懒懒地耷拉着眼皮，"我上课从来没做过笔记。"

昭然拿他没办法，只能按部就班地讲起来："首先，转正会分成笔试、实力测试、模拟营救三部分来考核实习生的业务能力，今天我先给你讲笔试的内容。

"我先问问，你对现在的工作有什么疑问没有？"

"嗯……有。"郁岸想了想，"储核分析器上那个共鸣条件是什么意思？每个核都有，每个核都未知。"

"共鸣条件的意思是，你使用过的核有可能与你产生共鸣，但可遇不可求，在共鸣发生之前，谁也不知道条件是什么，可能你无意间说了某句话，就能触发某个核的共鸣条件。"昭然耐心解释，这个概念描述起来可能不太好懂，他还在思考怎么说能让郁岸明白，郁岸已经恍然点头：

"打游戏的时候，意外的一个操作可能会解锁成就。"

昭然一愣。他的脑子真的很灵光。

"是这意思，共鸣之后，畸核会在基础能力之上再出现一个新能力。"

"嗯……懂了。"郁岸又问，"还有一个，储核分析器里面多了一个银级核，叫幻室种，什么意思？"

"我之前给你解释什么是幻室，在畸体吞噬过人类的空间里有概率形成幻室。当你破解幻室之后，这个空间就会自然掉落一枚核，叫作幻室核-×××，它才是支撑整个幻室运转的那个核心。

"而畸核的种类总共有三种，普通种、幻室种、畸化种。大部分畸核都是普通种，是随处可见的物体形成的畸核，比如山羊啊，蚊子啊这种你认知范围内的东西产生的。

"幻室种是指幻室里形成的畸核。它可能没有长在任何生物体内，就在幻室里凭空出现了，这种归为幻室种。

"畸化种最容易理解，任何看上去像妖怪的东西，即人类认知范围外的物体产生的畸核，就归类为畸化种。"

郁岸感兴趣起来，身体前倾："面试官，你见过畸化种吗？"

"当然见过。"昭然拿起果汁喝了一口，"是一团长满眼睛的畸体，寄居蟹一样藏在了贝壳里，伪装成扇贝的样子，眼睛眨动的频率还不一样，眨眼睛的时候你能听见气泡的声音。只要他张开贝壳，你就可以看见他身体里裹着一颗骷髅头，那是他上个对象的头。"

"扇贝不算普通种吗？"

"裹在内部的多眼异形才是本体，你可以认为他是一种被贝壳包裹的怪物。"

"哦……"郁岸一脸认真，"他为什么要吃掉对象？"

"因为这个畸化种有种特殊能力，就是别人在他面前发的誓必须遵守，一旦违背就会死。"

郁岸眨了眨眼："他对象发了什么誓？"

"发誓说爱他一辈子，哈哈哈，发完誓当场就死了，哈哈哈哈哈哈……"昭然给自己讲乐了，在郁岸迷惑的目光下笑了半天。

"咯。"昭然清了清嗓子，继续讲下面的内容。

差不多讲了三个小时，昭然口干舌燥，喝了三杯果汁，拿了纸笔过来，放到郁岸面前："考试了啊，我问问题你写答案，我看你记住多少。"

"休息一会儿吧……我累了。"郁岸趴在床上，叼着笔帽发呆。

"你也没干什么啊。"

"我脑子在动。"

"先考试，考完就休息。"

昭然靠在转椅里，口述了十个问题，十分钟后，把答题纸收了上来。

真不错，选择题全选 C，简答题写的是"大扇贝上个对象爱你一辈子哈哈哈"。

"啧。"昭然把纸拍在桌面上，揉了揉眉骨。白讲一下午，他一早就发现郁岸爱走神，估计后两个半小时全在思考扇贝和他对象的事呢。

郁岸叼着笔，看面试官坐在椅子上，闭着眼睛半天没说话，忍不住伸出手臂用笔帽戳了戳他的膝盖。

昭然没理他。

"生气了？"郁岸爬下床，穿袜子踩在地板上，在昭然脸颊边探头探脑试探，"面试官，不会真生气了吧？"

"离我远点，让我静静。你玩儿去吧。"

"面试官，我有个东西给你。"

昭然无奈睁开眼，见郁岸在裤兜里掏了掏，摸出一个小绒布盒子，掰开，里面放着一枚黑色耳钉。

"面试官，你有耳洞吗？"

昭然哑口无言，抿唇看着那枚纯黑的、圆形的饰品，半晌，喑哑回答："没有。"

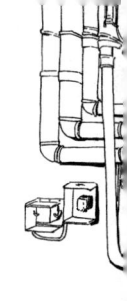

"那也没关系。"郁岸抬起一条腿,膝盖跪在椅垫上,弯腰靠近,捏起昭然右侧耳垂,将耳钉尖锐一端对准中央的位置,向下慢慢刺破皮肤,穿透血肉。

刺破的位置淌出一条细细的血线,在昭然苍白的皮肤上红得刺眼,一直流到郁岸手指尖,沿着指骨滴落在座椅扶手上。

陪两只宠物小手逛街时郁岸就看中了这枚耳钉,很配面试官白雪似的肤色。

郁岸用带血的手拨了拨通红的耳垂:"别生气,面试官。你讲过的问题其实我现在就可以一字不差地背给你听,你要从哪段听起?"

第 022 章
很厉害了

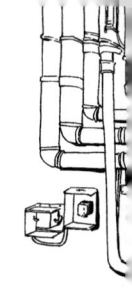

耳钉只是一个契机，郁岸满怀的心思在于刺破他。郁岸莫名焦躁，完美的东西诱人之处并非尽显于盛开之时，也残留于破败之后，被破坏的一瞬间，会展现出前所未有的暴力之美。

郁岸故意去碰受伤的耳垂，让它不要愈合太快。他将手上的血污蹭在昭然脸上，而后拿起手机，打开拍照功能，居高临下地拍这张脸。昭然的脸颊浮现红迹，郁岸沉寂了一天的愿望如此迅速地实现了——他那么白，稍微弄脏一点果然就会特别显眼。

"面试官，"郁岸不怯与他对视，"你脾气真好。"

昭然坐在椅中微仰着头，僵硬地做不出反应。从耳垂传来的刺痛根本赶不上身体忍耐的痛苦。

尽管明白面前的小鬼本性如此，凭借自己数年如一日的规训才稍微听话了一点，但至少那些过于黑暗的、残暴的念头不会再频繁地从他的小脑袋瓜里出现。

若说规训，其实也不难，臭小鬼脆皮得很，狠狠教育一下，势必要掉着眼泪嚷声保证不敢再犯的。

"嗯，我倒只在你这儿听过这种评价。"昭然控制着转椅向左侧一转，郁岸压在椅垫上的膝盖便跟着向一侧移动，身体重心一个不稳，被昭然伸手拉住，稍有不慎就会向后倾倒，后脑勺着地。

很奇怪，郁岸做不来信任背摔这种需要依赖他人的游戏，却能在昭然身上发生意外时躲也不躲，规避危险的本能在此时自动失效。

但昭然只是淡然地看着他，什么都没做，犹如在一个普普通通的下午，又一次抓住了从衣柜上掉下来的小猫。

这样的姿势让郁岸明显处于被控制的劣势中，但他有恃无恐，肆无忌惮地盯着昭然微启的尖牙："你对其他实习生也这么能容忍吗？"

"我入职以来只接手过你一位实习生。"昭然回答，"而且其他实习生也不可能像你一样能折腾。"

"地下铁应该有规定，一位面试官永远只能带一位实习生的吧？"

"据我所知，没这回事。"

"意思是，等我转正后，你会带其他学生？"

"嗯……这也说不准呢。"昭然弯起眼睛。

郁岸不吱声了，手指划拉自己的姓氏笔画，指尖大力划过，红痕立刻在雪白皮肤上显现。

光从他构思凶杀手法的眼神就能看出，这小鬼没憋什么好主意。

没一会儿，郁岸转身朝卧室外走去。

"去哪儿啊？"

"无聊，脱外套。"郁岸已经迈出卧室门口，"回来继续补课。"

花纹木门缓缓关闭。

郁岸走出房间后，昭然也站了起来，原地呆立着，时间似乎过了很久，他从裤兜里摸出一支烟，但打了几次都没点着火。

他原地缓缓蹲下，像枯萎了似的，胳膊垫在膝盖上，头压低到手臂里，耳垂红得和耳洞滴落的血一个颜色。

手套前端濡湿，水渍透过皮革向外扩散，黏稠的水滴挂在指尖。

"……我刚刚表现得怎么样？"昭然滚烫地埋在臂弯里自言自语。

面前几寸远处，地面传来沙沙声，阴暗角落里围观的小手们失望离场，临走前纷纷用指尖在地毯上划下评价：

烂。

不如我。

没关系，能撑一分钟也很厉害了。

……

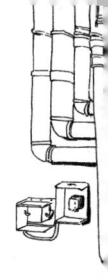

郁岸从浴室擦着头发出来，顶着毛巾回到卧室，看见昭然坐在书桌前，开了电脑，页面上显示正在下载文件，进度已完成，安装中。

"不补课了？"郁岸走到电脑桌边，边擦头发边打量桌上的台式机，"你设备不错啊。"

"我不怎么懂配置，公司的小孩给攒的。"昭然点开刚刚下载到桌面上的小房子图标，电脑黑了一下屏，再亮起来时，屏幕上出现了一个立体的积木房子图案，伴着欢快的稍显幼稚的背景音乐旋转。

积木房子每一面都是不同的画风，连续转了好几圈都没有重复。

"你还玩游戏啊？"郁岸拉了个凳子过来，好奇地坐在昭然身边。

"劳逸结合嘛，灰鸦公司出了个新游戏，《灰鸦：玩具屋》，玩一把试试。"

"灰鸦？好耳熟。"郁岸托着下巴倚到桌面上，"哦，就是《灰鸦：闹鬼公馆》的游戏公司吗？我玩过。"

这有些出乎昭然的意料："你觉得怎样？"

"室友直播的时候玩这个游戏，打不过去了就叫我上。整体感觉虚有其表，宣传说是心理恐怖游戏，结果动不动就跳出和剧情没什么关系的怪物来吓人一跳。后来又出了什么枪械系统，一看这系统就出得太急，一点儿都没打磨过，射击手感和滋水枪一样，白费了上等水准的美术和故事。"

郁岸刻薄问道："他家又出什么拉胯游戏了啊？"

"我最近接了灰鸦公司的委托，正在调查中。他们把暂时下架的试玩版给我拷贝了一份，你玩玩看。"

昭然把座椅让给郁岸，自己坐在一旁，支着头看他玩。还不知道这游戏里有什么古怪，臭小鬼还是在家长的陪同下玩比较好。

点击单人模式游玩后，出现了一句话：

正在为您随机选择场景。

画面中央的积木屋开始迅速旋转,如抛骰子般切换每一面,终于慢慢停了下来,面对玩家方向的一面涂成了紫黑色,小窗棂上爬满黑色的藤蔓,一些万圣节南瓜头堆积在墙角的魔法坩埚旁,蝙蝠飞翔在夜空,一轮阴森圆月挂在半空。

"美术不错啊。"郁岸点了一下鼠标左键,进入了自动生成的场景,"好像是中欧魔法师的背景。"

在本场景中,您可以选择以下角色:
南瓜头战士:立绘是一个头戴万圣节南瓜头套的神秘少年。
凶悍女巫:立绘是一位长发辣妹,手握宝石法杖。
魔药师:立绘是一位红发男魔法师。

"没有角色简介和能力介绍,是还没解锁吗?"郁岸在三个角色里徘徊了一下,"魔药师听起来像配药的奶妈,这个不要。女巫拿着法杖,应该是法术攻击吧,感觉有点弱。那就南瓜头战士,他应该有武器吧。"

确认选择角色:南瓜头战士。

一个满脸衰样的普通少年从天而降,一屁股坐在了玩家能操纵的位置,爬起来揉了揉腰。
"好好笑。"昭然支着头笑。
"开始游戏键在哪儿呢……"郁岸操控着角色在初始界面左右游逛了一下,随便乱点了两下,恰好点击到了背景里的魔法坩埚,随后触发了一段短动画。
少年脱离鼠标控制四处游走,忽然踩到一块南瓜皮滑了一跤,摔倒在墙角堆积的南瓜头里，顶着南瓜头晕晕乎乎站起来，又扑通一声，头朝下栽进了一人高的魔法坩埚里，五彩缤纷的魔药四溅。

游戏开始。

加载动画很生动，南瓜头少年在魔法坩埚里扑腾，最终溺水沉没进药水中。

"……这个制作得还算精心啊。"郁岸等待加载了十几秒，场景出现，南瓜头少年从一个阴森的村庄中苏醒，一群蝙蝠飞过天空中的冷清圆月。

幽静神秘的音乐渐渐响起，郁岸把音响稍微开大了一些。

提示：AWSD 键控制角色行走，空格键跳跃。

郁岸操纵南瓜头少年在村庄里走动了几步，夜晚的村庄空无一人，家家户户紧闭着门窗，仿佛在躲避什么即将在夜晚出现的恐怖之物。

"好像没提到游戏目标是什么，先到处走走看看吧。"南瓜头少年踩过鹅卵石，拨开灌木进入一片荒地，周围荒僻，只有远处的小村屋门前亮着一盏昏暗的灯。

地面上长了一些刺球状的杂草，郁岸想也没想就跑上去。

突然，南瓜头少年在草地上跳了起来，左边跳一下，右边跳一下，郁岸惊讶地看着他滑稽的表演，开始以为是过场动画，但是……不对。

"我在掉血呢！"郁岸赶紧让南瓜头少年向前跑，"这地扎脚……"

提示：按 F 键拾取物品。

"哦，可以拾取。"郁岸捡起一团长得像刺猬的杂草，但南瓜头少年又开始左右手来回抛这团草，满脸惊慌。

"还在掉血……是扎手吗……"郁岸捧着刺猬草团迅速跑向远处的小屋，"没显示角色血量有多少，再扎估计要扎死了。"

等跑到小屋门前，郁岸先把刺猬草团扔到地上，南瓜头少年果然停止了掉血。

这座小屋没有建在村落中，而是独自坐落在荒野里，南瓜头少年上前敲了敲紧闭的门，三秒后，门口的灯一下子灭了。

画面一片昏暗，忽然，灯又燃了起来，这一次紫色蔓延在整个画面中，屋前的小灯已然化作骷髅头模样，骷髅的眼眶和口鼻中燃烧着紫火。

屋前的破木门开了一条缝，黑暗中，一只没有眼皮的眼珠贴在门缝边，直勾勾盯着南瓜头少年。

吱呀一声，门缝稍微开大了一些，屋主人伸出了一只手，摊开掌心，似乎在向少年讨要什么。

提示：按 E 与对方互动。

"NPC（非玩家角色）吗？不知道她想要什么。"郁岸身上什么东西都没有，只好捡起地上的刺猬草团，放到了屋主人掌心里。

刺猬草团在屋主人掌心里跳了两下，屋主人的眼球突然爬满了血丝，显然是扎手了。

接着，一声尖锐的女人的嘶吼从音响中爆炸，屋主人伸出一条巨大的，如老树根须盘虬的血色手臂，轰的一声拍下来，劈头拍在南瓜头少年脑门上。

南瓜头少年当场被拍成肉饼，贴在地上成了一团糨糊。

暴毙。

"啊？是死了吗？"郁岸诧异地看着画面逐渐灰暗，发呆思考了一会儿，"我明白了，这个屋主人就是本场景的 boss，我应该先找武

器，最后带着装备来挑战她。所以我刚刚是随便在地上捡了团草就来打 boss 了，就扎了她两下。"

"还挺好玩的。"郁岸靠进椅背里伸了下腰，忽然发现旁边凳子上没人。面试官呢？

扭头一看，昭然站到椅子后面去了，双手扶着椅背，尽量往远离电脑的方向挪了挪："好吓人哪，小孩子玩这个不害怕吗？"

"这不是恐怖游戏吧，这怪物很可怕吗？你被哪儿吓到了？"

"就是草扎手那块，吓死我了。"昭然代入感过强地紧了紧手套搭扣。

第 023 章
有字吗？

几局游戏下来，郁岸已经完全掌握了基本操作。

本场景讲述了中世纪一个被瘟疫席卷的村庄，建造在荒地山谷之中，唯一的出口被一座诡异的小屋挡住，为了避免疾病外流，屋主人受命看管着这狭窄的出口，任疾病肆虐，村民们自生自灭，幸存者在痛苦之中挣扎，却始终逃不出这座山谷炼狱，在被遗忘的荒野中世代生存。

而守住山谷的小屋主人就是整个场景的最终 boss，名为"尖叫狱卒"，当玩家敲门唤醒她，攻击了她伸出门外的手时，意味着挑战开始。

尖叫狱卒的血量高达五万点，而玩家在没有任何装备加成的情况下，自身血量只有 100 点，尖叫狱卒随手拍下来一巴掌就能将其秒杀。

玩家必须在村庄场景中游逛，搜索和制作物品，当认为自己已经足够强大时，再前往小屋挑战尖叫狱卒。

郁岸在柴火堆中捡到了一把柴刀，握在手中当作武器。

沿着泥石杂乱的甬路在村庄中游走，他不知不觉来到了地图正中央，一座圆形石砌平台高出地面许多，平面刻有简陋的花纹，祭坛朝向正东面，圆台中央竖着一根烧焦的十字枯木，枯木上钉住一具焦黑的尸体。

这里刚上演过一场狂欢。村民们时而推选出一位无辜的同乡，视其为带来这一切不幸的始作俑者、恶魔，对其施以火刑，以祈求上天的原谅。

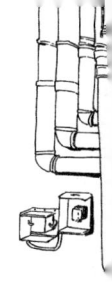

郁岸在焦黑尸体附近捡到了一把自制的简易火枪，物品介绍说："外乡人带来的恐怖武器，恐怕已经沾染了细菌。"

火枪里安放了两枚子弹，看起来威力不小，近距离伤害一定不低。

正常玩家捡到火枪这种好用的武器，早已乐不可支，但郁岸并没有满足，而是举起柴刀，朝焦黑尸体砍去。

尸体受击，从破开的腹部掉落了一枚火枪弹。

再砍一刀，尸体更加残破，又掉落了一枚火枪弹。郁岸还不知足，第三刀砍下去，焦黑尸体彻底破碎，化作一摊灰烬。

果然设置了隐藏机关，砍碎焦黑尸体就可以多拿两发火枪弹。

昭然一直坐在旁边观看，支着头问："你游戏没少玩啊，第一次玩就这么熟练？"

"就试了试。"郁岸专注道，"如果我是没见过枪的村民，而且人多势众，我就把子弹塞进持枪的人嘴里再烧他，更解恨一些。"

"……制作方应该没想这么多。"昭然卷玩着发梢，"你有听到什么声音吗？"

"没。"郁岸不知就里，"什么声音？"

玩了这么久，并没见到什么异常，灰鸦总经理所描述的敲门声并未出现。

昭然简单复述了一遍陈经理的委托，郁岸边玩边听，沉默了一会儿，昭然以为他根本没过脑子，却听他忽然开口："只有主播遇到这种情况？是不是只有直播过程中才有可能出现意外，我们现在是单机自己玩的，试试找个主播号玩一下。"

也不无道理，可以作为一个新的调查方向。昭然将新的想法发给了下属，让他们沿着这条线索去收集信息。

郁岸一整个周末都被面试官扣在家里，除了补课就是打这个游戏。其实也还好，清晨叫醒自己的是一声懒洋洋的催促，总比冰冷的电子闹钟温暖得多。嘴上却给起初反抗不想来的自己找台阶下——至少不用再吃家门口的外卖，面试官做饭很好吃。

周六的补课内容针对实力测试，一觉醒来就被面试官从被窝里提溜出来，带上了别墅二楼。

整个二楼的设计很出人意料，没有任何隔断和家具，唯有八根承重主柱间隔排列，空旷的地面平铺了一层红色防摔垫，并未安装天花板，由钢制吊架取代，沉重的拳击沙袋由手臂粗的锁链吊在半空。

二楼被合理划分为不同的区域，健身房的器械这里都备齐了，而且额外增加了许多格斗训练所需的器材装备。

昭然扔给他一身训练服："去热下身，免得拉伤。"

郁岸小心接过衣服，谨慎扫视周围的器械，顿觉今天的训练可能要比自己心里想的更艰苦一些。

可是以面试官的身手，还有必要专门在自己家里装一个训练场吗？

他肯定教过其他学生，说不定不止一个。

"临时抱佛脚啊，一两天能练出什么来？"郁岸兴致缺缺。

"总比干躺着有意义吧，小孩子还是得多活动活动筋骨，免得关节锈钝了。"

昭然依旧穿着休闲家居服，坐到摞在一起的防护垫上："实习生转正会第二个项目就是实力测试，每个人可以带自己的常用装备进场，别不当回事儿，你们进去是要签生死协议的。"

"混战？"

"差不多吧。往年实力测试不会太较真，但今年不一样了，同期实习生里，除你以外还有两位出类拔萃的年轻人，一男一女，我建议你不要掉以轻心。"

"我不想去。"郁岸背靠沙袋，抖开手中尺码合身的训练服审视，"听起来人很多。"

"我有个独家消息，过来听。"昭然神秘地朝他勾勾手指，"我觉得你会感兴趣。"

郁岸咬咬嘴唇，弯腰把耳朵探到昭然跟前。

"这个人，大老板要求让他走不出考场。"昭然将手机屏幕转向郁岸，一张蓝底简历照，照片上只是个普普通通的实习生。

"为什么？"郁岸扬起眉毛，表情生动了许多。

"是对手公司的人，抓了我们的秘密干员，幽禁折磨了十八个小时，最后把尸体藏进了地下水道内。这次大概是来探我们新人虚实的，以为能瞒天过海，根本没把地下铁放在眼里。"

"这人……长得很老实嘛。"

"你以为谁都像你一样，不好惹仨字儿全写脸上啊。"昭然哼笑，"大老板的意思是，告诉对手公司，我们随便一个实习生就能灭了他们的骨干职员。"

"……"郁岸难得将高兴的情绪显露在脸上，微扬下巴。

昭然瞧他一副坐等主人开罐头似的迫不及待的表情，心里一阵没底。既要最大限度上限制他的残忍欲念，却又必须让他时刻清醒地保持爪牙锋利，引导时的度极难把握。

这一次可绝不能再把"号"练废了。

走一步看一步吧。

昭然的情绪向来收敛在心里，可郁岸却看出他心事重重，接下来训练的几个小时，郁岸都还算听话，没再故意惹他发火。

在手把手的训练中，郁岸隐约发现了一些曾经想过的问题。

面试官惯用左手，因此他的格斗姿势普遍以右侧身体为轴，以左侧身体实现大部分攻击手段。而且他教自己出拳的次数极少，更多依靠腿的力量，郁岸也能猜得出为什么，面试官双手娇贵得很，他不喜欢手部受到冲击。

从在细柳美容院里本能地唤醒肌肉记忆时，郁岸就怀疑过，从前教自己格斗的教练具有类似的特征。

是巧合？不可能。

"又走神，这毛病可得改改。"

"啊!"

在又一次被面试官单手放倒在地后,郁岸抚着剧痛的胸骨躺在地上蜷成一团,额头上的汗珠开了闸似的向下淌。

昭然蹲在他面前,指节拨开他被汗润湿的额发:"休息吧。"

"等等。"郁岸双手扶地,艰难地撑起身体,站起来时细瘦的双腿都在发抖。他噔噔跑去楼下,拿上来一叠褶皱的字条。

他剧烈地喘着气,将一直收存在背包里的日记细细摊平,提着日记上沿举到昭然面前:"面试官,这上面写的是不是你?"

昭然诧异地看着他上蹿下跳,凑近日记纸页认真端详。

郁岸等着他的回答。

"这……"没过多久,昭然摸着下巴问,"这纸上有字吗?"

什么?

郁岸怎么也没想到会得到这样的回答,他收回日记翻来覆去查看,白纸黑字依旧明晃晃摆在那儿。怎么会这样?

"你看不见?"

"是白纸嘛。"昭然一脸不解,"上面写什么了?"

"写的就是,"情急之下郁岸想把日记上的内容读出来,可张了半天嘴,那些以第一人称描述的情节,让他实在读不出口。

"算了。"郁岸收起日记,拖着自己的衣服下了楼。

昭然跟着走到楼梯边,双手悠闲地搭在木质护栏上沿,目送不肯在自己面前读日记的小鬼落荒而逃。

郁岸借口回家拿东西,找了个机会带着储核分析器从面试官家跑了出来,坐地铁回到自己家的老小区,三步并作两步上楼,急切地开门,鞋也顾不上换就跑进客厅,将电视橱底朝天翻了过来。

他再也忍不住了,如果今晚看不到日记,他不可能睡得着觉。

手里现在攒了两枚能量耗尽的废核,一个是已经掉落高傲球棒的盲核白,另一个是夜行蚊。

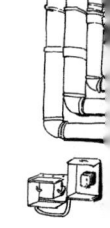

郁岸挑了一枚握在手心，抵在唇边握了一会儿，慎重地投进了橱底的投币口中。

微小的机括运转声在橱内响起，投币口中弹出了一页卷成细棍的纸，小心摊开，一页日记呈现在眼前。

日记内容让郁岸不知不觉屏住呼吸，喉咙发紧。

天气　有风

大学生活比我想象中更加无聊，我反感人类大量聚集的地方，我喜欢书，但不喜欢图书馆。

一周的课业通常积压到死线前一晚通宵补上，只有实验课还算有趣。课余时间搜罗一些含金量或高或低的竞赛，拿些小奖好骗他开心。

学校附近开了一家射击俱乐部，我经常去那儿消磨时间，一泡就是一下午，协会会长觉得我这张脸很能吸引生意，还给我的年卡打了八折，条件是允许他们时不时偷拍两张照片传到公众号上。

在我认知内的休息时间，手机一律开启免打扰模式，我讨厌电话铃和消息通知的叮当声，聒噪，而且意味着差遣。

学校辅导员是聒噪的源头，喜欢在班级群里发布大量无理要求，并要求所有人遵守。

今天路过食堂后门，发现工人们在搬运垃圾，大批量的后厨垃圾堆积在箱子里，我跟着运送车走了一会儿，发现这些垃圾会在学校东门附近暂时堆放，再由一辆卡车转运离开，中间会有十分钟无人看管的间歇。

学校食堂每周三的饮品是苹果汁，后厨会扔出大量的苹果核，我可以趁这十分钟间歇收集到0.5千克的苹果核，攒上三周完全足够了。

（这里用铅笔详尽地画了一幅用于提取苹果核中氰化物

的玻璃装置图。）

辅导员正努力戒烟，非常喜欢薄荷含片，办公室抽屉和口袋里都常备一盒，时不时拿出来含一片。

我找到了薄荷含片的压膜方式，制作一片特殊的、苹果味的薄荷片非常容易。但要在没有目击和监控的环境下接近辅导员，确实有难度，需要耐心地等待一个机会。

但我的幻想计划还没实施就中道崩殂。我的凶杀计划蓝图被他发现了，他将那张纸拍到我面前，怒不可遏，质问我这是什么。

我睁着眼说瞎话——什么？纸上有字吗？

他气极了，把我的脸按在那张纸上，让我整个人被迫伏在书桌上，他用保鲜膜筒揍我，我不痛，也不怕，他只会虚张声势教训我，我转身看他，他满脸通红。

后来的细节记不太清了，我只记得好痛，还伴着一种我不理解但很喜欢的感觉，但再后来只剩下痛，他不准我跑，语气很凶。

整整一晚上他都在教训我，反复强调不准我做这种事。其实我没想真的去实施，我只是幻想得具体了一些，让自己爽一爽。但我不服，我就要跟他对着干。

我喜欢惹恼他，这世上所有人的愤怒都源于恨我，只有他的愤怒源于在意我。

可时间久了我就扛不住了，我忍着屈辱好言好语让他停下，可他的愤怒失了控似的，暴力一直在加剧。

真的好痛，也好累，我终于哭出来，好像一些不重要的陈年孤独也跟着眼泪一起倾泻了出来，许久我都不知道自己在哭什么，明明我才是坏人。

……

第 024 章
剑兰

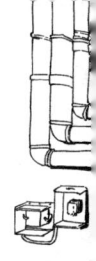

日记到此为止，但未见日期标注，显然还没写完，大概分成了上下两页。

郁岸急切地投入了另一枚废核，拿到了后续一页，躺到卧室床上，侧着身细读。

眼泪如同骤雨，将他的怒火浇灭，只剩木炭上幽微闪烁的火星儿。

从前我也总是故意激怒他，可他从来没这么生气过。

以前我从未共情过这样的情绪，在我伤害别人时，我感受不到别人的痛苦，他用相似的疼痛教我细微的感情，就像用水流让我感受温柔，用火焰让我体会烫痛。

他终于停下来，我悬着的心终于落地，刚刚我以为他放弃我了。

他问我知道错了没有。

我想了很久，痛得连思考速度都变慢了。

"只有我事事听话才可以吗？"我虚弱地问他。

身边总是环绕着让我厌烦的事情，如果有人能听我说出来，我想应该会好一点，如果没有，我就只能自己消化。我的消化能力有限，处理事情的方式也并非忍耐，而是让烦躁的根源从世界上消失。

他被我问住了,让我面对面和他坐着,笨拙地用手背擦拭我的眼角,局促地憋红了脸,轻声问我:"你想我怎么做?"

他终于肯放下架子承认自己是第一次带小孩,接下来向我虚心求教。

我很认真地告诉他,当我表达仇恨时,和我一起咒骂,不要纠正我。许多事情对错并不重要,我也从不认为我才是对的,我不在乎。我根本不靠答案活着,有些仇并不是非报不可,当知道有人站在我这边,我就释然了。

他把头搭在我肩膀上,沉默了好久,终于哑声答应:"哦。"

明明是他欺负了我,自己却一副受伤的样子,我好想把他刚刚对我做的尽数奉还,狠狠合掌将他的脸拍在双手之间,指缝里便能看见通红的巴掌印。

他知道错了,我原谅他。

M017 年 11 月 20 日

门窗紧闭,房间阴冷,郁岸闭眼侧身躺在枕头里,手中握着半页日记。眼角不知不觉湿润了,整个人缩进冰凉的被窝里,肩膀微微耸动。

两只一路偷偷跟回来的小手挣开背包拉链,爬到床头,默默看了郁岸良久,然后轻掀开被子一角挤了进去,带着暖热的温度安静陪伴在侧。

同一时间,昭然也侧躺在卧室床上,右手放在身前,伸直左手。所有残臂均与昭然触觉相通、意识相连,他能感觉到郁岸的情绪,眼眶湿润。

难得失眠,他摸到枕边的手机,拨通了一个号码,备注显示"大冤种"。

响了几声对方才接起来,临近半夜,电话对面的男人声音带着倦怠和傲慢。

"说。"一个字的问候强忍愠怒。

"大哥,我无聊,给你打个电话聊会天。"

对方沉默半晌:"终于想通打算放弃那小子了?"

"嗯,那倒不是。"昭然打了个哈哈,"最近家里挺好的?身体挺好的?"

"……"

"哦对了,哥,你知道我几岁了吗?郁岸前两天问我,我没答上来,差点露馅了。"

"呵,郁岸。"

昭然并不死心,刨根问底:"那换个简单点的问法,你认识我多少年了?"

"反正从你出生我就认识你。"对方头疼地拍了拍脑袋,"没事别骚扰我。"

"有事。"昭然收敛笑意,正色道,"算我求你,让我重发一个誓,哥,只要你答应我,你以后说什么就是什么。"

"哦……在这儿等着我呢。"男人哼笑,"'不向郁岸复述往事',是你发的誓。我也只能公正裁决。"

"是你逼我发的。"

"都一样。我不想再看见你在一个疯小子身上浪费时间,你也别再来烦我。"

对方气急败坏地挂了电话。

昭然不慌不忙地关上通话页面,给郁岸发了一条消息:早点睡,明天转正会笔试好好答,考完接你。

没过两秒,郁岸的消息便回复过来:

面试官,你能帮我找几个废核吗?

昭然一怔:废核?

郁岸:对,就是能量用完的废的。

昭然:废核也带有微弱辐射,公司里畸动武器用完的废核都会集中销毁,有数量统计的,多一个少一个都不好对账。你要废核干什么用啊？

郁岸：系统表情（求求）。

昭然看着屏幕里弹过来的小黄豆双手合十的表情，焦躁地抓了抓头发，拢起额发无奈回复：等明天上班我给你找找。

郁岸：系统表情（开心跳跳）。

昭然一头扣进枕头里，把手机扔到一边。直到半夜脑子里都还在循环郁岸叼着小鱼干跳来跳去的画面。

周一清晨，郁岸和往常一样起床洗漱，背上单肩包，把地下铁身份卡揣进兜里，然后随便拿了支碳素笔，出门考试。

倒不是他不重视实习生转正会，毕竟四年前高考他也是如此出门的。

郁岸从最近的地铁站上车，在比萨庄园站换乘四号线。笔试在上午十一点开始，不过因为顺路，昭然让他从比萨庄园站下车，去已经被封锁调查的古县医院检查一圈，确定没有幻室化的迹象再离开。

既然羊头人在古县医院造成过人类伤亡，古县医院又位于红狸市最南端，根据地下铁的巡逻区域被划分为红狸南区，也是培育基地畸化辐射最为严重的区域，幻室化的可能性要比其他地区高许多。

他走出地铁站后，沿着地图给出的路线往古县医院走，经过一片钢管堆积的废弃厂房，忽然看见不远处迎面走来三位胸前戴地下铁银质徽章的巡逻人员。

从徽章图案上可以看出，这些人隶属地下铁城市巡逻组，是组长原小莹的下属。

不过，除三人之外，还有一位女生跟在他们身后不远处。

女孩子打扮新潮前卫，耳垂各挂一枚空心骰子，骰子随着她走动而飞速旋转。她从裙兜里摸出一个扑克牌形状的打火机，捻开便打着一缕蓝火，点燃叼在唇间的香烟。

郁岸注意到她身上不同寻常的特征，双手小指从根部开始直到指尖部位都是银色的。

领头的一位巡逻员一直在用对讲器与其他同事联络，神情严肃，应该是在执行任务。

一辆厢车停在废弃厂房左侧垣墙处，车后一直发出窸窸窣窣的摩擦声，在郁岸的视角可以看见车后方人影闪动，隐约看见几个人正往后厢里搬东西。

一开始郁岸没把二者联系到一块儿去，但厢车附近的搬运工忽然注意到，这条基本没人走动的小路上多了个陌生人。

其中一个刀疤脸男人目光警惕地落在郁岸身上，右手缓缓伸进怀里，像要摸枪。

郁岸一惊，匆匆朝砖墙拐角闪避过去，朝正面走来的巡逻组比了一个此处有人的手势。

巡逻员注意到废弃厂房附近出现了无关人员，立即加快脚步朝郁岸的方向冲过来。

正往厢车上装货的几个大汉都机敏得紧，听见带风的脚步声，立即警惕地分成两拨，三个人掏出手枪，将另外两个人保护在内侧，被保护的两个壮汉开始玩命地把货往车上扔。

"快，巡逻组的来了！快把东西搬上去！"

"刚刚有个小子盯着我们看，一准是他通风报信，让我逮着非弄死他不可。"刀疤脸狠狠啐了一口，"够了，快上车！你俩跟我去前面堵巡逻组的。"

巡逻组那三位组员也意识到了情况，压低声音对通信器中道："南区古县厂房发现可疑目标，即将实施抓捕，二组准备拦截。"

一直走在最后的女孩子忽然快步走上前来，一阵风似的朝前点跳跃进："交给我！实习任务就差这一天凑数了，中午考试之前得完成。"

"匿兰！"一位巡逻员前辈叫出女孩的名字，厉声道，"小心厂房附近存在平民！不准重伤无关人员！"

匿兰充耳不闻，化作一道闪电从地面蜿蜒游走，黑白挑染的长发随风上下翻飞，在接近垣墙时，右手握住了左手小拇指，如抽刀出鞘般缓缓向外拉，银光乍现。

"有平民？那就赌一把会不会砍到他了。"

一把银色激光剑从左手小指处抽出，匿兰一扬手臂，利刃寒光从垣墙根部斜向上挥砍，一道银色光影锋利切割过砖墙一角，静默两秒，砖墙中央出现了一道平滑的切割面，缓缓斜向下滑落，砖块砸落在地上，厂房一角轰然坍塌。

烟尘弥漫四散，郁岸暴露在坍塌后的垣墙内，他背贴着墙，矮着身子，睁大眼睛见那灼眼的激光擦着自己头顶砍了过去，只要自己再晚蹲下零点一秒，脑壳就能当场被切开。

那女孩双手小拇指显然残缺，而银色的一截必然是嵌于其上的畸核，双嵌核槽，且嵌的全是银级核。

这场转正会还有胜算吗？

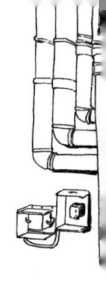

第 025 章
看不起我

嵌于匿兰左手小指处的畸核泛着苍白色微光，与郁岸手里的幻室核－画中取物同为一级银核，和高傲球棒一样属于装备核，但她的光剑可以自由收回畸核内，削断水泥砖墙就像切蛋糕一样轻松。

她右手小指的银色颜色更深，至少达到了二级银的品质，还不确定威力如何。

那一剑斩过，拖出一道短暂的光带，光带消失，整个刀痕上方的砖墙发生斜移，最终轰然落地坍塌，厂房失去垣墙一角，后方的厢车便失去了遮挡。

灰尘烟雾散去，几人彼此一望，举枪的三个壮汉拔腿就跑，叫上搬货那两人上车开溜。

司机一脚油门，厢车立即朝着远离匿兰的方向加速，匿兰蹬上断壁上沿，手中光剑左右横劈，将砖墙上沿光滑的切割面切成锯齿阶梯状垫脚，凌空向前翻越，在厢车速度还没完全提上去时横扫一剑。

厢车货厢一角被利落削断，钢铁外壳掉落在地，在窄路面上撞击翻滚，擦出一路火星儿。

但人车距离已经拉开，追车无望，匿兰终于放慢脚步，愤恨地大叫了一声，将光剑倒插在脚下。

"今天不宜办正事。"匿兰拨了一下空心骰子耳饰，六面点数旋转，"坏兆头，考试不会遇上麻烦吧？"

她无意间抬头，看见前方挨厢车最近的位置，出现了一个黑衣青年。他穿着一套纯黑兜帽,脸被笼罩在兜帽阴影之下,一团黑暗。

"嗯?不是平民吗?"

郁岸的纯黑兜帽套装赋予他猫的跳跃速度,在与刀疤脸初次对视那一刻,郁岸就在思考厢车的车头朝向和来时的辙印,预判这辆车脱逃起步后将会右转弯。

他在废弃工厂内沿斜对角线跑到另一端,跳起来双手猫挂在垣墙上沿,翻越墙头,灵巧落地。

他将手伸向背后,握住了倒插在背包中的高傲球棒,在匿兰削落的车厢一角沿着马路刺啦翻滚时,回转身体用力一棒挥去,砰的一声击中棱锥形的铁皮。

铁皮角飞了出去,按郁岸预想的抛物线轨迹旋转突进,重重扎入了厢车前胎,厢车已经加速到快速行驶的状态,前车轮爆胎使它发生剧烈飘移,轮胎与地面急速摩擦,发出一声震耳欲聋的尖鸣和刺鼻的焦煳橡胶味,在窄路上拖出四道深黑的辙印,整辆车旋转着朝外侧路沟冲了出去。

这一幕被巡逻组的三位组员尽收眼底,惊讶对视:"谁啊,是我们的人吗?"

为首的巡逻员与指挥台通信:"查查那个黑衣年轻人。"

指挥台回复:"是紧急秩序1组实习生郁岸,昭然负责他。"

巡逻员一听,紧急与距离尚远的匿兰用对讲器喊话:"小兰,黑衣的是自己人,千万别伤着他。"

匿兰看见厢车前轮被卡侧翻进路沟里,立即抽剑跟了上去。厢车侧翻,头朝下栽进了沟里,车头和货厢全变了形,开车的刀疤脸愤恨地拍了一把方向盘,敲碎被卡住的车门玻璃跳出来,从怀里掏出一把手枪,迎面朝追来的匿兰开了一枪。

未装消音器的手枪,子弹破空的啪声震动耳膜,匿兰避也没避,瞬间扬手,那快出虚影的一剑当即将飞至面前的子弹斩成两半,火花四溅。

带枪的三人弃车逃跑，边逃边朝匿兰疯狂扣动扳机，子弹凌空乱飞，在半空划出无数危险的斜线。

"就赌你们枪法烂。"匿兰无所畏惧地冲到厢车近前，双手握剑一劈，弧形剑光闪过刀疤脸的手臂。起初刀疤脸只感觉到好像被一根细线刮了一下，没想到两秒过后，他握枪的手连着半截小臂一起，沿着锋利的断截面向下滑落，断手滑落在地。

小臂的断截面被激光"烤焦"，甚至流不出一滴血。刀疤脸因极度的恐惧惊得愣住，半响才抱住断臂痛苦地倒地打滚，嘶吼破音。

其他人见大哥倒地，顿时连反抗的想法都烟消云散，朝远离匿兰的方向四散奔逃。

但他们忘了一个人。

郁岸已经站在他们逃亡的必经之路中央，双手扶着高傲球棒，球棒支在两脚之间的地面上，纯黑兜帽遮住脸庞，脸颊处只剩一团黑洞。

他绝非看见地下铁的同事就愿意热心帮忙的性格，郁岸没事不关己散步离开的根本原因在于，他看上了这几个人手里的三把枪。

郁岸举起球棒，一棒一个，沉重木棒敲击脑壳发出嘣嘣脆响。一人举枪朝他扣动扳机，郁岸矮身避开，猫似的朝那人迅速接近，一棒砸在对方头上，对方惨叫一声，手中的枪脱手飞起，郁岸举起手，手枪刚好就掉落在他的掌心。

这帮人里还剩一个手里有枪的，他剧烈喘着气从地上爬起来，转头便顶上了一个黑洞洞的枪口。

郁岸扛着球棒，握枪站在他面前。

那人浑身一震，冷汗当即湿透全身，顶着满头大汗色厉内荏地笑起来，额头顶着枪口向前迈了一步，挑衅笑道："喂，看你不是道上的，缴我的枪，你会用吗？"

三大畸体猎杀公司都必须履行工作不佩枪的约定，因此地下铁巡逻组不准在公开巡逻时开枪。有些人会故意抓这个规矩的空子，毕竟七步之外枪比大多武器都快，七步之内枪又快又准。

三大畸猎公司之间的竞争远比普通商业公司激烈得多，对手公司会找不受约束的第三方势力来调查情报或是偷运样品。

只要不闹上台面火拼，政府不会插手三大畸猎公司之间的争斗，因为这已经不是凡人之间的厮打，涉及畸体和载体的战斗危机四伏、火药味四溢，牵一发而动全身。

"我是临时工。"郁岸单手握住套筒向肩头一撞，子弹上膛，发出一声清脆的机械咔嗒响，伸直手臂，迅速朝门外二十米一枪点射。

刀疤脸握枪的手就掉落在此处，子弹击中断手，手掌应声而爆，手中握的枪却完好掉落在地。

最后一人脸色煞白，慢慢举起双手投降，将手中的枪扔到了脚下。

地下铁巡逻组的工作人员纷纷赶到，将横七竖八倒在地上的搬运工绑住，准备押送回去，几位身穿防护服的巡逻员谨慎地搬运车厢内的货物，其中一箱货物外包装破损，不知是否有泄漏。

郁岸尽量把自己的存在感降到最低，先将三把枪偷偷揣包里，然后蹲到不起眼的路沟里，一颗一颗捡地上的子弹。

"你是谁？"

柔润的女声从离自己很近的地方出现，郁岸抬起头，便对上一双睫毛茂密的大眼睛。

匿兰站在他身后，双手撑着大腿，在郁岸头顶弯腰瞧他，耳垂上挂的骰子还在旋转，黑白挑染的长发从耳鬓垂下。

郁岸收拾完东西迅速拉上背包，拔腿就跑，没想到被她一把抓住后领。这女孩子力气大得惊人，直接把郁岸拖回自己面前。

"干什么的？"匿兰将手探进纯黑兜帽下的黑洞中摸索，捏住郁岸的脸蛋把人从兜帽里揪了出来，"几岁了？他们不会雇用童工吧？"

面对一张强势美艳的脸，浓郁的偏光眼影和深红嘴唇，郁岸不知所措。

郁岸最怕与陌生人攀谈，而且还是女生，憋了半天不知道说点什

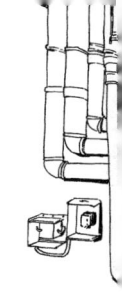

么，脸被捏得生痛，含糊回答："99年的。紧急秩序组实习生。"

"哦……昭先生带你，怪不得他们让我千万不能伤着你。"匿兰扬起唇角，拇指揉了揉郁岸被捏红的脸颊，"昭先生问起来就说自己摔的，知道了吗？"

拉扯中郁岸背后的拉链开了一点，拉链不合时宜地喵喵叫了一声。

郁岸："……"

"唔。"匿兰捂住嘴，心动地问，"这衣服从哪儿买的，能不能给我个链接……"

"午夜商人上门推销的纯黑兜帽。"郁岸被迫回答。

"啊……那肯定绝版了……我也喜欢在午夜商人那儿买东西。"匿兰弹了一下耳上的旋转骰子，"我买了好多件。"

郁岸审视她这一身，目测都是带属性的外装，身上的裙子像荷官制服，这位女孩子从头到脚都给人一种狂热赌鬼的印象。

郁岸找了个理由脱身，按面试官的要求去古县医院周围探了一圈，确定并无异常后，回到了比萨庄园站，没想到那女孩子仍在站厅外等他。

"嘿，弟弟。巡逻组的车满了，让我自己坐地铁去公司，我们顺路吗？"

郁岸呆了一下，等反应过来自己已经点了头。

他立刻感觉到女孩子身上的衣服和配件不寻常，荷官套裙，恐怕具有微弱引导对方意识的属性，就如同赌桌上发牌的女荷官一样。

两人一同进入站台，因为外装比较特别，难免会引来一些乘客异样的眼光，不过郁岸依旧漠然握着扶手，目光注视窗外飞速后退的老旧站台。

畸体横行，完全安全的范围越来越小，红狸市常住人口已经减少了三分之一，缺少维护的站台与衰败的城市很是相配。

但仍有许多人并不想离开，他们或许因为生活潦倒而无法走出去,或许因为灵敏的鼻子在畸体身上嗅到了商机。

"这些旧楼,听说已经被大老板买下了。"匿兰指着窗外飞逝的废旧无人区说。

"能卖出去吗?大概不会再有新居民搬进来了。"

"哈哈,谁知道。蚁堤站还有二十分钟才到呢。"匿兰看了一下电子报站牌,踩着高跟鞋站太久脚有点酸,但没办法,午夜商人售卖的套装必须穿齐了才能发挥最大的效果。

周围的乘客从她谈笑间提出目的地"蚁堤"时,一下子全噤了声,匆匆把打量的目光收回,甚至悄悄退远了些,敬畏地让出了几个空位。

郁岸就近找了个空位,请匿兰坐下。

"还挺乖。"匿兰也不客气,又隔着兜帽捏了一把郁岸的脸,坐到空位上。

主要是因为她太高了,还穿着十厘米高跟鞋。郁岸一直在走神,幻想一个场面——车厢微微晃动,女孩子一个没站稳,踩到了自己脚上,细高跟鞋扎进脚背,血喷了出来。

匿兰坐下后,双手自然搭在腿上,郁岸忍不住端详她双手残缺的小拇指。

"之前在赌场里被人砍掉的,"匿兰大方举起双手给他看,"愿赌服输,后来我就离开那里了。"

"赌博?"

"嗯……"匿兰笑道,"你看我这两处嵌核槽,都嵌的盲核。"

郁岸睁大眼睛。要知道普通人类载体的嵌核槽,一生只能嵌一枚核,无法更换,她竟然敢在自己身上赌盲核,赌出了两枚银级核倒是皆大欢喜,但万一运气不佳,赌出了低级的或者使用次数少的核,她的命运甚至都会随之改变。

"终极赌狗"也不过如此了。

车上的乘客逐渐稀疏,直到终点"蚁堤站",空荡的车厢内只剩

下了他们两人。

地下铁总部就设立在本站站台中，实际上大小分区遍布整个城市的地铁线路，已经形成了一张巨型行动网络。

下车后，周围一片黑暗，与其他站台截然不同，嗅觉灵敏的野兽可以闻到空气中弥漫的危险气息。

除此之外，这个站台并不通往地上出口，而是只有一个向下通行的电梯，电梯缝隙中冒着红色灯光，黑暗的空间内就只剩这点儿微光。

这电梯极长，运行了大约半分钟才见光亮。地下入口变得金碧辉煌，身穿黑西装的保镖分开两列，站在电梯两侧。

郁岸变得警惕，地铁安检是不会查验地下铁工作人员的背包的，不知道这里会不会查，自己包里可藏了三把枪。

果不其然，保镖拦住他俩，先比对了一下身份卡上的照片，然后将身份卡贴在读卡处，让他们扫描了一下指纹，确认通过后才将身份卡交还给他们。

这么严。可是先把枪送回家里再赶回来就来不及了。郁岸心中懊悔。

黑衣保镖分别拉开两人的背包细细检查，甚至打开了郁岸的储核分析器核对了一遍畸核数量和种类，然后将拉链复位，示意他们可以通过。

郁岸愣住，枪在这里竟然不算违禁品的吗？

匿兰对地下铁的地形要比郁岸熟悉一些，带着郁岸走到电梯边，按下上行键。电梯从负八楼上升，一直到郁岸所在的一层，门缓缓向两侧打开。

公司的装潢远比郁岸想象中有钱，原以为整个公司都建立在地下，恐怕环境会稍显昏暗，但这里金碧辉煌，灯光明亮，令人在迈进来的那一刻就会忘记自己身处地表以下数十米。

一位黑衣保镖在电梯内等候，为二人按下按钮，将他们送到实习生笔试的楼层。

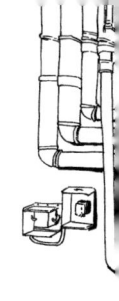

考场外聚集着十位待考实习生，其中几位还手握一卷打印资料，边徘徊边默背。门口有位穿火焰色球衣的青年，悠哉枕着双手靠在墙边，周身空气跳动炽热，灼烧着走廊摆放的绿植。

之前在鹰局与他有过一面之缘，他胸前挂着自己的身份卡，姓名一栏写着"火焰圭"三个字，在他咽喉处，一枚仿佛燃烧着的血红畸核嵌于其中，眼睛似的左右转动。

那青年无意间抬头看见郁岸，用目光将郁岸从头到脚打量了一遍，微扬下巴，露出一副轻蔑的笑容。

郁岸未做任何回应，拿出手机看了一眼，果然面试官留了消息。

Boss：到了没？非考生不让进你那层，我在办公室，你出来之后给我发消息，然后在门口等我。

郁岸：到了。

Boss：不用紧张，其实不需要跟别人攀比成绩的哈，我也没有那么在乎排名，排名只是个托词，你们这一期实习生实力都很强，基本不会有落选可能的。还有，记得别让人知道你能换核。

昭然的必胜态度和之前截然不同，估计是今早已经得知参考实习生的实力了。

习惯了昭然得意扬扬、稳操胜券的语气，郁岸突然很不高兴，直接弹了条语音过去。

昭然正坐在办公室里，双手抱着头趴在桌前，揉了揉自己一头乱发。

"那两个老东西从哪儿搜罗来这么两个实习生……一个双嵌核槽，全银级核；另一个嵌三级红核畸化种。转正会还要求面试官不准为实习生提供资源。"昭然无奈瘫到桌面上，灵魂都要枯瘪了，"算了，无所谓，考试不是人生的终点，成绩不能衡量人生的价值。"

叮咚，郁岸弹来一条语音。

郁岸："面试官，你是不是看不起我？"

第 026 章
考试开始

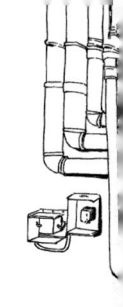

昭然反复听了两遍语音条,不知道郁岸哪儿来的自信,他不会还没看出其他实习生的实力吧?

没等他回复,郁岸又弹来一条:"你想让我排第几名?"

昭然微怔,也没多想,哼笑回道:"那我肯定想让你第一……"关键这不是想不想的问题,孩子有这个自信倒不是坏事,昭然不想打击他。

郁岸:"有点难度,谈谈奖励。"

像期末前跟自家小孩讨价还价似的,昭然顺着他问:"你想要什么?"

郁岸回复:只能带我一个实习生。

办公室门被轻敲两声然后推开,下属小齐抱着文件走进来,看见组长抱着手机在笑。他最近一直心情很好,很久没见他在办公室里喝个通宵了。

"组长,大老板叫你去会议厅。"小齐默默收拾了一下凌乱的办公桌面,一对断手从小齐肩头跳下来,戴着小墨镜的离谱和戴着银黑朋克指环的靠谱跳落到昭然面前,低落地蜷着指尖。

昭然见到它俩气就不打一处来,靠在转椅中冷笑转身:"真是手指头硬了,还知道回来呢。"

小齐垂着眼皮抚平文件:"它们蹲在郁岸背包里,没通过考场安检,不然没想回来。跟它俩一起被扣下的还有三把枪。"

"哪儿来的枪?"

"今早南区出了事，车帮的人从存放过实验垃圾的地方偷运泥土，被巡逻组抓了，车帮有人带枪，跟我们的人起了冲突，当时郁岸也在。"

车帮是红狸市的一个主要以运输为生的地下帮会，仗着头上家族的势，普通快递线不敢接的货物，他们都敢接，号称只要给够钱，想买星星都能次日送达。

"他没受伤吧？"

"没，他把车帮的枪和子弹都划拉到自己包里然后跑了。还不知道那边老大怎么说。"

"听起来像手下小弟接私活，等会儿我处理。我先去看看大老板那边有什么事。"昭然紧了紧领带，起身朝门口走去，两只小手不太情愿地匆匆跟上，靠谱兴致不高，离谱用食指和中指走路，拇指揉着眼睛哭着跟上，沿昭然脚踝向上爬，隐没进色泽浅淡的发丝中。

会议厅十分宽敞气派，供高层领导舒适开会的真皮沙发旁边摆放着咖啡香槟和水果点心，室内四周安装环绕曲面屏。老板的位置在最前方。

昭然来得最晚，进门时被座无虚席的场面惊了一下。几乎所有地下铁高层领导都聚集在此，手托酒杯三三两两闲聊。

有种不祥的预感。

"来了啊。"大老板依旧一袭复古长衫，今天日子特殊，还在打扮上加了点洋气元素，戴了一副金丝细链眼镜。他将手搭上昭然后背："公司也好久没认真办过年会了，借实习生转正会的机会，大家伙儿好好热闹一下。"

近处沙发上，一位小麦色皮肤、精壮高大的男人托着玻璃杯转过上半身，朝昭然挑衅一笑。男人胸前挂着地下铁快速反应组的胸牌，下方镌刻姓名"段柯"。

昭然扯了下唇角。

"听说带了个学霸技术员？"段组长回头哂笑，摸摸下巴上一撮

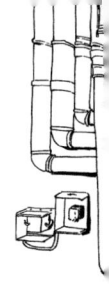

小短胡子，"凭你这文化水平能跟人家交流吗？"

"那肯定稍有困难，不像跟段哥交流这么顺畅。"昭然插着兜靠到段柯的沙发边，从托盘里挑了杯果汁出来。

"技术员也挺好，不像我们风里来雨里去的，舔着刀尖干活。"段组长平时就最看不惯那些搞技术的，同吃一碗饭，技术员就能坐着赚钱，半点风险都不担，快速反应组专门负责接市民求助清除幻室，外勤伤亡率极高。

"哪有段组长运气这么好，去火葬场出趟外勤都能捡回个实习生。"

段组长志得意满地抿了口酒："哼……看那孩子可怜，不拉一把心里过意不去。"

"拉两把，"昭然拍拍他肩膀，"被鹰局当成纵火犯扣那儿的时候还拉了一把呢。"

段组长顿时黑了脸。

段柯这人争强好胜，跟昭然不对付不是一天两天了，因为组内事务重合度高，两位组长都想将对方的核心组员并到自己组里。平时外出合作倒也能一致对外，但一回公司就掐架。大老板经常把他们俩其中一人支到外边去，耳根子才能清净一点。

"你俩少说两句。"一旁沙发上斜靠着位女人，碗口粗的三股辫搭在扶手上，手里拿着根锉条打磨孔雀绿色的指甲，抬起眼睫，"有这工夫还是去急救组那边提早打个招呼吧，这么宝贝的学生要是被打残或死了，可别找我们小兰的麻烦。"

城市巡逻组组长原小莹，地下铁拱火看戏第一人，世上没有她挑不动的事，一张嘴说离了无数鸳鸯璧人，被誉为"城市拆迁办"。

大老板握着把古朴折扇坐到沙发里，端起茶碗轻抿："我突然做了个决定，这次实习生转正会的规则不能像以前那么老套了，所以我苦思冥想，决定把笔试和实力测试连在一块儿，答完卷子直接出安全屋，进行实力测试。"

此言一出，在场高层交头接耳讨论起来，没带实习生的领导们一身轻松,只管喝着小酒带薪看热闹,但几位兼任面试官的组长都有些坐不住。

"好想法。"昭然勉强忍住没当场站起来,"学生们知道吗?"

大老板陶醉在自己的新决议中,放下茶碗,十指指尖相对,迤迤然道:"不知道。但这才有意思,孩子们应该尽早感受到我们的企业文化,明天和意外哪个会先到来呢?"

会议厅的环绕屏突然开启,画面三百六十度,可观察到每一个实习生的表现,除此以外还安排了一部分移动镜头,可以在关键时刻临时切给表现突出的考生。

笔试已经开始,考生都单独被安排在一个小房间内,房间没有窗户,只有左右两扇门,从右门进入考场,答完卷子后从左门离开。

所有人的目光都集中到周围的大屏幕上。

三位明里暗里较劲的组长也分别开始寻找自己的实习生。

火焰圭写到一半,不小心打了个喷嚏,半张卷子被火苗点着了。

"……"段组长拢了一把头发,搓着下巴转过身去。

"笔试而已,占不了多少分数吧。"原组长云淡风轻,拿出口红对着小镜子补妆,其实目光一直忍不住往匿兰的镜头上瞥。

匿兰跷着腿,高跟鞋挂在脚尖,她摘下一只骰子耳环,放到手心里摇,然后往卷子上一抛,抛出一个点数三,然后拿起笔在括号里填了一个C。

"那是填空题。"原组长的口红直接画到脸上。

昭然斜靠在桌前,手托下巴压着嘴努力忍笑,但没忍住,招来另两位组长一顿白眼。

不过他也知道,向来实习生转正会的笔试是给技术员得分的项目,让技术员的最终成绩不会太难看,只能寄希望于郁岸在笔试答卷上多挣一些分数了。

他端起果汁望向大屏幕,郁岸正坐在考卷前,碳素笔在指尖悠哉

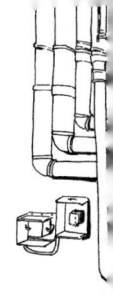

旋转。

选择题和判断题他不假思索瞥一眼就能写上答案，简答题会让写一些简单的程序，以及问一些笼统的问题，除了写字耗费一些时间也没什么难度。

请简述畸体的成长过程。

碳素笔在指尖转了两圈，郁岸沙沙写下：幼年期、成长期、化茧期、羽化期。对应蝴蝶的四个成长阶段，卵、幼虫、蛹、成虫。这是畸体成长的必经之路。在化茧期，畸体会找一个僻静的角落作茧，以本体现身，变得狂暴，失去意识和理智，在无人打扰的情况下，畸体将成功羽化，羽化后畸体实力指数倍增长，但六小时后即死亡。

但这只是资料上的标准答案，郁岸一直对其存疑。羽化期更像一种生物在危急时刻的自爆，在无人打扰的情况下可以成功羽化，如果被人打扰了呢，畸体会发生什么变化？不过关于这一点，郁岸不得而知。

答完卷子，距离笔试结束尚余半个小时，郁岸扔下笔，靠到椅背上发呆。

脑海里稍微回忆了一下面试官给的照片，在其他九位参考实习生中，有一位是对手公司派来的卧底，得在实力测试中无声无息地解决这个人才行，但他不打算一上来就铲除掉目标，目标在场地里游走，能替自己铲掉几个对手也很划算。如果想当卧底，成绩自然不能太突出，他一定会选择淘汰一两个实习生之后苟到角落里，做一些并不引人注目的事。

郁岸待着无聊，背上单肩包，拿起卷子往门上一拍："交卷。"

一位黑衣保镖开了门，收走郁岸手中的试卷，示意郁岸从左门离开。

郁岸有点怀疑，但还是按保镖的指示去了。

推开左门，直接进入了一条地下通道。在通道前方立着一个指示牌，上面写着四个字："实力测试"。

"实力测试……？不是明天才考……"郁岸眼神微凝。

不好。郁岸突然加快脚步，朝着隧道尽头狂奔过去，从单肩包里抽出高傲球棒握在手中，用最快的速度接近出口。

如果实力测试和笔试连在一起，那提早交卷的考生就有充足的时间去其他考生的出口蹲守，晚交卷的考生就会陷入不利局面。他刚刚答完卷子发呆浪费了不少时间，走出去的时候得加倍小心。

经过考场安检时，黑衣保镖把手枪挑了出去，其他东西都原样留在了背包里，说明实力测试不允许使用枪支，但允许使用其他任何武器和工具。

实力测试的规则非常简单，十位考生将进入同一空间内，进行混战，采取淘汰制，每个考生做笔试的考场为自己的安全屋，可以暂时躲避，但如果进入其他考生的安全屋，就会被视为淘汰。

规则给技术员们设置了一些加分项，在场地各处设置了十个损坏的淘汰井，需要连接电路和简单修补部分程序，考生掉入淘汰井也会被视作淘汰。

地下铁的技术员在紧急情况下也不得不跟着调查员出外勤，顶着强大的压力依旧能保持镇定是一种必要的素质。

此次参加转正会的十位实习生中，算上郁岸共有三位技术员、七位调查员。

从卷面题目来看，笔试部分更偏向技术员的领域，对调查员来说，对大部分题目一头雾水，基本也不会耗到时限才交白卷。最后交卷的多半是技术员。

郁岸想着，扛起高傲球棒，往其他笔试房间一路摸过去。

第 027 章
埋了

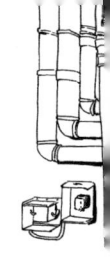

　　郁岸小心翼翼挪到考场隧道出口，冷静观望了十几秒，然后抬脚轻轻踩住地上的摄像头，拨开储核分析器的盖子，将功能核－伦琴之眼按进了眼眶中，再把鞋从摄像头上移开。

　　深红畸核嵌入眼眶，迅速与载体建立连接，一阵刺痛过后，郁岸抬起头，使用伦琴之眼的透视能力，向整个场地扫描过去。

　　纯黑套装的特效是戴上兜帽就永远不会被人看见脸，因此也将郁岸左眼佩戴了什么样的畸核完全遮挡。地下铁会议厅内观摩屏和实习生画面繁多，很少有人注意到郁岸这边黑了几秒钟屏。

　　但昭然的注意力就只放在郁岸身上，通过黑屏的这几秒，昭然立刻判断出他在更换畸核，且很可能换上了透视核，在敌我形势不明朗的情况下，先确定每个对手的位置是正常的思维。

　　看样子他找到了尚未出考场的两名技术员的位置，准备守株待兔，先淘汰两位技术员，很稳的得分战术，昭然很满意。

　　还以为以郁岸那种对任何事都无所谓的态度，准会最初就跑去刺杀藏在实习生里的卧底目标呢。昭然悬着的心稍微放下了些，分出视线去关注屏幕上其他人的情况。

　　果然不出所料，调查员们大多放弃笔试，只填写完自己能力范围内的题目就提前交卷走了出来，看见"实力测试"的标志牌后纷纷愣住，但很快就理解和接受新的考试安排，应变能力都不错。

　　再过十分钟就要刷新第一个测试任务了。实力测试为了避免考生们消极避战，会不停刷新测试任务，不去做测试任务就会被自动淘汰，而去做测试任务又势必会与其他考生狭路相逢。

昭然看了眼表，以郁岸的实力，在十分钟内解决两位技术员应该绰绰有余。

不过，郁岸的想法似乎与昭然的预判稍有偏差。

整个实力测试场地占地一千亩左右，模拟成滨海仓库的场景，西部安排部分林地和荒野小屋，东部和北部分别建造临时堆货仓库，出入口敞开，活动路线相对灵活，掩体数量多而不杂乱，适合充当新人熟悉日常工作的场景。

郁岸蹲在两个相邻考场出口外，将高傲球棒倒插进单肩包里，躲在隐蔽的位置，边等待边清点储核分析器内的畸核。

从羊头人身上卸下来的功能核-撒旦指引使用次数只剩下两次了，令目标迷失方向的能力往往能出奇制胜，还是省着点用为好。

破解幻室美容院拿到的幻室核-画中取物，级别太高，郁岸还从没与银级核连接过，万一身体承受不住，反而会拖累自己，暂时也不在他的考虑范围内。

现在最关键的一枚核就是叶警官还回来的那枚二级蓝核，怪态核-山羊角，能大幅增加力量和敏捷，正是对战调查员时最需要的属性。唯一缺点是，这枚核只能使用三十分钟，最起码要预留二十分钟来对付火焰小哥和匿兰，但也只勉强能应付其中一个，毕竟对方同为载体，镶嵌的畸核级别相当高，而且调查员擅长正面战斗，打遭遇战对郁岸很不利。

"这是哪儿啊？你的球棒撑着我的脸了。"垫在背包底部的薄小姐烦躁叫嚷。

"忘了把你扔家里了。"郁岸老是忘记这个美女立牌的存在，迅速拉上背包拉链，免得被摄像头拍到。

紧贴着的考场走廊内传来谨慎的脚步声，郁岸站起身，缓缓抽出高傲球棒，拎在手中朝出口贴过去。

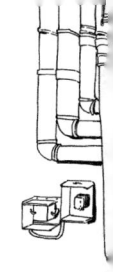

拥有伦琴之眼的透视能力，郁岸可以轻易看穿墙壁另一面的人的位置。在那人警惕靠近出口时，郁岸屏住呼吸，脊背紧贴在墙壁上，避免影子投射到地面上暴露自己的位置。

技术员悄悄向外探头，试图先察看一下附近的情况，没想到头刚一探出去，咽喉前就横了一根球棒，被紧勒着向后拖，木棒挤压喉咙几乎让他窒息，双手徒劳地在空中乱抓，也不过扯开了郁岸衣服上的拉链，听到"喵"的一声响。

技术员胸前挂着地下铁身份卡，姓名一栏写着"纪年"，是机械后勤组的实习机械师。地下铁机械后勤组专精畸动装备研究，是个强大但低调的保密部门。

"武器，交出来。"郁岸冷淡道。

纪年颤巍巍把工装裤的几个口袋全翻出来，小声解释："我以为明天才实力测试，今天只考笔试，就没带装备。"

郁岸将他拖到另一位技术员的考场出口外，按住他的头往考场入口推，轻声威胁："进别人的安全屋就会立刻被淘汰，想保分数就别挣扎。"

纪年惶恐点头，终于感到勒在脖颈的球棒松懈，捂着嘴剧烈咳嗽，又不敢太大声，生怕郁岸一个不满意就把自己推进去。

郁岸用球棒抵着他的后背："转过来。"

纪年高举双手，小心翼翼面向郁岸转过来，看见郁岸脸孔完全被黑暗遮住，惊讶地推了推眼镜。

他忽然张开嘴，一枚小型飞镖在口中上弦，但郁岸反应更快一步，在看见他口中机械齿轮那一刻，举起球棒重重合上了他的下巴。

纪年不慎咬到舌头，捂着嘴呜呜直叫。

"我也是技术员，"郁岸提起自己的地下铁身份卡在纪年面前晃了晃，"实力测试里给技术员专门安排了加分项，但一个人去肯定是送死，不如我们一起去，轮流让分。"

舌头痛，下颌骨也痛，纪年哪敢说话，垂眼看看抵住下巴的球棒，怯怯点头。

郁岸把他嘴里的微型发射机抠出来，然后放开了他。小机械师柔柔弱弱的，简直手无缚鸡之力，就算自己站那儿让他打，他也不一定敢下手。

接下来的事情有点难办。

另一位技术员一直留在笔试考场里不肯出来，郁岸知道这次参考技术员中有一位机械师，还有一位网络安全员。他大概已经凭借某些手段发现有人在出口处蹲点了，所以不肯冒头，在等对方失去耐心离开。

但这也侧面证明这位安全员的自保能力很弱。

球棒在掌心轻敲两下，郁岸发了会儿呆，忽然举起球棒，在考场门口的铁栏杆上一下短一下长地砸了好几下。

瑟瑟发抖站在一边的纪年听出了密码，嘀咕道："Backdoor？后门？"

走廊里果然响起脚步声，越来越近，那位网络安全员走了出来，站在远处不信任地打量门口两人。胸前身份卡显示他名叫"雍郑"。

后门是一种普遍的黑客术语，将入侵控制目标主机，修改部分设置来重新控制这台电脑的行为比喻为制作后门。

郁岸用这种一语双关的方式向他表明自己的身份是技术员，而不是蹲在场外试图收割技术员"人头分"的调查员。

"你有什么好主意？"雍郑手里托着一台微型电脑，他和纪年两人都不擅长正面战斗，有其他路子能走自然愿意尝试。

郁岸转身道："先离开考场门口。"按时间算，很快就会有调查员摸过来，他们厮杀不划算，肯定会有人来争技术员的人头分的。

"场地里总共十个待修复的淘汰井，其中三号井和六号井离我们最近，三号井离其他调查员的位置最远，先去那儿。"

雍郑有些惊讶，自己在笔试考场里就已经黑入了考场的定位系统，能掌握整个地区所有实习生的实时位置，但地下铁的安全系统极难攻破，连他也花了近十五分钟才搞定，面前的黑衣小哥出考场这么早，是怎么确定其他人位置的？

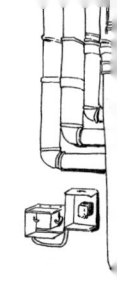

"你是载体。"雍郑笃定判断,"难道嵌了检索类的畸核吗?好像也没什么战斗力。"

当然,没有人能想到,他们当中竟然有一位载体能随意更换畸核。

三人迅速摸到了三号井边,损坏的电子设备和零件摊了一地。郁岸蹲下仔细查看零件,不只是将拆卸零散的附件安装上去就万事大吉,整个淘汰井的核心驱动器都处在半报废状态,郁岸自己检修这样一套设备至少要在高度专注的情况下花上二十分钟。

"我可以修。"纪年探出半个头,从工装裤口袋中掏出一套工具。

郁岸一怔,他刚刚裤兜不是空的吗?

"其实整条裤子都是我做的畸动装备。"纪年挠了挠头,翻开钢制暗扣,露出腰带上镶嵌的畸核。

腼腆的机械师蹲到报废的淘汰井边,用指尖细致探查机器的损坏程度,时不时闭上眼睛,在脑海中绘制核心驱动器的图纸。

郁岸站在一旁看了一会儿,轻声道:"淘汰井的淘汰识别不在井内,在井口,可以把判定有效的范围扩大一倍,我们等会儿不再来这个位置了。"

"做陷阱吗?还真是好主意。"雍郑站在一边插兜摸鱼,吸着一包夹带进来的果冻,"可以改识别算法,给我三十秒。"

郁岸不再关注剩余的烦琐步骤,而是跳上堆积在荒野中的木枝,用透视核继续检查其他人的动向。

有人过来了。大概是根据考场分布推算了他们的行动路线,又或者,对方就不能组队行动吗?

郁岸示意两位技术员隐蔽,右手轻搭在储核分析器上,背对摄像头拨开卡扣,摸出里面的怪态核-山羊角,攥在手心里。

快速接近他们的调查员艾科躲在荒树杈子上,手里拿着一个和对讲机类似的畸动装备,由内部畸核驱动,拥有探测热感的功能,因此能够最快搜出技术员躲藏的位置。

这就是他的战术,知道自己格斗不算出挑,所以干脆避开其他强力对手，来狠狠蹂躏一下技术员们。这次转正会他运气相当不错，竟然有三位技术员能拿来给自己冲淘汰分。别提欺负技术员丢不丢脸的事，面子能当饭吃吗？但分数能啊。

他竖起耳朵聆听不远处检修机器的声响，趁技术员正专注在维修淘汰井上，出其不意，猛地蹿了出去，从后腰拔出了一把军用匕首。

调查员看准了最近的目标——一个看起来清瘦弱小的黑衣小哥，纵身一跃从天而降，在降落时，地面上那位黑衣小哥缓缓朝自己仰起脸。

对方的脸被一团无底黑洞包裹，头顶生一对弯曲羊角，仿佛死神抬头，兜帽下拖出一道蓝色光带。

郁岸双腿灌注山羊的强劲跳跃力量，压低身体，高抬左腿，一脚踹在从半空坠落的调查员肚子上，调查员不承想会遭到如此猛烈的反击，忍着腹痛在空中翻身，双手握住刀柄，朝郁岸右前胸刺去。

但他人在空中，反击手段极为有限，郁岸右肩向后闪躲，整个身体顺势跳了起来，一个鞭腿将其扫飞三米来远，滚到了即将修复完毕的淘汰井边。

雍郑叼着半包吸吸果冻从机器边抬起头，纪年拿着扳手，脸上蹭了两块乌黑的机油，一脸憨笑地朝躺在地上的惨人张望："小垃圾，搞偷袭，调查员也有今天哪。"

郁岸及时抠下山羊角节省使用时间，找了个适合望风的位置坐下，两个技术员问地上的倒霉蛋怎么处理，郁岸偏头回答："埋了。"

第 028 章
坏种

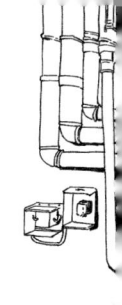

损坏的淘汰井边缘亮起蓝色识别灯带,纪年抹了一把脸上的机油:"修好了。"

郁岸扫了眼储核分析器上显示的时间,竟然只花了八分钟。果然还是有些小瞧这位机械师了。

昏迷在地上的调查员已经被郁岸从头到脚搜了个干净,随后被两人大头朝下往淘汰井里一扔。

淘汰井边缘的蓝色识别灯带变换成红色,开启下方滑梯,调查员便沿着出口滑进了地下。

待他们完成这一切后,天空响起警示音,从天花板的钢制支撑架中央缓缓降下四面屏幕,分别朝向四个方向,显示当前实习生的实时成绩排名。

1. 城市巡逻组匿兰:17
2. 快速反应组火焰圭:16
3. 紧急秩序组郁岸:13
4. 机械后勤组纪年:9
5. 安全技术组雍郑:8
6. 城市巡逻组曾让:7
7. 医疗急救组阮小厘:7(淘汰)
8. 城市巡逻组车恩载:6

9. 快速反应组魏池跃：6（淘汰）
10. 城市巡逻组艾科：3（淘汰）

"怎么是这样计分的？"郁岸仰头盯着成绩公示屏。

看样子每淘汰一个人，不仅能加十分淘汰分，还能把淘汰那个人的已有分数加到自己头上。除了淘汰分，每个考生还会得到相应的表现分。

技术员的头脑普遍灵光，听到郁岸的疑惑，其余两人也明白己方处在不利局面，因为规则就是在驱使考生厮杀，虽然为技术员提供了技术分的获取途径，但技术员最需要的其实是活着。

"如果是这样的话……"郁岸抬起球棒，指向成绩公示屏，"它显示的是实时成绩，你觉得它有多大可能是技术组后台直接控制的？"

"基本不可能……"雍郑蹲在地上，仰头凝视屏幕上的数字，"你的意思是……？"

"改掉技术员的计分公式。"郁岸轻敲球棒，"我要所有技术员共享加分。"

雍郑瞪大眼睛："当众作弊吗？"

"技术员在场内用技术方式得分，也没有篡改分数，算作弊吗？"郁岸不以为然，"不准用的装备在考场安检口就被扣下了，让带进来就是可以用的意思。"

雍郑犹豫了几秒，勉强点了头："没有控制端口，很麻烦。你能保证在这期间我不被淘汰吗？"

"希望吧。"郁岸用透视核重新判断了一遍其他人的位置，"你得快一点。"

"地下铁安全技术组很强的，你不知道他们的厉害。"

"现在他们要知道你的厉害了。"郁岸将球棒搭到肩头，向目标六号井快步走去。

面试官给照片的那位卧底仍在考场当中，正是城市巡逻组实习生

曾让，得尽快找个好机会干掉他，免得他撞上其他强劲的对手。

随着三位实习生的迅速淘汰，地下铁高层会议厅中，气氛逐渐变得紧张起来。

安全技术组组长抱臂看着屏幕，注视着自己的关门弟子雍郑专注操作的表情，露出一抹狡黠笑容："在接入网络尝试欺骗……等一个分数变动触发，开始流量篡改……这样下去真会被他改了的，需不需要稍微应对一下啊？"

嘴上虽说着应对，他却动也没动，分明支持自家实习生干这一票。

机械后勤组组长躺到沙发上捧腹大笑："那孩子说得在理，当年咱们技术员实习转正的时候怎么就不敢这么干呢，否则还能让段柯昭然原小莹之流占前三啊。"

段柯冷哼："这是规则允许的吗？"

"这算什么？"原小莹倏地站了起来，要大老板给一个说法。

大老板赔笑示意诸位安静："这个，只要没恶意篡改成绩，技术员用技术方式得分，好像也无可厚非，没理由禁止……"

昭然清了清嗓子："我站在紧急秩序组的公正立场说一句，技术员得分确实不容易，这样没什么不公平的。"

"姓昭的这个叛徒。"段柯没忍住气笑了，原小莹冷哼一声回到沙发坐下。

等大家重新安静下来关注场上情况时，大老板拿了一盏玻璃杯，站到昭然附近，专注观察起郁岸的表现。

"这个孩子很有些诡计，有管理者的潜质。"大老板用玻璃杯沿托了一下金丝眼镜框，将兴趣从调查员实习生身上转移到了郁岸身上。

昭然托着下巴，目不转睛注视着郁岸离开笔试考场后的一举一动，老实说他确实被郁岸的表现惊讶到了，从没想过郁岸可以为了得分主动去结交队友，要知道就算是高考当天，他也没表现得如此在乎成绩过。

技术员共享分数对郁岸而言优势够大吗？他需要保护两位技术员不受伤，难度要比独自一人行动更大，反而让其他两位技术员得分概率大大增加，这不像郁岸的行事风格。

昭然微蹙眉头："这小子没憋好屁。"

"这样吧，我有一个让大家都满意的好办法，非常公平。"大老板举起酒杯，"放狼。"

……

十分钟悄然而逝，测试任务如期发布。

> 调查员任务1：营救海滨仓库内人质A。任务满分：20
> 调查员任务2：运送装备。任务满分：20
> 调查员任务3：销毁机器。任务满分：20
> 技术员任务1：组装辐射排查设备。任务满分：20

每隔几分钟考场上空都会发布新的测试任务，并且实时播报每个考生更新后的成绩和排名，每时每刻都在给场上剩余的考生施加无穷的压力。

"搞定。"雍郑篡改了技术员的计分方式，改为分数共享，这样一位技术员完成组装和检修任务，其余负责保护和望风的两人会同时得到相应的技术分。

纪年忙碌地组装辐射排查设备，雍郑盘坐在附近调试设备程序，在两人合作下，组装进度推得非常快。

郁岸观察着全局动向，一路带另两位技术员避开调查员，尽量多地修复淘汰井和完成测试任务，透视核的使用次数逐渐减少，距离考试结束还有一小时，透视核已经消耗了近十次，山羊角还剩二十七分钟，都不能再轻易浪费。

草丛中时不时发出细微的咔啦声响，像铁笼开闸的锈蚀机关声。

郁岸警觉回头，视线落在异常响动的草丛上，突然，一道银色的巨大身影从头顶掠过，郁岸还没来得及看清那巨物的真面目，迎面便又飞来一道银色光影，将郁岸扑倒在地。

精钢利爪抠进了郁岸肩膀，尖锐犬齿向颈动脉越挨越近，郁岸用球棒支撑着全部压在自己身上的庞然大物，那竟是一头银色机械狼，与鹰局的机械鹰类似，是由畸核在内部作为驱动的畸动武器。

郁岸蜷起身体，双腿弯曲抵在银狼腹部，用力一踹，将狼从身上掀翻，他翻身一滚从地上爬起来，回头望见另一头狼正向两位技术员扑过去。

纪年慌张地停下检修机器的手："就差一点了……逃……逃不逃啊……"

银狼奔跑，锋利四爪刨飞地面的石砾，迎面奔来的气势甚至要比真正的灰狼更慑人。

他们所有实习生参加转正会之前都会签一个免责合约，因为实力测试确实存在伤亡风险，虽说场外急救组随时待命，可面对生死和疼痛，这些未曾参加过实战的年轻人怎么会不怕。

两头银色机械狼一前一后狂奔而来，雍郑把电脑紧紧抱在怀里，压着纪年抱着头卧倒在地上。

然而意料之中的利爪却没有落在他们身上，纪年抬起头，看见一根球棒从几米外飞来，重重撞上一头银狼的腮帮，钢铁下巴被撞出一个凹槽。

郁岸横截在银狼和技术员之间，双手掰开银狼布满钢牙的巨嘴，回头咬牙道："别停，继续修。"

纪年两腿直发抖，连滚带爬从地上起来，捡起工具将上半身探进机器中。

尖牙利齿将郁岸掌心刺穿，银狼猛甩头，锋锐爪尖向下一挥，一道银光闪过，血花从郁岸脸颊和胸前溅落。

同时面对两头机械狼，郁岸也没让它们靠近技术员和检修设备半步。

"小心……"雍郑也第一次参与见血的真场面，指尖冷汗直冒，一种过命的友谊情感油然而生。

一道渗血的爪痕从郁岸脸颊划到胸前，郁岸捡起落在地上的高傲球棒，摸出怪态核－山羊角，迅速嵌进了眼眶中。

山羊角大幅提升力量和敏捷，郁岸头顶生出双角，看准一头银狼扑来的时机，重重挥动球棒，随着一声震响，击打在银狼细腰间。

高傲球棒的特性是永不折断，在力量够大的情况下，就算与钢铁相撞，折断的也只会是对方。

银色机械狼从腰部折断，扯断的电线接口还在向外爆溅电火花，郁岸抽出从调查员身上搜来的军用匕首，准确插入银狼的核心控制器内，双手用力割断金属丝，银狼当即失去行动能力。

足足花了十分钟，郁岸才制伏两头银色机械狼，喘着气摸了一把脸上的伤，到现在才觉着伤口刺痛。

"修好了！"纪年猛地抬起头。

技术员任务：组装辐射排查设备，已完成。

纪年扔下工具，跌跌撞撞越过淘汰井，跑到郁岸身边："你没事吧？"

他被郁岸胸前长长的抓伤吓了一跳，指尖轻碰伤处："还好抓得不深，我用衣服给你扎一下止血⋯⋯雍郑来帮我一下。"

无人应答。

纪年疑惑地四处寻找另一位技术员的影子，却在目光瞥过实时成绩公示屏时愣住——雍郑的名字后赫然标注"淘汰"二字。

"怎么回事？"纪年怔怔抬头与郁岸对视，竟感到胸前一紧，身体失去平衡向后仰倒，跌入了淘汰井中。

他挣扎着挂在井口，十指紧扣井沿，震惊地睁圆了眼睛。郁岸面无表情蹲在井边，一根一根轻轻掰开纪年的手指。

"为什么⋯⋯？"纪年惶恐问他。

郁岸语气平淡，回答这个普普通通的问题："因为我要给面试官弄个第一玩玩。"

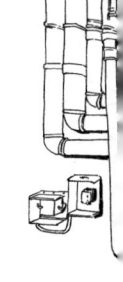

纪年瘦弱的手臂抓不住井沿，大叫一声滑了下去，可就在坠入深渊之前，他解下镶嵌畸核的工装腰带，从井里抛了上来，声嘶力竭喊道："随你便——！技术员不能输——！"

纪年的畸动装备"精工腰带"掉落在郁岸脚边，郁岸愣了半响，困惑地发了一会儿呆。

实时成绩公示屏数字跳动更新。

1. 紧急秩序组郁岸：107
2. 城市巡逻组匿兰：76
3. 快速反应组火焰圭：58
4. 机械后勤组纪年：32（淘汰）
5. 安全技术组雍郑：30（淘汰）
6. 城市巡逻组车恩载：16（淘汰）
7. 城市巡逻组曾让：10
8. 医疗急救组阮小厘：7（淘汰）
9. 快速反应组魏池跃：6（淘汰）
10. 城市巡逻组艾科：3（淘汰）

观战会议厅顿时鸦雀无声，机械后勤组组长和安全技术组组长人都傻了，不约而同看向昭然，昭然抿了抿唇，抚着额头，推起前额碎发，神情复杂。

这孩子确实是坏种，今日只不过展现了冰山一角，昭然也不是第一天知道了。从前他仅仅因为嫌辅导员烦就设计了一场周密的报复计划，要不是被自己及时发现，他一定会去实施。

他天生有缺陷，不具有最基本的共情能力，冷酷乖戾，肆意妄为，看来那天教训得还不够狠，没让这具身体记住任性的下场，只不过掉了几滴鳄鱼的眼泪，自己就忍不住放开他安慰，现在回想起来，谁知道当时那小鬼是不是在偷笑自己心软上当。

不过,现在也依然在可控范围内,适时管教,终归能纠正一些。昭然支着头,视线如绳索,缠绕在屏幕中央的黑衣青年身上。

驯化恶犬总共分几步?

第 029 章
赛点

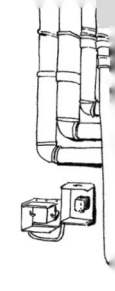

耳边谁在有一下没一下地拍手，昭然抬起头，大老板目光灼灼注视着屏幕，眼神欣慰，刚刚郁岸强撑击败两头机械狼，保护技术员拿到分数后，再无情地将两位技术员朝淘汰井里冷酷一推，算是推到大老板的心坎上。

如果说压倒一切的利益与理智至上是完美商人必备的素养，那么郁岸能得到大老板的青睐并不意外。

调查员这边，匿兰的武力值可以说已经触到了历年实习生水平的天花板。

调查员测试任务发布后，场地内开始自动投放一批机械控制的橡胶人体，上有持枪匪徒A、匪徒B……人质A、人质B等不同标志，需要调查员们做精确的突入识别，击杀匪徒的同时不能伤害人质。

匿兰选择"调查员任务1：营救海滨仓库内人质A"来完成，因为任务地点离自己位置最近，节省时间。

这位姑娘无所畏惧，没人敢出现在她的行进路线上，实习生们宁可被判定为消极避战也不愿意与她碰面。

匿兰从左手小指处抽出她的一级银装备核 – 虚无光剑，单枪匹马冲进海滨仓库，对方的空包弹机枪朝她的落脚点疯狂扫射，她竟在枪林弹雨中闪电般蜿蜒躲避，找准时机光剑横扫，一排橡胶人头便被收割在地。

她抓住人质A的脚，将其拖出了海滨仓库。任务要求营救人质A，她就可以踩着匪徒ABCD和人质BCD的脑袋去抓人质A。

任务判定完成，紧接着便听见兽笼咔嚓一声，数头银色机械狼从四面八方袭来，被匿兰剑起头落轻易斩于脚下，击杀机械狼同样能获得加分。

"至少没把目标人质砍死，有进步。"原组长欣慰地端起香槟，轻抿一口，大老板放狼来平衡分数的做法让她心里舒服了不少。

"左右手双嵌核槽的载体可遇不可求，小兰比普通载体人类的可塑性直接高上一倍。"

段组长哼笑："硬件条件是一方面，但她性格太不可控了，巡逻组每天跟市民打交道，万一碰上突发情况，她不分敌我一块儿砍了，公司赔钱也就罢了，弄不好声誉都跟着受影响。不如把这姑娘调来我们组。"

这一点原组长无法反驳，匿兰更适合执行杀手任务，而不是留在巡逻组日常保护市民，可苦心孤诣教了半年的学生，让她拱手让给段柯，不啻于从身上割块肉送人。

随着测试任务逐项开展，火焰圭的表现倒有些出人意料。

他也拿到了一项保护人质的测试任务，但他的行为却要比匿兰保守许多，谨慎地靠近任务地点，细致做突入识别，烧毁所有匪徒模型后，将人质模型背到背上，救离任务地点。

段柯对徒弟的表现十分满意，不停点头。瞧着像个风风火火的毛头小子，其实只有他在认真救援。

傻小子被鹰局带走的确是个误会，快速反应组出外勤时，段柯打算带他在外围观摩见见世面，恰逢附近住宅被战斗殃及，天然气管道发生爆炸，连锁反应让整栋楼开始剧烈燃烧，火焰圭直接闷头冲进火场，把被困的住户扛了出来，自己还受了不少擦伤。只不过没想到他擅自离队，身上还没带地下铁身份卡，所以被鹰局当成纵火的嫌犯押走了，昨晚才被师父捞出来。

"今年的实习生表现很亮眼，诸位费心培养，着实辛苦，孔某敬大家一杯。"大老板举杯示意，悠哉关注场上剩余不多的几位调查员。

"还有一件事。"大老板将空玻璃杯放进托盘里，兴致勃勃地向控制台后的助理做了个手势，助理便低头发布了一个新的测试任务。

最后一项测试任务发布，在场众位高层逐渐安静，纷纷露出玩味的神情，相互对视一眼，情况已了然于胸。

综合任务：杀死实习生曾让

这里用词为"杀死"，而并非"淘汰"，直白露骨地表明这项任务与众不同。

就在上个月，地下铁一位秘密干员突然失踪，杳无消息近三天后，尸体在城市地下水道被找到，经过尸检分析，他生前受到非人的折磨，在活着的状态下被粗绳缠绕，绳索缓慢收紧，最终挤断全身骨骼，整个过程持续了十八小时，最终被肢解抛尸。

这件事得到了对手公司"漂移飞车"老板的授意，执行人就是考场中那位化名"曾让"的实习生。那年轻人长了一张朴素老实的脸，谁又能轻易看穿，这副懦弱伪装下歹毒残酷的内心。

曾让和一些从小被豢养的杀手一样，档案身世都被做过手脚，所以看上去背景干净，派来地下铁做卧底再合适不过，但对方实在小瞧了地下铁的安全技术部门。他们从遇害干员身上被捆缚的痕迹还原出了绳索规格，凭借这样一处不起眼的线索，挖出了当时杀害己方干员的凶手行踪，最终锁定了曾让。

"大家都了解我的为人，和气生财，不愿与其他人起争执。"大老板坐到沙发上，眯弯眼睛意味深长地微笑，"可今天不一样，我得让这群新入职的孩子知道，但凡为我卖命的干员，地下铁一视同仁罩着，不会任他们在外受委屈。"

综合任务：杀死实习生曾让。任务满分：35。

不分调查员和技术员身份，二者皆能竞争本任务得分。

高到足以逆转排名的分数，谁击杀曾让谁就能拿实力测试第一。

这下段组长和原组长心情畅快多了，段柯笑说："有种说法叫，在绝对的实力面前，一切技巧都是空谈。"

昭然心里也没底，幸好实习生们都还年轻，没真刀真枪地在实战中厮杀过，下手应该不会太重，况且急救组就在考场外待命，出不了什么大问题。

实力测试进行到最激烈的决胜时刻，不论带没带实习生的高层领导，都对最终结果充满好奇，这时候却有人起身。

机械后勤组组长托词去洗手间，快步离开会议厅，往考场电梯方向走去，大概过于关心自己学生是否受伤，忍不住跑去接纪年了。

昭然支着头，将机械组组长略显匆忙的神色尽收眼底，慢慢放下果汁杯，趁人不注意，把离谱和靠谱放了出去。

考场上空的成绩公示屏上浮现倒计时，距离实力测试结束仅剩三十分钟，排名已经很难动摇。

1. 紧急秩序组郁岸：127
2. 城市巡逻组匿兰：95
3. 快速反应组火焰圭：83
4. 机械后勤组纪年：32（淘汰）
5. 安全技术组雍郑：30（淘汰）
6. 城市巡逻组车恩载：16（淘汰）
7. 城市巡逻组曾让：15
8. 医疗急救组阮小厍：7（淘汰）
9. 快速反应组魏池跃：6（淘汰）
10. 城市巡逻组艾科：3（淘汰）

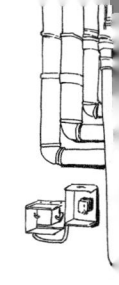

郁岸坐在六号淘汰井附近，背靠机器休息，身边散落着被拆成零件的机械狼残骸。郁岸将核心驱动器拆了个七零八落，把内里供应能量的两枚一级蓝畸核也抠了出来。

他将工具收回纪年留下的精工腰带中，抚平腰带上的折痕，脑海里总是回忆起纪年被自己推进井里时慷慨激昂的表情。

从最初那个倒霉蛋调查员身上搜来的热感探测器和匕首，就放在触手可及的位置。在此稍作休整，郁岸原本打算这就潜伏到目标曾让附近，将其杀死，然后回到自己的安全屋，安然度过剩余的考试时间。

可考场上空播报出的最后一项测试任务，完全打乱了郁岸的计划。

竟然公开了暗杀目标，让曾让成为全场争夺的赛点。

而且，匿兰目前得分95，火焰圭目前得分83，如果他们两人相遇，并且厮杀出个结果，势必会有一人得到对方全部的分数，到时候就算自己杀死曾让，也会以一分之差惜败。

绝不能让那两人提前交手，郁岸必须先拿下火焰圭，这样只要自己能撑到考试结束，就稳赢第一。

手边热感探测器忽然报警，检测到高温人体正在迅速接近。

郁岸抓起地上的零散物件，朝提前布置过陷阱的三号井快步走去，关注着热感探测器上的距离，与火焰圭保持一个若即若离的距离，让他不会因为太远而放弃追逐，也不会因为太近而直接冲上来使出杀招。

周身的温度越发炽热，郁岸仿佛在酷暑时节的午后奔跑，皮肤被灼得滚烫，甚至浮起了几个透明的水泡，剧痛难忍。

别无选择，郁岸只能戴上怪态核-山羊角，极大地加快奔跑的速度，但这枚核最多还能用十七分钟就会报废，区区十七分钟，不可能撑到考试结束。

脚下的荒野燃起火苗，火势凶猛，沿着枯草一路攀爬，形成一个半圆，将郁岸困围其中。

对火焰圭而言，淘汰郁岸同样是他争夺第一的最优解。

"追上了。"郁岸回眸向身后望去，纯黑兜帽下，畸核的微光拖出一条蓝色的闪烁光带。

火焰圭悠闲地坐在荒树枝上，身上滚烫的温度已经将树枝炙烤成炭，脖颈处嵌的血红畸核如怪物的眼睛，燃着火焰四处转动，像龙在地狱火山缝中向外窥视。

他与郁岸视线相接，虽然看不见纯黑兜帽下的脸，却能看见他眼眶中拖出一道蓝色光带。

"二级蓝核？开玩笑的吧？"火焰圭揉了揉眼睛，他一直以为高居排名榜首的技术员必然是位强劲高手，这是什么？要跟随自己一辈子的珍贵嵌核槽，被他嵌了一枚二级蓝核？

受师父的熏陶，火焰圭也多少有些看不起技术员，用居高临下的语气说："背后就是三号淘汰井，你自己跳下去吧，我不打技术员。"

郁岸站在火焰之中，丝毫未见认输的姿态。

他拨开储核分析器，摸出那枚从机械狼体内挖出的畸核，抬手将山羊角替换了下来。

名称：功能核－狼王命令

来源：狼畸体

种类：普通种

等级判定：一级蓝（淡蓝）

基础能力：下达一个二字命令，对方必须遵守三秒

使用限制：一次性使用

简介：狼王命令，不可不遵

共鸣条件：未知

"你能换——"火焰圭和脖颈上的龙眼畸核一起瞪大眼睛，"你能——"

郁岸说："火灭。"

畸核表面的狼头纹路从纯黑兜帽下亮起，仰天长鸣。

铺天盖地的火焰瞬间熄灭，飞灰在周身簌簌飘浮，火焰圭惊得跳下枯木，朝郁岸直冲过来，只要他能赶在三秒内将郁岸逼回原地，三秒后火焰重燃便会让郁岸自动认输，没有人能在自己的火焰中扛住一分钟。

可刹那间，火焰圭顿觉重心不稳，朝前摔去。

在摔出去的那一刻，火焰圭大脑一片空白，呆滞地看了一眼脚下。

一个美女立牌？

这里为什么会有广告立牌……

刚刚冲过来时，自己好像踩到了美女立牌的脸。

怒不可遏的薄小姐抬起一条美腿，绊了他一跤！

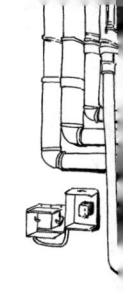

第 030 章
惩罚

淘汰井出口直接连接到考生休息室,急救组的医生们在出口设立分区,考生出来直接带走,受伤的接受治疗,没受伤的就直接参加入职体检,排除身体方面的隐患。

休息室内安排了自助餐和浴室,供实习生们自由享用。实习生们聚集在休息室里,边吃东西边相互攀谈,哭哭成绩找找共鸣。

纪年抱膝坐在休息室的天鹅绒座椅上,手里托着白瓷盘,用叉子小口吃着红色的丝绒蛋糕,听雍郑在旁边怒骂郁岸。

"我就知道那小子没安好心。"雍郑翻来覆去检查自己的宝贝电脑有没有磕碰到,"他怎么做到面不改色心不跳在我们面前演那么长时间的啊?以前是不是搞诈骗的。"

"是欸。"纪年咬着叉子,雍郑走到左边,他脑袋就跟着转到左边,走到右边就跟着转到右边。

"是个鬼啊。"雍郑抬手拍在他一头栗色卷毛上,"你还把精工腰带留给他?"

"那也不是什么稀罕物件,只是随手做的小东西,没什么舍不得的嘛。"纪年吃完蛋糕,用蕾丝垫纸折了一个复杂的迷你纸飞机,"早出来早点开饭,不好吗?"

"你就一点不生气啊?"

"郁岸要是代表技术员输了,我就生气。"

"得了吧,那两位调查员才不好对付,等着瞧,下一个从淘汰井

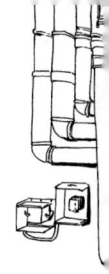

里滚下来的就是郁岸了。"

纸飞机飞出几米远,忽然灵活地拐了个直角,精准撞到雍郑脑门上。

"嘿嘿,十环。"纪年哼笑。

自助区的主餐样式更新了,纪年被粉丝扇贝吸引,跳下椅子匆匆追过去。

很快,淘汰井的出口再次打开,一位实习生头朝下从滑道里飞了出来。

火焰圭从地上爬起来,揉了揉脑袋,坐在地上发蒙,满头转小星星。

他出现后,休息室内的温度迅速上升了五六摄氏度,服务生将空调从制热改成制冷才平衡了火焰圭身上的热度。

"……不会吧。"雍郑诧异地在火焰圭身边左右打量,"你被兰姐打下来的?"

火焰圭摇摇头:"不是,被一个技术员弄下来的。"

"郁岸?"雍郑大惊,"他打得过你吗?"

"我还没动手,就摔下来了。你不知道吗?他能换……"火焰圭欲言又止,拍拍短裤上的灰土和草屑,抹了把鼻子,自言自语,"算了,算我技不如人,走了。"

他一走,休息室里倏然降温,房子外面还是冬天,室内开着空调制冷,房间冻得像座冰窖。

"换?换什么?"雍郑望着他离开的背影若有所思。

会议厅里已是一片哗然。

十分钟前,郁岸蹲在火焰圭身边,将美女立牌折叠收进背包,然后从储核分析器内拿出另一枚淡蓝色狼畸核,对摔在地上的火焰圭说:"我还有一枚,只要我说'去死',你就会死。淘汰井就在你身后,自己跳吧。"

在座各位地下铁高层鸦雀无声，注视着屏幕上的画面，一声玻璃杯坠地的碎响将众人惊醒，大老板猛地从沙发里站起来，眼镜细链随之摇晃。

昭然脸色铁青，鹿皮手套攥得直响，在暗处打了个响指，四面环绕屏竟应声而灭，无论控制台后的助理怎么调试都无法将画面恢复。

这小鬼……周末训练时明明三令五申嘱咐过他，不要暴露自己能更换畸核的能力，他却全当耳旁风，这下该怎么收场。

段组长看见好徒儿火焰圭被算计淘汰，怒火还未熄灭，就被惊得说不出话来。原组长更是浑身一震，身边有人光顾聊天喝酒没注意到重点画面，问起发生什么事了，原小莹匆匆摆手："别问。"

大老板收敛震惊神色，拿餐巾擦拭衣摆上的酒污，轻咳道："会议厅内一切交流均为地下铁机密，今日之后，还请诸位谨言慎行。"

昭然按了按眉心，急火攻心，侧腹尚未痊愈的伤口隐隐作痛。

他站起身，沉默离开会议厅。

郁岸得到了火焰圭的全部分数，分数相加已经高达210，比匿兰二倍还多。

匿兰得分95，就算她能淘汰曾让，得到50加分，也不过145分，看似郁岸已然胜券在握，实则不然。

实时成绩公示屏突然跳动更新，郁岸发觉除了刚刚被自己淘汰的火焰圭，作为暗杀目标的曾让，名字后也赫然出现了"淘汰"二字，分数清零。

怎么回事？

只有自动弃权选择离场才会分数清零。

当"杀死实习生曾让"的任务下达后，郁岸立即明白，地下铁这是在公开发布追杀令，也就是打算和对手公司翻脸了。曾让不可能不明白，他一直在东躲西藏避免与任何实习生碰面，想必这几十分钟是他人生中最胆战心惊的时光了。

可他的卧底身份已经暴露，出去岂不是必然被瓮中捉鳖吗？

除非，地下铁还有其他卧底，有能力接应他。

或者杀死他。

郁岸觉得应该把情况立即告诉面试官，可他向监控手势示意了好几次，都没得到回应。

挂在精工腰带上的热感探测器忽然报警，郁岸回望身后，匿兰拖着虚无光剑已经追了上来。

场上只有郁岸知道内情，匿兰对卧底事件一无所知，其实任务发布时，她根本没注意到任务描述中"淘汰"和"杀死"的区别。

实力测试已经进入十分钟倒计时。

郁岸完全没打算和匿兰正面单挑，他只需藏进自己考笔试的安全屋，就能守住排名第一的分数，但途中向监控示意耽误了十几秒的时间，让匿兰与他迅速拉近了数十米距离。

他已经看见安全屋的入口，将山羊角嵌入眼眶内，用最快的速度奔向大门。

他一条腿已经迈进了隧道阴影中，突然，一道银光从眼前闪过，好似一道闪电从头顶劈到脚下，匿兰的虚无光剑倒插在地面上，直直戳立在郁岸两腿之间，截住了他的去路。

郁岸额头渗出冷汗，那姐姐下手太狠，自己只要再往前蹭一厘米，激光剑刃就会从中央割进身体内。

片刻过后，郁岸便感到脸颊被指节轻刮，香水气味从身后接近，半张艳丽面容从身侧探近，在他耳边轻笑："弟弟，竟然能撑到现在，真让我意想不到啊，只不过，下次还要跑得再快一点。"

郁岸侧头，匿兰的骰子耳环在眼前迷离旋转。

匿兰的速度、力量和剑术都强不可及，郁岸从入场开始就没做与她正面单挑的打算，距离考试结束还剩八分钟，无论如何，都得强撑过去，否则功亏一篑。

郁岸突然出手，先匿兰一步，拔出地上的虚无光剑，朝安全屋里一抛——

激光剑瞬间没入厚重墙壁，插在了郁岸的安全屋中。

只要进入其他人的安全屋就会被判定淘汰，匿兰没想到他会来这么一手，气得睫毛呼扇呼扇地眨："你这小子——"

她捏着郁岸的脸把人从安全屋入口的阴影中拖了出来，自己则背对入口，彻底将郁岸去路封死，微倾身体，双手握拳，扬起唇角："对付你倒也用不上剑。"

高跟鞋踩地叩响，匿兰只攻不守，纤白手臂青筋凸起，出拳的速度也令人眼花缭乱。

郁岸在山羊角的力量和敏捷加成下，才能勉强接住匿兰的攻势，迅速拍开她朝面门击打而来的拳头。可匿兰的连招熟练精准，长腿横扫，荷官黑裙随风扬起，细高跟如匕首，从郁岸咽喉前扫过，郁岸向后躲闪，避开了这要命的一脚，仍感到冷风如刀，脖颈上被刮出了一道浅淡血痕。

匿兰凌空跃起，将力量灌注在右腿，向下猛砸，郁岸趁机向左闪，双手接住她砸下来的右脚，向前一拽。

而匿兰居然借着惯性压到郁岸身前，一把扣住郁岸的手肘，紧接着绕到背后，小臂从背后锁住郁岸咽喉，并迅速勒紧。

郁岸咬牙将女孩的手臂向外推，深吸一口气，一个肩袭让匿兰短暂失去平衡，握住她手腕，向前过肩摔。

长裙飞舞，匿兰在半空转了两圈落地，竟然没倒，但也开始感到体力难支，呼吸逐渐凌乱。

考试时间倒计时十秒。

八秒。

三秒。

两秒。

一秒。

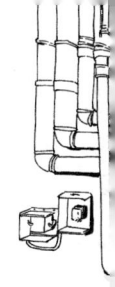

考试结束。

郁岸掐着时间使用山羊角,在广播宣布考试结束的那一刻,怪态核-山羊角使用时间耗尽,蓝光熄灭,羊角拟态从郁岸头上消失。

"还没玩尽兴呢,就结束了啊?那这算打平了。"匿兰听到播报,长叹一口气,收起攻击架势,走到扶着墙才能勉强站立的郁岸面前,爽快地弹了他一个脑瓜崩,"有空找拳馆练,我要分个胜负出来。"

没有了山羊角的强化,郁岸捂着脑门,当场倒地,险些去世。

"嗯?"匿兰呆住,看了看自己的手。

跟跄走出考场,情形和郁岸想象中截然不同,外面空无一人,静得出奇,那些先淘汰的实习生和负责守卫的保镖全都消失了。

郁岸东张西望寻找面试官的影子,只有一位穿紧急秩序组制服的姐姐站在电梯口等自己。

"我是昭先生的下属,你叫我小安就行。"女孩脖颈系着格子丝巾,很温柔阳光的样子,"昭先生去处理事情了,嘱咐我先送你回家。"

"曾让……"

小安眯起眼睛,严肃道:"是的,是处理这件事情。"

郁岸戴着纯黑兜帽,小安看不见他的表情,只见他沉默站了一会儿,慢慢把手里的成绩单搓成一小卷。

"原来杀死曾让才是他更关心的事情。"他轻声自语,语调仿佛幡然醒悟,有些遗憾,"我理解反了。"

小安不太明白他的意思。

一路上,郁岸坐在副驾驶都没说话,只托腮看着窗外,不知道在想什么。

小安送他回到昭然家门口,告诉他:"昭先生说,你在家里待着,不要出去,他晚点就回来,还嘱咐让我一定进去陪你。"

"不用。"

"哎,等等,"小安匆匆追上去,"昭先生要我一定陪你在家里!"

郁岸一言不发进了屋,把小安拒之门外。

然而当他推门时,身体便本能地发出一种直面危险的信号,古怪的预感让他浑身发毛。

直觉使他戴上透视核,搜寻整栋别墅。

视线扫过,郁岸出了一身冷汗。

沙发下、窗帘后、花瓶里、水池中……几乎每一件家具后都密密麻麻挤着无数的断手,手指灵动,一起朝郁岸爬过来。

郁岸转身想跑,门却被一只手重重关上,随即双手被反扣到身后握住,双眼被手掌蒙住,嘴被紧紧捂住,那些手将他向房间内拖拽,动作粗暴,愤怒和焦虑充斥着整栋房子。

视线被剥夺,呼吸不畅,郁岸回忆起一种恐怖却熟悉的触感,那是自己每次惹怒某个人时,被粗暴按住惩罚的感觉。

第 031 章
奖励

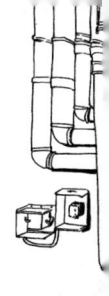

"嗯——"郁岸拼命挣脱右手去摸储核分析器,可还没碰到盖子就被一只手攥住手腕,反折回背后。

一双手捧起他的下颌,指尖挑起他左眼皮,将嵌在眼眶内的透视核慢慢抠了出来。

畸核与眼眶内部血肉的连接慢慢剥离,刺痛细密难忍。

郁岸失去左眼视力,一只滚烫有力的手覆盖在眼前,彻底遮住他的视野。

郁岸什么都看不见,也丝毫动不了,只能感觉到数以百计的手在身体表面游走,就像成群的蚂蚁在一块冰糖上爬行。

此时唯一能让他获得些许安慰的是它们散发的寡淡木香,遗忘的安全感深埋在过往记忆中,缓解着郁岸被未知生物淹没的恐惧。

伴随一道响亮的巴掌声,大腿上猛地挨了一记,郁岸吓了一跳,身体倏地一紧,紧接着那块皮肤便火辣辣地痛起来。

家长总爱用这种顽固粗鲁的方式教训调皮的孩子,想拎起来揍一顿又担心真打坏了,只好哪块肉厚就狠抽哪里,好好解解气。

"嗯……嗯!"郁岸拼命摇头扭动身体,突然找到机会张开嘴,狠狠咬在捂嘴的那只手虎口上。

被咬出血的手吃痛抽出来,在半空甩两下,其他手却变得格外激动,陷入无序的癫狂之中。

郁岸的挣扎只换来短暂几秒的喘息,随即就被更多手掌控,甚至有手坏心眼地同时捂住他的口鼻,让他一次次在濒临窒息中被折磨崩溃。

那位逃跑的实习生曾让并未从常规出口出去。

他似乎对地下铁的建筑设计很熟悉,沿着通风管道爬到了考场之外。

想离开地下铁,必须持有身份卡,但自己的身份卡已经被追踪锁定,他必须拿到一张新卡才能逃出去。

可约定接应的人却迟迟未到,曾让鬼鬼祟祟确定周围环境安全,悄声跳落在地,小心地朝一个黑暗拐角挪过去,暂时寻找藏身之处。

幽深黑暗的走廊之中,仿佛潜藏着未知的危险。曾让用力摇摇头,甩掉脑海中恐怖的幻觉。

忽然,一只手毫无征兆地从黑暗中探出,一把抓住曾让的脖颈,铁钳似的让他无法挣脱。

曾让惊恐后退,却发现挂在自己脖颈上的,竟是一只断手,手腕挂着一副小墨镜。

离谱捂住他的嘴,靠谱单手反扣他手腕,将人无声无息地拖入秘密通道内,墙壁机关门安静旋转,将曾让旋入内部封住,走廊外部看上去却毫无变化。

昭然正站在考场附近的另一条走廊内,与机械后勤组组长闲谈。

"我的实习生有点不懂事,纪年受伤没有?"昭然点燃一根烟,将烟盒递给机械后勤组组长。

"小孩年轻,摔一下碰一下能有什么事。能让他长个记性也好。"机械后勤组组长大度笑道,"闲着也是闲着,走,一起吃个饭?"

昭然随意吐出一口烟雾,在余光中寻找机械后勤组组长神态中的焦躁破绽。

不过李组长泰然自若,眼神表情没有丝毫异常,昭然不免怀疑自

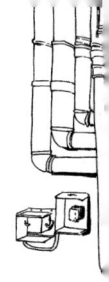

己的判断。

双手触觉感知到曾让被抓获,昭然轻掸烟灰:"不了,我得早下班回去看看小孩的伤。"

昭然派特定的某只手去工作时,会暂时断开与其他手的感知联系,专注感知一两只手的触觉,不让其他无用触感打扰自己,所以对家里发生的那场粗暴狂欢毫无知觉。

昭然回到办公室,拿上风衣和车钥匙准备下班回家。

原本约定好接郁岸一起走的,可不承想曾让竟然跑了。那还得了,郁岸的换核能力已经暴露,如果曾让带着这个消息逃出地下铁,郁岸今后要面对的几乎会是无休止的跳槽邀约和暗杀。

情况着实出乎意料,他本以为郁岸根本不会在乎考什么试,明明最有可能出了笔试考场就去找曾让,然后寻觅一个安静的地方自己一个人玩,既满足了大老板要曾让不得好死的要求,也让自己在实力测试这几小时里不会太无聊。

"是因为我说想要他考第一吗?"昭然拢了把头发,浅淡发丝从指间滑过,"我也是开玩笑。怪我,明知道他固执。"

昭然发动车子,倒出车位,却不料在地下车库入口碰上了回来取东西的小安。

"哎,站住。"

昭然按下车窗,探头叫住女孩:"你们还没走呢?"

小安停下脚步:"啊,我把他送回去了,我说进去陪他,他把我关在外面了,怎么叫都不开门。"

昭然脸色微变,拍了下方向盘:"你倒是给我打电话啊。"

"我打了,您没接……这个,出什么事了吗?"小安满脸抱歉和惊慌,她想着郁岸也成年了,总不至于在组长家里还能出什么危险吧。

昭然深吸一口气,抛下两个字"扣钱",便合上车窗一脚油门冲出车库大门。

小安是昭然手下的调查员，也是一位载体人类，额发遮挡下，眉心嵌红级功能核－紫气东来，能力为邪祟不侵，是组里吉祥物般的存在，如果她陪郁岸在房间里，那些手就不会轻易造次。

断手是昭然的意识映射，它们的表现能最直观地展露昭然内心波动最强烈的一种情绪。

看见郁岸暴露能力的那一刻，昭然确实怒火上涌，焦虑和担忧无限放大。他本人能保持理智，换位思考，但那些断手不能，它们只会将愤怒和焦虑疯狂地发泄出来。

顾不得把车开进家里地库，昭然匆匆推门走进房子里。

客厅空荡，静得出奇。

越靠近卧室，越能听清门里的响动——嘈杂的摩擦声和重物在地面翻滚的声音。

木门被轰然踹开，卧室里突然寂静，落针可闻。

断手密密麻麻纠缠在房间中央，快要结成一具茧壳，要把被缠在中央的男孩揉碎扯烂了。

昭然走进来，断手随之退散，逃得慢的当即被爆成血雾，消散在空气中。

郁岸倒在地板上，身上所有裸露的皮肤上都布满泛红的指痕。

昭然匆匆蹲到郁岸身边，郁岸痛苦地叫了一声，昭然一怔，迅速检查了一遍他全身，发现是膝盖窝错位抽筋了，于是伸手到他膝弯，趁他不备迅速将筋节揉归位。

还好没受太严重的伤，不过肯定吓坏了。

靠谱和离谱一起跟着爬进卧室，拖出藏进角落的断手，挨个扇巴掌。

"地板凉，不躺这里。"昭然把他扶起来。

郁岸开始本能抗拒，吃力地抬起眼皮，模糊分辨昭然的脸，虚弱无助的眼神蓦然变得凶狠，咬牙奋力推走昭然的脑袋。

昭然无奈凑近，脸又被他两只手一起推开。

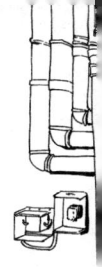

"那些是什么?"他嗓音发哑,微哽质问。

"……我的手。"

"你打我。"郁岸冷漠盯着他。

"那你知道错了没有?"

"什么?"郁岸直起身子,拖着伤痕累累的身体从昭然身旁蹿出来,一拳砸在他胸前,冷眼直视他的眼睛,愤怒、失望、敌意交织,一如他计划辅导员之事被昭然抓包教训那一天。

郁岸猛地扑倒昭然,揍了他两拳,昭然也没还手,放任他出气。

可他慢慢停了手,把脸埋进臂弯,仿佛失了控,痛苦已经把他整个人淹没了,可昭然歪头端详他,他只是面无表情在发呆。

昭然了解他,这个表情意味着他快要气死了,大脑里负责愤怒那一块的区域已经过载短路了。

"我错了,郁岸。"昭然坐起来,走进洗手间拿上碘伏和纱布,关了灯,又去衣柜里拿了一套小黑猫图案的睡衣出来,关灯回到卧室,嗓音温和,"你告诉我,为什么不去杀曾让,反而去和调查员争排名?"

郁岸偏过头不理睬。

"很厉害,第一名。"昭然轻拍他脊背,抹净他左眼角挂的血线,"地下铁建立这么多年,你这次刷新了实习生实力测试历史最高分。"

不知道该不该夸,昭然其实并不认同郁岸不择手段只为得胜的取巧打法,但段组长有句话说得不错,他说现在的年轻人和以前不一样了,得鼓励教育,经常夸两句,小孩高兴了就更用功。

郁岸依旧沉默,但昭然能感觉到,他的情绪逐渐平静。

"你为什么打我?"他恶声恶气地质问,不依不饶非要讨个说法。

不知不觉,郁岸已经把日记里的"他"自动对应到了昭然身上。日记里的"他"不赞同自己对生命的漠视,郁岸于是自然而然地调整任务优先级,将杀曾让排到了认真考试的后面。

暴露换核能力又怎样,这并不在郁岸的考虑范围内,他不怕死,所以无所顾忌。

也正是因为这种随意无畏的态度，让昭然气不打一处来。

"没有为什么。"

算了，保证自己实习生的安全也算组长分内职责。

"没有为什么。"

"我以后就只带你一个学生，不再带其他实习生了。"昭然揉揉他的发旋。

郁岸抿唇："关我什么事。"

"你自己要的考试奖励，忘了？"昭然拿出手机，给郁岸看聊天记录。

他本想逗郁岸一下的，可那小子眼睛直勾勾盯着手机的备注栏，刚缓和的心情好像又显著地变坏了。

郁岸转身趴到床上，脸埋进枕头里。

刚哄好没过一分钟呢，不知道又哪儿惹到这祖宗了。

郁岸晃晃脑袋："手机备注上那是谁？我叫'紧急秩序实习1组郁岸'？"

昭然无奈坐到床边，把人翻过来，手机递过去："你喜欢什么你自己改。"

郁岸完全不理会，无所事事举起自己的成绩单，一会儿折成乌篷船，一会儿折成千纸鹤，最后把皱巴的纸搓成一团。

"好好好，改。"昭然实在拿他没办法，略微思忖，把郁岸的备注名改成"拆家煤球"。

等改完再抬头，发觉郁岸已经沉沉入睡，侧身蜷在枕头里，疲惫不堪的身体遍布伤痕，低垂的睫毛湿润，凝挂着微不可察的水珠。

昭然细细在他伤口上涂抹碘伏，简单清洗眼眶，再用纱布将左眼蒙住，以免被灰尘细菌沾染。

是日，段组长正在对火焰圭进行鼓励教育。

火焰圭在外一度表现得高傲坚忍，回到组长办公室却一下子绷不住了，跳起来挂到段组长背上，小臂抹着眼睛诉苦："师父我不甘心……我不甘心啊……我还没动手怎么可以算淘汰……"

段柯把他轰出三米来远："烫死我了小兔崽子，滚。"

第 032 章
有用的知识增加了

昭然替他换上睡衣，郁岸累到极点，半闭着眼睛任他摆弄。

纯棉质地的睡衣带着新烘干的松软和洗衣液的香味，号码合身，舒服得让人更加困倦。

拨开紧攥着的手指，昭然轻轻从他手心里拿出搓成一团的成绩单，仔细展开、摊平，欣赏了一会儿，然后放到桌面郑重压上几本厚重书册。

郁岸喜欢半趴的睡姿，侧身扣在卷成一团的羽绒被上，不抱着点东西就难受。

昭然背对着他坐到床沿边，手肘搭在膝头，指尖自然垂落。

从走进房门开始，断手的触觉重新被昭然清晰感知。

初时的愤怒和焦虑已经彻底消散，昭然闭上眼睛感受了一会儿，忍不住抿唇暗笑。

许久，他拿起手机，给大哥发去一条信息：

出了点事，半小时后老地方见。

海滨公园最深处，昭然举着遮阳黑伞，站在礁石断崖边。

一阵海浪涌过，昭然轻身跳了下去。

断崖外侧被浪和海风自然侵蚀出一个礁石洞，有人正坐在那儿等他。

那人针织帽下一头卷毛，在寒冬腊月却只穿一件色彩斑斓的夏威夷衬衫，下面配宽松短裤，脚踩沙滩人字拖，手中抱着一颗雪白骷髅

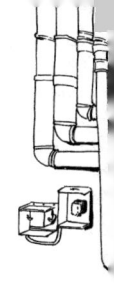

头手把件，盘得头壳发亮，能照出人影。

大哥名叫"蛤白"，蛤蜊的蛤，白雪的白。

"发生什么事了？"蛤白抬起眼皮，眼神严肃，双手指尖按在骷髅头太阳穴，让其悬空前后摆动。

"最近盯紧其他两家畸猎公司的动作，帮我封锁一个消息。"昭然说。

"什么消息？"

"郁岸的左眼嵌核槽能更换畸核。"

"噢，又是他。"大哥无奈哼笑，过了几秒，他挠了挠头发，惊诧抬头，"能换？"

他冷静下来仔细分析："那不是无敌了？"

"我还在试验他的承受力，现在看来频繁更换红级以上的核会对他造成很大的伤害，但好消息是这种承受能力可以训练，循序渐进地训练应该会让他越来越强。"

"这个秘密绝对不能暴露。"蛤白皱眉。

"呵，已经暴露完了。"昭然无奈摊手，"地下铁尽人皆知，所以暂且帮我压住这个消息，别再外流。段柯、小莹都是自己人倒不怕，我只是担心公司里还藏着吃里爬外的卧底。"

"咝……真会找麻烦。"大哥思考时喜欢盘手把件，此时已经开始狂搓骷髅头的脑门。

"这头还没扔啊，都快包浆了。"昭然双手插在兜里调笑，"你不是找到新人了吗？"

"不一样，已经改成音响了。"蛤白按下骷髅头一颗牙齿，骷髅内部便出现磁带滚动的响声，两个眼窝开始播放鼓点激烈的音乐："伤心的人别听慢歌，人生分分合合，爱情拉拉扯扯。[①]"

昭然委婉地伸过手去，在骷髅牙齿上找到关闭按钮按下。

"去，别拿你的脏手碰它。"蛤白嫌弃地拍开他的手，"好不容易

---

① 出自歌曲《伤心的人别听慢歌》。

盘亮的。"

昭然缩回手,插回风衣兜里:"破玩意儿当宝贝还不让摸了。"

"只不让你摸。你的手有什么作用你自己心里没数吗?"

蛤白把骷髅头夹在腋下,走到礁石入海边缘,回头轻哼:"说完了就回去吧,反正郁岸不嫌你个小脏东西。对了,他还不知道你的手是什么吧?你仗着他不知情就乱来是不是啊?"

"走好。"昭然抬脚踹在大哥屁股上,蛤白一脚踏空,头朝下栽进汹涌咆哮的海浪之中。

大哥身影消失,翻腾海面只见一个巨大雪白的扇贝逐渐下潜,壳上顶着大声播放音乐的骷髅头音响:"丑八怪,哎——哎——哎——能否别把灯打开。①"

昭然从地上捡起一块石头抛出去,咣当砸在扇贝壳上,给贝壳砸个窟窿,音响滚进窟窿里,世界安静了。

时间不早了,回家做晚饭去。昭然拍拍手套上的沙粒,提上黑伞打道回府。

夜宵做点好吃的,给臭小鬼开个罐头补补营养。

在厨房干活的小手们畏惧地缩成一团,怕主人跟它们算今天的账,战战兢兢给他打下手,殷勤切菜托盘端碗,唯恐哪一步不够周到,被一脚踩爆。

端起蒜香排骨上桌,色泽金红,喷香扑鼻。

昭然俯身在餐桌上放盘子时,左手忽感一阵刺痛,针扎感一直持续了十几秒。

他直觉不对劲,匆匆向卧室走去,推开门。

郁岸已经睡醒了,正趴在床上玩,两条小腿在半空悠闲晃荡。

正被他攥在手里玩弄的,是一只断手。

---

① 出自歌曲《丑八怪》。

断手虎口处用红颜料刺了一圈齿痕牙印，属于少数拥有名字的断手之一，左手"疯癫"。

大多数断手不断滋生，来了又去，像头发一样消亡更迭。但也有一部分断手永恒存在，其自我意识和性格越突出，战斗力就越强，越不容易被杀死。

郁岸一只手按住疯癫，另一只手用针穿银丝，在疯癫的拳骨皮肤上穿梭缝线，并用镊子将小金属珠有间隔地穿在银丝上作为装饰。

"睡醒了……你在干什么？"昭然捂着手套下隐隐作痛的左手。

"好看吗？"郁岸钳断银丝，举起疯癫，细细欣赏自己的杰作。

疯癫的拳骨被穿了十几个针孔，装饰串珠银线，血丝从孔洞中向外渗，持续刺激的疼痛使它无力抽动，在痛苦中几近晕厥。

离谱搭着靠谱的手指，在一边干看热闹。

疯癫艰难地在床上倒腾手指，想朝昭然爬过去，求主人救自己。

"好看。"昭然若无其事暂时切断了与疯癫的感知联系。

凭一个牙印，郁岸在上百断手中耐心搜出了欺负自己欺得最来劲的那只手，细细折磨，在这个过程中玩得津津有味。

"面试官，你的手好多。怪不得 ID 叫 NSDD，你手多多。"郁岸边玩边嘀咕。

"别摆弄了，来吃饭。"

"等等，面试官，我也给你做了一件东西。"

纪年的精工腰带摆在床边，腰带内侧挂有满满一整排精微工具和材料。郁岸就拿了一个银块，锤成细长条，用锯线雕刻镂空花纹，最后抛光，做了一个精巧的银圈。

昭然右眼皮跳了一下。

郁岸从床上爬起来，把银圈放在手心，托到昭然面前。

日记里的"我"能常伴一个"他"，日记外的郁岸为什么不能创造一个"他"，将幻象寄予现实，让幻象成为真相。

郁岸吹了吹银圈上的浮尘，合拢手指，紧握在掌心："黑色钨金会更好看,但纪年的腰带里没有。"

"明天上班把东西还给人家。"

"哦。"郁岸听话点头。

"你能换核的能力已经暴露,以后务必低调行事,好好跟着我,别轻易惹事。"

"能怎么样?"

"会给我惹麻烦。"

"……"郁岸没再反驳,"知道了。

"面试官,我对笔试内容有一个问题。"

"你说。"

"畸体成长的四个阶段——幼年期、成长期、化茧期、羽化期,是畸体成长的必经之路。在化茧期,畸体会找一个僻静的角落作茧,在无人打扰的情况下,畸体将成功羽化,但六小时后即死亡。"郁岸原样复述备考资料上的内容,"听起来很像蝉或者蝴蝶之类的昆虫,但畸体却并不具有昆虫般的繁殖能力。这个物种数量明明那么庞大,种类繁多,产出的畸核已经能在人类社会形成一条产业链,我认为它们不只是辐射催生的突变产物,一定还有其他延续种群的手段吧。"

"也有。"

昭然暗暗思忖该不该回答这个问题,突然产生了一种给少年科普人体知识般的羞涩感。

"畸体进入化茧期后,会面对两种成长选择,一是羽化,大部分普通畸体的归宿就是如此。

"但其实还有另一种选择,即蝶变。

"在化茧期被人类杀死就会进入蝶变期,与之产生契定关系,只要契定者不死,畸体就能一直存活。相应地,畸体会为了生存而保护契定者,无条件听从他的命令。"

"哦?"郁岸十分感兴趣,迅速坐起来,贴到昭然跟前,"那我去找化茧期的畸体杀,不就能拥有一群厉害的保镖了吗?"

"愿意与你形成契定关系的畸体会在你身上留下独特的图腾印记，随便杀死的畸体恨你还来不及，怎么可能甘心被你控制。

"图腾印记算一张门票吧，证明它认可你拥有与它契定的资格。但你如果不够强，就无法打败它。"

"那我骗它，先对它好，再让它愿意被我杀呢？"郁岸想馊主意和歪点子最在行，已经在研究怎么卡畸体的 bug 了。

"它愿意也没用，化茧期的畸体六亲不认，不死不休的，而且非常狂暴，如果你没能杀死它，它就会杀死你。"

"那我花钱雇人，跟我一起去杀。"

"理论上可行，但化茧期的畸体外边是包着茧壳的，想杀它你就要进茧里才行。你成功杀死它之后，茧壳包的就是你，只有契定者能从茧里走出去，别人都不行，也就是说你带去的这些人得甘心为你去死才行，想想古代帝王墓穴殉葬，能有几个人是心甘情愿陪皇帝死的？"

"……条件好苛刻。"郁岸陷入思考，咬着拇指指甲发呆。

"那当然。最重要的是，太多人压不住恶念。如果拥有一只强大的畸体对你言听计从，你能忍得住不去当恶棍吗？"

"不能吧。"郁岸舔舔嘴唇。

"什么话，什么话。"昭然恨铁不成钢地在他头顶发旋上重重拍了两下。

"那，这个……"郁岸举起银圈，撑到昭然面前，让他无法转移话题，"你是不是不想要？"

昭然喉结微动，隔着手套捻了捻指尖。

不是不想要。

但凡是耳钉、项坠，甚至手表，他都可以欣然接受，唯独这个不同。它箍住的位置对昭然来说太刺激了。

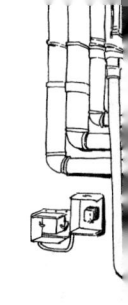

第 033 章
五好青年

"如果你说不出礼物的意义，那就不要送。"昭然回答。

"漂亮。"郁岸靠到他身边，观察他尚未完全消肿的耳垂，新扎上去的耳钉被愈合的伤口黏住。

面试官常年不摘手套，也不准别人触碰双手，因此郁岸更狂热地想了解面试官的手指。

"面试官，你结婚了没有？"

耳垂钉孔刺痛，昭然耳郭温度升高，意味深长道："还没有。"

"为什么不结？"

"呃……找不到足够强的对象。"

"你是找对象还是找对手？"

"都找。"昭然哼笑。

郁岸轻搓银圈锃亮的表面，悠闲躺下来，头倒挂在床沿下，理直气壮的样子让人摸不着头脑。

"所以还有什么事要我去做？"郁岸如是问道。

"什么？"

"做好的话，你就戴上。"银圈在郁岸指间灵活翻转，最后握在手心，"好不好啊？"

"那就去做点好事。"

"什么才算好事？"

"以后只要不是任务目标，就只有在正当防卫的情况下才可以对

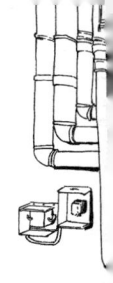

对方动手。"

"正当防卫……"郁岸在心中权衡，这并不违背自己的原则，于是答应，"嗯。"

"还有，地下铁的工作重点是保护市民，不准滥杀无辜，也不准冷眼旁观。"

"哦。还有吗？"郁岸在床沿边摊成饼。

"没个坐相，吃饭。"昭然攥住他脚腕，把人倒拎起来，轻松往餐厅走去。

"你说好帮我找的废核呢？硬币什么的有吗？还有考试安检扣下的枪，他们说交给你保管了……吃完饭让我回家……"郁岸还惦记着家里的日记，但双手扒着地板被拖走了。

"捅这么大娄子还想回家，等确定没走漏风声再说吧。"

卧室里没了动静，郁岸的单肩包随意扔在地上，拉链被一点一点蹭开。

美女立牌吃力地顶开拉链，试图逃走。

"小疯子，把本小姐铺地上当捕兽夹，算你狠，我先溜了……"

薄小姐用尽全力，终于把上半身折叠成直角，从背包里坐了起来，忽然发现自己被包围了。

一群小手在背包边围成一圈，好奇地打量她，交头接耳议论纷纷。

薄小姐讪讪叠回背包里。

打扰了，人好多。

第二天清早，昭然听到窗外鸟叫，一位大爷吹着口哨从门前小路经过，看方向是从公园遛弯出来去超市买菜的。

这暗号是地下铁秘密干员的接头请求，地点在附近的小型超市。

床铺另一边，郁岸和被子纠卷成麻花，蜷成一团还没睡醒。

昭然支着头看了他一会儿，微弯眼睛，用手腕搓搓他睡岑了毛的乱发，拿起衬衫准备去工作。

等他换了身便服，戴上帽子准备出门时，郁岸已经守在门厅外，身穿纯黑兜帽，跨坐在椅子上，抱着椅背前后晃荡："我也去。"

昭然扯起兜帽扣到他头上："以后出门别让别人看见你的脸。"

扣上兜帽的一瞬间，套装外装饰性的纯黑猫耳猫尾一闪而逝。

"什么？"昭然微怔，然后一本正经找了个机会转身，掩面回味刚刚短暂出现又消失的拟态。

走过两个街区再转弯就能看见一家连锁超市，早上正是大爷大妈抢禽蛋肉菜的高峰期，超市里人满为患。

昭然拉了个购物车，在空荡的零食区闲逛，时不时放两件膨化食品和糖果面包进去。

郁岸吸着一盒牛奶跟在旁边。

"地下铁拥有一批秘密干员，渗透在各行各业中，为我们提供情报。可能是灰鸦游戏公司的委托有进展了。"

货架中一袋面包后贴有一小块芯片，他自然地将芯片压到指尖，用手套固定住，然后放进口袋夹层里。

一位阿姨推着购物车从身边经过，推车里乖乖坐着一只扎小辫的约克夏，与专心吸盒装牛奶的郁岸擦肩，小狗和郁岸隔空对视。

等昭然推车前往结账区时，车筐里已经多了个郁岸。

结完账，靠谱提着购物袋往家里跑去。

离上班时间还早，昭然带郁岸在周边的热闹早市转了转。

郁岸背着手好奇地端详地摊上的小物件，被一个卖小狗的摊子吸引了视线。

电动小三轮前摆着一个细铁笼，一些两三个月大的小狗毛茸茸的，在笼子中爬来爬去，和刚刚超市里遇见的那位阿姨的小狗很像。

郁岸记得，擦肩而过的那位阿姨手腕上印有一种奇特的文身，很像小狗爪印。

昭然迈步上前，弯腰用手背蹭蹭小狗的鼻尖，问老板："多少钱？"

老板大手一挥："一万五。"

昭然轻哼："串种约克夏敢卖一万五？你比正经狗舍还贵。"

"能认主的小崽，你狗舍可买得到？"老板瞥了昭然一眼，嫌他不识货，拎起其中一只叫他摸。昭然粗粝的手指按压小狗腹部，小狗皮薄肉少骨头细，能清晰摸到它体内生长着一枚圆形硬核。

是畸核，这些小狗竟是一窝畸体。

"我们进货也是要成本哈，不讲价一万五，不诚心买可别乱摸，万一认主了你就得买。"老板见他没意向买，不耐烦地将狗崽塞回笼里。

"进货。"昭然冷哼，尖牙微露，"买辐射废料放到刚下的小狗窝里面，养成畸体出来卖就是进货了？"

老板口中的"认主"就是指小狗给主人留下图腾印记，这样的话，等成长到化茧期，主人只要杀死它们，就能让它们成功蝶变，成为它们的契定者。

在那之后，它们会用尽一生保护契定者，只要主人不死，它们就不会死。

小狗对人类产生依赖和信任很容易，甚至只要摸摸，喂它们几颗狗粮，就能让它们心甘情愿在主人身上留下图腾。进入化茧期时再狂暴，本能也终会遏制它们伤害主人的欲望。因为体形太小，畸核级别太低，而且足够忠诚。

看似合理，其实不然。

小狗畸体虽然不会袭击主人，却不能保证不会袭击别人。

很多人想当然做出决定，可真到了化茧期关头，是下不去手杀死自己养了多年的宠物的。一旦错过时机，没能杀死化茧期的小狗，让它羽化暴走，即使最弱的小狗畸体也具有造成严重伤亡的潜力。

昭然拿出通信器："城市巡逻组注意，西区盛华街早市里混进来不少好东西，你们是光吃干饭不干活？五分钟内来人把这条街内外彻查一遍，通知窥视鹰局，涉事商贩全部带走审问。"

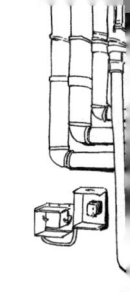

狗贩老板见自己生意做到了地下铁高层头上，脸色唰地变得铁青，跨上电动三轮飞快跑路，摊子都不要了。

整条早市街里卖宠物的都跟见了城管般拔腿狂奔。

郁岸事不关己，依旧扶着膝盖蹲在狗笼前摸鱼。

小狗们畏惧地缩成一团，躲在远离郁岸的角落中，两三个月大的小狗崽还不懂事，它们只是感知到郁岸身上强烈的驱逐压迫感。

畸体的图腾印记最大的作用，就是警告其他同类，不要打自己选中的契定者的主意。

直到被面试官的脚尖碰了碰，郁岸回眸仰起头，见昭然朝狗贩子逃走的方向抬了抬下巴。

郁岸才站起来，灵活地在拥挤人群中奔跑穿梭，踏上了电动三轮车的后斗，最终抬腿横扫，将狗贩子从驾驶座上踹了下去，一路拖着人领子回昭然面前交差。

"只对任务目标动手，没死，没有弄断身体。"郁岸非常专业地向面试官多角度展示被捕嫌犯。

"很好。"昭然点头，转身顾及笼里的小狗。

郁岸扔下鼻青脸肿的狗贩子，把狗笼抱进怀里，手握从鱼摊夺来的尖刀，指着里面瑟瑟发抖的小狗，问："杀吗？"

昭然神色中很明显闪过一丝不悦。

"……"郁岸反手将尖刀扔回鱼摊，利刃精准插在两条活鱼之间的缝隙中，把小贩吓得举起双手。

他举起狗笼，脸贴到哼唧小狗近处，努力分析它们哪一点得到了面试官的怜爱。

哼哼唧唧，柔软毛茸，舔来舔去，会用力摇小尾巴。

学到了。

巡逻组及时赶到，给一窝小狗畸体小心地套上隔离罩，搬进了回公司的押运车。

时间不早了，昭然也顺便带郁岸搭了个便车去公司。

一到公司，昭然叫来小安，让她陪郁岸在办公室待一会儿，自己去跟原组长讲讲情况。

不过昭然前脚刚走，一位黑西服保镖便敲响办公室的门。

"实习生，郁岸。"保镖走进办公室，端正站在房间中央，礼貌严肃道，"孔先生想见您，请随我上楼稍坐。"

郁岸躺在沙发里玩手机，头朝下吊在坐垫外，腿挂在沙发靠背上，懒得动所以装听不见。

小安向保镖先生欠身赔笑，指节轻碰郁岸："郁岸，你坐起来，别歪七扭八躺着。"

"孔先生，不认识，谁？"

小安轻声急道："就是大老板啊。"

郁岸终于放下手机，依旧倒吊着脑袋，抬起眼皮与不远处高大魁梧的墨镜壮汉冷眼对视。

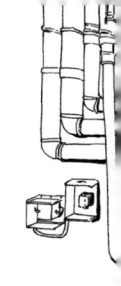

第 034 章
绊脚石

一张流水茶桌摆在古色古香的房间正中央,原木当中横贯一条流动的小渠,假山苔藓装点其上,几尾鲜红小鱼在卵石间悠闲游走,茶桌前摆一盏倒流香台,沉香烟云坠入茶间溪流。

郁岸以为走串了,退出房间看了眼门牌,的确是大老板办公室没错。

孔先生坐在桌前,手边摆着一台上了年头的收音机,锈迹斑斑的匣子里伴着磁带转动的杂音,程派戏腔从扬声器中悠扬飘荡出来。

面试官也喜欢听这种曲子,原来是跟大老板学的。郁岸放下了些许警惕。

大老板听见脚步声,从茶案后抬起头,朝郁岸勾了勾手:"别紧张,随便坐。"

郁岸没什么与上级领导交流的经验,看真皮沙发挺舒服,甚至习惯性想要倒着躺上去,但被背对门口站立的两位保镖瞪了一眼,导致完全失去了放松的兴致,干脆不坐了。

他很反感被老板叫来谈话,找工作时对HR(人事)说的第一句话就是"能不能给我一个只需要干活不需要说话的岗位",本以为地下铁工作内容特殊,不承想一样不能免俗。

他戴着兜帽,脸孔完全被纯黑阴影遮挡,拒人于千里之外的气质让大老板对他更加欣赏。

大老板有两个女儿,大女儿已经在学习打理公司事务,现在正忙

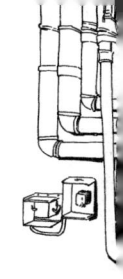

于免费为市民注射抗畸化辐射芯片的公益活动,小女儿性子安静,喜欢钻研一些珠宝矿石。

人到中年,免不了为孩子们精打细算,精神体力都开始走下坡路,过些年或许在竞争的洪流中再难以守住家业,大老板一直在寻找合适的年轻人才,以培养成地下铁未来的中流砥柱。

"我关注了你在实力测试中的表现,觉得你很有潜力,所以想亲眼见见你。"大老板从抽屉里拿出一把弹簧刀,放到桌面上推给郁岸,"这是我女儿送给我的'破甲锥',小巧轻便但足够锋利,你用起来应该会比军用匕首称手一些。"

郁岸一点儿不客气,拿起弹簧刀端详,刀柄和刀刃连接的圆轴处镶嵌着一枚红色十字星形状的畸核。

铁锈红色,即二级红,按蓝紫红银金的稀有度顺序排列,二级红排在中央位置。

镶嵌二级红核的畸动武器,威力可想而知。

"畸核是可以切割雕刻的吗?"郁岸用指尖抚摸十字星的棱角,他目前见过的畸核都是圆球形的。

"当然,可以切割雕刻成你需要的形状,但需要雕刻师技艺高超。"畸核材质特殊,稍有不慎就会爆裂破碎,高级畸核稀少珍贵,谁也不想碰到一个业务生疏的雕刻师,把核给雕废了。

"我二女儿是最好的雕刻师,她为匿兰雕了两枚手指形状的畸核。

"形状越与原肢体相近,畸核的利用率越高,你应该体会过匿兰的剑术和格斗技巧了,两枚银级手指畸核将她的身体最大限度强化过。"

"如果你有雕刻需要,就去找她。"大老板递给郁岸一张珠宝店的名片。

雕刻畸核是门复杂的技术活,成品不能过于小,太小的畸核无法储存能量。镶嵌在人体特殊位置上的畸核雕刻难度最大,在把握形状的同时还要保证不能流失太多能量。

"好。"郁岸欣然收下。大老板看着像位甩手掌柜,他女儿听起来倒十分靠谱，才华横溢。

"叫你来还有一件事，昭然应该跟你讲过。只不过这件事昨天没处理完，拖到了现在。"大老板慢慢起身绕到茶案前，指间捏着南红手串，走到一面古朴书柜前，拨动某处机关，书柜便慢慢开始旋转。

渐渐地，书柜背面完全转到了面对办公室内部的方向，漆成纯黑的墙壁上呈大字形绑缚着一个人，全身只剩短裤，四肢分别固定在墙壁上。

曾让低着头，只是晕了过去，身上并无任何受伤的痕迹，唯有胸前出现了四个红色十字烙印。

绝非地下铁优待俘虏，大老板昨夜亲自审问，让这浑球将知道的全吐了出来。医疗急救组组长就坐在旁边吃水果，一旦下手重了让那人险些断气，他就出手治疗，每被全身治疗一次，那人胸前都会多出一枚十字烙印。

大老板揽着郁岸的肩，带他靠近曾让，像教写字般带郁岸抬起手腕，破甲锥的刀尖轻抵曾让锁骨。

郁岸手握破甲锥，偏头望望大老板，只不过被纯黑兜帽遮挡，惊讶的表情没有展露在他人面前。

"你想不想试一下？"大老板悠然搓着手串，站在郁岸身边等他的回答。

"不想。"郁岸毫不犹豫回答。

大老板一怔，自己识人万千，断没有看走眼的时候。

"面试官不让。"郁岸将破甲锥轻插到墙壁上，还给大老板，果然天下没有白吃的午餐，就知道这么好的畸动武器不会让自己白拿。

"昭然不准？"大老板暗暗思忖这耐人寻味的命令，蓦然一笑，"他以前可没说过这种话。"

"今天我不问他，只问你，问你想做的事。"大老板如同缠绕在阴林木叶上轻吐红芯的竹叶青，语调轻缓，朝门口的两位保镖摆了两下手，两人会意，退出去关上了门。

房间内变得格外安静，茶案流水声从耳边汩汩而过，仿佛血滴凝聚，汇成腥香的溪流。

半小时后。

郁岸坐在浴室的莲蓬头下，温水从头顶向下冲。

他一直在摆弄一枚银圈，将雕刻缝隙中的血迹冲洗干净。

他老是走神，想与工作无关的事情。

面试官的手劲儿是个谜，可以轻而易举把自己拎起来，就像拿起一个空矿泉水瓶一样。

小狗被抱起来也是这种感觉吗？对方觉得很轻易，其实骨骼轻微压迫，有点痛。可小狗还是愿意被抱，说明比起被拥抱的愉悦，其附加的痛苦不值一提。

郁岸思来想去，突然又想到一件事。

如果今天的事被面试官知道，会不会又要发火？

大老板递毛巾进来，才发现他根本没脱衣服。郁岸突然伸手抓住大老板的手腕，破甲锥的利刃抵在他动脉前："你不要和他说。"

"算了。"他慢慢放下刀，"瞒不住他。"

大老板当然知道他在怕什么。

真想不通昭然哪来的本事，能训得小野猫只听他的话。

"其实他也不是什么大善人。"大老板看他全身淋湿坐在瓷砖上的样子实在可怜，推开抵在身前的利刃，蹲身安慰，"你应该有耳闻，从前有位实习生，在实习期间扳倒了他的面试官，但最终他被我录取了。"

"当年那个实习生就是昭然。"大老板掸掉手臂上的水珠，"我在日御小镇找到他，那时候他行事全凭喜恶，性格又张扬，一分钟之内能在他脸上看到十种表情，其实到现在也没完全被年岁打磨沉稳，不知道他在你面前显露的是哪一面。"

郁岸仰起脸，认真倾听。

此时昭然人并不在地下铁总部，而在一座废弃游乐场内。

根据城市巡逻组的排查，从贩卖畸体宠物的商贩口中得到线索，迅速找到了流出畸体宠物的窝点，接下来的清扫工作交给紧急秩序组。

公关部门已经将新闻拟定，将非法畸体宠物流入市场的情况渲染得十分严重，属于性质恶劣的社会事件，相关舆论迅速发酵，因此将由昭然亲自出面，以地下铁的名义扫清威胁。

游乐场四面出口全被封死，马戏团巡演在此留下的红色帐篷顶落满了陈年的灰，已被日晒褪色。

阴暗曲折的帐篷内部，几个罪魁祸首提着装满钞票的钱箱准备跑路。

"快点，别管钱了！"

"老子拿命换来的钱，凭什么不管！"

"紧急秩序组昭然下来抓人！命都没了你下地底下花钱去啊！"

他们回头看了一眼身后的兽笼，笼里拥挤地塞着还处在幼年期的小活物，微弱的哼唧声在各个角落起伏。

几人不得不放弃了几箱重物，朝出口挤过去。

可狭窄的通道中央，背光站了一个人。

正午日光强烈，昭然从光下走入阴影中，因暴晒变得雪白的长发从发梢开始逐渐恢复淡红，看上去就像点燃的火焰在向上燃烧，将粉釉色烧制到洁白无瑕的瓷器上。

"他只有一个人！拼了！冲出去！"几人奋力向前冲，被推到最前面的壮汉在即将撞到昭然时突然停住，像被按了暂停键般一步也不动了。

昭然微躬身，在壮汉面前露出尖牙微笑。

血迹从壮汉脚下慢慢漫开，一条手臂从他脚下的地面穿出，指尖已然深深没入壮汉的后腰，攥住了他的脊椎骨。

"不要跑。"昭然双眼亮起血红微光。

他心情很差。大老板今日特意在白天将他支出来，大概是想私下

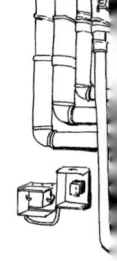

见郁岸。

老板看上了郁岸的才能，颇有提拔栽培他的意愿。

但老板想要让郁岸成为嗜血杀手和绝对理性的谋划者，与昭然制订好的培养计划完全相反。

希望老板不要成为自己养小孩路上的绊脚石。

其他人见状扔了所有东西向后逃去，可断手接连穿凿地面，如地刺穿透砖面，将人深深钉在地上。

其中有个秃顶男人狗急跳墙，掏出手枪朝昭然扣动扳机，枪口火光闪烁，一颗子弹迅速打入了昭然胸前。

"防弹衣……"秃顶男人惊诧喃喃。

昭然掀开衣领，里面就是皮肤，什么都没穿。而那枚炽热的子弹就嵌在他胸前，被他轻易取了出来。

昭然凭空做了一个虚握的手势，只听咔嚓一声，冲出地面的断手一把拧断了秃顶男人的脊椎。

心里焦躁，任务完成得有些不耐烦，昭然拿出手机，给郁岸发消息：今天在公司学到什么新东西了没有？

那小鬼随时盯着手机似的，没过几秒就传来一条回复：

怕你生气。

第 035 章

领取新任务

烂摊子留给下属小齐处理，昭然在媒体面前露了个脸，就匆匆回了公司。

昭然乘电梯下行进入公司内部，经过黑衣保镖身边，敷衍地亮了一下身份卡，风衣上还沾染着门外的寒风。

保镖们脊背挺得笔直，冷汗沿着额头淌到太阳穴。直到昭然彻底消失在走廊尽头，几个黑衣保镖才重重松了口气，汗水已将厚重的西服背后浸出了一团水渍。

昭然走进仅供公司高层使用的电梯，电梯门向两侧拉开，宽阔的电梯两侧贴墙守着四位保镖。

电梯并不是直上直下移动，而是平移，到达一个特定位置后，另一侧的门向两侧拉开，走出去便进入了一个与大厅装修风格完全不同的古韵走廊，走廊两侧的装饰架上摆放着青瓷和漆器，都是大老板心爱的藏品。

云纹吊顶内向外散出轻柔的暖黄灯光，踏上红木地板，鼻息间弥漫着千岁柏香，清淡雅致。

路过一条通往其他房间的岔路。岔路没被灯光照亮，纵深幽暗，昭然敏锐察觉到什么，微微闪身。

一道黑影从黑暗中扑了出来，直接撞到昭然，昭然接连退了好几步，带着冲过来的小怪物打了个趔趄，脊背撞开了洗手间的门。

郁岸穿着纯黑兜帽会完全遮挡面目，他藏在无光的地方就能和黑

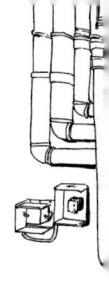

暗融为一体，突然蹿出来吓人一大跳。

"不怕死，要不是我知道老板办公室进不来外人，就凭你刚刚偷袭那一下，现在你的脑袋都已经滚出五六米远了。"昭然索性关上了洗手间的门，将闻声而来的保镖拒于门外。

昭然教训完当下的错事，才想起还有严重的事情打算批评。

刚要开口训诫，却见郁岸低着头，兜帽还在滴水，浑身湿透，左一块右一块的脏污没洗干净，打湿的头发一绺一绺支棱到兜帽外，像从暴雨天的垃圾桶里捡回来的小麦毛。

"……你身上怎么这么湿？"

"洗衣服了。"

"能把自己洗成这样？"

"我站在衣服里洗的。"

火气冲到天灵盖，昭然严肃板起面孔，这回没被这小子装可怜的模样骗过，抬起郁岸下巴，低声训道："我怎么教你的。"

"你叫我杀了曾让。"

兜帽从头上滑落，露出郁岸挂着一层水珠的脸，他没做过多表情，但眼神里分明写满钻了命令空子的狡黠。

昭然抬头在四周寻了一圈有什么能拿来教训熊孩子的东西，但洗手间里空空荡荡，于是抬手想抽他，郁岸下意识闭眼，抿住嘴唇等这一巴掌落到脸颊上。

于掌在半空停滞，昭然看看自己掌心，终究收进了衣兜里，转身想往门外走。原本这小子就容易被养歪，被大老板的引导一激化，说不定哪根歪筋就搭上了。

但一双手臂突然从背后探了出来，把他拖回洗手间里，蹋上了门。

郁岸右手攥着破甲锥，刀尖轻抵昭然脖颈。

"我按大老板的要求做事，这是他给我的报酬。我很喜欢。"锋利小巧的尖刀在郁岸指尖转了两圈，"看，被它抵着，连你都不敢动，果然是好东西。"

普通的刀枪伤不到昭然，但这一把显然不同，镶嵌二级红核的畸动武器基本可以做到在任何生物身上划出伤口。

"哼……一把小刀就能买你卖命吗？"

"卖命是另外的价钱。"

昭然轻哼哂笑："以后有人向你买我的命，这生意你做不做？"

"做。"郁岸低着头抵在昭然肩后，"只要他能拿出比你更好的东西。"

两人纠缠时不慎撞上了洗手间的顶灯开关，灯光熄灭。郁岸全身湿透，但身体的热气透过衣料向外渗透，空气变得潮湿，角落中的黑暗略显黏稠。

光线越暗，昭然的颜色越鲜艳，郁岸看不清他，只能模糊辨别他猩红的轮廓。

昭然半晌无话，郁岸还以为真惹恼了他，然而握刀的手腕突然被攥住，黑暗中不知昭然怎么脱了控，转身把郁岸重重推到冰凉墙壁上。

他单手就能轻易扣住郁岸双腕，像结实的手铐："我不是不敢动，是怕卸了你的胳膊又要哄你别哭。"

郁岸背靠墙壁，不服管教地微仰着头："面试官，你为什么会生气？我很好奇。连我亲爹都没管过我。"

"亲爹不管你我管你，想跟着我就得按我的规矩走。"

"我来工作，合老板的意就好，你为什么会在乎我走不走正道？老板说，你以前也不是什么好人。"

破甲锥落到昭然手里，昭然掂了掂尖刀，横着塞到郁岸唇边，刀刃向内，迫使他张口咬住："闭嘴，掉了揍你。"

口中咬着破甲锥，郁岸无法开口出声。锐利刀刃朝里侧，他只能小心地用舌尖压着刀刃，轻微动一下就会被割出一道口子。

没过几分钟，郁岸的身体就开始小幅度晃动，又过了一会儿，郁岸痛苦地仰头撞墙，可双手被困住，动都动不了。

"能不能听话了？"昭然问。

郁岸脖颈青筋凸起，艰难点头。

昭然松开手，郁岸像摊浸透水的陶土一样靠着墙瘫了下去，扶着地面吐出一口掺杂血丝的唾沫。

昭然靠在水池边，从风衣兜里摸出烟盒，推出一根叼在唇间，然后将打火机扔到郁岸面前。

郁岸咬牙捡起打火机，扶墙爬起来，仍在打战的双手拨燃火焰伸过去。

温热火光照映到昭然脸上，他的睫毛、眼瞳和头发便开始迅速褪色，最挨近光芒的额发和睫毛几乎褪成雪白，仿佛魔鬼脱下披风，显露出圣洁无瑕的一面。

"别装。"郁岸忽然夺下他唇间的烟，夹在指间。

昭然低头朝他吐出一口烟雾："谁昨晚在我面前信誓旦旦，第二天一早就出尔反尔的？"

自己的图腾印在郁岸身上，肯定会对他产生情绪影响，不由自主被吸引过来也是意料之中，但昭然其实想听到更有趣的答案。

"不重要。"郁岸目光灼灼。

"哈……"昭然吐了口气，唇缝微启露出洁白牙尖。被精神不稳定的小辈堵在墙角倒还是第一次。

他转身想走出洗手间，但被郁岸绕到面前截住："面试官？"

昭然无奈，把兜帽扣回郁岸头上："叫然哥。"

昭然走进大老板的办公室，坐进软皮沙发里。

大老板从茶案后抬起头，见郁岸乖巧站在昭然身边，一声不吭低头玩手指，但身上似乎多了一些血迹和水渍。

"孩子，你先出去。"

等郁岸不情不愿走出门外，大老板倒了杯茶，数落昭然："我说，怎么动这么大的气，来杯菊花茶，清热败火。"

"气他不长记性。"昭然手肘搭在沙发一侧扶手上，"老板，您想提拔郁岸，最好别往杀手方向培养。"

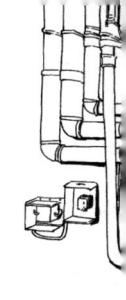

大老板眯眼笑，金丝眼镜细链摇晃："这么娇惯呀，畸猎公司难道是做慈善的啊？"

"这小子不一样，他只是还没在你面前表现出来，一旦坏起来就跟洪水冲了坝门似的，我好不容易才把苗头掐灭，你又给他带起来了。

"您还在他面前抖落我的老底，以后我怎么管他？"

"小孩爱听，他追着问嘛，正好今天清闲，就多讲了些旧事。"大老板一贯好脾气，搓着南红珠子点头，其实压根没听进去。

"年轻人犯错是常事，你担待些不就好了。灰鸦游戏公司的委托怎么样了？"

不愧是老板，连搪塞的语调都如此温和宽厚，昭然也不好再继续前个话题，只好回答：

"经过统计，受害者近百名，均提出自己曾在不同游戏中受到干扰，其中绝大部分是游戏主播，小部分是负债者、病患等，人气高的主播遇到干扰次数多，个人受到干扰的次数很少。我们已经进行过多方面调查，确定是畸体所为，它拥有在数据中游走的能力，容易被仇恨或是狂热的情绪吸引。"

"尽快解决。"大老板摊手，"《灰鸦：玩具屋》这游戏我很看好，前年就做了投资，宣发期间竟然出了这档事。"

"投资？"昭然也知道自家老板时髦，"我们已经做出了应对方案，安全技术组和机械后勤组正在加班赶制连接设备。现在唯一没解决的是，我们需要一个人出面，用主播号公开玩这个游戏，我们的技术人员才能把畸体引入特定场景并锁定，但灰鸦公司委婉表示，没有主播敢接这个任务。"

"用自己人吧。"

"我们可玩不来游戏……多大岁数了都。"昭然拢了下头发，"找实习生吧。"

"你这么一说，我忽然想起来。"大老板从抽屉里翻了翻，抽出郁岸的简历——特殊证书：百款恐怖游戏全成就和速通纪录保持者。

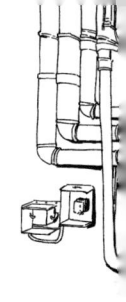

第036章
社恐的终极死亡任务

郁岸确实很喜欢玩游戏,但仅限于把自己关在房间里,一个人一声不吭打个通宵,让他在大庭广众前直播游戏,有点难。

"火焰圭……长得奇形怪状的,容易被封号。匿兰打架行,平时也没怎么接触过电脑吧。"大老板一张一张翻看简历,"郁岸合适,人长得白净乖巧,面相显小还耐看,现在的小姑娘就喜欢看这样的。而且他从没用地下铁实习生的身份露过脸,适合包装另一重身份。"

"哒,任务需要而已,干吗讨小姑娘喜欢?"

"推广嘛,一举两得,这样还能把我投资的钱赚回来。你以为凭空推一个游戏主播出来,不花钱的吗?"大老板挥手在委托书上盖章,"实习生转正会还没结束,这任务就当他们的第三项'模拟营救'考试,叫所有实习生着手熟悉《灰鸦:玩具屋》,等技术组和机械组调试完设备再决定具体行动方案。这任务就交给你去办,带那些实习生见见世面。"

昭然没再说什么,大老板今早引导郁岸了结曾让并非他最终意图,他想要郁岸戴上兜帽成为一把杀人利刃,摘下兜帽就摇身变成公司的小摇钱树。

大老板就是捏准了,自己在培养郁岸成为杀手的问题上已经拒绝过他一次,不可能连续拒绝他两次。

"我是没意见,"昭然耸了耸肩,"只不过郁岸投简历的时候说过,他只想找一个埋头干活不用说话的工作,你看他无欲无求的样子,因为对任务不满就辞职也是他能干得出来的事。"

"不会。又不让他白干，谁会跟钱过不去呢。"大老板悠然倒茶，胸有成竹，"再说这儿有你在，他怎么会走。"

"在象牙塔里待久了总会抱有一些不切实际的幻想。不会真有人相信面试官承诺的工作内容吧。"大老板端起茶杯，靠到椅背上大笑。

"话说回来，这孩子长得还挺标致，好好培养应该能拥有不少人气，你给他准备一身校服，往学生那个方向打扮，他的脸很适合。"

"校服……有点过分了吧。"

"你不觉得配上他的脸并没有违和感吗？说起来在这些实习生里，纪年研究生毕业，应该只比郁岸大一丁点吧，郁岸看起来多少有些幼态。"

"具体我再看着安排吧。"昭然及时制止了大老板对摇钱树的畅想。

郁岸还不知道自己已经被大老板安排得明明白白。

他并没乖乖站在门外等昭然出来，趁助理小安也不在，他终于找到机会，趁机溜走。

靠在大老板办公室门外这十分钟的无聊时间内，他已经在电子地图上将地下铁公司附近的大路小路都研究了一遍。

只要亮出自己的身份卡，自然有人负责引导他离开，郁岸找了一条隐蔽无人的小路，撬了一辆自行车一路偷跑回家，地下铁干员在执行任务中可以借用市民交通工具，丢失或损坏统一由公司买单。

多年逃课经验已经让郁岸练就了敏锐的反侦察能力，其实他本可以乘地铁招摇过市回家，只不过有点担心会挨揍，才选了最谨慎的路线。

郁岸悄无声息回到了家，来不及换鞋就跑到客厅。

他不辞辛苦跑回家，就是为了再用废核换两页日记看。

每次都要将沉重的电视橱四角朝天放倒实在太麻烦，而且很容易弄出动静和痕迹。郁岸翻出工具箱，用四根弹簧和一块弧形木片做了一个简易的弹射装置，弧形木片中央刚好能卡住废核，只需将废核对准电视橱下方的投币口，再按压弹簧，就能把废核弹上去。

他将用完的二级蓝怪态核－山羊角投进了圆形投币口内,投币装置发出铿的解锁声。

一卷搓成细棍的纸页弹到了地板上。

细细铺开纸页,郁岸才发现它并非日记,而是一页杂乱的手稿,勾勾画画的弯曲箭头相互交错,像地图。

在手稿正中央,用简笔画描绘了一个小村落,沿着七扭八拐的路线一直向村落深处走去,会路过一个画满加号和整齐的小长方形的地方,最终到达一片湖。

在湖的上方,特意用工笔技法细细描了一个繁复的图案——太阳。

太阳花纹常象征光明、信仰,但纸上的图腾中央花纹交错,给人一种诡异之感。

潦草的地图背面,写有"日御镇"三个大字,右下角附加两行小字:

(伪假光明悬于战神旗帜之上,虚无信仰以我终结。)

"日御镇,这名字好熟悉。"似乎大老板讲述往事时提到过这个地方,他说,他在日御小镇见到了昭然。

是面试官的家乡吗?联系纸页上的叙述和图腾来看,这小镇疑点颇多。

"这地图是我画的,难道我去过日御镇?"郁岸闭眼回想,试图在模糊的过往中搜寻这段记忆,但并无结果。

如果自己真去过日御镇,很可能与面试官产生过交集,那面试官对自己的关照和纵容就有迹可寻了。

怀着能找到更多线索的期待,郁岸又拿出用完的一级蓝功能核－

狼王命令，放到简易弹射装置上，弹进投币锁中。

一卷日记弹到地面上，滚到郁岸手边。

天气　晴

他平时上夜班，白天回家睡觉，尽管他工作很忙，仍然会满足我的一切要求。

我心血来潮想去看日出，他脱口而出"不行"，我追问他为什么，他的回答模棱两可。

但今天他格外好说话，像做了什么亏心事似的想哄我、满足我。

我们没去太远的地方，就在小区附近的公园矮山上，再往东去就是墓园了。我看中了墓园里有钱人打得特别高的一块碑，想坐在那儿看，他非不让我去。

半夜我们偷偷摸上了山，凛冬时节，凌晨时分天寒地冻远超我的想象，冻得上下牙打战。他笑问我要不要回去，其实我想立刻回去，但我嘴硬，我说不回。

这时候，远处天空泛起鱼肚白，溏心蛋色的明亮边缘掀开云层一角，阳光照在我脸上，毫无温度。

我回头看他雪白的睫毛和眼瞳，瞳仁映着半轮初阳，他才是日出。

但他今天苍白得不太正常，太阳升起时，他随之枯萎。我甚至在他疲倦的脸上看出一丝脆弱来，等不及日出结束，我拖起他回家，他昏昏沉沉地把额头垂到我肩上，睫毛像颤抖的飞蛾。

"如果能活久一点就好了，我宁可每天陪你看日出。"他喃喃自语。

我不理解，但看了他好久。

他偶尔会很悲观，就好像他的世界已经濒临毁灭，他

即将死亡，而我是他唯一的精神支柱。可能工作压力太大了吧，我想让他转移一下注意力。

回到家，他舒服了许多，脱掉工作时弄脏的白衬衫，我立刻拿出准备已久的一件酒红色衣服让他替换。

红色更加鲜活，让他看起来不再易碎，不再像会轻易从身边消失的样子。

我后知后觉地反应过来，难不成他怕光吗？

M018年2月23日

"畏光……酒红色衬衣。"郁岸细细消化日记里的内容，这次得到了不少关键信息，几乎可以确定日记里的"他"就是昭然。

那么日御小镇到底是什么地方？

手里的废核用完了，郁岸摸出跟昭然要来的几个硬币，放到弹射装置上，向上一蹦。

咔嚓。

声音不对……好像卡住了。

"哎，别。"郁岸趴到地板上拍了拍投币口，抬起电视橱颠了颠，只有硬币掉落出来，日记毫无动静。

里面的投币锁大概装了扫描装置，感应到废核的残留辐射才能开锁。

咚咚咚咚。

阳台传来指节敲玻璃的轻响，郁岸抬起头，隔着一面玻璃望去。

一只左手屈起指节保持叩门的姿势，悬空停留在窗外，并未长在任何人身上。

同时郁岸听见有人在敲天花板，抬头一看，那只手腕挂墨镜的右手正扒在天花板上迅速爬动，跳到窗前拨开锁栓，把左手放了进来。

两只手跳进房间，悬在郁岸面前，交叉做出抱臂训诫的姿势。离谱竖起一根手指对郁岸指指点点，好像面试官在训话，但又没出声。

郁岸竟然在脑子里模拟出了昭然的语气："小鬼一天到晚给我惹

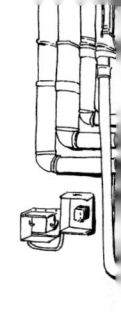

事，这么野，管不了你，一眼没盯着你就乱跑，还不赶紧滚回来。"

"哈哈。"郁岸笑出声，冷淡眉眼弯成一条线。

两只手恍了下神，态度柔和下来，在郁岸脑袋上轻轻揉揉。

别墅门铃按响，昭然就等在门厅鞋柜边，大门拉开，郁岸被两只手押回来，衣服半湿不干，头发乱毛多到兜帽外。

昭然抱臂站在门边："这么野，不去抓你都不回来，我管不了你了是吧，一天到晚给我惹事。"

郁岸有点想笑，但努力憋住了。

他根本不怕昭然会罚自己，打两下骂两下不痛不痒的，反正对方又不会对自己下重手。

虽然纯黑兜帽遮住了脸，昭然依旧能感觉到这臭小子恃宠生骄的跋扈劲儿。

既然揍不乖，就只能放任他吃点苦头了。

昭然拿出任务书，附一沓盖章合同，亮到郁岸面前。

乙方拥有优秀的游戏技术，外形符合要求……甲方同意将乙方签约为旗下主播……甲方盖章灰鸦游戏公司……乙方签名：昭财。签约ID 煤黑黑？

"给你做了一个新身份，如何？"

郁岸看罢，一声不吭，扭头就跑。

下一秒后领被昭然伸手拎住，提回屋子。

第 037 章
雷神

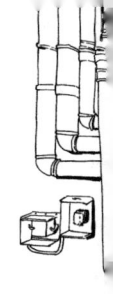

"你还学会撬别人自行车了?你不是有鹰翼吗?"

郁岸被提溜到客厅里教训,换上睡衣,双手背到身后低着头听训。

"我总觉得,我使用核的时候,你能感觉到。"郁岸看着自己脚尖,"在古县医院里,我们明明没见面,你却知道我与山羊角建立连接了。在美容院幻室里,你又在我用核过度不能再更换核的时候出现。"

昭然摸摸鼻尖:"……下次还是用鹰翼吧。"

斩了窥视鹰局的一头机械鹰拿到的怪态核 – 鹰翼能让郁岸得到快速飞行的能力,躲避城市监控会更加容易,只不过使用时间只剩不到二十四小时,不能太挥霍。

"你怎么知道我撬了别人的自行车,我被监控拍到了?不可能。"郁岸抬起眼皮,语气自信笃定。

负责跟踪郁岸的离谱此时心虚地抱着手指悄悄退场。

"随时掌握实习生的行踪是我职责的一部分。"昭然抬起手腕搭在郁岸头顶,"不服也忍着。"

郁岸手里攥着自己的任务书和主播签约合同,只好不再与昭然争辩:"随便你……但是能不能换个任务给我……"

"哟,还有实习生挑任务做的份儿啊,做到我这个位置都还得听老板的安排呢。"

"你这么有钱,有房有车,为什么要留在红狸市,给地下铁的老板卖命呢?"郁岸扫视客厅中价格昂贵的摆设,"猎杀畸体不是太危险了吗？"

"我有留在这儿的理由。如果你想走，实习合同可以作废。"

轻飘飘的一句作废，好像自己是去是留对他而言无关紧要，日记里关系那么紧密，现实中自己却只像他经手的无数学徒中的一个，随时可以用能力不够的理由替换掉。

"播就播，不就是打游戏。"郁岸扫开他的手腕，径直走进卧室里，把台式机打开，熟练登录游戏商店，"不用上班，光在家玩游戏，也行。"

昭然激将法得逞，唇角偷偷翘起，手肘搭在电脑椅背上，站在郁岸身后看电脑。

随着郁岸拨动鼠标滚轮，一排排恐怖惊悚和动作冒险的游戏封面出现在已购买页面中，他玩过的游戏完全不只简历上写的那些，除了创下速通纪录的一部分游戏，还有其他大大小小上百个游戏，进度基本都在百分之九十以上。

昭然盯着屏幕上那些游戏，忽然就顿悟了这些年打给他的零花钱为什么一分没攒下来。

"你在学校也没干别的吧，就天天玩这些。"

"打得快，不费时间。"郁岸仰头看他，"不然无聊干点什么呢，我也不像他们一样有对象。"

昭然挪开视线，抬头看向电脑屏幕。

"你想看我玩哪个？"

捉住他作乱的手，昭然把一个新手机递给他："灰鸦公司派了他们的一位主播带你，他教你怎么调试软件。"

郁岸接过已经拨通号码的手机，不耐烦全写在脸上。平时他一年也打不了一个电话，甚至点外卖都只留言让放门口，就为了能不接外卖小哥的电话。

电话另一端，黄奇趴在电脑前唉声叹气。

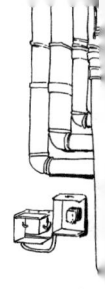

前些天在细柳美容院被吓破了胆，身高没变高，反倒差点被取走一只眼睛，人倒霉起来喝凉水都塞牙。最邪门的是在美容院见到的那个黑衣小哥，每天晚上一闭眼，黄奇脑子里就会浮现他把自己左眼拿走后的样子。

害得他一连在医院住了三天，好不容易出院，短了这么些天的直播时长，也没参加公司的线下活动，被公司以抵扣损失的名义委派去配合地下铁调查，还有模有样地签了保密合同。

说是配合调查，可黄奇接到的命令却是带一个新人主播快速上手，俗称陪玩。

这可不是普通的陪玩，是要在百十万粉丝面前公开互动的，假如对方搞笑话多，抛个什么梗都能接得住就罢了，自己的压力也不会太大，可万一那真是个蠢呆新人，什么都不懂，在直播间里乱说话，自己的损失可就大了。

而且新人主播的技术不稳定，如果同一个关卡总是过不去，或者对抗类游戏一直输，节目效果差，就会流失大量在线观众，粉丝印象也会变差。

放在桌边的手机突然一振，黄奇手忙脚乱接起来，核对了一下陈经理给的号码，客客气气地自我介绍一番，然后了解了一下对方的电脑配置，再把直播需要的软件告诉他。

话多本来就是主播的职业技能，但黄奇自己噼里啪啦说了一堆，那新人只冷淡地"嗯"了一声。

"呃。"黄奇欲言又止，却听见那新人不知在和谁说话："见手青你吃过吗？蘑菇一摸就变青，你怎么一碰就变红啊？"

黄奇如遭雷劈。

还在闲聊天？虽说做好了新人职业素质不过关的心理准备，但这种程度也太过分了。

配合调查。黄奇在心中默念三遍才把火气压了下去。

管他呢，糊弄过去得了。

黄奇调试好摄像头角度，检查了一遍网络，便像往常一样开播了。

观众渐渐聚集，弹幕从稀疏变得密集，有人在感叹失踪人口突然回归，也有人在关心主播的病情。

"感谢大家的关心，确实住了几天院，不过现在没事儿了哈。"黄奇的职业素质绝对过关，面对观众，瞬间就换了一副开朗活泼的表情。他的脸其实很精致，尤其长了一双眼角微垂的小狗眼，又上镜又非常讨喜。

"今天要和一位新主播连麦哈，ID煤黑黑，大家感兴趣的可以先去点一波关注。"黄奇双手合十无辜憨笑，"接到了新活儿，要我带带新人。"

先跟这个煤黑黑撇清关系再说吧，万一出了什么直播事故可别连累自己。

"观众朋友们想看哪个游戏就打在屏幕上啊，最近播的几个都很好玩。"

"不想看恐怖的啊，你想看什么，看枪战？CS、吃鸡、战地还是彩虹都行。"

"那是，咱是高手，还能有玩不来的游戏吗。"

"哎，煤黑黑来了，我把麦连上。"黄奇看到手机上的消息，匆匆与煤黑黑连上线，"你好你好！"

还以为麦坏了，调试了半天，原来煤黑黑根本没说话。

稍微有点冷场，观众也有点不耐烦。黄奇擦了把汗，保持憨笑自己圆场："第一次直播都会紧张的，我当年也这样，没事哈，观众朋友说想看枪战游戏，你平时玩哪种？"

过了好一会儿，煤黑黑终于开口："都行。"

嗓音冷淡，不情不愿。

弹幕一阵欢呼，声音好听的小哥哥总是受欢迎，毋庸置疑。

凹高冷帅哥人设是吧，这种类型最容易翻车了。黄奇其实挺烦这种人，于是想晒他一下，就提出打个一对一竞技场，反正娱乐局，

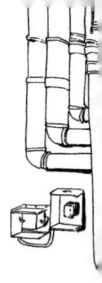

玩嘛。

煤黑黑："可以。"

同时，黄奇的手机收到煤黑黑发来的一条私聊消息：我应该赢还是输？

黄奇气得发笑，打字回复：尽力玩就行了，选越怪的武器越好，这样容易出直播效果。

煤黑黑：好。

黄奇只挑选了一把带红点瞄准镜的P1911手枪，娱乐局带步枪实在没意思，关键还不知道对方的技术怎么样，自己这边如果碾压感太强，观众肯定觉得没劲，还会被陈经理训一顿。

他实在不放心，于是在另一个显示屏上打开了煤黑黑的直播间，以便随时检查新人的页面是否正常，以及摄像头有没有拍到不该拍的东西。

煤黑黑虽然开着摄像头，但并没露脸，屏幕右下角只露出键鼠操作台，一双细长干净的手搭在键盘上，打开游戏，进入竞技场，开始选择武器。

一切都还算正常，直到画面中，煤黑黑把原本横放的键盘在桌面上转了九十度，竖了过来。

黄奇忽然感觉自己对新人的判断似乎出现了些许失误。

煤黑黑没带枪，手里只捏着一颗手雷。

"观众朋友们，这种情况下谁拿的武器不够怪谁就输了，我现在已经输了。"煤黑黑不说话，黄奇只好卖力地维持气氛。

弹幕一阵狂呼"高手"。

竞技场内放置了不少能供玩家躲藏的掩体，在一对一单挑局中，谁先杀对方二十次就赢了，如果两人对峙太久，那么时间一到，分数高者获胜。

单挑开始。

黄奇按自己平时的套路玩，先沿着集装箱掩体搜人，再以箱体遮挡半个身位,他枪法不差,和其他主播单挑时也没拉胯过。

可他搜不到人。

就在他开始怀疑煤黑黑是不是操作错误被卡出竞技场时,回头瞧了一眼显示煤黑黑直播间的显示屏。

画面上,煤黑黑的角色正抡起胳膊向外甩了一颗雷。

而手雷的抛物线尽头就是黄奇的头顶,在进入爆炸判定范围时,瞬间爆炸,黄奇当场归西。

弹幕哄笑,刷过一片"雷神""接得好"。

但黄奇隐隐感觉不妙,复活后他抢占先机去掩体后,但又一颗瞬爆雷准确出现在他脚边,滚落到爆炸判定范围的一刹那直接爆炸,根本不给黄奇挪身位避开的机会。

"巡航导弹啊。"黄奇挽起袖子认了真,这新人有点意思。

但即便他认了真,到后期甚至开始去对手直播间窥屏判断位置,依旧迅速被煤黑黑杀满了二十次,比分20:1。

有好奇观众在两个直播间来回跑,跑回来报告说:"煤黑黑这局一共只捡了二十一颗手雷,有一颗扔墙上弹回去把自己炸了,你的一分就是这么来的。"

直播画面被满屏"哈哈哈"遮挡,黄奇靠到椅子上,一脸震惊,抓了抓头发。

煤黑黑这个账号的粉丝量暴涨。

郁岸放开键盘搓了搓手心的汗。其实他每说一句话,腿就遏制不住打战,声音也会轻微跟着抖。

终于结束了,他迅速关上麦和摄像头,蹲坐到椅子上,手心在睡裤上搓汗,眼睛放空开始发呆,好像死机了。

"不错啊,煤黑黑。"昭然趴在椅背上低头调笑。被热情吵闹的弹幕包围,有的人脸热看不出颜色,实际上快烫得滋滋冒响了。

"差不多了,接下来玩这个游戏。"昭然将一枚新U盘推到郁岸面前,"灰鸦公司给的新版本《灰鸦:玩具屋》,增加了一部分场景。"

"玩的过程中随时警惕异常情况。"昭然轻声交代,"这周技术组和机械组开始调试连接设备,我可能会先尝试连接到场景内,需要你替我开路。"

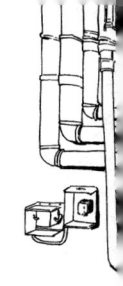

第 038 章
速通

郁岸接过 U 盘:"我是没问题,不知道那个负责引流的主播愿不愿意玩这个。"

昭然轻松道:"他需要配合调查,我已经派人去保护他了。"

与此同时,黄奇的家门被敲响。

门外一男一女皆佩戴地下铁紧急秩序组徽章,穿制服。脖颈系丝巾的女孩小安微微欠身:"黄先生您好,我们是昭先生派来保护您安全的工作人员,这是我们的证件。"

下属小齐淡漠站在一旁,递过去一枚 U 盘,语气不容置疑:"接下来玩这个。"

黄奇看到 U 盘上的标签,心里一紧。《灰鸦:玩具屋》,公司近期忙于宣发准备上线的新游戏,自己就是因为这破游戏险些毁容,原本发誓再也不碰这游戏,没想到兜兜转转还是逃不开。

这游戏有时候玩着玩着就会听到敲门声,问过公司内部的程序员,都说不是 bug。

同事们私下议论,说这游戏邪门。有多邪门黄奇是亲身经历过的。

"你们能保护我安全吗?"黄奇将信将疑,"如果直播途中出了什么危险,我立刻关机可以吧?你们不能强迫我继续玩吧?"

小安轻笑摆手:"如果发现异常,您可以迅速离场,留我们在房间里处理突发状况,一定不会让您受伤的,这是我们地下铁的职责,您放心。"

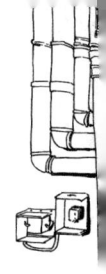

黄奇犹豫地接下U盘，回到电脑前，确定那两个地下铁的工作人员藏在拍摄死角中后，满面春风地对观众说："朋友们我回来了，刚刚拿到了公司最近要推出的新游戏《灰鸦：玩具屋》的试玩版，据说增加了几个新场景，咱是内部玩家可以先过过瘾。

"许多观众都对灰鸦公司的新游戏充满期待。很久之前灰鸦公司就已经推出过试玩版，只有一个中欧魔法师背景下的关卡，名叫瘟疫村庄，很多玩家都试玩过，认为场景细节和玩法设计都很有意思。当时许多玩家都说《灰鸦：玩具屋》有成为神作的潜力，但不知道什么原因试玩版暂时下架，或许现在已经调试完毕，很快大众玩家就能玩到了。

"瘟疫村庄关卡我之前已经玩过了，但应该有新观众没看过，咱这次新存档从头打一遍，而且今天有煤黑黑在，可以玩双人，我觉得他应该走的是技术流，想看煤黑黑视角的点进屏幕下方这个链接哈。"

地下铁的两位干员就站在墙角盯着自己，黄奇只好更加卖力，按公司要求努力把流量往煤黑黑那边引，然后用手机发消息教他与观众互动：

你要时不时读一下弹幕提的问题，然后回答。多说几句话！高冷人设走不长的！

煤黑黑：好吧。

昭然把组里的吉祥物和最能打的一起派到黄奇身边守着，足以见得这次遇到的畸体不容小觑，比起古县医院的羊头人或是美容院的外科医生强得多。

"给他配两个保镖，那我呢？"郁岸抱腿蹲坐在转椅上。

昭然坐在床边，盘膝支着头笑说："你就只剩我能凑合用了。"

"可以。"郁岸下巴搭在膝头，抬起眼睫，"可以凑合用。"

手机不停振动，郁岸看了一眼内容，沉默打开安装完毕的《灰鸦：玩具屋》，选择了双人合作模式。

"他说什么？"

"让我多和观众互动,读一下弹幕的问题,然后回答。"

"你就当上课回答老师问题吧,别紧张。"

"哦。"

郁岸垂眼做了一会儿心理建设,艰难地开了麦,机械地读弹幕提的问题:"主播为什么不露脸……因为丑。

"主播多大了……99年的。

"主播全职打游戏吗?不是……老板的任务。

"因为老板抠门,一个人想掰成三个人用。我想辞职,但上司一直PUA我,用不在乎的态度威胁我……唔唔……"

一只手伸过来,捂住了郁岸的嘴。

靠谱压在郁岸嘴上,昭然在一旁对他疯狂比画:"少说没用的!说游戏!你想怎么打就怎么说,就当在教我玩了。"

郁岸只是社恐,并不是话少。当他忽略屏幕对面的观众是一个个活生生的人时,他的身边只有昭然和屏幕上跳动的文字。

另一面,黄奇加入了双人模式中,两人一起进入选择角色状态,仍旧只有三个角色:南瓜头战士、凶悍女巫和魔药师。

黄奇用游戏内语音给观众解说:"凶悍女巫是这里面最强的,相当于战斗法师,手里的法杖可以施法,也可以直接冲过去抢人,伤害奇高无比,新手最好选这个,如果被怪围攻,你操作不行也可以无脑杀出去。

"魔药师我基本不怎么玩,是个辅助角色,可以捡材料配药水,但单人模式下感觉通不了关,也可能是我不知道怎么玩。

"南瓜头战士是最难上手的,特别吃操作,手残选了直接给自己打到自闭,因为他有个专属武器,叫贵族火枪,一整局下来能捡到的子弹特别有限,而且每打两发就要重新装填弹药,子弹伤害高,但命中判定特别严格,歪一点就算没打中。"

煤黑黑二话不说直接选了南瓜头战士。

黄奇干笑一声:"你还挺叛逆。你之前玩过这个关卡没有?"

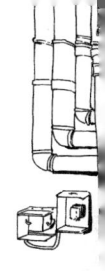

煤黑黑如实回答:"玩过,但没怎么探索地图,我是速通的,剧情都没看。"

每个人玩游戏的爽点不一样,有人喜欢悠闲地探索地图的每一个角落,收集各种成就和道具,也有人就享受那种用最短的时间把 boss 挑翻的快感。郁岸就属于后者,致力于在游戏里卡 bug。

"太好了,那你跟我一块按剧情主线打过去。正好我也没玩过双人模式,难度应该会更大。"黄奇选了凶悍女巫,然后进入关卡。

双人模式的进入动画有所变化,是凶悍女巫扛着法杖大步向前走,一脸衰样的南瓜头少年衣领挂在法杖末端被挑着,一颠一颠。

两人从幽暗的村庄中苏醒,怪不得说凶悍女巫是新手友好角色,她落地就带着宝石法杖,南瓜头战士是空手下来的,要去寻找装备。

郁岸随手捡了一把"破旧的柴刀",作为拿到专属武器之前的防身用具。

这个游戏的魅力其实更多在于探索,并不一定要拿到专属武器才能通关,玩家如果愿意,甚至可以一直花时间捡道具或者材料强化一把破旧的柴刀,直到它的伤害能叠加到一刀砍掉 boss 半管血。

两人在夜色深重的村庄里游逛,大多数小屋都门窗紧闭,但门外养着护院狗,玩家一旦踏入判定范围,护院狗就会迅速跑过来,张开血盆大口发起猛烈的攻击。

这种新手小怪叫"疯狗",是给玩家熟悉操作用的。

起初只有一只,再走一会儿就会同时扑过来五只。郁岸挥起柴刀,在疯狗朝前一跃的瞬间砍它一刀,疯狗会坠落到地上,然后爬起来穷追不舍,郁岸灵活后退,继续砍了两刀,疯狗才倒地。

但黄奇的女巫只需要抡一下法杖,就能秒杀一只疯狗,的确伤害很高。

郁岸拾取了一颗"疯狗牙",可以安在柴刀刀柄上,攻击力加 3 点。

不远处,十几个村民头挨着头站立围成一个圈,用这种诡异的姿势在讨论着什么。

走近后,他们的私语声逐渐清晰。

"那个人看起来很奇怪,我们不能放他进来。"

"没错,他好像患有传染病。如果让他进来,可能大家都会被感染。"

在这些村民时不时偷瞄的方向,村庄的木栅栏外,站着一个面黄肌瘦的乞丐,枯瘦的双手握住栅栏。他的眼窝深陷,脸已经苍白得几乎失去血色,时不时抽搐一下,很像即将突变的丧尸,傻子都看得出这人不对劲儿。

黄奇是走过主线剧情的,他知道等会儿会有一个圣母NPC出来说服大家把外面的乞丐放进来,乞丐进来之后就会发病,然后成为这个场景里玩家遇到的第一个小精英怪"病弱旅者"。新手很难对付他,因为他被打掉半格血之后,就会满地打滚大声咆哮,然后把十里八村的疯狗都引过来,玩家除了要用简陋的武器对付乞丐,还要随时提防角落里冒出来的疯狗。很多新手第一次遇到这种场面都会惊慌失措,死个四五次才过。

果不其然,一个正义青年从村民之中走了出来,恳切地说:"他只是个可怜的过路人,收留他,我们的慈悲一定会带来好运的。"

就在村民们快要被说服时,南瓜头战士突然跳出来,不由分说抡了那正义青年一柴刀。

正义青年当场倒地,趴在血泊中。栅栏没被打开,所以小精英怪"病弱旅者"没触发。

弹幕刷过一片问号。

"这游戏做得真好,"郁岸自言自语感叹,"电影里的这种角色总是让我想一刀砍死。"

黄奇也是一愣,还能这么操作的吗?

恰好观众里也有这么做过的,有人说:那个正义青年是祭司伊满的儿子,如果在这里杀了他,后面遇到的小boss祭司伊满就会狂暴,

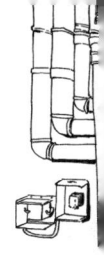

巨难打。

但正义青年被杀死后，身上竟然掉出了一个道具——贵族火枪，南瓜头战士的专属武器。

"这把枪应该在祭坛上被烧焦的尸体附近才能捡到。"郁岸嘀咕，捡起贵族火枪，里面自带两发子弹，加上四发备用弹。

观众在弹幕上一阵狂刷：不要捡枪！！捡了就得打祭司伊满了！

村民们惊慌失措，四散逃走，此时所有玩家能走的出口瞬间弹出木头地刺，将路封死，脚下地面倏然亮起一片七芒星符咒，光亮尽头，一位身穿黑色祭司长裙、双眼遮挡黑色布条的老妇人缓缓走出来。

老妇人的身影飘忽显现，在空旷的场地中无限瞬移，时而贴近玩家，时而远去，口中呢喃："你们杀了他……还当众揭发了他的秘密。只好让祭坛上的火焰拷问你们的罪行了。"

揭发秘密，是指从正义青年身上掉出的那把枪吗？

老妇人的瞬移速度突然加快，几乎只在原地停留不到一秒就会消失，飘忽不定出现在黄奇的女巫背后，举起胸前的吊坠用苍老的声音说："忏悔吧，孩子。"

女巫脚下便浮现一圈七芒星法阵，火焰从光芒中上涌，黄奇大惊失色，操作女巫迅速避开，但火焰范围过大，在他挥动法杖试图反击时还是狠狠被燎了一下，当即掉了一半血。

如果老老实实按剧情走，祭司伊满应该是个中后期才会遇到的boss，那时候玩家的武器精良，血量更厚，至少不会像现在这样毫无还手之力。

老妇人催动法阵后，紧接着便从原地消失，退到离玩家很远的位置。她念动咒语，地面开始震动，满地尖刺追着玩家落脚的地方向上扎。

好在黄奇的操作意识都不错，在地上跳来飞去躲开了尖刺的偷袭。

"煤哥你真坑啊！你把人家儿子干了！"黄奇被满地尖刺追着跑，时不时还会被老妇人贴脸输出，他只能躲，寻找出招的机会。

郁岸也聚精会神盯着屏幕，躲避攻击的同时观察祭司伊满的攻击方式："她只在地面七芒星花纹的十四个交叉点上来回瞬移，而且先顺时针转，再逆时针转，可以预判她下一次瞬移出现的位置。"

"这么快，我预判了也近不了她身！"

砰！一声枪响。

老妇人眉心中弹，双眼翻白，垂下双手僵住了。

郁岸的贵族火枪枪口冒烟，下了一个简洁的命令："捶她。"

"准啊。"黄奇操纵女巫冲到近处，挥起法杖对着老太太疯狂输出。

老妇人僵硬了不到两秒，重新恢复了行动能力，倏然消失在原地，满地又开始爆发尖刺。

郁岸平淡道："大概摸清了，速通吧。"

说罢，又一声枪响，老妇人瞬移出现的那一刻就被子弹击中头颅，身体僵硬。黄奇也逐渐配合上郁岸的节奏，老妇人一被打中，他就冲上去用法杖猛砸。在老妇人身体僵硬消失的一瞬，郁岸已经填装完子弹，又一发子弹袭来，让老妇人定在原地，甚至无法瞬移。

总共六发火枪弹，弹无虚发，且永远掐住最极限的时间把老妇人困在原地，让黄奇的女巫动都不用动就能一直暴揍boss。

最后一法杖抡过，祭司伊满双目淌血，一身黑袍燃起熊熊火焰，终于原地化为黑烟，被地面的七芒星法阵吸收，光芒逐渐熄灭，一行字幕出现在屏幕上——以火焰审判他人之人，终被火焰审判。

在郁岸极致的控制之下，两个落地不到十分钟的角色竟然磨死了狂暴状态的中期boss祭司伊满。

弹幕从满屏的问号变成了疯狂的赞叹。

黄奇盯着直播间热度不断增加，知道公司应该在趁机买曝光位。

郁岸靠到椅背上歇了歇眼睛。他只有一只右眼能用，其实盯屏幕会很累。

咚咚。

好像有人在敲门。

第 039 章
赛博家暴

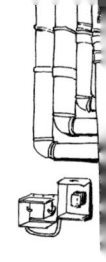

郁岸摘下耳机，竖起耳朵仔细判断这声音来自游戏还是现实。

"大概是游戏里的敲门声。"他重新戴上耳机，一抬头，屏幕上冒出一张惊悚的鬼脸，眼孔冒血脸色煞白。

郁岸吓了一跳，仔细辨别这张脸，和刚刚被砍杀的正义青年一模一样。

"Jump scare，好低级的吓人手法。"郁岸对这游戏后续的耐心又被磨灭了一些。

观众们也被突然冒出的鬼脸吓坏了，在弹幕上骂了起来。一小部分观众反驳说害怕还看什么恐怖游戏啊，另一撮被吓到的观众被拱起火气，开始对骂，甚至将怒火延伸到游戏制作人乃至灰鸦公司身上。

骂声越来越多，直播间的狂热和怨气几乎都达到了峰值。

"不对，Jump scare 的停留时间不会这么久。"郁岸平静注视屏幕，与正义青年惨死的尸体对视，不放过任何一点变化。

在他细致的观察下，发现在屏幕下方的角落中出现了可疑的东西——青年双肩上搭着一双手。

也就是说，背后有人在扶着他，将他面向玩家的视角。

青年的脸慢慢从屏幕中央移开，另一张脸从他身后暴露出来。

那是一张顽皮的少年的脸，半长卷发下两只眼睛一金一蓝，眼白漆黑，龇着两颗小虎牙对观众露出得意的微笑，享受着屏幕外的尖叫和咒骂。

黄奇被突然冒出来的死人脸吓得屁滚尿流，当场要关了直播逃跑，却被小齐冰冷的眼神震慑回原位。小齐心中有数，有小安这个吉祥物在，黄奇必然不会成为畸体的第一目标，暂时安全。

"NPC还是……"郁岸一动不动端详屏幕里的特殊人物。

卷发少年隔着屏幕与郁岸对视，见只有他没反应，欣喜的表情突然阴郁，抬起一只手，搭在了屏幕上，掌纹清晰可辨。

通关过上百个恐怖游戏，郁岸可谓身经百战，普通的惊悚场面无法让他感到恐惧，被突然出现的鬼脸惊到只能算身体的本能反应，所以人们才普遍厌烦Jump scare的惊吓形式。

可接下来发生的事情远远超出了郁岸的意料。

那只手缓缓透过屏幕，伸了出来。

郁岸惊诧不已，不由自主向椅背靠去，右手迅速抄起放在抽屉里的破甲锥，朝那只手狠狠刺下。

然而那只手似乎只是从屏幕上投映出的虚幻影像，破甲锥轻飘飘穿过探出屏幕的手，刀尖深深没入电脑桌的木面。

少年调皮一笑，手伸到郁岸用于直播的摄像头前，轻轻一扳。镜头上移，一下子对准了郁岸的脸。

一张年轻冷峻的脸出现在直播画面中，左眼处裹满纱布。

郁岸在屏幕上看见自己的脸也是一愣，观众们顿时停止吵架，弹幕空了两秒。

紧随其后的便是刷满屏幕、铺天盖地的"好帅"。

哭丧着脸、被强行按在电脑前的黄奇张大了嘴，看着煤黑黑本人出现在镜头里。

下一秒，黄奇当机立断关了直播，抱在小齐身上死活不肯松手，非要跟他们一块回地下铁不可："他就是美容院里那个抠眼珠子的疯子！！"

"您冷静……"小安弯下腰苦笑安慰。

少年见郁岸被吓到，得意扬扬地用探出屏幕的手扫乱电脑桌上的

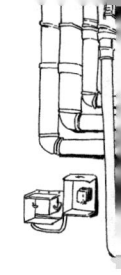

东西,他一把抓住倒插在桌面上的破甲锥,前后松动拔了出来,在郁岸面前挥舞。

那可是镶嵌二级红核的刀,甚至不用触碰,仅凭刀刃的寒光就能割破皮肤。郁岸及时向后撤,睡衣胸前仍被划出一道口子,见情况超出预期,于是顺手关上了摄像头。

少年玩上了瘾,探出屏幕的部分越来越多,甚至连头和上半身都伸了出来,试图刺伤郁岸。

郁岸也试过反击,但对方的身体并非实体,只是虚拟的影像,少年能攻击自己,自己却无法触碰他分毫。

忽然,少年的身体颤了一下,他的视线越过郁岸,看到了站在后方、手肘搭在椅背上的昭然,金蓝双眼闪过一丝疑惑。

昭然微张开嘴,尖牙分开一道缝,似乎由声带异常摩擦发出一阵噪声,听起来像一种独特的语言。

"蛹。"少年变得警惕,敬而远之迅速向屏幕中缩回去,破甲锥并未跟着少年的影像一起进入屏幕,而是被屏幕阻挡,掉落在桌面上。

少年在回到屏幕后就跑出了界面,完全消失踪影。观众们都在疑惑,以为是游戏bug。因为除红狸市以外的城市很难见到畸体,普通人基本不会想到这一方面。

黄奇已经吓破胆,无法再继续直播,郁岸任性下播,关闭了游戏。

"那就是灰鸦公司委托追杀的畸体吗?你刚怎么不动手?"郁岸拿起掉落在桌面上的破甲锥,匆匆收进抽屉里。还好,宝贝没丢。

"你也试过了,在现实世界谁都触碰不到他们。"

"他们?"

"已经查明在游戏里胡乱制造恐怖气氛的畸体是一对双胞胎,J·S兄弟,寄生在虚拟场景中,以人类的恐惧和狂热为食,越是旺盛强烈的情绪越容易吸引到他们。游戏直播间,或是电影院,或是怨恨深重者家里的电器,只要他们想去,就可以去。"

"公司打算怎么对付？"

"技术组会想办法把他们困在场景里，然后由我们的人进入《灰鸦：玩具屋》，深入游戏场景里杀死他们。你这几天暂时负责播这个游戏，我会提前替你们尝试连接设备。"

"不播，"郁岸仰头瘫到椅背上，"不干了。"

"不播也行，去楼上跟我练格斗和体能去。"昭然虚晃左手，靠谱飞起来弹了郁岸一个脑瓜崩。

郁岸捂着脑门沉默瞪他——仗着自己能打就乱揍实习生的上司，暴力逼迫，以权谋私。

"游戏场景，我也要进去吗？"

"这是实习生转正会的最后一项考试内容，模拟营救。"昭然轻松道，"等成功转正，你会得到很多有用的公司权限。"

郁岸兴致缺缺："什么权限？"

"比如公司的内部商场，第一手货源都是让自己人先挑的。"

"嗯……"郁岸听到半截就开始想其他的，他在思考那少年面对昭然说出的一个字。

蛹。

那少年似乎对昭然充满敬畏。

周三，技术组和机械组开始尝试第一次连接，比预期最快的时间还要早一天，效率惊人。

灰鸦公司的委托成了几个实习生第一次实战的项目，雍郑坐在电脑前，十根手指飞快敲击键盘，将复杂的代码植入《玩具屋》的程序内，反复调试。

安全技术组组长撑着桌面俯身看徒弟操作。

"我在《玩具屋》的场景入口植入了单向门，只能进不能出，到时候只要切断这里，整个场景就会瞬间封闭。"

"稳定性如何？"

"没问题。"雍郑的电脑是一台畸动装备,拥有迅捷的计算速度和矢量空间,足以承载任何庞大的程序运转。

纪年趴在满地零件堆里,检查连接器内的微小焊点,哼着小曲,小腿翘在半空晃来晃去。

调试间的大门向两侧打开,昭然走进来,双手插在兜里,免得不慎碰到东西。

"怎么样了?"昭然走到纪年近处,蹲下身看他工作,"你师父呢?"

"他不在。"纪年仰起脸,嘴唇弯弯地翘着,怪乖巧的。

"你自己能行吗?"

"还可以,已经到最后阶段了。"纪年从零件堆里爬起来,拍了拍牛仔背带裤上的金属屑,"现在有一个问题,如果只用精神连接的方式,把执行任务的干员的意识投映到游戏角色上,那他们就只能用游戏角色的行动方式去对付畸体。"

他担心昭然没懂,于是耐心解释:"就是说,比如凶悍女巫这个角色,她挥动法杖打人的时候,只能举起手向左挥一下,再向右挥一下,动作是游戏公司提前设定好的,我们的人进去之后就会被动作限制,出现很多攻击和防守死角。

"本来游戏场景就是J·S兄弟的主场,我们的人就这么进去肯定会陷入被动。在游戏里死亡必然导致连接者受到精神冲击,不能因为角色还能复活就不以为意,严重的话可能会再也醒不过来。"

"有道理,你有什么办法?"

"我认为,应该找一间幻室作为连接载体,这样我们的人可以在幻室里自由行动。"纪年思路清晰,娓娓道来,"需要一间镇守者已经离开但还未被破解的幻室。"

幻室形成的基本条件是,有畸体在此空间内杀死或吞噬过活人。想要解除幻室,需要杀死镇守幻室的畸体,或是破解幻室运作的原理,不过有的时候,制造幻室的畸体会游荡出去,留下一个空幻室自己跑了,这种幻室就会相对安全一些。

"哦……那可不太好找啊。"昭然托着下巴沉思。

"好找！我这些天一直在找，请看！"纪年双眼亮晶晶地掏出背带裤前口袋里的照片，举到昭然面前，"是您之前抓捕畸体宠物走私犯的游乐场，在废弃的马戏团帐篷里。"

"还挺巧的，也不知道这里怎么会出现一个空幻室。"纪年挠挠头。

"是啊，为什么呢？"昭然翘起唇角，尖牙隐现，"挺奇怪的。"

纪年匆匆拿起连接器："总之您先试一下设备……稳妥起见，最好连接到 boss 身上，不要连接到太容易死的角色上。"

昭然在纪年的辅助下戴上连接器，雍郑检测了一遍数据："尝试连接到 boss 尖叫狱卒身上，昭组长，受动作限制，您目前只能用尖叫狱卒的招式和动作去反击，所以小心为上。"

"好。"昭然闭上眼睛。

经过三天的训练，郁岸差不多适应了主播的工作，只要忽略屏幕对面的观众都是活人，那么他需要面对的就只是一些不断从屏幕上跳出来的文字而已。

对于与弹幕互动，郁岸已经驾轻就熟。

"观众朋友们，每天播同一个游戏好没劲，但老板要求我只能播这个，今天给你们玩点有意思的吧。"郁岸面无表情，一脸冷漠进入游戏，照旧选择南瓜头战士。

"给你们看，速通瘟疫村庄场景终极 boss，尖叫狱卒。"

南瓜头战士熟练地拿到了专属武器贵族火枪，但总共只有两发子弹。在瘟疫村庄场景中，杀死正义青年会得到四发备弹，然后去祭坛上砍烧焦的尸体，砍一刀就会掉一发子弹，总共可以砍两刀。

如果不去探索地图，南瓜头战士总共只有八发子弹能用。

"观众朋友们，教你们卡焦黑尸体的 bug。他受击判定一次就会掉一发子弹，尸体的血量估算大概一百，一柴刀下去就会砍掉五十，砍两次就不再掉子弹了。"

"所以我们这样。"郁岸跑到村庄边缘，捡起了地上随处可见的一个扎手的刺猬草团，撑在焦黑尸体上。

刺猬草团会持续对周围造成1点伤害，所以每扎尸体一下，就会卡出一发子弹。

弹幕刷过一片问号。

郁岸捡起五十发子弹，其他什么装备都不要，直奔尖叫狱卒的小屋。

"尖叫狱卒是新手关底boss，是不会主动攻击玩家的，她在攻击我们之前，会伸出一只手，讨要东西，这时候无论给她什么，都会触发她发疯的动画，然后开始boss战。"郁岸的声调平淡且冷静，"这里也可以卡bug，我们什么都不给她。"

"只要这样，跳起来，贴到最近，没卡到就多跳几次。"郁岸操作南瓜头战士向上跳起，尽量贴到尖叫狱卒身边。

不可思议的情况发生了，南瓜头战士卡到了尖叫狱卒的手上，脚踩着她，让她动不了。

"踩住她的手就不会触发开战动画，我们直接从门缝这里贴脸输出。"郁岸举起贵族火枪，把枪口戳进门里，对着尖叫狱卒一阵狂轰，打空子弹就再填，反正子弹多。

满屏火枪弹爆炸的特效，火焰爆开，剧烈的光污染让画面时而卡顿。

他还不忘读一下观众的弹幕回答问题："为什么卡了？因为显卡爆炸了。"

昭然连接到尖叫狱卒身上，没半分钟就被送了出来。

他捂着手，支撑着裂痛的头："发生什么事了……"

第 040 章
钱纸花

急救组实习生在一旁待命,见状立刻冲到昭然面前,用手电筒检查瞳孔,听一下心率,再举起手指让昭然辨别。

"好危险,还好连接时间短。"纪年坐在零件堆里啃夹带进来的牛肉干,"连接进入后十分钟内,你的大脑还能分辨自己处在虚拟还是现实中,相当于新手保护期,超过十分钟,大脑就会自动开始适应新的环境,到时候再受伤或者死亡,就会对精神造成严重冲击。"

"进入场景之后限制太多。"昭然揉着钝痛的太阳穴说,"行动被限制在小屋里,而且做不出其他动作。"

"没错,所以今晚我们就会去找空幻室尝试第二次连接,顺利的话行动就不会受限制。"

"煤黑黑好强啊,刚刚他速通尖叫狱卒,把你打出来了。好帅啊,一脸冷漠然后速通,我现在就是他粉丝。"雍郑从电脑前抬起头,"是我们的人吗?开始连接怎么没通知到他?"

"当然通知了。"纪年叼着牛肉干,用地上没用的零件组装了一只螺丝小象,在简陋齿轮的驱动下满地乱爬。

"那小子……故意的。"昭然终于从晕眩中缓过来,拍拍额头,看了一眼煤黑黑的直播回放,他只露下半张脸和操作台,双手飞速配合的同时,嘴角一直挂着诡计得逞的微笑。掐准了十分钟的新手保护期跑来捣乱。臭小子!

设备调试是个漫长的过程,昭然一直留在公司测试,郁岸自己留

在家里，今天的直播任务早早结束，还怪无聊的。

他早已习惯指挥家里的一群小手，一会儿叫靠谱去放洗澡水，一会儿叫离谱给自己捏肩揉背，派疯癫去厨房做饭，叫酒鬼去冰箱拿可乐，让害羞和纯情陪自己打手机游戏，快乐双排。

小手们心甘情愿陪他，气氛其乐融融，其他没有名字的小手在床边挨挨挤挤围了一圈，羡慕地仰望着，时不时偷爬上来碰碰郁岸，然而一旦被靠谱等发现就会遭到一顿胖揍，即便如此它们依旧乐此不疲。

午夜零点刚过，终于有人敲响房门。

郁岸游戏打到一半便随手扔掉手机，跳下床光着脚跑去开门，躬身鼓捣着门上的自动锁，懒洋洋嘀咕："你不用回来了，我跟它们过得也挺好。"

一阵风铃声飘忽掠过耳边，郁岸拉开门，刚好与一张僵白的人脸四目相对。老人脸颊各涂一块圆形大腮红，双眼空洞毫无波澜。

"午夜商人？"郁岸一怔，每周四零点会有午夜商人来载体人类的家里推销货品，只不过他竟然能找到昭然的家里来，不知道到底是通过什么来定位买家位置的。

佝偻老人掀开罩袍，这一次照例带了三件货品。

第一件，一张像异次元口袋的黑色贴纸，商品名为"核匣扩容"。

商品名：核匣扩容。

效果：为储核容器增加四个储核空间，储核容器体积不变。

价格：4500元。

"体积不变的扩容？好东西。"郁岸二话不说直接掏钱，储核分析器总共只有八个储核槽，买了核匣扩容就能随身多携带四个畸核，完全配得上这个价格。

除了改装储核分析器得到了十五万元专利费之外，完成美容院幻

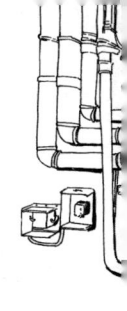

室任务也拿到了公司的十万元奖金，现在的郁岸可不是以前每月两千块生活费的大学生了，买大几千的东西眼都不眨。

第二件货品是一枚三级紫色的畸核，畸核表面纹路是一本打开的书。

商品名：功能核－逆转童话。

价格：6000元。

午夜商人售卖畸核从不写作用，所以购买时有赌的成分，只能从类别和名称上粗略猜测效果。

但是郁岸现在手里畸核已经消耗了不少，高级畸核频繁更换对身体的消耗过大，对郁岸而言更有用的反而是一些低级的畸核。

买就得了，等完成灰鸦游戏公司的委托，公司肯定会发不少奖金，而且这几天直播还赚了些礼物钱呢。

第三件货品又是一件衣服，也是一身叠起来的黑衣，上面多了一些红色的装饰花纹，脊背处拥有一对很小的蝙蝠翅膀装饰。

商品名：小恶魔套装。

斜塔幻室镇守者裩下的恶魔之皮，在罪孽与血腥的沼泽之中浸泡数年，早已染上了邪恶的气味。

主效果：任意驱使一头斜塔内的邪恶之物。

副效果：夜间飞行。

价格：100000元、10枚冥币。

郁岸仔细数了一下，确认是十万块，不是一万块。

只是一件衣服而已啊，十万元？高级定制吗？

"冥币我现在没有，明天我就网上下单，天地银行的你们那儿流通吗？你把东西给我留着，下周再来。"

老人瞪着一双没有眼白的空洞眼睛，掀开罩袍，露出收款码。

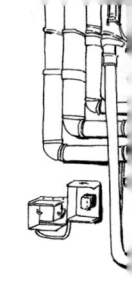

午夜商人只会拿出最适合顾客的货品，而且他们售卖的服装都是绝版限定，如果被顾客买下，那么这件衣服就永远不会再出现在别的买家面前，但如果顾客没买，他们就会继续推销给别人，直到有人买下，这件商品就会在他们的售卖清单上永久消失。

老人不在乎郁岸想不想要，反正买不起他就走。

"别走，你听见没，给我留货。"郁岸抓住老人的罩袍，对着他耳朵重复了一遍。家门一直敞开着，扒在门边看热闹的小手们自然帮着郁岸，一只一只全跳到午夜商人身上抓着不让走，快把老爷子衣服扯成乞丐装了。

郁岸当机立断弯腰穿鞋："你们按住他，我现在就去偷。"

老人僵硬的死人脸做不出表情，但他的灵魂应该已经满头大汗，一直在试图逃走，这位顾客明明可以直接抢，却非要连夜去给他弄钱来。

午夜的别墅区格外寂静，林荫小道的路灯下，一个被昏黄暗光拉长的影子缓缓走近。

昭然的脚步声一出现，扒在午夜商人身上的小手们如鸟兽散，潮水般从老人身上退了下来，溜回家里各司其职，该洗衣服的洗衣服，该拖地的拖地。

午夜商人见家中主人回来，连忙指着郁岸无声地向昭然告状，老爷子太矮，在昭然面前跳来跳去十分滑稽。

"他喜欢你就给他留着呗。"昭然笑道，一只无名小手匆匆从家里爬出来，指间夹着一枚硬币，放到午夜商人手上。

"这枚冥币就当定金了。"

午夜商人僵硬地张开嘴，咬了一下硬币，本就没剩几颗的牙又被硌掉一颗，将硬币收进罩袍中，摇晃着手中的死人铃，缓慢消失在夜色尽头。

昭然关上房门，将风衣挂在鞋柜上，换上拖鞋："老爷子也就只能骗你这种小孩的钱，他回回来，你回回买空货架。怎么，疯狂星期四啊？"

"钱多，废纸，花光。"郁岸手里捧着刚买的东西，光着脚跟在昭然身边。

门廊有些长，昭然脱掉外套后，边向客厅走边扯松领带。郁岸跟在旁边一起进去，时不时斜着眼悄悄打量一下他，目光落在昭然的手上，随着走路的幅度摆动。

"干什么，发什么呆？"昭然边走边解释，"他要的冥币不是普通的冥币，是一座斜塔里的陪葬品，那座斜塔已经成为幻室，想要冥币就得进去拿才行。"

"那你为什么会有？"

"斜塔幻室主人和我有点交情，送我两枚做纪念，剩下一枚给你吧。"

"哦。"郁岸发了一会儿呆，忽然伸出两根手指戳了戳他。

这小子惯会拿捏自己七寸，原本因为他在调试设备期间故意捣乱，想回来训他一顿的，可他却疲疲沓沓赖在这儿，好像自己受了什么委屈似的。

郁岸无所事事地摆弄着破甲锥的刀尖。

或许他只是无意识地在手里把玩，又或者破甲锥下一秒就会洞穿自己的颅骨，与这小鬼相处总会带给昭然一种开盲盒的刺激心情，时刻做好武力镇压的准备。

昭然闭了闭眼，把臭小鬼拽起来。

郁岸拿起他的手。

"摘手套。"他得寸进尺，摸索着去扯昭然的手套搭扣，或许是出了汗的缘故，不容易摘。

昭然的瞳孔缩了一下，然后肉眼可见地向红色变换。

"……只能摘一只。"

第 041 章
摘手套

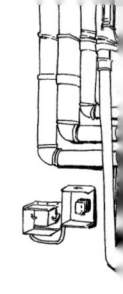

昭然直接站起身，顺便关上顶灯。

郁岸迅速伸手，又把灯打开。

"别闹。"

郁岸歪头凝视他的眼睛。

瞳仁的颜色过于浅淡透明，以至于连倒映出的影子都是模糊的。

郁岸在对方的迟疑中慢慢妥协，关上灯，在黑暗中笑了一声："我不在乎。"

"胡说。"昭然只好按亮顶灯，在黑暗中逐渐变红的双眼和发丝开始迅速褪色。

郁岸迫不及待地剥他右手的手套，一只苍白的手从手套中退出，骨节分明，修长有力，常年不见阳光的缘故，皮肤表面细腻光滑。

郁岸端详这只完美的手，把自己的手贴过去比较，手指比他短了一截，手掌也小了一圈。

"干吗一直戴手套，回家就摘掉不可以吗？"

"因为……"昭然心不在焉回答，"脏，在家容易碰到你。"

"嫌我脏？"郁岸皱眉。

没。

不是这个意思……

一声闷哼堵在喉咙里，昭然不自觉咬紧牙关，但还是没忍住。昭然五指指尖处突然收缩出小孔，密集的粉红色触丝从中探出十多厘米长，富有生命般地在空中律动，向外分泌感染蛋白。

郁岸诧异愣住，盯着这些像光纤一样微弱发亮的怪异触丝。

"……别怕。"昭然缩回手，离郁岸远远的，搭在床上。

"火焰圭嵌了畸化种畸核，所以外形轻微变异，你也是吗？"郁岸睁大求知的双眼，好奇不已。

"嗯。"对方都已经给自己找好了借口，昭然便直接就坡下驴，糊弄了事。

"你是天生胆子就这么大的吗？"他突然转身，"这都不怕。"

"……"

那些无孔不入的触丝恐怖至极，它们剧烈地缠绕，不停释放一些诡异的感染物质，具有强烈的刺激性。

"怕了，面试官。"

"叫我什么？"

"然……然哥。"

"今天故意在调试设备的时候给我捣乱是不是啊？"

"……"

"是不是故意的？"

"是，我想要你早回。"

昭然微不可察地笑了一声。

明亮的灯光会轻微干扰他的视线，只有在幽深的黑暗中，他才能看清郁岸脸上每一丝细微的表情。

"好了。"昭然拍拍他后背，"不吓你了，好可怜。"

郁岸抽搐了一下，绷紧的身体逐渐松懈。

昭然关了灯，指尖触丝吐出足量的感染蛋白后已经归于平静。

在郁岸看不见的后腰上，无数纠缠手臂组成的太阳图腾浮现，似乎更加清晰了一分。

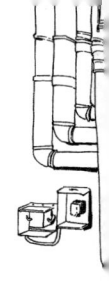

卧室中两人沉默良久，郁岸并没睡着，突然开口打破寂静。

"然哥，我忘了我从哪儿来。"

断续的记忆会让人的大脑对这个世界产生错位的认知。

"也忘了我活着的目的，好像身体自动催促着我挖掘你的秘密。

"你老是叫我听话，我不明白，你为什么不去找一个听话的。"

昭然叹了口气："我只是把希望寄托在你身上，你是我……带的实习生，我当然想让你好。"

不听话的情况，昭然已经见识过了。不择手段让他变强，把他扔进角斗场幻室中厮杀，他居然爱上了这个充满暴力的地方，经常偷偷跑去游逛，经年累月下来，恶念和杀气从骨到皮浸透了他，小小年纪已然让所有靠近他的生物瑟瑟发抖。这样的人本身就足够危险，如果再得到一头任他驱策的强大畸体，肆意横行，恐怕很快就会引起众怒。这世界高手如云，武器强悍，集火在同一人身上足以令他灰飞烟灭。

而过于听话的情况昭然也见识过，规规矩矩上学，乖巧得像只小狗，喜欢躲在小房间里研究设备仪表，玩一玩游戏，然后在最后对峙时，手里拿着刀瑟瑟发抖，转身就跑。

"你想让我怎么做？"郁岸闭上眼睛。

"训练，变强，直到能杀死我的程度。"昭然说道，"不要坏得毁天灭地，也不要善良得柔软易碎。"

"好……"郁岸半睡半醒。

"嗯，乖。"

"好……好一个甲方的要求。"

第 042 章
大小姐

地下铁快速反应组组长办公室。

段组长坐在转椅里,拿着一份文件审视,看得口干舌燥。

"灰鸦公司的委托交给昭然全权处理,这下子功劳又让这老小子独揽了。"

"师父,水。"火焰圭递了杯水过来。

"嗯。"段柯接过玻璃杯,在火焰圭脸上贴了一下加热,玻璃杯刺啦作响,杯中水立刻升腾起滚烫的烟雾。

"师父你冷吗?"

"冷个鬼啊,有你在,大冬天的屋里没开空调都快三十度了,站远点,烤原小莹去。"

"谁让人家眼光独到,挑了个厉害的实习生呢。"城市巡逻组组长原小莹斜倚在沙发里,碗口粗的长辫子拖曳在地上,手指支着太阳穴冷笑,"哎,你说那孩子,叫什么来着,郁岸……怎么那么阴呀。同年纪的小孩不是在上学就是刚参加工作,最多不过耍耍心眼罢了,你看那郁岸,就算真刀真枪见血要命的场合,他也是会下死手的。"

段柯轻哼:"长大了还得了,坏坯子我见得多了,你以为能感化他掌控他,其实这种小孩从根上坏,改不了的。"

"我也行!师父。"火焰圭忍不住嚷嚷,"你老是夸他,正面单挑他才不是我对手。"

"谁说打架只靠莽劲儿了?笨东西,他能阴得你找不着北,让你

有劲没处使，才叫憋屈。"

一阵轻快的高跟鞋声接近办公室，匿兰推门而入，如瀑黑发随风飘摇："哟，又在絮叨转正会的事呢？"

匿兰贴到原小莹跟前，指尖拨拉她的耳环："姐姐，少说两句吧，别人还以为我们输不起。这有什么好在意的，昨晚我在午夜商人那儿给你买了对孔雀羽毛的耳环，配你发色，去看看。"

"哼……"原小莹被哄得开心，慢慢腾腾站起来，"你们年轻，天地还广阔，当然不当回事，我们一辈子也就留在这儿了，大事小事争一争才有意思。"

"你这老太太性子得改，下午跟我逛街去，你这身旗袍都是三年前的款式了。"

"我是闲，可你哪有时间逛街。你和那小火球准备一下，晚上跟紧急秩序组一起出发。"

两人踏出门口，恰巧一位年轻女人刚走过面前。女人从背影看很稳重，颇有大家闺秀的风范，兼有雷厉风行的气质。

她身后跟着老板的四位贴身保镖，几个高大刚猛的硬汉都对这女人有些忌惮。

"嘿，大小姐。"匿兰叫了她一声。那是老板的大女儿孔慎微，从成年起一直在学习打理公司事务，最近忙于为市民注射抗畸化辐射芯片的公益活动，看来今日是回来汇报工作的。

女人微怔，回眸看过来，微微扬唇笑道："原组长好，小兰也在啊。"

孔小姐能记住一切见过一面的人和他们的名字，无论职位大小，即使只是擦肩而过的保安也会被她记在心里。她做事稳妥胆大心细，是个很有本事的女人。

原组长对公司未来的掌舵人格外满意，这不比那想起一出是一出的大老板强多了？

大小姐在保镖的护送下进入前往大老板办公室的电梯，走过古色古香的长廊进入宽阔的房间，大老板正坐在办公桌前，悠哉看着电脑。

屏幕上正放映一段游戏实况录播，主播ID煤黑黑，似乎是个新人，但直播间热度火爆。

主播只偶尔与观众互动一句，而且嗓音清冷厌世，在一众夹子音中显得尤为脱俗。

"听，什么声音？"大老板神情美妙，半合着眼问。

孔小姐倾耳细听了一会儿："主播解说的声音。"

"不，"大老板享受道，"是钱的声音。"

"没听到。"孔小姐面露疑惑。

没一会儿，画面中煤黑黑忽然开口："主播全职打游戏吗？不是……老板的任务。

"因为老板抠门，一个人想掰成三个人用。我想辞职，但上司一直PUA我，用不在乎的态度威胁我……唔唔……"

大老板十指交叉托着下巴，面对屏幕陷入沉思。

"这下听到了。"孔小姐掩面笑起来。

"喀。"大老板调小电脑音量，靠到座椅中，"全民注射抗畸化辐射芯片的工作你做得很好，市长先生很满意，累坏了吧，都瘦成什么样了，你可别学现在女孩那样减肥，没个好身体怎么帮爸爸守江山呢。"

"我胖了三斤，爸爸。"

"哦……哦……我是瞧着你脸圆了最近。"大老板干笑一声。

孔小姐的视线一直落在录播屏幕上，忽然问："听说你把破甲锥送给新实习生了？那是慎言认真做了半个月送你的礼物。"上面的二级红核是大小姐亲手从猎杀的畸体中取出来的，由二小姐孔慎言打磨雕刻而成。

"新实习生叫郁岸，现在在昭然手下干活，我打算好好培养他，你也要多留意他。"

"他看起来不太情愿做你给他的工作。"大小姐察言观色最是厉害，哪能看不出郁岸直播的时候有多痛苦。

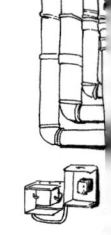

"磨磨他的性子罢了，将来想留给你用的人，不听话可叫人头疼。"

大小姐轻笑："据我所知，郁岸并非听你的话，他只听昭然的话。"

"是啊，确实头疼。"大老板揉了揉眉心，"你要记住，这样的人如果不好用，就别让他活着走出公司。"

一个能更换畸核的载体人类，即使自己留不住，也不能留给对手公司成为日后的隐患。

"我知道。"大小姐平和点头，"不过你也不要太偏袒郁岸，其他几位实习生也很优秀，奖金之外您也送些东西，不在昂贵，只在心意，让几位组长心里也舒服。"

"嘻，我是这么想的，忙着就忘了。"大老板轻拍额头，"还有一件事需要你去办。"

"邻市畸体泛滥，市政府正在招标，原本地下铁是最有力的竞争公司，对手公司却横插一脚，灰鸦游戏公司遇见的麻烦就是他们从中作梗，在我们的地盘制造混乱，而且还选在网络这一最容易发酵舆论的方面，在这个节骨眼上让我们的信誉下跌。畸猎公司不像其他公司能靠钱靠关系去争，谁最能安抚市民情绪，让老百姓觉得有安全感，谁就是赢家。

"对手公司的老总邀我去见一面，说是一起吃个便饭，我估摸着是要跟我谈条件了。他们想要红狸市南区的管护权，因为培育基地遗址坐落在南区，还有不少掩埋的实验垃圾可以开采加工。那些垃圾充满辐射，如果在市区扩散开，我们辛苦几十年在红狸市扎下的根就毁了，所以南区绝对不能让。"

大小姐略微思忖："如果让我代为出面，对方老总会感到被轻视了吧。"

大老板轻蔑挑眉："地下铁未来当家的去见他们，不算轻视。让段柯领人陪你去。"

"不必，我只带匿兰去就够了。"大小姐竖起食指压在唇边，"老练的前辈行事多顾虑、拘束，我需要一个不怕见血不怕惹事的人。"

"那再带上小火球,对方人多的话,他会很有用。"

午后,约定地点在市中心的一家典雅酒店包间。对手公司名为漂移飞车,由夫妻二人共同管理,基本活动区域在红狸东区,毗邻恩希市。该公司急于利用肮脏手段攻击同行的原因在于,如果地下铁在邻市地下继续建立盘根错节的分公司,会极大阻碍他们接下来的发展,所以红狸南区和恩希市他们总要保下一个才行。

在服务员的引领下,大小姐进入了提前包场的三楼,匿兰身穿荷官套裙,抱臂跟在大小姐身侧,耳垂上的骰子耳环轻摇旋转。

火焰圭靠墙站在门口,手随意搭在颈侧,尽量小心不燎黑酒店的墙纸。

一位戴眼镜的高个儿男人满面春风地起身迎接,与大小姐握手寒暄。

"孔小姐好,我们熊总特意从外地赶回来赴宴,路上塞车,稍晚到一会儿,还望您海涵。"

"哪里哪里。贵司谈判的诚意我全看在眼里,急事耽搁都是小事。您就是药剂师方先生吧,漂移飞车能从最初的小车队发展壮大,到如今成立畸猎公司,您功不可没。"大小姐在包间内落座,目光如刀,藏在屏风后和楼上楼下的打手在她眼中无处遁形。

高个男人受宠若惊,匆匆给大小姐倒茶。孔老狐狸的大女儿名声在外自然不是善茬,还得小心应对,她身边带的两位保镖都是生面孔,还格外年轻,该不会全是今年招的实习生吧。

大小姐一迈进包间,嗅到空气中那股火药味,就知道今天见不着熊总的面了。

"既然熊总路途遥远,我也就不在这里多叨扰了,请方先生替我带话,南区我们不会让,恩希市的项目也会继续争,如果熊总执意要以雇用畸体破坏城市秩序的方式与我们竞争,我们也不会一味地息事宁人。"

高个男人眉头微皱:"大小姐,真没有商量的余地了吗?"

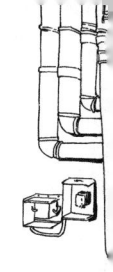

"利益要拿利益来换，这才真诚。暴力就用暴力来压吧。"大小姐端起茶杯，匿兰哼笑一声，从左手小指缓缓抽出一把银色光剑。

方先生神情微变，双嵌核槽，双银级核。身后的打手已然蠢蠢欲动，见对方拔剑，顿时各自举起武器从暗处冲了出来。按熊总的意思，是要施压给孔大小姐，给姑娘一个下马威，但还没到真对她动手的时机。

"都是畸猎公司的人，难道你敢用枪吗？"大小姐托着下巴挑眉瞧他，眼睛弯成狐狸眼般的弧线，眼尾上挑，与她那狡猾的爹如出一辙。

火焰圭松开搭在脖颈上的手掌，颈侧的金红龙眼诡异旋转，扫视四周，地面腾起一片高温烈焰，烫得对方阵脚大乱，然后谨慎地小声询问大小姐："要几成熟？"

匿兰率先冲进黑衣打手们的包围圈："方先生，大小姐嘱咐我别伤到你，但剑太长人太乱，你自己赌一下会不会被我砍吧。"

"你们地下铁是这样谈合作的吗？！哎，别打——"方先生抱头乱窜。

游乐场马戏团幻室内，设备连接已经准备就绪。

郁岸在检查身上的连接器是否贴牢，昭然在旁边看着手机吃吃地笑。

"在看什么？"

"大小姐带人跟漂移飞车的干起来了。"

"什么？"

"漂移飞车，我们的对手公司。你我现在在这儿加班全拜他们所赐，游戏里的畸体就是他们请来的。"

"哦？"郁岸探头过去瞥了两眼，莫名对大小姐印象不错，"只带了匿兰和火焰圭，怎么没叫我去？"

"带他俩要的是气势，不是像你一样不声不响地把人给做了。漂移飞车虐杀我们干员的事，以为赔条命就算完了吗？"

"不过，这样一来，我们的工作就变得更加凶险了。"昭然指了指身上的连接器,"漂移飞车会尽一切手段阻碍我们。"

耳麦中响起冰冷的电子音:"准备连接,正在识别脑部神经,请保持静止。"

废弃的马戏团帐篷内挤满技术组和机械组的技术员,游乐场内外则由城市巡逻组干员层层包围守卫,禁止一切干扰连接的情况发生。

昭然一同戴上连接器,虽然意识到进入场景中自己的能力就会被平衡掉,但同时在陌生环境中面对两头畸体,他不可能放实习生们单独进入。

两人大脑感受到一阵独特的脉冲电流,短暂地失去了意识。

再醒来已经失去了时间感,黄昏笼罩着小镇,昏黄的颜色从天空云层弥漫下坠,沉到石板路面上,形成模糊的雾气。

小镇的灯塔上竖立着一面圆形旗帜,随风摆动,旗帜中央画有一个复杂的太阳纹。

这是《灰鸦:玩具屋》的场景之一——失落小镇。

第 043 章
扣分操作

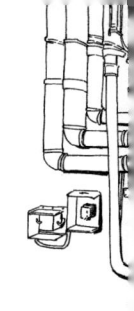

郁岸眺望着灯塔上方晃动的太阳旗帜出神,身处幻室之中,游戏中的贴图和场景变得无比真实,组成黄昏光线的柔光粒子穿过指间,匆匆而逝。

衣袖布料变成了粗糙的麻布,从纯黑兜帽变幻成旧世纪旅者的服装,但纯黑兜帽的效果被保留了下来,旅者的斗篷遮住了他的脸。

《灰鸦:玩具屋》发布的试玩版增补关卡中总共有三个场景,郁岸玩得最少的就是这个场景——失落小镇,因为本场景的推荐游玩人数是四人,而且作为目前发布版本的最后一关,难度最大,直播容易翻车。

失落小镇的关底 boss 极其难打,攻击范围大,攻势密集,移动速度还特别快。郁岸花了一下午死磕这个 boss,也不过打到它残血进入暴走状态乱杀罢了,对观众和主播来说都是一种折磨。

这属于游戏官方的心机设定,失落小镇的关底 boss 名叫"广湖寄生者",在血量和战斗方式上都刻意做过加强,为了激起一些高手玩家的胜负欲,免得正式版还没发布,就被一些人戏谑《灰鸦:玩具屋》不过如此"。

普通玩家完全可以不去挑战关底 boss,只要去爬一条很崎岖的路就能通关。

那位黄奇主播为了满足观众特意做了一期视频,开修改器,用开挂的手段把角色的战斗数值拉满去吊捶亡湖寄生者,一刀 999,特别爽，还给自己的旅者角色做了个特殊贴图皮肤，把旅者斗篷换成了粉红大蝴蝶结顶在头上。

后来被公司发现，给他发了一封内部警告，黄奇灰溜溜把视频转自己可见了。

郁岸试着虚握双手，触感与现实没有丝毫不同。脚下石子路的缝隙杂草丛生，荒芜小镇外的一块供旅客落脚的巨石上，昭然就坐在那儿，同样仰望着远处灯塔上的太阳旗帜。

虽然在这个场景里，角色的身份都是旅者，但旅者装扮各不相同，昭然头上有一顶短檐画家帽，肩头挂着一个斜挎画箱。

郁岸走近他，在巨石上找了个地方跳上去坐下，两条小腿来回晃荡。

"你还挺精神的，还痛不痛？"昭然偏头问。

郁岸若无其事晃腿："什么，我怎么没感觉？"

"嘴硬。"昭然弯着眼睛，逗小孩似的调笑语调。

耳边嗡鸣，似乎有声音在脑海内部盘旋，郁岸凝神细听，从噪声中分辨出技术组实习生雍郑的声音。

"注意，你们的身体处在马戏团内的空幻室中，意识已经连接到《灰鸦：玩具屋》的游戏幻室中，在双重幻室之内必须格外小心行事。

"场景已被完全封闭，只进不出，唯一出口在瘟疫村庄场景内，搞定畸体后给我信号，我才会打开出口。

"确定连接稳定后，我会再连接候补实习生进入场景，注意识别。

"幻室内部情况复杂，一些在原游戏内无法互动的背景、贴图和NPC都会实质化，所以很可能会带来意料之外的危险，尽量去寻找你们熟悉的安全路线走。

"你们要按顺序排查全部三个场景，把目标畸体揪出来，然后从出口处脱离连接。

"记住，在这里受伤甚至要比真实受伤更严重，会伤害到大脑神经，所以每走一步都务必谨慎。我这里看不到你们的真实情况，超过

十分钟后我们的联络也会中断,所以无法提供及时的帮助,一切只能靠你们随机应变了。"

时间一到,电流噪声消失,雍郑的嗓音也随之消失,周身一片寂静,只剩黄昏下木叶凋零沙沙作响。

郁岸跳下巨石,摸了一把地面上的碎石,在枯矮荒草覆盖的地面上辨认出通往小镇的路,被日光烘烤后的枯草散发着温厚的气味。

他习惯性摸向腰间,才发现储核分析器不在身上。原来身体以外的装备是带不进来的。不过他早有准备,提前挑了一枚核嵌进眼眶中。

是那枚破解幻室美容院得到的幻室核－画中取物,郁岸手里唯一能无限次使用的紫级核高傲球棒带不进来,储核分析器中其他的核都不能无限使用,如果能再弄到一个武力加成的核就好了。

首次连接银级核带来的痛苦持续了很久,刚刚昭然问他还痛不痛指的是这件事。银级核与眼眶连接激得他一头栽倒,左眼和口鼻渗出的血抹蹭到昭然身上,可他真感到痛苦难当的时候反而流不出眼泪了,只埋头虚弱急促地喘气。

昭然一下一下地摩挲他,衡量着自己能带给他的利益与他承受的痛苦是否相当,这些本可以不再经受的疼痛对他而言真的值得吗?

直到终于熬过剧烈的不适期,郁岸抬起脸,左眼的银色瞳仁闪着苍白光泽,额头大汗淋漓,笑出声:"然哥,有那么愧疚吗?我在你手下干活,这是你欠我的,以后要还的。"

沿着荒芜的石子路逐渐深入小镇,幽深安静的气氛令人不安,黄昏时分落日已经在地平线停留太久,却始终不曾落下,但昏黄光线越来越暗。

小镇已经彻底失去生机,一些古老的尖顶洋房交错矗立,墙皮受潮翻卷,二楼窗口下方留下雨水侵蚀的锈迹,在昏暗光线下看起来像流淌的血。

忽然,郁岸正盯着看的那扇玻璃后出现了一张脸。

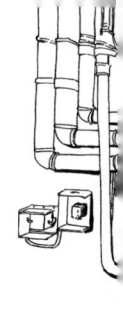

一张老者的脸,眼窝深陷,面皮干枯褶皱。看来小镇里还余留着没搬走的住户,似乎外乡旅者的到来惊扰了小镇的宁静,老人用冰冷怨毒的眼神俯视他们。他扭动身子,似乎打算打开窗户破口大骂。

但他并没用手去拨铁窗的插销,而是用嘴,用掉光牙齿的萎缩牙龈奋力衔住插销试图开窗。

怪异的举动令人匪夷所思,郁岸没多在窗下停留,拉起昭然就跑。

"嗯……"昭然猝不及防被他拉着,只好也跟着跑,不明缘由。

"我在游戏里没见过那个老头NPC,还是离远点吧。"

他们走到一个十字路口的时候,又与几个小孩擦肩而过。这些小孩骑着独轮车欢快地从身边溜过去,但他们只有表情开心,却没发出任何声音,因为他们嘴里有的叼着一根棒棒糖,有的叼着一个风车,如果开口,嘴里叼的东西就掉了。

"这些NPC也从没出现过。"郁岸伸手抚摸路边生锈的旧路牌,在游戏里这些摆设都只用红白色块来表现,但实地连接进来后,上面的字却清晰可见。

小城里的街区名字都清楚地漆在路牌上,灰鸦公司对场景细节的把控也过于惊人了吧。

"灰鸦制作组接受采访时说这个场景是参照真实地点做出来的。"郁岸随口猜测,"他们只说参考了一个古老隐蔽的闹鬼小镇,制作组去采风拍摄时几个工作人员受了伤。难不成在幻室的作用下,还原出了真实小镇的原貌和里面的原住民吗?"

昭然面对站牌,托着下巴逐个端详上面的地名:"如果是这样的话,倒没什么可怕的。我担心的是有不一样的地方。"

小镇内河道交错,被宽窄不一的河道分隔成不同的区域,他们要去小镇边缘灯塔处,就必须经过一条肮脏的水道。

阵阵腐臭弥漫在空中,水面漂浮着数不清的盘子大小的黑色球状物,表面光滑富有弹性。

"那是食人蝌蚪。"郁岸低头探查,"这个场景里的小怪,藏在河

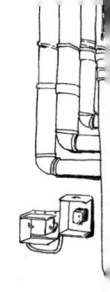

道里，有水的地方就有这种东西，如果有人掉进水里就会被它们争夺分食，蹚水过河是不可能的。"

"其实正确的名字是赫奥匹斯，确实很凶，叫食人蝌蚪也很贴切。"昭然蹲在水道边，捡了根木棍戳戳黑色球状物表面，黑色圆球翻滚一圈，忽然从表面裂开一张长满尖牙的巨嘴，猛地咬断了木棍尖端。

"设定集里没写过……"

"是我家乡的生物。"昭然笑道。

郁岸闻言又一次好奇地低头打量，在密集铺在水面的蝌蚪缝隙中，水底有个东西隐约发光。他想找个东西试着捞一下，但无论木棍还是铁棍，一旦探入食人蝌蚪的领地，就会被一口咬断。

他只好暂时放弃，寻找过河的办法。

不远处，水道中央的落脚台上站了个高大肥胖的男人，男人怀里抱着一个婴儿襁褓，朝两人挥了挥手，大声道："你们想过河吗？行行好，赏我五百块给孩子买奶粉我就让路！"

"乞讨者。"郁岸念出了这个 NPC 的名字。这个光头男人是游戏里设定的角色，看似乞讨，其实是劫道，站在唯一能过河的垫脚台上不让路，给他五百块他才离开。

玩家想通过这里其实不难，五百块在游戏里也不算多，随便刷几个食人蝌蚪就有了。郁岸平时选择卡 bug 过，利用精准的微操让角色卡着乞讨者边缘的角落跳过去，不用给钱，速度还快。

"两个人要给一千块他才让路，我们没武器，刷不了食人蝌蚪，也不可能在这儿浪费太多时间。"

昭然虽然跟着进来了，但他的身份依旧是面试官，要给实习生在第三项考核中打分，所以除非生死关头，他不会给郁岸过多的帮助。

郁岸想了一下，回头偷瞄了昭然一眼。

那眼神就像拆家之前先观察一下主人在不在附近。

昭然瞬间懂了他的意图，他想把乞讨者直接打下去。别人或许会因襁褓中的婴儿手下留情，只有郁岸绝对不会。

但乞讨者身高体胖，体格足比郁岸壮几倍，没有武器也没有武力类畸核，他不信郁岸敢冒这个险。

心里虽这么想，昭然仍然做好了在郁岸落水前接住他的准备。

郁岸算准距离，噌地从水边蹿了出去，像在游戏里做过无数次的那样，他踩住石台边缘垫了一下脚，然后借力再次跃起，向水道对岸跳去。

唯独一点在昭然意料之外，郁岸离开垫脚台时，左手快速伸展，将婴儿襁褓从壮汉乞讨者的怀里夺了出来。

乞讨者愣住，匆匆跟着郁岸消失的方向扭过身子。

郁岸稳稳落地，转过身来，突然松开左手，婴儿从襁褓中滑落，在即将坠入水道那一刻被郁岸抓住了腿，倒吊在半空。

"你——"壮汉乞讨者惊慌地伸出双臂去接，脚下无意挪动，一脚踏空，从石台上跌落下去，在肮脏水道中央激起腥臭的浪花。

饥肠辘辘的食人蝌蚪被吸引，争先恐后涌向落水的壮汉，瞬间脏水染上深红。

郁岸根本不为所动，趁食人蝌蚪都被吸引到石台附近，不紧不慢地挽起裤腿，蹚进脏水中去之前有个闪光物品的地方弯腰摸索。

"……"

昭然怔了半响，皱眉在成绩册上给郁岸狠狠扣了两分。

第 044 章
精进

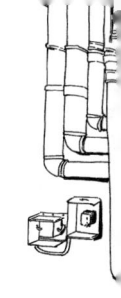

昭然将写生簿托在掌心,用松鼠毛毛笔蘸着油画颜料在画布上记录郁岸的成绩。他的旅者随机身份为写生画家,画箱里什么都有。

郁岸还浑然不知,弯腰专心在水底淤泥中摸索,从淤积泥沙中找到了那件闪闪发亮的东西,在衣服上蹭掉污垢,露出那东西的本貌来。

耳边汩汩水声隐隐变大,那些聚集成一团蠕动的食人蝌蚪吞噬力惊人,乞讨者的尸骨被迅速啃食殆尽,意犹未尽的大群蝌蚪原路折返,此时郁岸距离岸边尚余一步之遥。

忽然腰间一紧,一条手臂从身后环住他,郁岸被猛地拎出水面,在空中一阵天旋地转后,脚尖终于勉强沾地。

"别把这里当游戏,受伤会创伤大脑,你后半生想变植物人吗?"昭然松开他,低头教训。

"是你觉得我会受伤,然哥。"郁岸垂手站立,另一只手还攥着小婴儿的襁褓。

在他的计算下,蝌蚪被乞讨者吸引过去的时间可能不够自己打捞东西,所以特意带上小婴儿一起下水,如果食人蝌蚪提前折返,就把小婴儿抛出去,完全能争取到足够回到岸上的时间。

他偶然瞥到昭然手里的成绩册,皱眉问:"给我扣两分,凭什么?"

昭然用笔杆敲他的头:"利用人命去达到自己的目的。我昨晚嘱咐你什么来着。"

他并非不懂感情,甚至知道如何去利用人性来杀人,这比单纯的漠视生命更危险。

"我没想到NPC会有感情。"郁岸歪头疑惑,"我也是试了才知道乞讨者会被婴儿影响失足落水。"

"我完全按你要求做了,杀了劫道乞讨者,留下这个小孩。"郁岸提起哇哇大哭的小婴儿,"不过分好,也不过分坏,不是吗?在游戏里还要顾及虚拟NPC的生死吗?"

昭然哑口无言,思虑再三,把刚扣的两分划掉。

这时,郁岸悄悄靠到昭然耳侧,得意细语:"其他人我也一样对待。"

昭然被他不服管教的态度搞得火大,把刚划掉的两分又扣了,转身就走,没等他。

郁岸匆匆跟上去,想拉他。

昭然心里在想其他事,冷不防被触碰到了手指,这个部位特殊又敏感,因此被任何东西碰到第一反应都是甩开。

昭然意识到身边不是别人,于是回头瞧他,郁岸咬着指甲站在水道边的矮墙阴影中,旅者斗篷遮住了他的脸,唯有左眼的苍白色畸核在一片漆黑中闪烁冷光。

"好吧,好吧。"他终于妥协,走出阴影,双手托起小婴儿,跟在昭然身边,不情愿地对着小婴儿自言自语,"算你这像素方块堆会哭,小NPC。"

小婴儿在游戏里只是一张微小的贴图,放大以后发现制作组并没认真画这个小东西,全是像素马赛克凑合堆出来的,但就是可以哭得很响。

昭然摇摇头,对他总是无可奈何没了脾气,硬板起来的表情不由自主缓和。

"然哥。"郁岸无聊地双手把小婴儿举在面前,懒懒道,"你让我想起初中班主任。

"很漂亮的女孩,第一次当班主任,但负责得要命,以前班上男生偷偷逃课,屡教不改,她就会气得趴在讲台上哭。

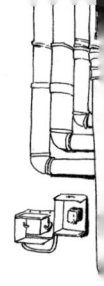

"后来男生们怕她哭，都不怎么逃课了。"

"你还记得初中的事？"

"只是刚刚恰好想起来一点。"

"这种责任心出自怎样的感情呢？我不理解。"郁岸眼神宁静，"只要我在乎一个人，无论这个人说什么我都会听的。但你不会真以为人的本性还能改变吧。"

"你昨晚没安慰我。"郁岸把小孩抛到半空再接住，乐此不疲，"所以我今天不听你的话，我也给你扣两分，怎么样啊？"

昭然看向别处，尖牙咬着嘴唇，摸了摸鼻尖。为了掩饰情绪，昭然在扣完分的画册上涂抹，把刚刚涂改分数的痕迹涂黑，在周围画一些夯毛，再用白色给夯毛煤球点上眼睛。

"你刚下水捡了什么东西？"昭然边画边转移话题。

郁岸把那亮晶晶的物件摸出来，托在手心："精进徽章，游戏里的稀少道具，能大幅度强化角色的技能，徽章越多实力越强。"

"快戴上，能扛打一点。"画笔木杆在昭然指间自如旋转。

郁岸把闪着微光的徽章别到胸前，试着摆出防守架势，朝昭然出了一拳。昭然习惯性竖起小臂去挡他的拳，但这一次，迅猛力道冲击小臂，昭然甚至被击退了两步，低头惊讶查看自己钝痛的臂骨。

"有两下子啊。"

连接进入场景后，人、物体能全部归为初始零状态，郁岸戴了精进徽章，各方面都会比无加成的角色强出一截。

水道附近的街区污秽不堪，一些砖砌住宅的外墙裂开，苔藓从里向外蔓延，垃圾桶长久无人倾倒，塑料袋中的食物浸泡在酸水里腐败膨胀，恶臭仿佛随时会喷发而出。

总觉得隐约有一束不怀好意的目光落在自己脊背上，直觉促使郁岸抬头望向砖房矮墙上方。

在距离两人很近的位置，有个人站在墙里面无表情盯着他们，只在矮墙上方露出一颗头。

与郁岸对上视线的一瞬，那人扭头就跑，想往破败木门里钻。郁岸反应极快，在那中年男人回身逃走的同一时间就动了起来，跳起来双手攀住矮墙边缘，手臂一撑，双腿顺势踩墙向上爬，敏捷地跨了过去。

男人惊慌失措地用嘴去咬门锁，一溜烟钻进黑暗的小房子里，郁岸紧追不舍，回头抓住昭然的手腕一同钻进门里。

被精进徽章强化过力量后，郁岸的手劲儿陡然变大，攥得昭然倒吸一口凉气。

"……"

身后的木门轰然关闭，昏暗余晖尽数被隔绝在这一方封闭幽暗的密室之外。房子里破败的木地板落满灰尘，木质楼梯吱嘎作响，一些木板断裂，扶手已被蛀空，一股收藏于久远年代的潮湿气味充斥鼻腔。

一门之隔，仿佛踏入了一个截然不同的世界，这里不同于游戏杜撰出的场景，年岁赋予这里无尽的黑暗，置身其中便会感到从脚下升起一阵寒意。

昭然脸色忽然凝重，一直以来胜券在握、胸有成竹的表情荡然无存。

他一改远远观战、让郁岸自行探索的计划，自然地走到前面，并分出一只手，时不时在郁岸即将走出安全范围时将他拢回身后。

像素方块堆成的小婴儿NPC蹲在画箱里，只露出一双眼睛好奇打量周遭的环境。

郁岸东张西望，眼睛还没完全适应黑暗，只能看见房间内摆设的轮廓，一架落满灰尘的打字机放在矮柜上，圆形的按键在按下时会发出清脆咔嚓响。

"打字机，一二百年前的老古董。"

郁岸沿着长桌面向窗边摸索，只能靠触觉去感知周围情况，桌边的木椅上堆积着一团粗糙的麻布，底下盖着一些稀烂的东西，一晃就窸窣作响。

他终于在桌面上摸到一盏提灯，在附近捡到一盒火柴，摸着黑用

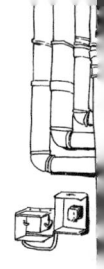

指尖挑选没受潮的一根，擦亮火柴，点燃了灯里的羊油。

提灯的微光照亮了有限的一块区域，郁岸看清那堆麻布下堆放的东西后，迅速缩回了手。

那堆麻布是老化的衣服，麻布之下覆盖的则是一具阴凉干瘪的尸体，腐化的骷髅嘴里叼着一支羽毛笔，下巴底下压着一本羊皮册。

年月积累下，腐败的人体组织已然和羊皮册封面、桌面粘在了一起。郁岸小心地将册子从桌上揭下，但骷髅下巴还粘在上面，郁岸不耐烦猛地一拽："拿来。"

骷髅在地面上散落成一摊零碎骨骼，和麻布纠缠成一团。

郁岸肩头一紧，昭然把他拽离骷髅附近："别在这儿乱拆东西。"

一晃眼，羊油灯光影闪烁，郁岸盯紧散落在地上的那具腐败骷髅："他是不是动了一下？"

昭然一把推开他："笨蛋，上面！"

郁岸朝右侧扑倒，抬头的刹那，看到置物架上竟趴着一个人，正是最初在矮墙上只露半个脑袋注视他们的那个古怪男人。

男人张开血盆大口向下砸落，正中郁岸刚才的站位，若非躲得及时，恐怕此时脑袋已经被这大叔砸进胸骨里了。

进入了完全黑暗的区域，男人便一改当时魂飞魄散逃跑的态度，变得异常凶猛敏捷，朝郁岸纵身一跃，张开大嘴咬向他的颈动脉。

郁岸反应也快，侧身就地一滚顺势站起来，一脚飞踢蹬在男人脑袋上，身体在空中飞旋，第二连踢附加惯性带来的力量，重击在男人颅骨上。

由精进徽章加强过力量后，这两连踢要比郁岸平时能爆发出的力道更大，男人的头颅当即凹陷进去一个窝。

可他甚至没有丝毫重击后的晕眩，就那么朝郁岸直冲过来，郁岸只能横跳躲避，那大块头不怕痛不怕撞，一颗铸铁般结实的头颅撞碎了墙壁，飞溅的砖石碎屑擦过郁岸脸颊，在颊边蹭出一道血线。

"好硬……"郁岸喘着气观察周围是否有锐利的武器能用，突然，他猛地拽下胸前的精进徽章,用力抛到昭然手中:"试试能不能精进绘画能力!"

不用他多解释,昭然只与他对上目光,就能明白他的意思。

"接着。"昭然从画册上撕下一页,朝空中抛去,郁岸同时一矮身,从那铁头男人胯下一个滑铲,左眼亮起苍白微光,银级核画中取物表面显现繁复花纹。

郁岸右手猛掏进画页,奋力向外一拽,从中拖出一把镶嵌红核的十字尖刀——破甲锥。

第 045 章
永夜破晓

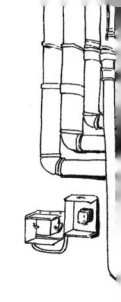

自从拿到破甲锥，其镶嵌的二级红核的强大威力还未曾在实战中试验过。

手中有了武器，被对方压制的局面顷刻逆转，郁岸握紧破甲锥，转守为攻，主动朝男人冲了过去。

那古怪男人身手敏捷，借着黑暗的掩护在散乱的家具后躲藏，画中取物核并未给郁岸带来多少视力提升，凭他的眼睛在黑暗环境中追击目标实在困难。

但昭然不一样，在完全被黑暗笼罩的环境中，他视野里的古怪男人就如同站在白天的操场中央，无处遁形。

"他在向你左后方绕，你正前方脚下横着一把铁锹，左边斜上方吊垂着一些杂物，先弯腰迈过去，然后直接转身抓他，其他东西都碍不到你。"

昭然开口的同时，郁岸已经有所动作，不再受黑暗中远远近近的轮廓干扰，放开手脚移动。他反握破甲锥矮身回转身体，刀刃在一片漆黑中划出一道血红弧光，锋利弧光擦着男人面颊闪过，锋利的刃气从左眼球割过鼻梁，在右眼球上也留下了一道狠戾的深壑。

血花爆溅，一簇热血溅落到郁岸脸颊上。男人痛苦怪叫，转头逃跑，灵活地翻越杂物障碍，从小屋深处的后门冲了出去。郁岸想追，但周遭漆黑，膝盖不慎撞到了杂物边缘，痛得原地蹲下抱腿吸凉气。

昭然蹲到他身边，给他揉揉撞痛的膝盖："没事。"

"什么？有东西挡着你不告诉我。"郁岸咬牙站起来，一瘸一拐挪到桌边，双手一撑坐到木桌面上，抱着一条腿揉，另一条腿垂在桌下晃荡。

"你跑太快，我还没说出口你就撞上了。"昭然拉出死人坐过的那张椅子，扫了扫灰然后坐下，"别追，可能有陷阱。"

"没想到在游戏幻室里也能掏出破甲锥来。"郁岸仔细查看锋利发亮的十字尖刀，刀柄与刀刃连接处的十字星形畸核闪着微弱红光，"你的角色是旅人画家，所以戴上精进徽章能加强绘画能力，我的角色就做不到。"

"试试还能不能画别的，画手枪看看。"他盘膝坐在木桌上，扶着膝头审视昭然的画册和画笔，"画中取物核不能取活物，而且只能取和画等大的东西。"

"枪也太复杂了吧。"昭然左手拿起画笔，蘸了点颜料在画册上描摹，精进徽章使他的绘画时间大幅缩短，几秒钟就能涂画完成。

"不行，我记不住枪细节是什么样的。"昭然忍不住用笔杆挠头发，他从不用枪，因为实在吃不消枪的后坐力，虽然知道每一块零件如何组装，但要在脑子里回忆出精确的形状还是有点强人所难。

"画畸核试试，画透视核，伦琴之眼。"郁岸专心趴在旁边看着，本来想让昭然画储核分析器，但这东西应该比枪更精密吧，普通人会使用就够了，不可能观察得特别细致。

透视核的表面纹路是一只眼睛，应该还算容易画。

昭然凭着印象画出了三级红色的功能核-伦琴之眼，在精进徽章的强化下，笔下的畸核立体逼真，仿佛触手可及。

郁岸发动画中取物，试图将手指伸进画册。

"拿不出。"接连尝试几次无一例外全部失败，郁岸指甲里抠满了颜料。

"可能因为每颗畸核其实都是不规则的球形，凭手画不出那些细微的凹凸。"昭然想了想，"除非拍照片才能实现。"

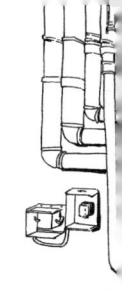

"可是破甲锥上也嵌了畸核,就拿出来了。"

"因为打磨雕刻过吧,雕刻之后就变成标准的十字星形状了。"

有点可惜,但拿到破甲锥之后,郁岸心里有了底,至少不需要再花时间去搜索武器和冒险强化了。

"就只能拿这些吗?你再想想还会画什么。"

昭然支着头苦想,灵光乍现,奋笔疾画。

"我看看。"郁岸举起画册欣赏,表情逐渐疑惑。画布上堆了一堆红润的、栩栩如生的、Q弹的爱心软糖。

"这个我能记住。"昭然托腮笑,"离谱经常去超市买。"

抬手伸进画页中,郁岸顺利从里面掏出了一把爱心软糖,的确,面试官家的冰箱里塞了不少这种软糖,草莓夹心的,咬开会爆浆。

郁岸扔了两颗进嘴里,借着羊油灯的微光翻开从骷髅身上夺过来的羊皮册,有些字母已经模糊,用词习惯也十分古老,但郁岸阅读起来并无障碍。

"哦,这个老头刚出生的小孙子被作为祭品送给……这个词很怪,不知道他想说战神还是想说怪物,可能是说他们小镇信奉的守护神吧。后来这座闭塞的小镇迎来了一位外乡人,外乡人向老头承诺会去怪物那里替他讨回孩子。小镇上因为供奉这头怪物而失去孩子的居民都来替他送行。

"外乡人的胸前文有一个太阳印记,人们对他充满期望,夜夜祈祷,称他为勇士。

"勇士独自前往怪物的巢穴,却一连数年杳无音讯,直到一位迷路的渔夫在海边礁石边发现他腐朽的尸体。勇士手持砍出缺口的利剑,背靠礁石英勇死去,石面上用剑刻下了一行字——伪假光明悬于战神旗帜之上,虚无信仰以我终结。"

郁岸瞳孔骤缩,这段话他在日记里读到过,在日御镇的地图上。小镇灯塔上垂挂的太阳旗帜,与日记手稿上的花纹也有几分相似,只不过游戏为了美感做了太多艺术加工,郁岸一时没认出来。

羊油提灯的光芒微弱，郁岸只能趴在桌上细读，昭然坐在近处，目光落在他弓起的脊背上，麻布衣料不慎掀起，露出了后腰的太阳花纹。

昭然替他拽了拽斗篷，盖住后腰。马赛克小婴儿从画箱里爬出来，咿咿呀呀地沿着斗篷爬到郁岸背上，傻乎乎嘚手，郁岸入神翻阅羊皮册，懒得理他。

"说起来，失落小镇的设定和这老头写得差不多。小镇上的人们为了祈求保佑，每年都会送一位妙龄少女顺流而下，供奉给亡湖寄生者。"

"难道失落小镇的原型就是日御镇？日御镇闹鬼吗？有这种传统吗？"郁岸抬起眼皮看向昭然，"你应该知道吧，大老板说你从前在日御镇住。"

昭然犹豫了一下，如实回答："有，日御镇靠海，且位置特殊，一年中有半年都处在极夜状态，见不到太阳，刚好有人在海底看见了一种生物，长得很像太阳，所以认为是太阳坠落进海里才导致漫长的极夜。以前人落后，听风就是雨，就把它当成神明来供奉，所以每年都献祭一些东西给海底怪物，希望它能给小镇带来光明，战士出征也会祭它，久而久之这怪物也被传成了战神。"

"很残暴的怪物。"昭然平静讲述，观察着郁岸的表情，"长相丑陋，面目可憎，人们表面信仰，心里其实都在想，如果能一把火烧死它就好了。"

"没时间了。"郁岸拿上破甲锥，提起羊油灯，匆匆跳下桌子，朝古怪男人消失的方向快步走去。

有一个疑惑一直在他脑海中挥之不去，郁岸习惯性拒绝思考，却又不得不面对——

从进入这里开始，面试官的举动就有点反常，给人一种焦躁不安的错觉。

黑暗被微光一寸一寸驱散，迈过积攒尘埃的老地板，每一步落地都听到被蛀蚀的地板吱嘎作响。郁岸弯着腰，提灯寻找男人滴落在地面上的血迹，沿着痕迹追击。

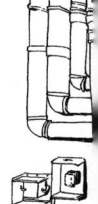

"等等，"昭然破天荒主动伸手过去，皱眉要拉住郁岸，"我觉得这儿过于像日御镇了。"

但郁岸没腾出手，而且用异样的眼光瞄了一眼昭然的手。

推开房间松动陈旧的后门，一条卵石铺就的小道向远处的黑夜中延伸，地面上的血迹越发密集，那古怪男人只是被破甲锥划伤双眼而已，出血量却比想象中多得多。

郁岸一直向前摸索。在微光照亮下，十步开外多出一道人影，侧坐在小道旁，看侧影像抱膝团坐的姿势，有些僵硬。

他大着胆子接近，举起提灯照亮那人的脸，横亘鼻梁的一道深重刀伤触目惊心，此时他的脸庞白得像落了一层霜似的，完全丧失了活人的生机。

古怪男人死了，以如此奇怪的姿势坐在地上。

郁岸将破甲锥伸出去，拨开古怪男人的麻布外套来印证心中的猜测。

果然如他所料，麻布衣袖之下空无一物，这古怪男人没有双臂双手，所以最初见他时，他用嘴去拨门把手。

那位死在木椅上、在羊皮册上书写悲伤心事的老骷髅，用嘴叼着羽毛笔；最初在住宅中见到的老人用嘴去开窗；骑独轮车的小孩儿们用嘴叼着糖果和风车，这一切都是因为，他们全都没有双手。

一种不可深究的恐惧从脚下升起，寒意沿着脊柱上升，让人不由自主汗毛倒竖。

他僵硬回头，用难以置信的眼神描摹昭然的脸，目光下移，审视那双手。

面试官不止有一双手，难道它们全都属于日御镇里不同的人吗？

"看什么？"昭然微怔，皮囊仿佛被锋利目光割开，将腥臭、丑陋的一切暴露无遗。

轻微的石裂声从远处向脚下蔓延，突然声响变得剧烈，卵石地缝分开来，顿时地面四分五裂，向下坍塌出一个无底的大坑。郁岸脚下瞬时空了，他躬身起跳，双手去攀边缘的裂崖，昭然神情骤变，跪趴到边缘去抓郁岸的手："郁岸！"

但在有限的零点几秒的反应时间内，郁岸在昭然的手和断崖之间选了后者，两人指尖短暂相触，在簌簌砸落的碎石中错过了。

碎石如同狂风骤雨般向下坠碎，郁岸在坠落的失重状态中慢慢走了神，不知道过了多久，身体重重砸落到金属表面，他甚至忘记感受四肢内脏袭来的剧痛，求生欲使他自觉抓住身边能攀抓的一切。

郁岸奋力抓住金属表面的一块凸起，将破甲锥狠狠插进铁皮中，才陡然挂住身体，不再无限向后滚去。

明亮的阳光照得他睁不开双眼，周围的风景在迅速后退，凛冽的寒风裹挟着冰雪割过脸颊，耳边汽笛声呜呜长鸣。

他挂在了一辆游荡在空中的列车上，列车轮下并无轨道，而是一片虚无深渊，回头望去，太阳和云层被甩在了车厢最后，天空中白昼与黑暗之间的分界像没搅匀的颜料一般分明，而这趟幽灵列车正在从极昼开向永夜。

第 046 章
自抱家门

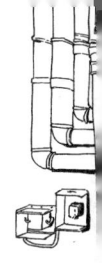

好冷!

光线逐渐被极夜吞噬,大片雪花在脸颊上拍打,郁岸悬挂在飞速行进的列车上,用尽全力攀爬到车顶趴下,紧握破甲锥的手已在寒冷中麻木,快要失去知觉。

这绝不可能是游戏内置场景,失落小镇场景似乎与现实贯通,这趟列车正开往它所参考仿制的原型——真正的日御镇。

按昭然所说,日御镇每年有一半时间处在毫无日光的极夜状态,那么这小镇的地理位置大概在南北极附近。

温度仍在以每十秒一摄氏度的速度下降,体感温度接近零下四十摄氏度,郁岸全身上下包括睫毛都结了一层冰霜。

列车呼啸穿过昼夜分界,郁岸身上的旅者斗篷也发生了变化,穿过分界线的部分麻布斗篷消失,留下郁岸原本穿在身上的纯黑兜帽,待完全穿越昼夜分界,郁岸在游戏中的旅者斗篷完全变更为现实中的纯黑套装。

在外套内衬里,贴着一张黑色的半圆口袋形贴纸。

是从午夜商人那儿新买的核匣扩容,能存放四个畸核,刚买来还没用过,只把新买的那枚逆转童话核和从机械狼里抠出来的一级蓝核随手扔到里面了。

早知道就塞几个有用的核进来了!

这是脱离连接了吗?还是……

掉进了扭曲时空的裂缝里？

郁岸忽然听见后脖颈处发出稚嫩的咿呀声，扭头一看才发现，那马赛克小婴儿就趴在自己兜帽里吃手呢，像素方块组成的小脸被冻得发红，两腮一边一个红色小方块。

《灰鸦：玩具屋》这个游戏本身已经成为一个虚拟幻室，再加上技术组为了动作灵活，因此实地连接进游戏场景的空间选在了废弃马戏团的空幻室内，幻室叠加幻室，要素过多，卡 bug 了。

幸好纯黑兜帽具有保暖防风效果，能大幅延缓热量流失的速度。

马赛克小婴儿身上还有些温度，塞在脖颈后面还算暖和，这是郁岸没在发现他的第一时间丢出去的理由。

车厢顶覆盖上一层雪晶，郁岸的手已冻得发紫，慢慢失去控制，从破甲锥柄上脱离，郁岸在列车顶上向后滑，呼出的白气结成冰霜，冰晶仿佛要从鼻腔一直凝到肺里，眼前晕眩，越来越黑。

在这里活活冻死会怎么样？真实躯体还在红狸市吗？

郁岸和昭然的躯体仍旧贴满连接点，坐在技术组和机械组的视线之中。

"昭组长情绪波动突然强烈，是遭遇目标了吗？"

屏幕上飞速滚动的程序映在雍郑瞳仁中，他表情凝重："郁岸那边出事了。"

纪年身上挂着工具带，手里随时攥着检修工具，在郁岸和昭然之间走来走去。

"郁岸好烫。"纪年关注到数据板上的指标突然剧烈波动，勾手叫急救组实习生过来。

急救组阮小厍提着手提箱冲过来，跪到郁岸身边检查情况。

"在发热，可能意识进入了严寒环境，大脑判定需要全力提供热量以维持生命。先紧急降温处理一下，但这么下去身体迟早会撑不住，意识崩溃是早晚的事。"

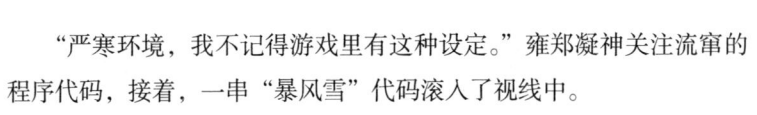

"严寒环境，我不记得游戏里有这种设定。"雍郑凝神关注流窜的程序代码，接着，一串"暴风雪"代码滚入了视线中。

"还真有……我把它删了。"

"这种时候删代码？这游戏框架又不是你做的，删太多出 bug 就更麻烦了。"纪年打来一盆冷水洗涮毛巾，然后给郁岸搭到额头上。

"没事，我再写新 bug……不是，我再写新代码填进去，反正肯定能跑。"雍郑自信道。

郁岸从短暂的昏迷中醒来，或许是低温症导致的反常现象，他觉得没有之前那么冷了。

身体僵硬，动了动，脊背上覆盖的一层厚厚的雪被抖落，仔细一看，堆积在身上的并非积雪，而是厚厚一层白色的"暴风雪"汉字。

天上飘洒着的也变成了白色的、结团的"暴风雪"三个字，砸在脸上不凉，但很痛，因为"雪"字的棱角有点扎脸。

郁岸顶着"暴风雪"慢慢爬过去，重新抓住破甲锥以免从列车顶滑落。

列车汽笛鸣响，速度渐慢，在站台停下。

郁岸终于恢复了些体力，跳下车顶，谨慎探进列车门里张望，一股速热餐盒的香味在车厢中飘荡，行李堆满货架，有的座椅上铺着毛毯，有的小桌上放着吃到一半的食物，但车厢寂静，空无一人，也不见有谁下车，乘客像凭空消失了，又或者不曾存在过。

郁岸留意了一下列车的编号，K88M88，停靠的车站名叫日御镇，下一站叫日环镇。

暗光笼罩下，远方小镇覆盖冰雪，成群的小屋窗口映着昏黄灯光，门口吊着铜油盘，让火焰驱走寒冷。

郁岸扫开小屋窗口的雪向内探视，但屋内空荡，没人在家。他只好沿着七扭八拐的小路向小镇深处走去，漫无目的地游荡。他开始对任务目标畸体失去兴趣，脑海里只剩昭然。

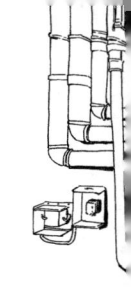

昭然的反常态度让郁岸解读为不想让自己接近日御镇，而且他从不对自己提起往事，不知道在隐瞒些什么。

面试官越不想让他做的事，郁岸就越想做，这一次是揭开日御镇秘密的最好机会，为了防止面试官从中作梗，郁岸必须找个机会跟他分开行动。

他的手肯定有猫腻，就算如他所说左手镶嵌了畸化种畸核，也无法解释为他服务的那一屋子小手。

"难不成那些手全是从日御镇居民身上夺走的？面试官处心积虑接近我，培养我听话，是想收集我的手臂吗？"

今后要为面试官端茶倒水，还要陪他的新实习生打游戏？郁岸忍不住回忆自己要求那些小手做过的事，忽然感到憋了一口气，肝有点痛。

那还不如自己先下手为强，砍了他双手，撬了他手上的畸核，把面试官绑回家，想做什么就做什么。

这算正当防卫。

只不过没想到会掉落到这趟神秘列车上，被带出这么远，此时先找出口为好，除了本地居民，普通人在极寒地带坚持不了多久。

绑带中靴踩在雪地上咯吱轻响，郁岸砍断拦截外人的绳索和栅栏，在黑夜的隐蔽下迅速向内摸索进去。

远处燃着火光，镇上的居民围拢在宽阔的广场，全都跪坐在雪地中，身上裹着厚实的兽皮御寒，虔诚地低头祈祷，广场正中央架起一片篝火，篝火周围用铜盘托着大小不一的供品。

铜盘内放置着新杀的尚未冻结的肉排、上好的鲜鱼，每种肉食旁都放置着一个等高的透明容器。

距离篝火最近的位置，呈三角形摆放着三个铜盘，每个铜盘内托着一个熟睡的婴儿，同样的，每个婴儿边也放着一个透明容器。

篝火上方架着一面巨鼓，神婆赤着脚在鼓面中央跳舞，手持一把铜尺，有节奏地摇晃和敲击。

郁岸连看带猜，大概弄懂了上供的规则，可能是要每家都出一份供品，放在不同的铜盘里，然后众人祈祷一夜，最后神婆用铜尺来比较透明容器中积雪的高度，积雪最高的就意味着供品被神明选中，会集中运送到他们的神明身边。

三个婴儿分别放置的铜盘其实是一个三方天平，提前根据婴儿体重调整过平衡，接下来这一夜只需要等待暴雪的审判，积雪的重量会决定哪一个婴儿被送走。

在篝火之中，人们大多低头祈祷，只有三对憔悴的夫妻双眼通红，目不转睛盯着三方天平，铜盘的每一次晃动都会同时拨动他们的心弦，这可怕的一夜，他们将在极度的惊恐中度过。

他们信仰的神明真的存在吗？其实可以找个角落藏起来，等明天出了结果，再找机会混进运送供品的船上，去转一圈，到时候只需要把供品小孩带回来，再拿孩子做威胁，向其父母套些情报出来易如反掌。

郁岸正在心里盘算着接下来的计划，耳边一声嘹亮的啼哭惊得他险些跳起来。

本以为是天平上的孩子在哭，随后郁岸才反应过来，是趴在自己兜帽里的马赛克小婴儿睡醒了。

地上祈祷的村民们听到异响，纷纷睁开眼睛，敏捷地抄起鱼叉和火把，大吼着朝郁岸这个不速之客冲过来。

"死孩子，刚怎么没把你扔了。"郁岸被四面围堵，破甲锥虽然杀伤力强可刀刃太短，面对手持武器一拥而上的疯癫村民，他一人根本招架不住。

破甲锥利落斩断了一把铁质鱼叉，身后又捅过来一根燃烧的火把，滚烫的火头砸在腰间，郁岸打了个趔趄，被几柄鱼叉交叉架在地上，动弹不得。

郁岸恶狠狠喘着气，可惜忘了让面试官画高傲球棒，否则这帮人的脑袋全得开瓢。

他忽然惊醒，诧异地发现这里年轻力壮的村民双手健全，和想象中不一样。

是错怪面试官了,还是错过了特定的时间节点?

聚拢过来的村民交头接耳讨论,郁岸大致能翻译出他们的意思,说献祭前夕遇到外乡人很不吉利,商量着把他杀死,连其他供品一起献给神明。

雪花悄无声息地试图埋葬这渺小的村庄,在某一秒,轻盈的积雪仿佛一下子有了重量,三方天平倾斜,一个婴儿的铜盘沉了下去。

短暂的静谧被哭号撕破,两对夫妻心中大石落地,逃过一劫相拥恸哭,另一对夫妻如遭雷劈,被天降的噩耗击溃,愣怔着,眼泪盈满血丝密布的眼睛。

夫妻俩落魄地爬到神婆脚下,苦苦哀求,但神婆怜悯地回答:"是你们的牺牲为日御带来了光明。"

郁岸见所有人的目光都被铜盘天平吸引,趁机猛烈挣扎,抽出一只手半撑起身子,高举起马赛克小婴儿冷冷道:

"换吗?我可以亲自抱着去。"

Extra
番外卷

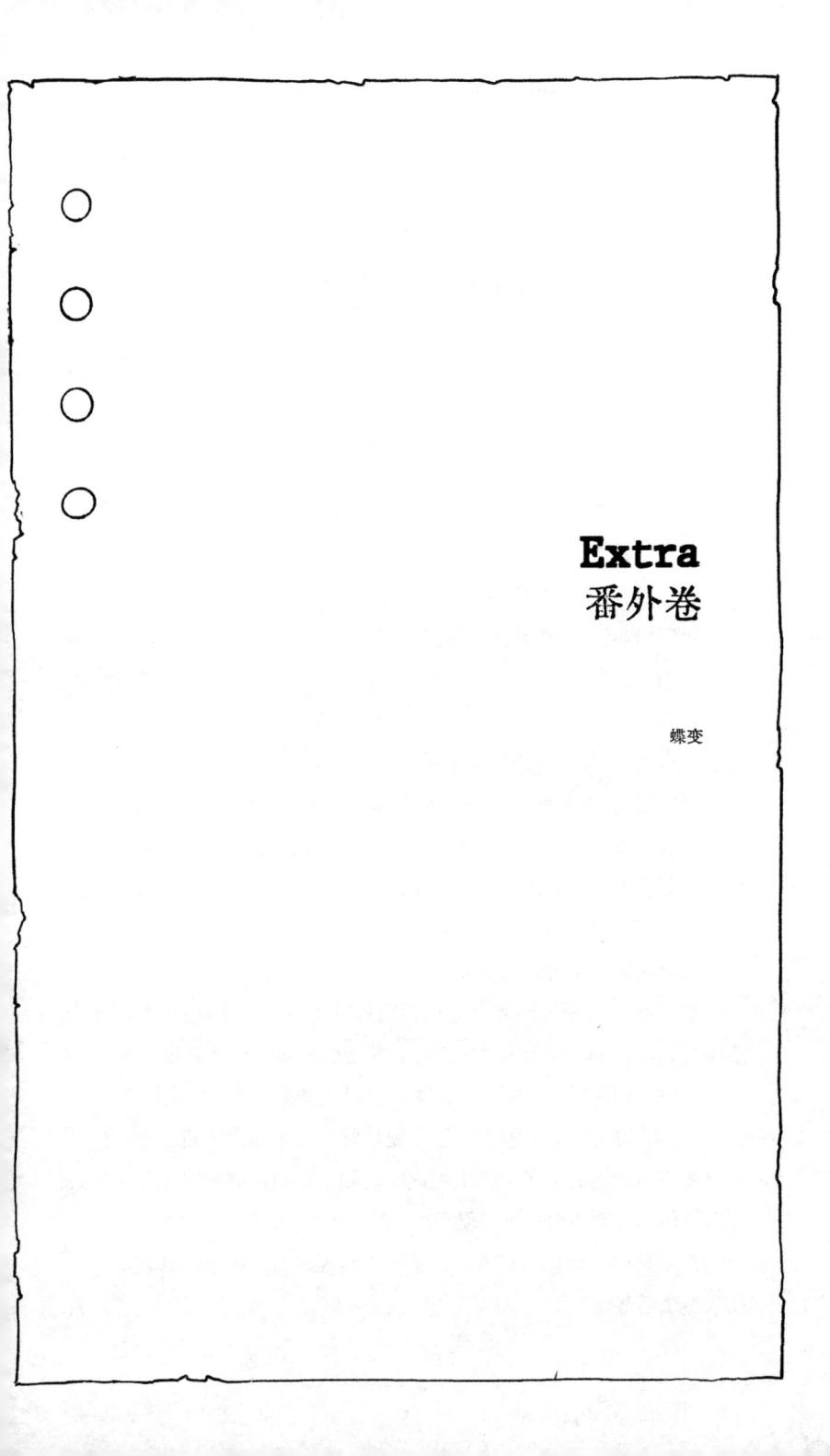

蝶变

番外一
小蝌蚪的学校活动

一一、二二、三三背着书包回来，见到蛤白就说："明天手工课，老师要我们每个人制作一个人类机器带过去，和同学们交流。"

蛤白抓头："人类机器？什么人类机器？"

"就是只有人类世界才有的机器。"

蛤白只觉得麻烦，给一一拿了个遥控器，给二二抱了一个扫地机器人，给三三扔了一部手机："拿去吧，别玩坏了，放学拿回来。"

"不行，老师说必须自己亲手做。"

"那你们去亲手做啊，找我干什么？"

一一、二二、三三摇着小尾巴聚过来摇他衣角："……我们不会做，明天拿不过去的话，老师会让我们罚站的。"

"不会做就去罚站，我也不会做。"

三只小蝌蚪可怜地撇撇嘴。

恰好赶上袁明昊回来，他见蛤白被缠得心烦，主动请缨："多大点事！不就是手工机械吗？来来，大爹帮你们做，都过来都过来。"

小蝌蚪们乱哄哄地围过去，凑在袁明昊身边，等他帮忙。

"你给他们弄啊，我歇会儿。"蛤白终于有了喘息之机，坐在沙发角落安安稳稳打盹去了，身上的眼睛全闭上，只留胳膊肘上的一只眼睛盯着他们，别把房子拆了就行。

袁明昊从仓库里拿出木片、手工锯、螺丝钉、胶水和弹簧，热火朝天地忙活起来。

三只小蝌蚪也安安静静地和袁明昊一起玩，分工明确，有用砂纸打磨木片的，有按住螺丝另一个拧的，让蛤白很舒心，渐渐地，手肘上的眼睛也闭上了。

砰！

不知过了多久，一声爆响把蛤白从梦中惊醒，原来是吊灯炸了。

蛤白揉揉眼睛，看见袁明昊举着一把薄木片做的AK，以及三只进入一级战备状态的小蝌蚪——戴着三级头，穿着三级甲，怀抱M416和大菠萝，屁股上还挂着平底锅，把沙发垫子翻倒当掩体，正在进行真人枪战。

袁明昊做的玩具枪结构完全仿真，一扣扳机就能打出连发子弹，刚刚把吊灯崩了。

蛤白冲上去飞起一脚："你又带头拆家！"

袁明昊领着三只小蝌蚪抱头蹲下，吐吐舌头："嘿嘿，这个不行吗？拿学校去多拉风啊。"

枪支弹药被蛤白全部没收："第二天这三个'恐怖分子'就得被学校开除。"

"那你说怎么办，什么人类机械啊，咱俩都不会做。"

"唉。"蛤白实在没办法，拿起电话打给昭然。

"啊？难得你打给我，哥哥。"昭然迅速接起来，懒洋洋笑道。

"郁岸在家吗？"

"这……他又哪惹到你了？你原谅他一下。"

"嗤，不是，你叫他过来帮我做点东西……嗯……留下吃饭也行。"

郁岸果然来了。

他插着兜，摇摇晃晃进门，经过蛤白面前时，竖起兜帽上的耳朵："你也有求我的时候呀，哥哥。"

蛤白拨他的脑袋："臭小子，看你小人得志的样儿。"

"那我要吃辣炒滑翔宝螺、麦克兰提面包，饮料要喝冰果萨纳、加冰酒，多加闪电。"

"行，我去给你买。"蛤白无奈："袁明昊，你盯着他们啊，别把房顶掀了。"

"哎呀，有我在，你放心。"

"……"你也是一个危险因素，蛤白心里嘀咕着出了门。

"哼哼，那我等晚饭咯。"郁岸把背包放下，掏出一摊乱七八糟的材料和工具，坐到小蝌蚪中间，拿出铅笔和直尺、圆规："看好了啊。"

袁明昊也坐在桌边，看他做东西。

郁岸测算每个零件的尺寸，迅速画出三张图纸，发给三只小蝌蚪，叫他们拓到木片上。郁岸给每个零件标上号，袁明昊用小锯条把零件锯下来，再发给小蝌蚪们用胶水粘一起。

晚上，蛤白买东西回来，提心吊胆推门进屋，已经做好了家里被夷为平地的心理准备。

没想到，家里的摆设和自己走时相比没有任何变化，一一、二二、三三安静地趴在桌子上拼小零件，他们可从来没这么让人省心过。

终于，到了展示成品的时刻。

一一捧着漂亮的人偶娃娃，只要扭动发条就可以跳舞唱歌。

二二拿出木头小汽车，向后一拖，松手，嗖的一下开出十几米。

三三捧着自己拼的木头小闹钟，时针和秒针上画着袁明昊和蛤白的脸，每次相遇都会发出啾啾的声音。

蛤白愣住。

几天后，郁岸在家里看漫画书，昭然从外面回来，提着许多家乡的特产："大哥带了很多好吃的回来，叫我带给你。"

郁岸从床上弹起来，飞奔过去，趴在食物篮子边："哇，这么好。"

"是啊，大哥很高兴，还邀请你再去他家玩。"

"好！我这就去！"

这一次，蛤白放心留郁岸在家照顾三只小蝌蚪，自己则出门买东西。

蛤白回来的时候，远远看见什么地方冒黑烟，好像谁家房子塌了。

哦，原来是自己家。

因为郁岸今天教小蝌蚪们做趣味化学小实验——TNT炸药的制备。

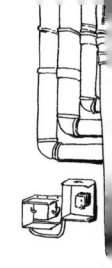

番外二
当年日御亲族们分别许了什么愿

众所周知,极海冰母的护符"愿望星"可以赐予亲族或重要旁系的幼崽,为他们实现一个愿望。

那么大家小时候都许了什么愿望呢?

二姐玻璃月季:希望我所爱的亲人都能得偿所愿,得到美好的结局。

三姐炸裂悬铃:希望我的果子威力超大,能守卫极地冰海!

四姐大魇幽灵水母:希望大海永远澄澈,载着自己漂流到世界各地旅行。

五姐巨鳄:希望每天都能睡饱……

六姐舍舍迦:希望我永远无畏和强大。

大哥蛤白:希望极地冰海的小朋友们都能安全长大。

二哥寒冰射水鱼:我要百步穿杨!来犯者吃我一箭!

三哥腐草萤巢:想以我微弱光辉,照亮所有黑暗的角落。

四哥不化川:请赐我坚固的力量,让我为弱者遮风挡雨。

五哥雪狼:我要吃遍天下美食!哦,最好有人能做给我吃。

六哥泡泡胶:我想保护悬铃木,不受任何危险侵扰。

幺崽昭然:我要小黑煤球活过来陪我玩!

参考书籍:

《全球枪械图鉴大全》

《DK 间谍大百科》

《DK 罪案百科》

《黑猫》短篇集(爱伦·坡)

《假如给我三天光明》(海伦·凯勒)

参考游戏:

《锈湖》

《小小梦魇》

《双人成行》

《黎明杀机》

《寂静岭》

《生化危机》

《空洞骑士》

《霓虹深渊》

参考电影:

《寂静岭》

图书在版编目（CIP）数据

蝶变 / 麟潜著. -- 北京：国文出版社有限责任公司, 2025（2025.3重印）
ISBN 978-7-5125-1627-4

Ⅰ.①蝶… Ⅱ.①麟… Ⅲ.①长篇小说—中国—当代 Ⅳ.①I247.5

中国国家版本馆CIP数据核字(2024)第097546号

蝶变

作　　者	麟　潜
责任编辑	张　茜
责任校对	唐雯雯
出版发行	国文出版社
经　　销	全国新华书店
印　　刷	嘉业印刷（天津）有限公司
开　　本	880 毫米 ×1230 毫米　　32 开
	10.5 印张　　　　　　　300 千字
版　　次	2025 年 2 月第 1 版
	2025 年 3 月第 3 次印刷
书　　号	ISBN 978-7-5125-1627-4
定　　价	52.80 元

国文出版社
北京市朝阳区东土城路乙 9 号　　邮编：100013
总编室：（010）64270995　　传真：（010）64270995
销售热线：（010）64271187
传真：（010）64271187-800
E-mail：icpc@95777.sina.net

你想让我怎么做？
不要坏得毁天灭地，
也不要善良得柔软易碎。

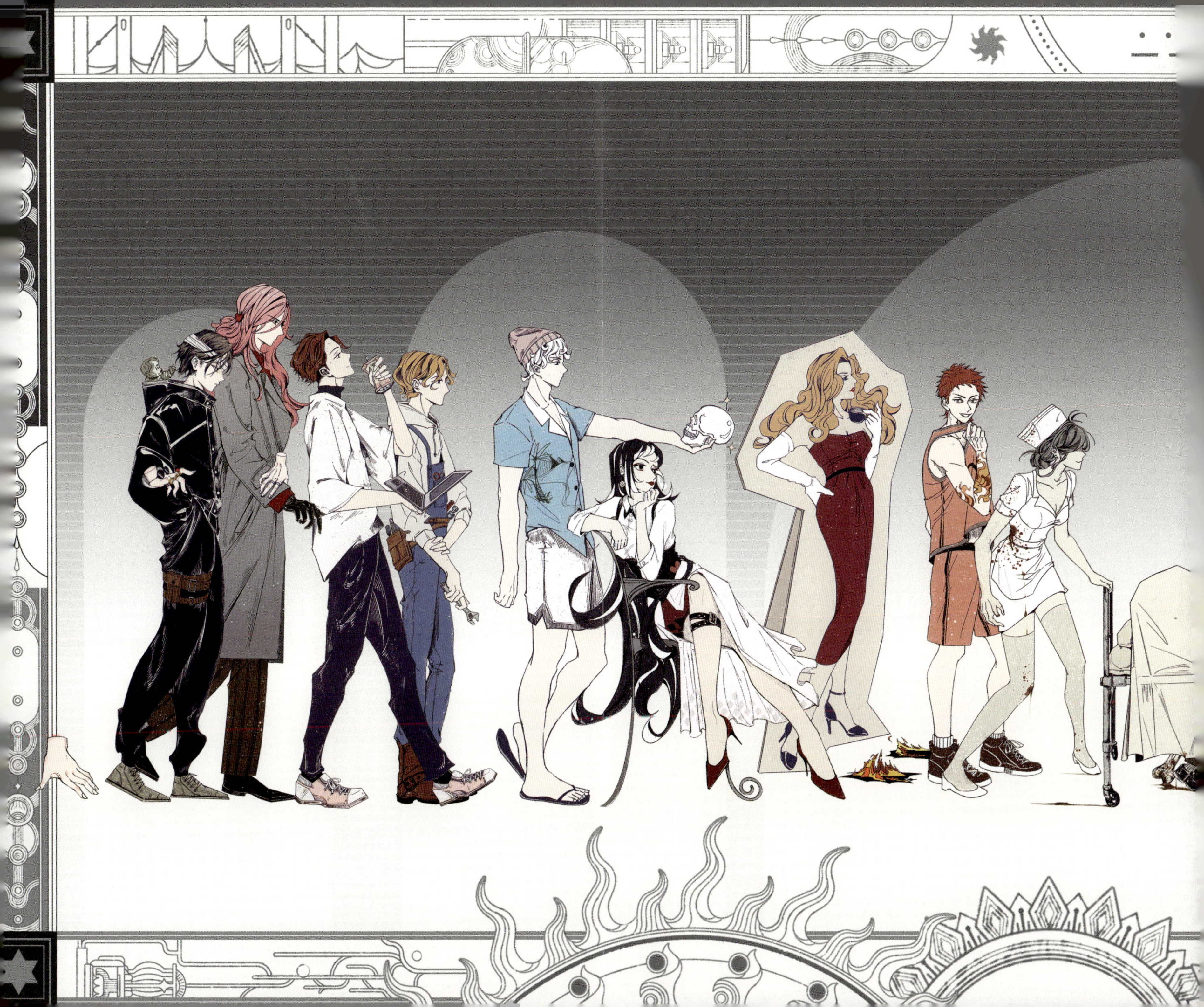